Lolo

EN QUÊTE D'UN GRAND PEUT-ÊTRE

Petite note à l'attention des lecteurs et lectrices :
Ce guide a été écrit en écriture non-genrée, ce qui signifie que quelques règles d'accord et des points médians vous surprendront peut-être tout au long de votre lecture. Voici les règles que nous avons adoptées.
— L'accord de proximité avec le nom le plus proche : si l'adjectif vient après « auteurs et autrices », il s'accorde au féminin, et inversement si la formule est plutôt « autrices et auteurs ».
— Le dédoublement des noms de métiers au féminin et au masculin (par exemple « auteurs et autrices »), à deux exceptions :
   — quand la forme change si peu que le point médian est à peine visible (par exemple « enseignant·e ») ;
   — quand la phrase est alourdie et que la lecture en devient pénible ; on a alors privilégié l'utilisation du point médian (auteur·rices).
Évidemment, c'est une écriture imparfaite, et vous trouverez peut-être des accords tout aussi imparfaits entre ces pages : ils témoignent de nos doutes, mais aussi du besoin grandissant d'imaginer une langue non-genrée qui soit vraiment inclusive.

Illustration de couverture : **Tom Haugomat**
Portraits illustrés : **Claire Supervie**

Directeurs de publication : **Tom et Nathan Lévêque**
Conception graphique : **Delphine Mérieau**
Mise en page : **Reutty Sok et Tom Lévêque**

www.ungrandpeutetre.com
#UnGrandPeutEtre
contact@ungrandpeutetre.com

ISBN : 978-2-95732-870-3
Dépôt légal : décembre 2020.
Achevé d'imprimer par Graphius en Belgique.

EN QUÊTE D'UN GRAND PEUT-ÊTRE

Guide de littérature ado

Tom et Nathan Lévêque

SOMMAIRE

NOUVELLES

DÉCOUVREZ DOUZE NOUVELLES AU FIL DES PAGES...

INTRODUCTION

GRANDIR AVEC LA LITTÉRATURE ADO

Quand nous avons créé nos blogs littéraires *La Voix du Livre* et *Le cahier de lecture de Nathan*, en 2010, nous avions seulement treize ans. Ces quelques dizaines de billets écrits comme des journaux de lecteurs étaient le début d'une aventure un peu hors normes, longue de dix ans, dont un chapitre se termine avec le livre que vous tenez aujourd'hui entre les mains.

Dix ans plus tôt...

Nous n'avions peut-être pas lu *Harry Potter* (c'est dit !), mais la littérature ado, depuis déjà quelques années, accompagnait nos vies. Nous avons eu, nous aussi, nos Harry, Ron et Hermione avec lesquels nous avons grandi de livre en livre : Ewilan, Salim, Peggy Sue et son chien bleu, Meggie ou encore Bridget, Carmen, Lena et Tibby ont été autant de grandes héroïnes que de beaux anti-héros qui nous ont accompagnés dans nos parcours de lecteurs.

Maintenant que nous avons vingt-trois ans, nous apparait clairement la chance que nous avons eue de grandir au cœur de cette littérature qui nous ressemblait et a, en partie, fait de nous les adultes que nous sommes devenus. Nous aurons l'occasion d'en reparler tout au long de ce guide : la littérature ado accompagne ses lecteurs et ses lectrices et les aide à grandir. Imprégnée du champ sans cesse mouvant de l'adolescence, elle est un miroir des possibles, un territoire à la fois rassurant, provocant et exaltant où se trouver.

UNE EXPLORATION DE LA LITTÉRATURE ADO

Quand nous n'étions « que » des lecteurs passionnés, que nous grattions des pages de mémoire ou même après être devenus libraire et éditeur, nous aurions aimé disposer d'un guide pour (re)penser notre matière première, comme une petite bible à sortir à la moindre occasion. *En quête d'un grand peut-être* est né de ce manque.
Il y a deux ans, nous avons donc pris boussoles, lampes torches et les meilleurs compagnons de route, et nous sommes partis à l'exploration de cette littérature aussi vaste que les horizons de Gwendalavir (le monde d'Ewilan). Parce que souvent considérée comme un genre, c'est une littérature qu'on définira plutôt comme *complète* (lire page 36).
L'ambition de ce guide est de partir sur les chemins de la littérature ado, sur les grandes routes comme les petits sentiers : condensé des interrogations qui nous ont parcourus ces dix années, photographie d'une littérature en constante évolution, carnet de voyage rempli de questions parfois sans réponses, *En quête d'un grand peut-être* est une exploration d'une littérature aussi riche que complexe.
Vous trouverez dans les pages de ce livre des réflexions nourries de nos lectures, expériences, entretiens avec des professionnel·les, penseurs et penseuses de cette littérature. Vous découvrirez celles et ceux qui ont marqué ou marquent aujourd'hui ce champ éditorial. Vous pourrez aussi apprécier toute la richesse des créateurs et créatrices français·es avec dix nouvelles inédites, toutes écrites sur le thème « Peut-Être ».
Ce guide de littérature ado a été pensé comme une véritable expédition sur ce territoire qui est le nôtre, et nous espérons que vous saurez y trouver, avec l'ivresse des premières fois adolescentes, des chemins que vous n'aviez encore jamais explorés.

> ***Quelle littérature ado ?***
> Dans ce guide, nous avons choisi de nous concentrer sur le roman pour ados : nous ne parlerons ni de BD, ni de théâtre, ni de poésie. Pour une première exploration, nous avions besoin d'un champ avec des frontières claires. En fin d'ouvrage, vous trouverez des ressources pour vous aider à parcourir TOUS les chemins de la littérature ado !

UNE LITTÉRATURE DE L'INTENSITÉ

On définit le plus souvent la littérature ado par sa tranche d'âge qui, de chercheur en chercheuse, de libraire en bibliothécaire, n'est jamais la même. 12-17 ans ? 13-16 ans ? 14-20 ans ? Ces dernières années, et depuis l'apparition du segment young adult dans les librairies, cette définition a été largement éprouvée : que faire de ces adultes qui en lisent ? Que dire des ouvrages qui sont publiés simultanément chez un éditeur jeunesse et un éditeur adulte – *Wonder* de R.J. Palacio (PKJ, 2014), par exemple ? Et de ceux qui passent de l'un à l'autre des secteurs, en changeant seulement de couverture – *Songe à la douceur* de Clémentine Beauvais (Sarbacane, 2016), pour ne citer que lui ? Comment définir cette littérature autrement que par le public auquel elle se destine ?
Quelques penseurs et penseuses de la littérature ado emploient le terme « d'intensité » – et c'est celui que nous rejoindrons. Cette approche des limites de la littérature ado va chercher son essence

dans celle de l'adolescence : n'est-ce pas l'âge des grandes premières fois (mais aussi des dernières) et des émotions poussées à leur paroxysme ? La littérature ado, des romans « miroirs » aux sagas fantastiques en passant par les romances ou les récits historiques, dépeint, fait (re)vivre et éprouve cette intensité que l'on ressent à l'adolescence. Elle est donc aussi « beaucoup lue par les adultes parce qu'à tout âge les lecteurs et lectrices vont se reconnaitre dans ces moments d'intensité si passionnés propres à l'adolescence qu'ils et elles ne trouvent pas en littérature "vieillesse" [...] C'est une littérature qui parle beaucoup de nouveauté. Elle est donc dans sa grande majorité empreinte de sens pour des gens qui traversent des époques où physiologiquement et dans leurs expériences, il y a des changements et des nouveautés majeurs. »[1] Nous reviendrons sur cette définition tout au long du guide et l'éprouverons pour comprendre d'où elle vient et l'affiner. Les frontières de ce territoire littéraire sont le cœur même de notre démarche et des questions que nous nous poserons : à partir de quand et pourquoi une littérature ado est-elle née ? quelle(s) forme(s) prend-t-elle et comment se renouvelle-t-elle ? quelles en sont ses frontières ? le young adult est-il un passage vers la littérature adulte ? comment s'ancre-t-elle, explore-t-elle la société dans laquelle elle nait ? quels sont les miradors et les trouées dans le feuillage qui permettent de s'y aventurer ?

Tant de questions qui, peut-être, trouveront leurs réponses et, parfois, amèneront d'autres questions. Nous n'aurons alors plus qu'une envie : repartir pour s'aventurer sur les sentiers débroussaillés, qui n'étaient encore pas dessinés sur nos premières cartes...
Alors prenez vos lampes torches, et suivez-nous sur les chemins de la littérature ado !

Tom et Nathan Lévêque

1. C. Beauvais, « Dis, Clémentine Beauvais, c'est quoi la littérature ado ? » *Boîtamo*, le 19 novembre 2017, sur YouTube.

01 HISTORIQUE

Historique

Focus : Comment Harry Potter *a changé la littérature ado*

Frise chronologique

[Portrait Christine Baker]

[Portrait Véronique Durand]

01 HISTORIQUE

LITTÉRATURE JEUNESSE **ET ÉDUCATION**

MANUELS DE BONNE CONDUITE ET AUTRES RÉCITS D'ÉDUCATION

On fait remonter au XIIIe siècle les premières publications destinées à la jeunesse : des manuels de bonne conduite pour les enfants, très éloignés des formes modernes de la littérature jeunesse. Jusqu'au XIXe siècle, celle-ci restera très pédagogique, notamment au siècle des Lumières où elle est surtout utilisée pour transmettre des valeurs morales.

Cependant, certaines œuvres commencent à faire germer, toujours avec une intention morale ou éducative, l'idée d'une littérature de divertissement pour la jeunesse. *Les aventures de Télémaque* de Fénélon, en 1694, est un véritable récit d'éducation ; « c'est le regard que l'on portait sur le personnage, jeune homme en formation, qui construisait un espace de représentation dans lequel on pouvait se constituer la notion d'adolescence »[1]. Puis les contes de Madame Le Prince de Beaumont et son *Magasin des enfants* en 1750, ou encore *L'Émile* de Rousseau en 1762 continuent de creuser ce sillon.

C'est dans les années 1850, notamment avec la création en 1856 de la « Bibliothèque rose » de Louis Hachette, que l'on situe la véritable naissance de la littérature jeunesse telle qu'on la connait aujourd'hui. Elle a lieu dans le contexte de la révolution industrielle qui, affectant également les productions culturelles, entraine l'avènement d'une presse pour le grand public, donc du roman feuilleton et de l'écriture narrative[2].

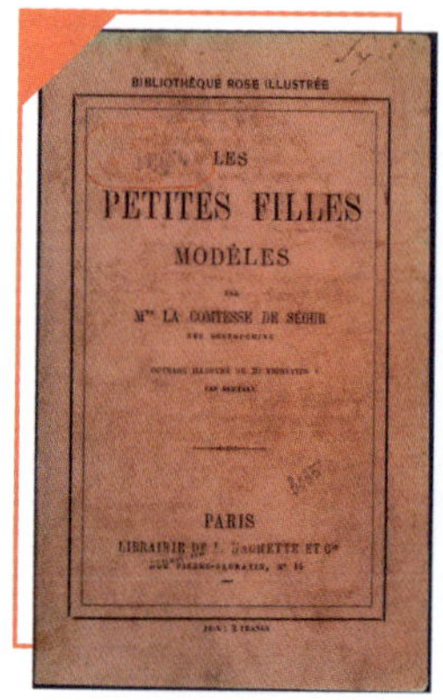

L'émergence de la littérature jeunesse moderne est aussi possible grâce au développement de l'alphabétisation et des premières lois scolaires (les lois Guizot, Falloux puis Ferry entre 1833 et 1882) – preuve que l'histoire de la littérature jeunesse est intimement liée à celle de l'éducation[3].

Ainsi, au cours du XIXe siècle, les livres qui ont pour volonté affichée, parfois dès la préface, comme *Les Aventures de Robert-Robert* (Desnoyer, 1839) de toucher à la fois un public jeune et à la fois un public adulte se multiplient chez Heltzel et Hachette. Jules Verne et ses *Voyages extraordinaires* mettent à leur tour en scène des personnages adolescents.

En 1923, les éditions Hachette créent la Bibliothèque verte, pensée comme une collection pour un public un peu plus âgé que sa « Bibliothèque rose » : le genre (aventure ou espionnage) y est à l'honneur avec *Les six compagnons*

1. J. Lartet-Geffard, *Le roman pour ados : Une question d'existence*, Ed. Sorbier, 2005.

2. L. Bazin, *La littérature Young Adult*, P. U. Blaise-Pascal, 2019.

3. M. Crubellier, *L'École républicaine 1870-1940 : Esquisse d'une histoire culturelle*, Ed. Christian, 1993.

(Paul-Jacques Bonzon, 1961-1980) ou *Alice* (Caroline Quine, 1955-2011). C'est le début de la sérialisation que l'on retrouvera quatre-vingts ans plus tard avec *Harry Potter*.
Autre phénomène éditorial adolescent très singulier : le roman scout. D'abord dirigé vers un public très précis, il conquiert bientôt un public élargi (d'adultes également !).
Par ailleurs, la littérature jeunesse ne cesse de se (ré)inventer en même temps que le regard sur la jeunesse évolue — et plus particulièrement le rapport qu'elle entretien avec l'âge adulte —, jusqu'à ce qu'on considère réellement au XXe siècle, avec Françoise Dolto notamment, l'enfant comme un être à part entière.
C'est au XXe siècle que nait une littérature jeunesse aussi inventive que pléthorique, avec nombre d'artistes qui révolutionnent tour à tour l'album et le roman jeunesse : Nathalie Parrain, Roald Dahl, Tomi Ungerer, Astrid Lindgren...

L'ADOLESCENCE : **UN ÂGE EN CONSTRUCTION**

Le terme « adolescent » apparait dès le XVIe siècle comme un phénomène de croissance : la puberté. On ne parle pas de l'adolescence comme un fait de société, et aucune notion sociale ou culturelle ne lui est alors associée. Pendant très longtemps, le passage à l'âge adulte se fait beaucoup plus tôt qu'aujourd'hui — en tout cas chez les paysans : on travaille à partir de six ans, souvent pour subvenir aux besoins de la famille.
C'est à la publication de *L'Émile* de Rousseau que se dégage le « sentiment d'adolescence »[4] : l'adolescence est alors prise en compte comme un moment particulier de la vie, ce qui pousse l'auteur à préconiser « une éducation libérée de la tutelle des Églises » (à l'époque, ce conseil lui coûtera l'emprisonnement).

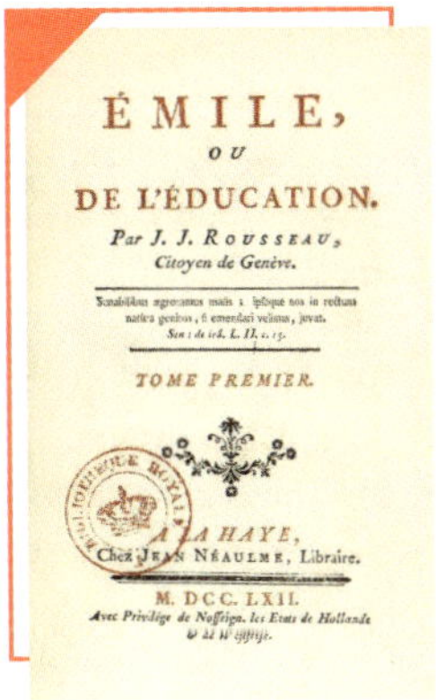

Les familles les plus privilégiées vont faire émerger l'adolescence comme une classe d'âge à part après la Révolution française, mais il faudra attendre l'école obligatoire pour que la prise en compte de l'enfance et surtout de l'adolescence comme des âges particuliers se généralise.
L'obligation légale tardive de l'école pour les adolescent·es constitue l'une des raisons pour lesquelles ce que l'on considère aujourd'hui comme la littérature ado ne nait pas avant la seconde moitié du XXe siècle. Ce n'est qu'en 1959 que l'école est proclamée obligatoire jusqu'à seize ans en France. Dix ans plus tard, en 1968, 20 % des jeunes atteignent le lycée contre seulement 5 % en 1950.
1959 est aussi au cœur de la période faste des Trente Glorieuses, durant laquelle un boom économique sans précèdent consolide la société de consommation et alimente un pouvoir d'achat nouveau dont profitent aussi les adolescentes et les adolescents. Tout ce contexte donne alors la possibilité aux jeunes d'accéder à davantage de biens de consommation et favorise l'émergence d'une « culture jeune », dans laquelle la littérature ado s'enracinera bientôt.

4. D. Le Breton, *Une brève histoire de l'adolescence*, Ed. J.-C. Béhar, 2013.

LA « CULTURE JEUNE », TERREAU DE LA LITTÉRATURE ADO

L'ADOLESCENCE ET **L'ÉMERGENCE D'UNE CULTURE SPÉCIFIQUE**

À partir du milieu du XXe siècle, suite au baby-boom d'après-guerre, les jeunes sont très nombreux (un tiers de la population française a alors moins de vingt ans[5]) : la jeunesse s'installe comme un âge à part entière dans les représentations collectives.
Des productions culturelles de masse se développent et « jouent un rôle de ciment identitaire » pour cette classe d'âge[6]. Une « culture spécifique » commune qui veut dépasser les clivages sociaux nait, et un sentiment d'appartenance à un groupe se développe chez les adolescent·es. Bientôt, en parallèle des évènements de Mai 68, l'adulte – le parent, le professeur – n'est plus un guide indispensable : la jeunesse devient plus indépendante.
Plusieurs facteurs favorisent ce phénomène : l'autonomisation des pratiques culturelles qui permet aux jeunes de ne plus être passifs dans leur rapport à la culture, la prise de conscience des attentes et besoins spécifiques des adolescent·es par les réseaux d'éducation populaire qui créent au début des années 1960 les premières « maisons des jeunes et de la culture », et la politisation des jeunes adultes à l'aube de Mai 68. Côté littérature, néanmoins, l'énergie rebelle de la jeunesse, symptôme d'un malaise social entre les générations, est bridée par la loi de 1949. Visant à encadrer les publications destinées à la jeunesse, la loi du gouvernement Vincent Auriol veut empêcher les publications suceptibles de « démoraliser la jeunesse ». (Lire focus page 116.)
Cette « culture jeune », qui est, selon l'historien Mathias Bernard, « l'un des aspects les plus marquants de l'histoire culturelle du monde occidental dans la seconde moitié du XXe siècle »[7], est d'abord musicale et s'organise à travers la fédération de communautés de fans. Le phénomène « yéyé », issu de la diffusion du rock anglo-américain, joue un rôle si important dans l'identité de cette classe d'âge au début des années 1960 qu'on parle aujourd'hui de génération « Salut les copains », du nom de cette fameuse émission (devenue ensuite magazine) née en 1959.

Françoise Hardy, l'une des artistes préférées de la génération « Salut les copains »

C'est une culture internationale de masse qui imprègne très vite le cinéma et la littérature : Françoise Sagan incarne selon M. Bernard « angoisses et excès », James Dean la « fureur de vivre », la Nouvelle Vague du cinéma français met en scène des personnages insoumis comme Antoine Doinel dans *Les quatre cents coups* (Truffaut, 1959).
Mais on ne parle toujours pas de littérature ado !

L'ÉMANCIPATION CULTURELLE DE LA JEUNESSE

Tous ces arts sont traversés par l'émancipation (culturelle) que connait alors la jeunesse. Qui dit émancipation dit ainsi opposition au « vieux monde » qui s'insurge dans la presse populaire ou intellectuelle : on parlera notamment de génération « dépolitisée et dédramatisée »[8], jugement péjoratif qui reste encore ancré à la notion de « culture jeune » aujourd'hui.
Le cinéma, la radio, la télévision... Les médias de cette culture sont, eux aussi, jeunes, neufs. En France comme ailleurs, les technologies évoluent :

5. J.-F. Sirinelli, *Les baby-boomers : Une génération 1945-1969*, Fayard, 2003.
6. M. Bernard, « La culture jeune, objet d'histoire ? », *Siècles*, mai 2006.
7. *Ibid.*
8. F. Nourissier, *Les nouvelles littéraires*, le le 22 juin 1963, cité par M. Winock, *Chroniques des années soixante*, Seuil, 1987.

la télévision apparait après-guerre, le disque en 1951, le transistor en 1958… Les publicités contribuent, elles aussi, à la création de cette culture de masse qui finit par contaminer les parents[9].
Les adolescent·es représentent alors une nouvelle part de marché dans laquelle les industries culturelles s'engouffrent. En mettant en scène le conflit entre les générations, ces dernières encouragent ainsi les pratiques communautaires des jeunes ; « Salut les copains » organise par exemple « La nuit des copains » en juin 1963 à Paris. Le sociologue Edgar Morin (qui fut l'un des premiers à travailler sur la culture de masse) écrira sur cette époque : « l'adolescence surgit en classe d'âge (...) incontestablement sous la stimulation permanente du capitalisme du spectacle et de l'imaginaire »[10].
Ce phénomène d'émancipation culturelle de la jeunesse et l'intérêt grandissant des médias et des industries culturelles pour cette classe d'âge forment le terreau de la littérature ado qui émerge à la fin des Trente Glorieuses.

9. *Ibid.*
10. Dans un article publié le 6 juillet 1963 dans *Le Monde*.

Littérature ado et culture jeune, mêmes critiques ?

Le concept de « culture jeune » a été remis en cause au fur et à mesure que les sociologues se sont emparé·es du sujet, dénonçant le manque de complexité du terme. En s'appuyant notamment sur les enquêtes sur les pratiques culturelles des Français·es menées par le ministère de la Culture depuis 1973, ils et elles soutiennent que les pratiques individuelles des jeunes sont bien plus hétérogènes que ne le laisse penser l'idée de « culture jeune ». Ainsi, si certaines productions culturelles forment une culture commune à une large partie des adolescents, les pratiques culturelles restent largement dictées par le milieu social d'origine.
Il est intéressant de noter que les critiques à l'encontre de la « culture jeune » sont encore prégnantes aujourd'hui. Politiques, médias, corps enseignant ou parental déprécient les industries culturelles destinées à la jeunesse, jugées consensuelles et aseptisées. Ainsi, la résistance qui nait dans les années 1960-1970 à cette culture de masse dans les réseaux associatifs ou étatiques qui prônent une éducation artistique et culturelle de la jeunesse n'est pas sans rappeler la mise en valeur aujourd'hui par les mêmes institutions d'une littérature ado plus littéraire, plus engagée, face à une production trèr commerciale et marketée.

LES BALBUTIEMENTS DE LA LITTÉRATURE ADO

La « culture jeune » fait prendre conscience aux industries culturelles, dont éditoriales, et aux institutions que les jeunes sont un public spécifique et donc un marché potentiel. L'allongement du temps de scolarité jusqu'à bientôt seize ans favorise l'émergence des premières collections s'adressant à un public mixte (jeunes et adultes).
Les précurseurs sont « Signe de piste » chez Alsatia en 1951, « Marabout Junior » en 1956, et « Plein vent » chez Robert Laffont en 1966. La première est une collection de romans scouts, comme la deuxième qui, pendant plus de dix ans, publie récits didactiques puis romans de genre (parmi ses grands succès, le célèbre héros Bob Morane, connu pour ses multiples adaptations). La troisième propose à l'intention des 12-16 ans des romans de genre

contemporains. Ces collections, comme celles qui viendront ensuite (« Prélude » en 1957 chez La Farandole, premier éditeur de Christian Grenier, « Fantasia » ou « Bibliothèque Azur » chez Magnard, « Jeunesse Poche » chez Rageot...), ont des visées souvent pédagogiques avec des bonus ou des fascicules documentaires à la fin de chaque ouvrage.

RENDRE ACCESSIBLE **LES CLASSIQUES**

Dans les années 1970, la loi Haby prévoit la gratuité du collège et uniformise les programmes scolaires. En parallèle, les premières collections destinées principalement voire uniquement aux adolescent·es voient le jour ; elles ont d'abord pour visée de faire connaitre le patrimoine littéraire français et étranger en republiant des classiques ou des œuvres contemporaines à destination des ados.

En 1972, Gallimard lance la collection « Mille Soleils » qui, pendant vingt ans, publiera quelques autrices et auteurs contemporains à côté de grands classiques (Stevenson, Tolkien, Dumas et Homère...). En 1978, L'École des loisirs lance ses « Classiques abrégés ». « Folio junior » est créée en 1977, et Flammarion lance « La bibliothèque du chat perché » en 1979. Ces collections sont imaginées par de grandes maisons d'édition qui créent un secteur jeunesse au sein de leur catalogue et y republient leurs classiques.

Ces collections sont les premières trouées entre la littérature pour adultes et une littérature pour adolescent·es. Elles sont la preuve que de nombreux romans auraient pu, dès leur première publication, être destinés aux adolescent·es ; David Levithan ou John Green par exemple parlent souvent d'un roman éminemment adolescent, *L'attrape-cœur* (J. D. Salinger, Robert Laffont, 1953)[11], qui plonge les lecteurs et lectrices dans une quête identitaire à laquelle un·e ado peut s'identifier[12]. Josée Lartet-Geffard[13] mentionne Alain Fournier avec *Le Grand Meaulnes* (NRF, 1913) ou Gide « qui se flatte d'écrire des romans directement adressés aux adolescent·es ».

LA LONGUEUR D'AVANCE DE L'ÉDITION ANGLO-SAXONNE

Après les premiers balbutiements à la fin des Trente Glorieuses, les maisons d'édition dédiées à la jeunesse élargissent leur offre en direction des adolescent·es, en proposant une littérature moins édulcorée, plus en phase avec leur époque. La collection « Travelling », lancée en 1972 par l'éditeur belge Duculot, « Les chemins de l'amitié » (éditions de l'Amitié-G. T. Rageot) en 1973 ou « Grand Angle » chez GP Rouge et Or s'emparent de sujets qui remuent l'époque, de problèmes de société auxquels les jeunes sont confronté·es. Ils publient leurs textes avec un accompagnement documentaire pour « favoriser discussion, polémique et autodocumentation », notamment dans le but de séduire les enseignant·es de collèges. Ces collections publient pour la première fois des auteurs et autrices restées depuis incontournables en littérature ado : Loïs Lowry ou Jean-Paul Nozière, par exemple.

Puis, en 1985 et 1986, L'École des loisirs crée les collections « Médium » et « Majeur » (qui fusionneront ensuite en une seule). La plupart des romans sont réalistes et tirés du monde anglo-saxon avec des auteurs et autrices comme Judy Blume ou Robert Cormier. Cette forte représentation des auteurs et autrices anglo-saxonnes témoigne d'un marché américain bien plus développé qu'en France. En effet, Outre-Atlantique, on édite déjà depuis trente ans des romans pour adolescent·es.

11. K. Buchanan, « John Green on Lonelygirl15, Rushmore, and 10 other things that influenced his work », *Vulture* (le 24 juillet 2015).

12. J. Hardy, « Fantasy to reality, The history of young adult literature », *History Cooperative* (le 16 janvier 2015).

Publié en 1942 — alors qu'aux États-Unis on commence à distinguer l'adolescence comme une classe d'âge — *Seventeeth Summer*, de Maureen Daly, est considéré comme le premier roman ado outre-Atlantique. Il s'agit d'une histoire de premier amour explicitement destinée aux filles.

Mais c'est dans les années 1960, après deux décennies de romans « de genre » (aventure, science-fiction), qu'émerge une littérature au réalisme dur, tranchant, que les autrices et auteurs anglo-saxons se penchent réellement sur la question de l'adolescence et en explorent les enjeux, les failles, les complexes. *The Outsiders* de S. E. Hinton (1967) et *The Contender* de Robert Lipsyte (1967 également) sont considérés aux États-Unis comme les premiers récits réalistes pour adolescent·es[13]. C'est aussi durant cette décennie que Robert Cormier, Walter Dean Myers et d'autres écrivain·es notables du XXe siècle commencent à être publié·es. Ils et elles font des années suivantes l'âge d'or de la littérature américaine pour les adolescent·es, notamment avec des récits de réalisme social assez durs, comme les romans controversés de Judy Blume ou *Go Ask Alice (L'Herbe Bleue)*, de Beatrice Sparks, traitant du sujet des drogues, publié d'abord de manière anonyme. C'est ce qui entraine l'apparition des premières critiques (toujours extrêmement prégnantes aujourd'hui aux États-Unis) à l'encontre de romans qui, selon des associations de parents, pervertiraient la jeunesse.

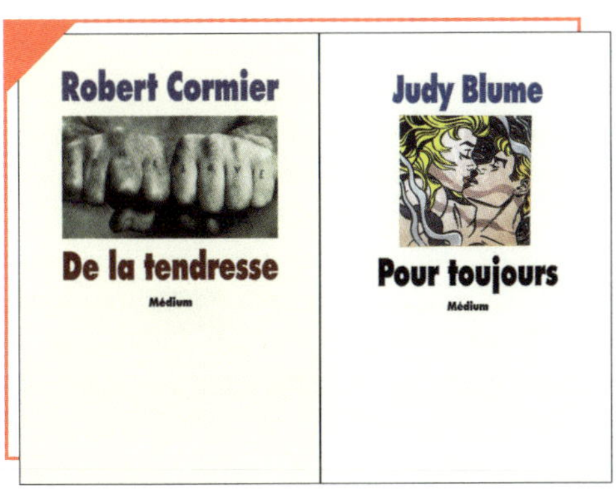

13. J. Lartet Geffard, *op. cit.*

D'autres romans de genre commencent à émerger aux États-Unis (romance, horreur...), des succès se démarquent au même moment (*Le Club des baby-sitters*, Ann M. Martin, 1986), avant que le marché ne connaisse une légère baisse de la production, due en partie à une plus faible natalité au cours de la seconde moitié des années 1970. Il faudra attendre les années 2000 pour qu'un deuxième âge d'or commence, avec l'arrivée du célèbre *Harry Potter* de J. K. Rowling sur les tables des librairies anglo-saxonnes en 1997. Le jeune sorcier aidera à la reconnaissance de la littérature ado auprès du grand public. (Lire Focus *Harry Potter*, page 21.)

DU PÉDAGOGIQUE AU **LITTÉRAIRE**

Au même moment, en France, à la fin du XXe siècle, L'École des loisirs continue de développer ses collections de romans jeunesse et adolescents, notamment avec des auteurs et autrices françaises qui publient parfois simultanément chez « Médium » et aux éditions de L'Olivier.

Gallimard Jeunesse, en 1987, crée la collection « Page blanche » avec l'une des figures éditoriales fondatrices de la littérature ado : Geneviève Brisac (qui prendra deux ans plus tard la direction de « Médium »). « Page blanche » restera pendant plus de dix ans l'une des plus importantes collections ados grâce à son « affirmation littéraire et sa haute exigence morale »[14], suivie en 1998 par sa petite sœur, « Page noire », dédiée à la littérature de genre (le polar). Au Seuil, « Fictions » (1995, dirigée par Claude Gutman) crée aussi des ponts avec la littérature adulte, tandis que « Les Uns et les Autres » (1992, Geneviève Finifter) chez Syros

14. F. Marcoin. « L'évolution de la littérature pour les adolescents », *Lecture Jeune*, n° 150, 2014.

se veut engagée et miroir des réalités sociales de la jeunesse.

La collection « Page blanche » s'arrête cependant dans les années 2000 (le catalogue sera repris par la collection Scripto chez le même éditeur). Sans doute est-elle dépassée par le catalogue d'auteurs et autrices françaises formé par Geneviève Brisac à L'École des loisirs (Marie-Aude. Murail, Moka, Malika Ferdjoukh, Susie Morgenstern...) et victime d'une image « trop lisse » face aux romans de la collection « doado » du Rouergue qui n'ont pas peur de bousculer les lignes de la littérature ado (dès 1998, *Cité Nique-le-ciel*, de G. Guéraud, est le premier roman ado à afficher un gros mot en couverture) ou de la collection « D'une seule voix » chez Actes Sud Junior, 2007).

Auteur·rices francophones ou étranger·ères?

Les premières collections de littérature ado ont construit des catalogues d'auteurs et autrices françaises considérables (« Médium », « Tribal » chez Flammarion en 1998, « Page blanche », etc.) Après le phénomène *Harry Potter*, les maisons d'édition se sont tournées vers l'autre côté de l'Atlantique pour trouver leurs propres *Harry Potter, Twilight, Hunger Games* ou autre succès éditorial. Sans délaisser le domaine français, les éditeurs et éditrices ont poussé commercialement le domaine étranger, notamment américain, aussi pour rentabiliser un achat souvent honéreux (enchères, promesse d'adaptation, etc.).

Cependant, récemment, les maisons d'édition parient de nouveau sur les auteurs et autrices françaises : création de collections, recherches actives d'auteurs et autrices grâce à Wattpad ou des concours d'écriture comme Émergences (La charte des auteurs et illustrateurs jeunesse). *U4* (éditions Nathan, 2015), écrit par quatre romancières et romanciers français, en est un très bon exemple : il s'agit de l'une des premières séries francophones, en 2015, à bénéficier de plans de lancement marketing, commercial et médiatique aussi ambitieux que pour une Veronica Roth (*Divergente*, Nathan, 2011) ou un John Green (*Nos étoiles contraires*, Nathan, 2012).

UN NOUVEL ÂGE D'OR

À LA RECHERCHE DU **PUBLIC ADO**

Après *Harry Potter*, la littérature de genre est à l'honneur au début des années 2000. Différents succès s'enchainent et entrainent à chaque fois l'apparition de nouvelles modes : les vampires avec *Twilight* de Stephenie Meyer en 2005 (Hachette Romans), les dystopies avec *Hunger Games* de Suzanne Collins en 2009 (PKJ), puis la « sick-lit » avec *Nos étoiles contraires* de John Green en 2012.

Aujourd'hui, c'est là l'une des spécificités de la littérature ado qui, loin des cloisonnements des rayons de littérature générale, est ouverte à tous les genres : « la liberté est beaucoup plus grande pour l'écrivain·e et le choix beaucoup plus vaste pour le lecteur ou la lectrice ! »[15]

Tous ces succès (d'abord américains !) permettent aussi le développement de nouvelles formes d'écriture, comme la fanfiction (lire page 201) qui amène l'idée de co-fictionnalité, notion selon

15. F. Hinckel, propos recueillis par C. Coquio-Lebresne, « Quelle différences entre la littérature "jeunesse" et celle "pour adultes" ? », *Les Mondes de Clèm*, le 26 avril 2016.

laquelle l'auteur ou l'autrice n'est pas le ou la seule dépositaire de son œuvre.

Les succès de *Twilight* et de *Hunger Games*, et l'augmentation du lectorat plus seulement composé d'adolescent·es mais aussi de jeunes adultes, ont participé à la naissance des premiers rayons dédiés à la littérature ado, comme celui créé en 2009 chez Mollat, à Bordeaux, par Véronique Durand (lire portrait page 30).

Plusieurs collections émergent alors et tentent de conquérir le public adolescent : « Exprim' » (Sarbacane), en 2006, juste avant l'essor des blogs, envoie des ambassadeurs et ambassadrices à la sortie des lycées et des cinémas pour distribuer des flyers. « Créer une collection young adult aujourd'hui, c'est totalement différent parce que le rayon existe déjà et qu'il y a une blogosphère très influente. »[16]

David Levithan avait développé des techniques similaires en créant « Push », chez Scholastic, dans les années 1990 : son équipe et lui avaient sondé leur public potentiel pour comprendre ce qu'ils cherchaient dans la littérature qui leur était dédiée. « Ils et elles avaient envie d'histoires du réel avec lesquelles se sentir connectés. Ça n'a pas besoin de représenter la réalité : les ados adorent *Hunger Games* aujourd'hui non pas parce que ce qui arrive est réel, mais parce que les émotions que les personnages ressentent le sont. »[17].

Ces techniques marketing témoignent à l'époque d'une méconnaissance d'un lectorat que les éditeurs et éditrices tentent de cerner. Quelle tranche d'âge arrêter pour les romans ? Comment définir l'adolescence, notion encore en réflexion, en mutation ? Le lectorat adolescent se renouvelle par ailleurs sans cesse, toujours remplacé par la nouvelle génération à mesure qu'il grandit, et, à ce moment-là en France, c'est un public encore neuf et méconnu.

Les phénomènes que sont *Twilight* ou *Hunger Games* viennent encore rebattre les cartes : on parle bientôt en France de littérature young adult. Nous reparlerons dans la partie suivant de ce terme qui divise toujours les professionnel·les de la littérature ado : est-ce un nouveau vocabulaire pour désigner la même littérature ? Ou bien un public différent (plus âgé, plus complexe) a-t-il émergé ?

Ces sous-segmentations en librairie et les phénomènes éditoriaux qui les construisent prouvent néanmoins la grande vitalité du secteur : après *Harry Potter* ou encore *Eragon* (Christopher Paolini, Bayard, 2002) la littérature ado est sortie des sentiers qui lui étaient dédiés. Elle n'est plus seulement une littérature de l'apprentissage, compagnon de lecture pour grandir, mais aussi une vraie littérature de divertissement (les littérature de genre comme les histoires du réel ont toutes pour ambition le plaisir de raconter des histoires), et de révolte ; en témoignent les nombreux romans ados censurés, notamment chez Actes Sud Junior (*Quand les trains passent*, Martin Lindroth, Actes Sud Junior, 2007), Le Rouergue (ceux de Guillaume Guéraud), Thierry Magnier, Sarbacane, etc. C'est aussi le moment où les blogs littéraires sont en plein essor : toujours plus nombreux, fournis et lus, ils deviennent très rapidement indispensables à la promotion de la littérature ado. Parmi ces supports essentiels, Booktube puis Instagram suivent bientôt (lire focus page 179).

16. Propos recueillis par Tom Lévêque en 2016 dans le cadre d'un mémoire étudiant auprès d'Anaïs Malherbe, relations libraires chez Sarbacane.

17. A. Strickland, « A brief history of young adult literature », *CNN* (le 15 avril 2015).

RECONNAISSANCE ET DÉCLOISONNEMENT

Aujourd'hui, la littérature ado est toujours un secteur éditorial vital mais manque de plus en plus de locomotives comme *Twilight*, *Hunger Games* ou *Nos étoiles contraires* qui, en plus de toucher un grand nombre de lecteurs et lectrices différentes, attirent grâce à leurs adaptations cinématographiques des acheteurs et acheteuses potentielles qui n'avaient pas l'habitude d'aller jusque dans les rayons dédiés.

Le vainqueur du Prix Vendredi 2017 a été publié en 2020 en poche chez Pôle Fiction (littérature ado) et Folio (générale).

La littérature ado s'est néanmoins fait une place de choix dans le paysage littéraire, et commence à s'installer comme une littérature à part entière, légitime. Des actions comme le Prix Vendredi (créé en 2017), qui a pour ambition d'être le Goncourt pour ados, tendent à faire reconnaitre la littérature ado comme une littérature comme les autres. De fait, de plus en plus souvent mêlée à d'autres romans dans les collections de poche pour adultes (voir ci-contre), dans les librairies ou même les prix littéraires (*Nous sommes l'étincelle* [Vincent Villeminot, PKJ, 2019] a par exemple remporté le Prix du Roman d'Écologie, en 2020, face à d'autres livres de littérature générale), elle commence à gagner une certaine reconnaissance auprès du grand public. Même les auteur·rices de littérature générale y cherchent de nouveaux lecteurs et lectrices (Michel Bussi chez PKJ en 2020, Tatiana de Rosnay chez « R » en 2021)...
Aujourd'hui, ce sont peut-être les rayons de littérature pour les plus jeunes (les « pré-adolescent·es », ou les romans pour les « 8-12 ans ») ou young adult (voir page 48) qui peinent à se faire reconnaitre : sans doute car ce sont des segments encore jeunes qui ont encore à prouver qu'ils ne sont pas seulement (comme la littérature ado était auparavant considérée) un segment commercial de divertissement.

Cette source a aidé à la réalisation de l'histoire de la littérature ado anglo-saxonne :

- M. Cart, « From insider to outsider, The evolution of young adult literature », *Voices from the Middle*, n° 9, 2001.

FOCUS

COMMENT HARRY POTTER A CHANGÉ LA LITTÉRATURE ADO

© Rae Tian

« J'avais entendu parler d'une bourse accordée en Écosse à une jeune autrice... » raconte Christine Baker, ancienne directrice éditoriale de Gallimard Jeunesse. Cette jeune autrice, c'est J. K. Rowling, alors mère célibataire, quasiment à la rue mais pleine d'histoires et de rêves. Refusé douze fois par des éditeurs, finalement accepté par la jeune maison d'édition Bloomsbury, le petit sorcier anglais avait peut-être un destin tout tracé, mais il était semé d'embûches. « Même en interne, chez Gallimard, le fait de faire lire et aimer une histoire où se mêlaient la magie et l'école traditionnelle anglaise... c'était tellement hors mode et hors norme ! » Pourtant, Christine Baker achète les droits du roman et devient ainsi la première éditrice étrangère à croire en *Harry Potter*. Il parait en 1998 en France et est primé en 1999 par les librairies Sorcières. « Le premier tome est d'abord sorti en format poche et en toute discrétion mais je me souviens que, dès que je l'ai lu, j'ai trouvé ce texte, signé d'une autrice britannique inconnue, audacieux, original et merveilleux ! »[1]. Quelques mois après sa parution française, il se vend déjà à plus de 30 000 exemplaires. Neuf ans plus tard, le 26 octobre 2007, *Harry Potter et les Reliques de la Mort* est tiré à 2,3 millions d'exemplaires. Si le succès planétaire de cette saga est aujourd'hui une inexplicable évidence, tentons de saisir à quel point *Harry Potter* a métamorphosé la littérature (ado).

1. P. Matsakis, témoignage recueilli par R. Botte dans le dossier Harry Potter de *Page des Libraires*, automne 2016.

Harry Potter en dates

31.07.1965 : Joanne Kathleen Rowling voit le jour en Angleterre.

1990 : Dans un train pour Londres, la future romancière a l'idée du personnage de Harry Potter.

1997 : Le premier tome est publié en Angleterre par Bloomsbury.

2001 : Le premier film ensorcelle les cinémas.

2007 : Le dernier tome mobilise en 24 heures plus de onze millions de lecteur·rices en librairie.

2010 : Le premier parc à thème Harry Potter ouvre dans les studios Universal à Orlando (États-Unis).

2012 : Les Studios Harry Potter sont inaugurés à Londres et accueillent 6 000 visiteurs par jour.

2012 : Le site Pottermore est créé. Très critiqué, il change de forme en 2015 et ferme en 2019. La franchise est désormais mise en avant sur un seul et même site : WizardingWorld.com.

31.07.2016 : La première représentation de *Harry Potter et l'Enfant Maudit* est jouée au Palace Theatre à Londres.

2016 : Le premier des cinq films *Les Animaux Fantastiques* vient étendre l'histoire du monde des sorciers avec son pendant américain.

2020 : Pendant le confinement dû à la pandémie de Covid-19, J. K. Rowling pré-publie en ligne et gratuitement le conte *L'Ickabog*.

2021 : Le très attendu jeu vidéo en « monde ouvert » *Hogwarts Legacy* parait.

QUAND LA LECTURE **PREND DU POLYNECTAR**

LES ADOS LISENT !

S'il est une chose que *Harry Potter* a changé en débarquant dans le monde des Moldus, c'est la lecture elle-même. Ou du moins l'image de la lecture des ados qu'on avait. « C'est innombrable, les fois où j'ai entendu quelqu'un me dire : "Il ne lisait jamais avant !" Mais tout à coup, il y a un effet "potion magique" et les enfants s'engouffrent dans ces livres… » témoigne Christine Baker. Il est vrai qu'avec l'œuvre de J. K. Rowling, les adultes se sont vite rendu compte, non seulement que les enfants lisaient, mais aussi qu'ils pouvaient lire des « pavés ». Eux qu'on croyait inaptes à rester concentrés sur un ouvrage plus de quelques dizaines de pages et qu'on pensait désintéressés de la littérature s'arrachaient soudain, dans d'immenses files d'attente, les nouveaux tomes de cette saga qui a culminé jusqu'à mille pages pour le cinquième tome. Les enfants sont devenu·es prescripteurs et prescriptrices du livre qu'ils et elles se conseillaient entre ami·es et beaucoup se sont mis à lire en anglais pour ne pas avoir à attendre chaque traduction.

> ***Harry Potter* en chiffres**
>
> Plus de **80** traductions (y compris en basque, breton, occitan et latin) dans plus de **200** pays différents.
>
> Tiré à **1 000** exemplaires, les ventes du premier tome s'élèvent à plus de **30 000** en quelques mois, **80 000** en un week-end pour le tome 3, **400 000** en un jour pour le tome 4, près de **9 millions** en 24h pour le tome 6.
>
> Il faut en moyenne **60 heures** pour lire l'intégralité des sept romans dans leur version originale.
>
> *Harry Potter et les Reliques de la Mort* s'est vendu, dans la semaine qui a suivi sa sortie, à **72 millions** d'exemplaires dans le monde.

LES ADULTES **ENSORCELÉS**

La vague *Harry Potter* a fini par atteindre les adultes qui se sont tournés vers ces aventures par curiosité et, bientôt, par passion. « Étrangement, il m'a semblé que j'entrais dans un univers que je connaissais déjà, confie J.-P. Arrou-Vignod, qui a découvert la saga alors même que personne ne la connaissait. Il ne ressemblait à aucun autre et pourtant je l'attendais depuis l'enfance. » La sociologue Séverine Mayol a étudié en 2006 le sens que donnaient des adultes à leur lecture, passionnée, de cette série de livres dits « pour enfants ». « Au fil des entretiens, résume-t-elle sur son site à propos de ses recherches, des caractéristiques communes ont montré que la fascination de ces adultes pour l'univers *Harry Potter* est basée sur une impuissance à se représenter adulte dans une société qui, si elle les fascine, les interroge, notamment par la confrontation à des situations de "non-sens". » Le livre participe ainsi à une vision réenchantée du monde qui ne séduit pas que les plus jeunes. « Au début, même les journalistes ne voulaient pas me suivre là-dessus, se souvient Christine Baker. Mais *Harry Potter* a déjoué tous les codes, toutes les idées reçues. Il a balayé tout ça. »

2. Témoignage recueilli par R. Botte, *op. cit.*

UN SÉISME POUR LE MONDE DE L'EDITION

UNE GÉNÉRATION D'AUTEURS ET D'AUTRICES

Si *Harry Potter* a métamorphosé le monde de l'édition en ouvrant la voie à la création d'innombrables collections de romans ados, c'est d'abord une génération d'auteurs et d'autrices que la saga a créée. « Le miracle *Harry Potter*, reconnait d'emblée Christine Baker, ça a été de libérer, de donner confiance aux auteurs et autrices qui ne savaient pas, quelque part, qu'ils et elles voulaient écrire pour les adolescents. » S'il existe déjà beaucoup d'exemples en France, on a du mal à imaginer le nombre d'écrivains et d'écrivaines qui écrivent encore dans le secret de leur chambre après leur lecture de la saga.

« J'étais tellement fidèle à *Harry Potter*, raconte Christophe Mauri , que lire un autre livre me faisait pleurer, alors je me suis mis à écrire pour patienter entre les tomes. »[3] Entre 13 et 17 ans, il a écrit ce qui allait devenir sa série Mathieu Hidalf, qui raconte, dans un parallèle évident avec le petit sorcier mais au sein d'un univers bien à lui, l'évolution d'un personnage jusqu'à l'âge adulte. Erik L'Homme reconnait avoir eu envie d'écrire *Le Livre des Étoiles* après sa lecture de *Harry Potter*. Christelle Dabos (voir portrait page 82) a découvert l'univers des fanfictions grâce à lui et n'a depuis jamais cessé d'écrire. C'est aussi le cas de Julia Thévenot (voir nouvelle page 94), primo romancière qui nous explique : « la fanfiction a été ma première entrée sérieuse dans l'écriture. Comme j'étais à l'aise dans l'univers familier et douillet de mon petit sorcier, je me suis mise à construire des récits complexes et explorer différentes approches littéraires et stylistiques ».

3. Témoignage recueilli par R. Botte, *op. cit.*

DE L'ÉCONOMIE À LA NARRATION : UN SECTEUR RÉINVENTÉ

« L'impact sur le monde de l'édition est réel, notamment en termes d'infrastructures » écrit le chercheur Laurent Bazin[4]. « Le secteur jeunesse quitte l'ombre de la littérature générale au point de devenir, dans de nombreux cas, le moteur économique d'éditeurs polyvalents ; des maisons se créent, ou se spécialisent, pour se consacrer majoritairement voire exclusivement à ce secteur désormais plus que porteur. » Si la saga a ainsi pu métamorphoser la littérature ado, c'est qu'elle a montré l'intérêt d'une littérature spécifique à cet âge, qui en comprenne les problématiques et accompagne les questions. C'est d'ailleurs quelque chose que Christine Baker a aussitôt pu observer chez la première génération de lecteurs et lectrices de la saga qui ont grandi avec Harry et ses ami·es. « C'est un rite de passage et ça peut le demeurer » avance l'ancienne éditrice. « Avec ses nombreux tomes, le roman d'apprentissage a changé et il permet désormais l'évolution d'un personnage sur une très longue période »[5], explique Virginie Douglas, chercheuse spécialiste de littérature britannique pour la jeunesse. « *Harry Potter* oppose la maturation de ses héros qui, au fil des volumes, passent par toutes les étapes de l'adolescence en en reproduisant les rêves et les atermoiements. » Ce que Laurent Bazin observe là[6], c'est une brèche de possibilités qu'a ouverte J. K. Rowling sans même s'en rendre compte. Cette nouvelle littérature a montré le chemin d'une narration distendue et en même temps dense et dynamique : celle du temps long.

4. L. Bazin, *La Littérature Young Adult*, P. U. Blaise Pascal, 2019.

5. Témoignage recueilli par R. Botte, *op. cit.*

6. L. Bazin, *op. cit.*

Si la sérialité en cycle parait aujourd'hui naturelle, elle était alors loin d'être évidente pour l'édition jeunesse, encore fragile en France. « L'ambition des sept volumes semblait plus inquiétante que rassurante ! » se rappelle Christine Baker. Et pourtant, ils ne semblaient jamais assez nombreux et jamais assez longs pour tous les fans. Une étude américaine, menée par Briana Shemroske de *Booklist* en 2016, a montré que la longueur des livres jeunesse avait presque doublé ces quarante dernières années. D'une centaine de pages en 1976, la moyenne serait, en 2016, d'environ 290. Selon elle, l'un des facteurs qui explique cette augmentation pourrait bien venir de Poudlard...

L'ŒUVRE **AU-DELÀ DE L'ŒUVRE**

DES THÉORIES DE FANS À TWITTER

Très vite fédérateur, *Harry Potter* a réuni autour de lui des centaines de milliers d'ados en quête de partage à un moment où Internet se démocratisait. Les « Potterhead » ont rapidement envahi cet espace. Forums de discussions, sites d'actualités et blogs de fans se sont multipliés. Le nombre de théories tapies dans les recoins du web au sujet de *Harry Potter* est difficilement mesurable aujourd'hui, d'autant plus que, des années après la parution du dernier tome, les fans continuent d'en élaborer.

De ce fait, *Harry Potter*, avec tous les débats qu'il soulève d'année en année, interroge puissamment la portée d'une œuvre et la voix de sa créatrice, notamment par son usage de Twitter. Inscrite sur la plateforme en 2009, elle cumule aujourd'hui plus de quatorze millions d'abonnés, ce qui en fait l'écrivaine la plus suivie au monde et l'une des personnalités les plus influentes. Longtemps, les fans ont décortiqué et rassemblé les informations qu'elle disséminait çà et là sur l'univers de *Harry Potter*, prolongeant ainsi délicieusement la série au même titre que le site Pottermore. Répondant aux questions des internautes, l'autrice donnait des informations sur une maison, son opinion sur un chapitre ou même l'orientation sexuelle de certains personnages. Aujourd'hui, cette façon d'élargir l'œuvre est questionnée par les fans, qui lui reprochent d'en dire trop sur les mystères que laissent les sept tomes ou qui affirment qu'elle réécrit la saga en lui prêtant des idées ou un progressisme qui ne la caractérisaient peut-être pas initialement. Par ailleurs, J. K. Rowling a fait de la plateforme un terrain d'expression personnel très dangereux pour sa notoriété mais surtout pour tout un pan de sa communauté.

« LA MORT DE L'AUTEUR »

En 2020, une série de tweets et de comportements afférents illustrent un chemin de pensée transphobe qui heurte profondément les Potterhead. Déçu·es, voire blessé·es, par cette autrice que certain·es reconnaissaient comme une personnalité les ayant aidé·es à s'accepter, nombreux·ses sont celles et ceux qui ont déclaré sur les réseaux sociaux ne plus vouloir entendre parler de cette saga littéraire. « La solution ne peut pas être de tirer un trait, collectivement, sur les livres de J. K. Rowling, qui comptent parmi les œuvres majeures de la littérature contemporaine, et dont l'impact social, culturel et politique est incommensurable et reste à ce jour absolument inégalé » nuance cependant Clémentine Beauvais, traductrice française de *L'Ickabog*, le nouveau livre de J. K. Rowling[7]. « De nombreux aspects d'*Harry Potter* posent question idéologiquement. Mais ces aspects-là sont débattus, examinés, déconstruits, etc. depuis des années déjà. En parler fait partie d'une dynamique de lecture critique, collective, saine, vivace (...). Il faut à tout prix avoir ces conversations-là, elles sont précieuses. Elles sont le signe d'un lectorat perspicace et

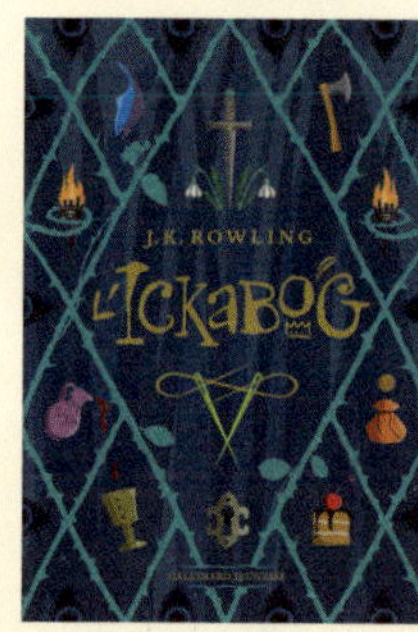

7. C. Beauvais, « 'Sur' ma traduction de *L'Ickabog* dans le contexte des propos de J. K. Rowling », *Littérature pour enfants, littérature pour adultes*, le 15 juillet 2020.

analytique. Elles sont basées sur le texte et sont d'ordre littéraire. »
Au-delà de montrer l'impact que peuvent avoir les réseaux sociaux aujourd'hui sur la perception d'une œuvre ou de son autrice, cette polémique questionne la « mort de l'auteur·rice ». Ce concept littéraire symbolique théorisé par Roland Barthes tend à considérer un texte comme un objet indépendant de son créateur ou de sa créatrice : « c'est le langage qui parle, ce n'est pas l'auteur·rice », explique-t-il. En ce sens, *Harry Potter* n'exprimerait des idées que parce que le lecteur ou la lectrice – qui est « le lieu où la multiplicité du texte se rassemble » – donne du sens à la série en s'y plongeant. J. K. Rowling a-t-elle désormais autant de pouvoir sur son texte que n'importe quel lecteur ou lectrice qui s'en serait emparé ? D'autrice secrète et miraculeuse sorcière, J. K. Rowling a bientôt laissé place à une *business woman* aguerrie aux techniques de communication. Où est passée sa magie ? « Nous devons, je crois, réaffirmer que les auteurs et autrices sont simplement des personnes, (...) des mystères. Alors que leurs œuvres, bien au contraire, sont des lieux ouverts, des espaces de rencontre, de partage, d'échange, de débat, de critique et de tensions. »

← *J. K. Rowling lisant le premier tome de* Harry Potter *à la Maison Blanche, le 5 avril 2010.*

Pourtant, au-delà même de la façon dont *Harry Potter*, son autrice et la communauté de fans existe sur internet et sur Twitter, l'œuvre est un succès commercial inouï qui s'incarne dans de nombreuses formes différentes. « Avec près de dix milliards de dollars générés, la franchise s'est hissée à la troisième place sur le podium mondial de la rentabilité, derrière les univers Marvel et *Star Wars* » observe Laurent Bazin[9]. Au-delà d'un prodigieux monstre capitaliste, cela fait aussi de cette franchise un exemple de transmédia (lire chapitre « Transcender la lecture », page 200). Et quand on sait que des scientifiques ont même donné à certaines espèces des noms tout droit sortis de l'univers de *Harry Potter* – comme les punaises « Sombral », les araignées « Aragog » ou le dinosaure dit « de Poudlard »[10] – il est évident que la saga n'a pas fini de faire tomber les murs de la littérature ado.

9. L. Bazin, *op. cit.*

10. Pantalaemon, « Récapitulatif : 7 espèces nommées en hommage à Harry Potter », *La Gazette du sorcier, le* 14 mars 2017.

1942 Parution aux États-Unis de *Seventeenth Summer*, de Maureen Daly, considéré comme le premier roman ado outre-Atlantique.

1951 Création de « Signe de piste », chez Alsatia, première collection destinée à un public adolescent, suivie de « Marabout Junior » en 1956, et d'autres collections jusqu'à la fin des années 60.

1972 Gallimard lance la collection « Mille Soleils » qui publiera, comme « Folio Junior » dès 1977 ou Flammarion avec « La bibliothèque du chat perché » dès 1979, auteur·rices contemporain·es aux côtés de grands classiques.

1984 L'œuvre principale de Robert Cormier, *La guerre des chocolats*, est publiée en France aux éditions L'École des loisirs.

1985

- Création de la collection « Médium », chez L'École des loisirs
- Susie Morgenstern publie *Terminale, tout le monde descend*, avec sa fille Aliyah Morgenstern, chez L'École des loisirs.

1987 Geneviève Brisac lance « Page Blanche », chez Gallimard Jeunesse, avant de rejoindre deux ans plus tard L'École des loisirs.

1989 Marie-Aude Murail publie son premier roman ado, le tome 1 des *Mésaventures d'Émilien*, chez L'École des loisirs.

1998

- Melvin Burgess choque déjà avec *Junk*, chez Gallimard Jeunesse.
- Parution de *Cité Nique-le-ciel* de Guillaume Guéraud, aux éditions du Rouergue.
- *Harry Potter* de J. K. Rowling est publié en France, chez Gallimard Jeunesse.
- *Les Royaumes du Nord*, premier tome d'*À la croisée des mondes* de Philipp Pullman est publié en France, chez Gallimard Jeunesse.

2000 Gudule publie *J'ai 14 ans et je suis détestable*, dans la nouvelle collection « Tribal » de Flammarion Jeunesse.

2001 Le Rouergue crée la collection « doado ».

2002 « Scripto » vient faire suite à « Page blanche » chez Gallimard Jeunesse.

2003 Parution du premier tome de *La Quête d'Ewilan*, de Pierre Bottero, *D'un monde à l'autre*, aux éditions Rageot.

2005

- Parution du premier tome de la saga *Twilight*, de Stephenie Meyer, Fascination, qui inaugure chez Hachette Romans la collection Black Moon.
- La même année, *Percy Jackson* de Rick Riordan parait aux éditions Albin Michel Jeunesse.

2006

- Sarbacane lance la collection « Exprim' », dirigée par Tibo Bérard.
- Jean-Claude Mourlevat publie *Le combat d'hiver* chez Gallimard Jeunesse.

FRISE CHRONOLOGIQUE

LES **ÉVÈNEMENTS MARQUANTS** QUI ONT CONSTRUIT LA LITTÉRATURE ADO **ET QUELQUES ROMANS** QUI Y ONT CONTRIBUÉ ET Y CONTRIBUENT ENCORE...

2007 Actes Sud Junior crée la collection « D'une seule voix », destinée à être lue à voix haute par les ados.

2009

- Ouverture du premier rayon ado en librairie en France, à Mollat, par Véronique Durand.
- Parution chez PKJ du premier tome d'*Hunger Games* de Suzanne Collins.

2010

- « Pôle Fiction », chez Gallimard Jeunesse, est la première collection poche dédiée au lectorat adolescent.
- Pour la première fois, une maison d'édition (Gallimard Jeunesse) s'intéresse aux blogs littéraires et leur envoie des services de presse : c'est l'essor de la blogosphère.

2010 Timothée de Fombelle sort son premier roman pour ados, *Vango*, aux éditions Gallimard Jeunesse.

2011

- *Divergente*, de Veronica Roth, parait partout dans le monde et en France aux éditions Nathan.
- Margaud Liseuse, Justine Fairyneverland puis Bulledop en 2012 lancent les premières des chaines Booktube.

2012 Parution en France de *Nos étoiles contraires,* de John Green.

2013 Christelle Dabos est révélée par le Concours du premier roman jeunesse organisé par Gallimard Jeunesse, *RTL* et *Télérama* avec *Les fiancés de l'hiver*, le premier tome de sa saga *La Passe-Miroir.*

2015

- Parution des quatre tomes de *U4*, chez Nathan-Syros, premier lancement marketing de grande envergure pour une saga de littérature française.
- Clémentine Beauvais publie *Les Petites Reines*, chez « Exprim' », son premier succès commercial qui la fait connaitre du grand public.

2017 Anne-Laure Bondoux remporte avec *L'aube sera grandiose* le premier Prix Vendredi, créé par le Syndicat National de l'Édition et présenté comme le Goncourt de la littérature ado.

PORTRAIT

CHRISTINE BAKER

Si Christine Baker était un personnage, ce serait Hermione Granger. Elle a la même détermination dans le travail, la même ferveur dans les valeurs qu'elle prône, la même loyauté. Mais Christine Baker a aussi ceci de la meilleure amie du héros, le cerveau du trio, qu'elle œuvre dans l'ombre. Quand on recherche son nom sur Internet, quelques articles vantent sa carrière de responsable éditoriale chez Gallimard Jeunesse ou racontent sa découverte de *Harry Potter*. Mais on en fait vite le tour, alors qu'il y a tant à dire sur cette sorcière de l'édition qui a été actrice de l'essor de la littérature ado en France. Une Hermione Granger moins orgueilleuse, plus assurée, et tout aussi intrépide.

UN CONTE DE **SORCIERS ?**

« Comme Hermione Granger, j'étais obsédée adolescente par le travail scolaire et ne me laissais pas assez de temps pour lire », se souvient Christine Baker. S'ajoutait à cela une frustration : « il n'y avait pas de littérature ado, on lisait trop tôt des livres qui ne nous étaient pas destinés... La littérature jeunesse, avec la comtesse de Ségur, Kipling ou Stevenson m'a marquée plus que n'importe quelle autre, notamment grâce à son intensité. Quelque part, je ne l'ai jamais retrouvée et c'est ça qui m'a orientée vers ce métier. »

Son parcours, elle le raconte comme « un petit conte de fées ». Très tôt, elle traverse la Manche pour rejoindre ce qui est alors la seule librairie jeunesse au monde : The Children Book Center. La magie se poursuit grâce au début d'une grande histoire d'amour avec le directeur de la librairie, Robin Baker. Au même moment, à Paris, Pierre Marchand crée le département jeunesse de Gallimard et entend parler de cette librairie pionnière. « Si tu veux comprendre ce qu'est la littérature jeunesse, lui dit-on, il faut que tu la voies. » Il y rencontre une jeune Française qui n'a depuis jamais quitté Gallimard Jeunesse, dont elle a pris sa retraite en mars 2020, comme un happy end... « Je parlerai toujours de Gallimard à la première personne. Ils sont comme ma famille. »
À la fin des années 80, la maison installe sur le marché français une collection spécifiquement dédiée aux ados (voir Historique). « Il fallait, à l'adolescence, marquer un territoire, un espace particulier. » Mais cette initiative rare, bien que sincère, était par certains aspects presque artificielle : « à l'époque, on a publié beaucoup de titres qui ne seraient plus en littérature ado aujourd'hui ! On avait du mal à trouver des auteurs et autrices. » Mais lors de la création de « Scripto » en 2002, c'est le contraire : il faut trier et sélectionner. « "Page Blanche" a été créée un peu tôt, reconnait Christine Baker, mais c'était un signal... Et c'est bien d'être précurseur. »

LE MIRACLE **HARRY POTTER**

La différence entre « Page Blanche » et « Scripto » ? *Harry Potter*, publié entre temps dans la collection « Folio Junior ». « J. K. Rowling a écrit un manuscrit qui était quasiment le résultat final. Le seul mérite que je m'accorde, moi, c'est de l'avoir fait connaitre chez nous. Comme j'avais déjà publié Beatrix Potter et son *Pierre Lapin*, ça faisait plutôt rire : "Ça suffit avec tes Potter !" » Mais Baker, admirative de cette jeune autrice qu'elle découvre grâce à son réseau professionnel, persiste et devient la première éditrice étrangère à acheter les droits de la saga.

« Mon mari, passionné de littérature jeunesse, était l'un de mes regards principaux. » Aussi, le manuscrit de *Harry Potter* a trainé dans le salon avant de passer par toutes les mains de la famille. Elle pourrait raconter la même chose pour l'autre œuvre majeure qu'elle a fait connaitre en France : celle de Philip Pullman. « Intimidée, j'ai mis plus de temps à le lire. Si mes filles et mon mari ne s'en étaient pas emparé – et mon cœur s'arrête en disant ça ! – j'aurais peut-être lu autre chose. »

Vingt ans plus tard, Christine Baker parle toujours de *Harry Potter* avec émerveillement et porte sur la littérature anglaise le même regard admiratif : « on a tendance à séparer Pullman et Rowling parce que l'un semble plus littéraire que l'autre. Mais leurs deux œuvres ont en commun une grande ambition et le tour de force de la littérature anglo-saxonne, c'est d'y associer une narration complètement limpide et accessible. »

UNE LITTÉRATURE ET UN MÉTIER **EN MUTATION**

« Une littérature ado méprisée : c'est vrai... mais ce n'est rien par rapport à l'avant années 2000 ! » La perception qu'a le public de celle-ci a effectivement changé en même temps que sa production a évolué. « On est passés à une surabondance qui la met en danger. » À cela s'ajoute « une course frénétique aux nouveaux talents, tout le monde cherchant la nouvelle Rowling. »

« C'est plus qu'un métier, éditeur. C'est une vocation. » Cette profession repose sur un savant équilibre : « elle rassemble à la fois la création, la culture, l'artisanat, l'industrie, le commerce, la finance... Elle embrasse et transcende énormément de savoir-faire. » D'un côté, témoigne-t-elle, « il faut faire preuve d'empathie et de psychologie : on a une relation très forte avec les créateurs et créatrices de toutes sortes, pas seulement les écrivain·es » mais en même temps, il ne faut pas perdre de vue la dimension commerciale de l'édition « en étant main dans la main avec imprimeur·se, fabricant·e, libraire, journaliste, blogueur·se... »

Mais, l'industrie grandissant, tout devient très chronophage « et les équipes se réduisent plutôt que d'augmenter. À force, j'avais une peur terrible : ces dernières années, je me demandais si j'aurais eu la disponibilité d'esprit de découvrir des livres comme *Harry Potter* ou *Les Royaumes du Nord*... » Or ce qui l'a animée, tout ce temps, c'est bien « ce bonheur extraordinaire de tomber sur un manuscrit important : un moment tellement exceptionnel qu'on ne perd jamais sa passion. »

La littérature ado, « c'est la nouvelle littérature populaire » analyse Christine Baker. Selon elle, c'est une métaphore de notre société : « on est autonomes de plus en plus tard et comme toutes les intensités de la littérature ado reflètent notre monde, elle nous parle aussi de plus en plus tard. » Elle-même en lit encore beaucoup. « Je lis aussi des correspondances et des biographies... Peut-être est-ce très adolescent, d'être ainsi passionnée par un personnage, qu'il soit d'aujourd'hui ou d'ailleurs. »

← *Christine Baker et l'équipe marketing de Gallimard Jeunesse, pour les 20 ans de Harry Potter, en 2017.*

PORTRAIT

VÉRONIQUE DURAND

« Lire, c'est élargir la vie » déclare Véronique Durand avec évidence. « C'est ce déplacement de soi dans un autre monde qui renvoie pourtant à ce que tu es. La lecture, chez moi, est rarement le refuge du réel, c'est une extension, où d'autres vies sont possibles. »
Ado, Véronique Durand était « une lectrice frénétique » : « je me coupais totalement du monde par la lecture. Je lisais tout ce qui me tombait sous la main sans discernement. » Et en quelques mots, la voilà qui vous transporte quelques dizaines d'années en arrière, par-dessus l'épaule de la petite Véronique qui dévore les livres, entourée de parents non-lecteurs, mais qui l'encouragent. Dans la bibliothèque de la gare SNCF où travaillait son père, « il y avait un coin pour les enfants, une grande armoire métallique, décrit-elle, et une fois qu'on avait tout lu, on n'avait pas le droit de passer à la section adulte ! » De cette frustration est née l'ambition qui l'a accompagnée durant toute sa carrière de libraire : décloisonner. Elle cite d'ailleurs Thomas Vinau qui a écrit : « Les livres se tiennent la main. »

UNE LITTÉRATURE **SANS FRONTIÈRES**

Les « passeur·ses » comme Véronique Durand aime les appeler, sont justement là pour guider le jeune lecteur ou la jeune lectrice, quitte à parfois sortir des sentiers battus. La frontière entre littérature ado et générale l'a toujours passionnée. « Je crois qu'il y a peu de distinctions entre les deux. Évidemment, il y a des codes, qui sont parfois transgressés : l'âge des personnages, une construction qui ne désespère pas – on n'est pas au fond de l'abime, même si on peut le frôler… Mais ce qui compte pour moi, c'est la langue, l'univers proposé, l'imaginaire… » Et ce indépendamment de la littérature choisie. « En la voyant grandir, j'ai toujours défendu l'idée que la frontière est poreuse. Un adulte peut tout à fait y prendre du plaisir. »
C'est pourquoi en 2009, elle crée chez Mollat un lieu pour les jeunes : le rayon ado. Pionnier dans la librairie en France, cet espace se serre dans un coin du magasin, juste à côté de la littérature française. « Les adultes ont souvent du mal à assumer qu'ils lisent de la littérature ado. Le fait d'avoir mis le rayon ado dans la pochothèque de Mollat a permis de briser ce malaise. Je pouvais conseiller quelqu'un au rayon poche, récupérer un livre en ado discrètement et le lui mettre entre les mains. Il faut créer cette porosité par le conseil. » D'autant plus que les premiers lecteur·rices de *Harry Potter* devenaient alors des adultes ! Quant aux ados, ils se sont approprié cet espace. « Les ados venaient entre eux avant ou

après les cours et commentaient les tables. Ils passaient un moment à regarder les livres sans acheter. Les ados ont un pouvoir d'achat potentiel très fort mais ils n'ont pas l'argent sur eux. C'est une attitude que je n'avais jamais vue en rayon jeunesse. » Par conséquent, quand le rayon a été créé, en plein « âge d'or » de la littérature ado, il a connu une augmentation à deux chiffres ! « Ils sont exigeants, ils ne veulent pas qu'on se moque d'eux... et c'est normal ! Mais à partir du moment où on crée une relation de confiance, on gagne déjà beaucoup. »

← Le rayon ado en 2020, plus de dix ans après sa création.

UNE VOCATION DE **PASSEUSE**

Elle-même reconnait aisément qu'il n'y a pas toujours eu quelqu'un pour emmener la littérature ado jusqu'à ses lecteurs et lectrices. Petite, c'est sa tante qui la pourvoit en livres, tous genres confondus. Ensuite, elle plonge dans les Lagarde et Michard de sa soeur ainée. Plus tard, il y a certain·es professeur·es, « mais pour me parler des classiques ». Même étudiante en lettres, Véronique Durand est déçue de ne pas trouver d'autres lecteurs ou lectrices de sa trempe. Jusqu'à ce stage, au Centre de documentation de l'IUT Métiers du livre de Bordeaux. « Tu es trop réservée », lui a dit la professeure-documentaliste tandis que René Martinez, qui dirigeait le DUT, l'encourageait à s'y présenter...

« Libraire, c'est un métier de passion. Un métier vers lequel je suis venue un peu par hasard. » Mais elle découvre assez vite qu'il est fait pour elle. « Les gens venaient vers moi sans que j'aille vers eux. J'ai apprécié qu'on demande des conseils, qu'on m'écoute, qu'on vienne me remercier. C'est un métier valorisant. » En trente ans de carrière, elle l'a vu évoluer. Le rythme s'est accéléré, les grand·es lecteurs et lectrices se réduisent comme peau de chagrin, la librairie réalise une mise en scène permanente du livre par les réseaux sociaux, les vidéos, les rencontres... « Une évolution stimulante qui n'est pas sans mettre parfois l'authenticité à l'épreuve. »

Pourtant, c'est grâce à ça qu'elle a pu proposer, pendant des années, l'un des premiers clubs de lecture pour ados en France. Cet espace de parole, les ados en avaient besoin. De *La Guerre des clans* (Erin Hunter, PKJ) à Proust, les ados se donnaient ainsi mutuellement envie de lire des brassées de titres qu'ils soient neufs ou classiques. « Je me souviens d'une séance particulièrement intense. On était vingt-neuf. Elle a duré trois heures ! Pendant tout ce temps, personne n'a demandé à sortir. Mes ami·es professeur·es en sont tombé·es des nues. »

« La librairie, pour moi, c'est idéalement ça. Être passeur. On se dit énormément de choses à travers les livres ! Avec beaucoup de pudeur, car les gens ne te disent pas leurs peines, mais ils te disent les livres qui les ont touchés... » Libraire, Véronique Durand ne l'est plus. Passeuse, si. Créatrice du Bibliogîte en Périgord noir avec Jean-Pierre Ohl, son mari auteur et ex-libraire, elle reçoit encore des ados qui étirent leurs vacances entre les pages d'un livre et les collines de la Dordogne. « Ils et elles prennent le temps. » Modératrice de rencontres, elle est aussi bibliothécaire quelques heures par semaine. On veut bien la croire quand elle dit que la lecture, pour elle, est « plus qu'une aide à vivre. C'est quelque chose qui m'est complètement nécessaire. »

← Une bibliothèque dans l'un des Bibliogîtes de Véronique et Jean-Pierre.

NOUVELLE

LE PONT DE SINGES

Anne-Laure Bondoux

Quand Anne-Laure Bondoux part à l'aventure, difficile de ne pas la suivre ! Le souffle romanesque qui habite ses romans lui vient de l'énergie vive de l'enfance où elle a compris, à neuf ans, que l'écriture vivait en elle. Mais c'est seulement vingt-cinq ans plus tard — après quelques années chez Bayard presse, des centaines d'histoires lues à ses enfants, quelques chansons, pièces de théâtre et autres textes restés dans les tiroirs — qu'elle publie son premier roman. Depuis, elle se consacre à l'écriture et emporte avec chacun de ses livres des dizaines de milliers de lecteurs et lectrices. Des *Larmes de l'assassin* (Bayard Jeunesse, 2003) à *L'Aube sera grandiose* (Gallimard Jeunesse, 2017), Prix Vendredi, ses personnages ont fait chavirer le cœur de générations entières. Dans la foulée de son bouleversant *Tant que nous sommes vivants* (2014), elle a publié en 2015, avec Jean-Claude Mourlevat, son premier roman pour adultes : *Et je danse, aussi* (Fleuve), dont le second tome *Oh Happy Day* est paru en 2020.

Gema était née près du Ravin. Comme tous ceux d'ici, elle vivait selon les contraintes de cette géographie indiscutable qui coupait la terre en deux. Existait-il un moyen de traverser cette cassure obscure et vertigineuse ? Gema l'ignorait. D'ailleurs, elle n'y songeait pas ! Tout ce qu'elle aimait vivait, poussait et prospérait de ce côté-ci : ses parents, son frère aîné, ses amis, les fruits de l'arbre-lait, le bois de l'arbre-feu, la sève de l'arbre-savon, les branches sinueuses de l'arbre-jeu, et les ramures infinies de l'arbre-livre. Pour elle, c'était simple : il suffisait de ne pas s'approcher du Bord ni du Vide, et la vie pouvait continuer, douce et paisible.

Mais un jour, à la veille de la Fête des Bourgeons, cherchant son frère pour qu'il l'aide à préparer leur traditionnelle guirlande de fleurs, elle le surprit, perché sur une branche improbable de l'arbre-livre, en grande conversation avec l'un de ses amis.

— Tu vois, disait le frère de Gema, il suffirait de trouver cet endroit, là, pour pouvoir traverser !

Les deux garçons étaient penchés sur quelque chose, les yeux brillants d'excitation. Un plan ? Une carte ? Cela semblait en tout cas bien plus passionnant que n'importe quelle guirlande de fleurs... Gema n'osa pas se montrer, mais elle ne put s'empêcher d'écouter leurs divagations. Lorsqu'elle redescendit de sa cachette, elle était profondément troublée.

Ce jour-là, elle s'aventura au bout d'un des chemins qui menaient vers le Bord. Elle s'en approcha, jusqu'à ce que la peur du Vide la paralyse. Elle leva alors les yeux et, pour la première fois, elle regarda de l'autre côté.

Elle ne vit d'abord pas grand chose. Par-delà l'obscure cassure, le paysage était noyé de brume. Elle finit néanmoins par deviner des contours, des montagnes peut-être, aux sommets desquelles scintillaient de faibles lueurs. Elle resta là un moment, déconcertée. Traverser ?

Mais comment? Et surtout pour quoi faire? Il n'y avait rien d'intéressant de l'autre côté! Son frère allait-il trahir leurs jeux, leurs arbres, la confiance de leurs parents, pour rejoindre ces ombres inquiétantes qu'on apercevait au loin?

Elle eut bientôt la réponse à ces questions.

Un soir, son frère ne rentra pas diner. Son assiette resta sur la table, aussi vide et triste que l'était le cœur de Gema. Son frère ne revint pas non plus dormir, et le lendemain, Gema comprit qu'il avait mis son projet à exécution : il s'était lancé dans la traversée du Ravin, il ne reviendrait plus.

— Il reviendra peut-être de temps en temps, la consola sa mère.

— Quand il aura besoin d'un bon bol de l'arbre-lait, il trouvera bien un moyen! ajouta son père avec un clin d'œil.

— Mais que va-t-il chercher, là-bas? voulut savoir Gema. Il a tout, ici!

— C'est l'ordre des choses, sourit sa mère. Moi aussi, j'ai traversé, tu sais. Autrefois, j'habitais de l'autre côté, tout comme ton père. Et toi, un jour prochain, tu auras besoin à ton tour de passer sur l'autre rive.

Cette prédiction agaça Gema. L'ordre des choses? Quelle idiotie! Jamais elle ne voudrait quitter ce côté-ci du monde pour d'illusoires montagnes! Jamais!

Ayant dit cela, elle courut jusqu'à l'arbre-jeu et se perdit dans ses branches jusqu'au soir.

Quelques années passèrent, puis un matin, Gema s'arrêta au pied de l'arbre-jeu, saisie par une fatigue inattendue. Elle leva les yeux vers les branches. Pas une où elle n'ait déjà fait le cochon-pendu, pas une d'où elle n'ait imaginé des attaques de corsaire, des voyages vers la lune.

— Tu viens? l'appelèrent ses amis.

Gema poussa un soupir et préféra s'asseoir dans l'herbe. Autour d'elle, tout semblait si familier! Si prévisible! Si... borné!

Le soir venu, pendant le diner, elle n'écouta que d'une oreille la conversation de ses parents. Le sujet? Les préparatifs de la Fête des Bourgeons.

— Alors Gema, tu as choisi les fleurs pour ta guirlande? lui demanda son père.

Elle roula des yeux. Pff! Elle n'allait pas passer sa vie à faire des guirlandes de fleurs, quand même?

Le lendemain, elle se décida. Dans les ramures de l'arbre-livre, elle retrouva l'endroit improbable où elle avait surpris son frère. Là, dans une branche creuse, elle mit la main sur ce qu'elle cherchait : c'était bien ça, une carte! Elle la déroula, l'examina avec une attention fébrile et en mémorisa chaque détail, avant de dégringoler au pied de l'arbre. Elle retourna chez elle en vitesse, fourra dans un sac le strict nécessaire, et sans réfléchir plus longtemps, prit le chemin du Ravin.

En arrivant au Bord, Gema s'aperçut que le Vide ne la paralysait plus. Peut-être parce que son regard était happé par les formes étranges qu'elle distinguait de l'autre côté et qui se paraient de couleurs plus franches, de lumières plus vives?

Elle suivit le Bord, s'égara un peu, mais elle finit par trouver le lieu qu'elle avait repéré sur la carte. C'était un ancien point de passage, enfoui sous la végétation : un Pont de Singes qui reliait les deux rives du monde. La construction était très ancienne, elle n'avait pas l'air solide. Les cordes étaient distendues, les planches vermoulues, peu importe, c'était le seul moyen de traverser.

Avant de s'engager sur cette structure incertaine, Gema hésita. Elle imagina ses parents, désemparés devant l'assiette qui resterait vide sur la table du diner, à la place que leur fille avait si longtemps occupée. Elle en eut les larmes aux yeux. Mais rester de ce côté-ci du monde, désormais si ennuyeux? Non, c'était insupportable.

Elle avisa, dans le fouillis des herbes, quelques pousses d'espèces endémiques qu'elle déterra délicatement et qu'elle décida d'emporter avec elle, en souvenir d'ici. Puis, chassant ses scrupules, elle posa le pied sur le Pont de Singes.

Comme elle fut longue et éprouvante, cette traversée !

Seule, bousculée par le vent, transie par la pluie, cent fois Gema eut peur de tomber. Cent fois elle se demanda quelle folie s'était emparée d'elle d'être partie si vite, sans dire au revoir, avec à peine de quoi se nourrir et se réchauffer. Oh, il fallait que l'autre côté soit à la hauteur des risques qu'elle prenait ! Il fallait qu'il soit plus beau, plus luxuriant, plus vaste et intéressant que tout ce qu'elle avait quitté, sinon à quoi bon ?

Elle continua d'avancer en surveillant chacun de ses pas. Les planches étaient si glissantes, impossible de lever le nez, et comme elle fixait le Vide, des doutes l'assaillirent. Et si l'autre rive s'avérait aride et moche ? Ou escarpée et truffée de pièges ? Ou habitée par des peuplades hostiles ?

Elle arriva cependant au milieu du Pont de Singes.

Là, le vent soufflait si fort que Gema eut envie de rebrousser chemin. Elle s'imagina chez ses parents, assise au chaud, en train de faire sa guirlande de fleurs... Après tout, l'ennui ne valait-il pas mieux que la déception ? Elle faillit faire un pas en arrière, mais suspendit son geste à temps. Catastrophe ! Entre elle et le Bord, toutes les planches avaient disparu, comme dissoutes par un mystérieux acide. Impossible de revenir en arrière !

La gorge nouée, Gema dut de nouveau faire face à l'inconnu.

Posant un pied après l'autre sur ce pont fragile, elle se fit alors une promesse. Là-bas, quelles que soient les difficultés qui l'attendaient, elle trouverait un endroit. Un lopin, un jardinet ! Une terre, même petite, où replanter les arbres-lait, les arbres-savon, les arbres-feu, les arbres-jeu et surtout les arbre-livres dont elle transportait les jeunes pousses dans son sac. Peut-être qu'en se mêlant aux essences nouvelles, les plantes de son enfance produiraient des merveilles ?

Elle releva la tête et sourit.

À la faveur d'une éclaircie, les contours de l'autre rive se précisaient. Elle empoigna la rampe de cordes, et, le cœur plus léger, elle se mit à sautiller d'une planche à l'autre, au milieu de cette majestueuse cassure.

La traversée du Pont de Singes ne lui semblait plus si effrayante. Maintenant qu'elle savait ce qu'elle voulait, c'était même assez amusant de ne pas savoir où elle allait.

Notre coup de cœur

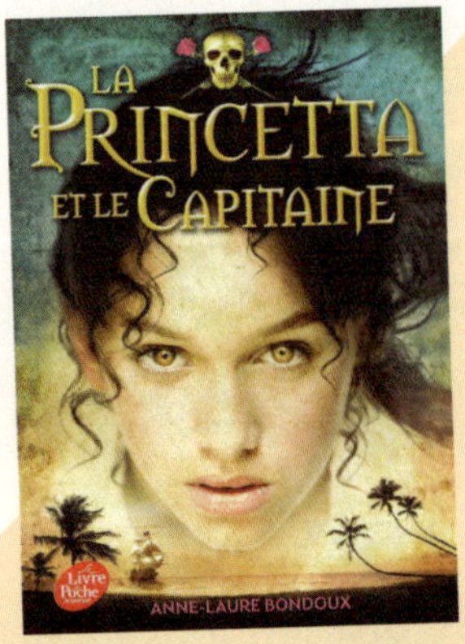

02

LITTÉRATURE ADO : QUELLES FRONTIÈRES ?

02.01 UNE LITTÉRATURE COMPLÈTE

La littérature ado est une littérature, nous l'avons vu, très jeune – à peine cinquante ans. Ses formes sont variées, ses sujets tout autant et sa grande créativité, vantée par la plupart des personnes interrogées pour ce livre, rend d'autant plus complexe (et riche !) son champ et les motifs littéraires qui la composent.

Dans ce deuxième chapitre, nous tenterons de comprendre où se trouvent les frontières de cette littérature. S'il est souvent facile de distinguer un roman « jeunesse » d'un roman « ado » (encore que, vous le verrez, établir notre liste de 100 incontournables nous a fait nous poser des questions sur quelques romans proches de ceux dits « junior », lire page 63), il est plus difficile de déterminer si la littérature young adult est une catégorie littéraire à part entière et de dire où elle commence.

Mais avant cela, nous nous intéresserons aux formes de cette littérature qui, depuis la fin du XXe siècle, a bien évolué. Du « roman miroir » à *Twilight* (Stephenie Meyer, Hachette Romans, 2005), il y a un monde – voire plusieurs. Pourtant, tous font partie de la même littérature. Une forme les réunit-elle ? Un genre ? Qu'est-ce qui fait un roman de littérature ado ?

LE ROMAN MIROIR

DES ROMANS **DE L'INTIME**

Les premiers romans ados parus à la fin du XXe siècle héritent de la tradition du manuel d'éducation qui avait pour ambition de faire l'éducation morale de la jeunesse (voir chapitre 1, « Historique », page 11) et cherchent à s'en affranchir. Ils tendent donc non pas à emmener le lecteur ou la lectrice sur un chemin moral ou pédagogique, mais plutôt à accompagner son entrée dans l'âge adolescent puis adulte. La littérature ado se veut plutôt un reflet du monde et de la vie, et plus spécifiquement de l'adolescence et des questionnements qui bouleversent cet âge-là.

Le « roman miroir » désigne donc la littérature qui « met en scène la question de l'identité »[1], en tant que question intime et en tant que question sociale – la relation aux autres. Elle veut offrir des repères à l'ado « en crise », c'est-à-dire altéré par des « transformations physiques et psychiques, qui s'imposent à lui, qu'il ne comprend pas toujours et qu'il doit se représenter et symboliser »[2].

Comme ses cercles familiaux et amicaux, la culture au sens large est là pour l'aider à symboliser ces transformations. La littérature ado agit comme un miroir, lui permettant de se représenter à lui-même en même temps qu'il grandit et se construit, mais aussi de mettre des mots sur des sentiments, des angoisses ou des fantasmes, en bref sur ce qui était jusqu'à présent ressenti

1. J.-M. Talpin, « Se construire grâce au roman miroir », *Lecture Jeune* n° 122, juin 2007.

2. *Ibid.*

mais impensé. Les pensées et émotions alors jugées anormales jusque-là sont légitimées par la lecture : « la honte et la culpabilité » sont apaisées en comprenant qu'il n'est pas seul dans ce cas-là.
« La littérature transforme l'expérience humaine et nous la reflète. C'est dans ce reflet que l'on comprend nos propres vies et expériences comme faisant partie d'une expérience humaine plus large. Lire, alors, devient une affirmation de soi. »[3]

ROMAN MIROIR ET **ROMAN FENÊTRE**

C'est de cette considération de la littérature ado comme miroir que nait pour Rudine Sims Bishop la réflexion sur l'importance de la diversité dans les livres pour enfants et pour ados.
Rudine Sims Bishop distingue deux raisons à la nécessité de cette diversité dans les livres :
1) Que tous les enfants puissent avoir *leur* littérature miroir, et ainsi se retrouver dans les personnages, questionnements et histoires mises en scène. Parce que « quand les enfants ne peuvent pas se sentir reflété·es dans les livres (…), ils et elles apprennent une leçon importante qui est combien ils et elles sont dévaluées dans la société dont ils et elles font partie ».
2) Que tous n'aient pas seulement des *miroirs* mais aussi des *fenêtres*. À force de se voir reflété·es dans les livres qu'ils et elles lisent, les enfants risquent de « grandir avec un sens exagéré de leur valeur dans le monde, dangereux ethnocentrisme », et perdent le sens essentiel du multiculturalisme de notre monde. « Les enfants n'ont pas seulement besoin de mondes imaginaires, mais aussi de livres comme fenêtres sur la réalité. »
(Nous consacrons une partie à la question, page 132, avec quatre blogueur·ses dont les témoignages répondent aux propos de Rudine Sims Bishop : « Quand tu ne vois aucun personnage qui te ressemble, tu commences par te demander si le problème vient de toi », témoignait Élodie-Aude alias @labooktillaise.)

UNE LITTÉRATURE **COMPLÈTE**

LA LITTÉRATURE ADO **N'EST PAS UN GENRE LITTÉRAIRE**

Si le roman « miroir » est très largement présent dans l'ensemble de la production contemporaine pour les ados, ce n'est pas le seul genre que l'on y trouve – loin de là, et surtout depuis *Harry Potter* !
Christine Baker l'expliquait dans le focus que nous avons consacré au petit sorcier de J. K. Rowling (voir page 21), il n'était pas évident, à l'époque de la publication du premier tome, d'éditer un roman de magie sur un décor traditionnel anglais…
Depuis, l'imaginaire a envahi les rayons de littérature ado (mais pas seulement) et en constitue une part très importante. Les plus gros succès, de *Harry Potter* (J. K. Rowling, Gallimard, 1998) à *Hunger Games* (S. Collins, PKJ, 2008) en passant par *Twilight* (S. Meyer, Hachette Romans, 2005) le prouvent. Une grande place est d'ailleurs laissée à l'imaginaire, jusque dans le réalisme « où l'on s'autorise plus facilement à passer du roman de vie à des incursions fantastiques », remarque Coline Pierré (lire portrait page 92). Exemple à l'appui avec *Le copain de la fille du tueur*, de Vincent Villeminot (Nathan, 2016), qui se positionne entre la romance, le polar et le roman fantastique.

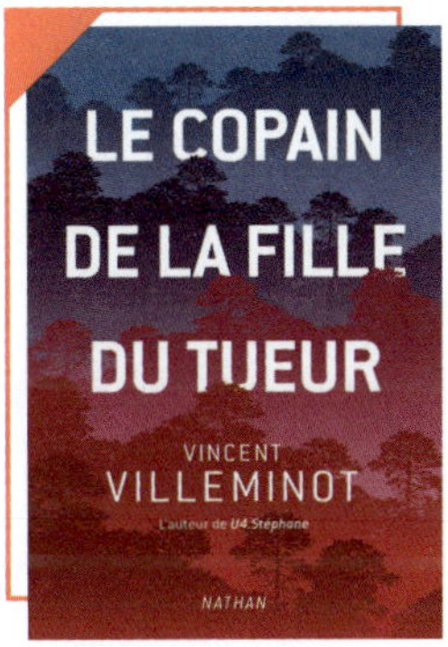

3. R. S. Bishops, « Mirrors, Windows and Sliding Glass Doors », *Perspectives* n° 3, été 1990.

En explorant un peu la liste des 100 incontournables au chapitre suivant (page 61), on remarque ainsi l'éclectisme des genres qui composent cette littérature : roman intimiste, fantasy, fantastique, post-apocalyptique, dystopie, uchronie, western, historique, policier, science-fiction, conte, etc. Les couvertures ci-dessous illustrent cette diversité.

La littérature ado est donc une littérature complète, composée de beaucoup de genres littéraires différents – ce qui explique qu'il est difficile, comme en littérature générale, d'en définir les frontières.

UN MOTIF RÉCURRENT : **LA QUÊTE INITIATIQUE**

L'effet « miroir » se retrouve dans beaucoup de genres littéraires : c'est l'illusion du « lointain »[5]. Elle permet au lecteur ou à la lectrice, du roman de science-fiction au roman historique, de se projeter, tout en offrant une barrière spatiale, temporelle voire imaginaire comme « mécanisme de défense ».

La littérature ado fait « miroir », en premier lieu car une majeure partie de ses romans a pour motif la quête initiatique – que les romans soient intimistes (« miroir », donc) ou relèvent de l'imaginaire.

Dans un ouvrage qui a été très important pour la recherche en littérature ado dans le monde anglo-saxon, Roberta Seelinger Trites[6] a théorisé la différence entre littérature jeunesse et ado en se basant sur l'idée d'adhésion ou de répression au système.

Pour elle, la littérature jeunesse est celle d'adhésion. Le héros ou l'héroïne va, avec émerveillement et curiosité, se mettre en contact avec beaucoup de choses, entrer en interaction avec le monde et les autres. Par l'exploration, grâce aux personnages secondaires et notamment adultes, il ou elle atteint sa maturité, découvre ce qu'il ou elle sait faire et trouve sa place dans le monde.

La littérature ado, quant à elle, est celle de la répression. Dans celle-ci, le héros ou l'héroïne comprend que sa place dans le monde n'est pas assurée et que le monde veut de lui ou d'elle des choses qu'il ou elle ne veut pas faire/être. Il ou elle se découvre ainsi soi-même et quelle place il ou elle voudrait se faire dans le monde. *Harry Potter*, par exemple, remet finalement en cause les adultes en qui il avait confiance (Dumbledore) et s'aperçoit qu'on se sert de lui à certaines fins. Il perd donc confiance et entre en révolte contre le monde qui l'entoure.

C'est pour Roberta Seelinger Trites un des grands arcs de cette littérature : la rébellion contre les institutions. Le héros ou l'héroïne, en imaginaire ou dans une veine réaliste, refuse la place qu'on lui attribue car celle-ci est comme un piège.

5. J.-M. Talpin, *op. cit.*

6. R. S. Trites, *Disturbing the Universe: Power and Repression in Adolescent Literature*, University of Iowa Press, 2000.

UNE LITTÉRATURE **CRÉATIVE**

Enfin, l'une des caractéristiques de la littérature ado mises en avant par les personnes interrogées pour ce guide, c'est la grande inventivité de cette littérature : « c'est un espace de liberté absolument foisonnant », s'enthousiasme Michel Abescat (lire portrait page 172). Sa diversité ne s'exprime pas seulement dans ses genres mais plus encore dans ses formes, ses voix, ses styles d'écriture.

À nouveau, les 100 incontournables présentés dans le chapitre suivant (page 61) permettent de mieux comprendre l'éclectisme formel de la littérature ado. Cet éclectisme se lit parfois jusque dans le détail (le Bruit, par exemple, que forment les pensées des hommes dans *La Voix du Couteau* de Patrick Ness [Gallimard Jeunesse, 2008], qui s'incarne graphiquement sur la page) et souvent dans la forme-même du roman – le journal intime,

par exemple, genre longtemps prisé en littérature ado, comme dans *Le journal d'Aurore* de Marie Desplechin (L'École des loisirs, 2006-2009). Ne pouvant détailler la multiplicité des formes qui habitent cette littérature, nous avons choisi de nous concentrer sur deux exemples.

LE ROMAN **ÉPISTOLAIRE 2.0**

Dans les 100 incontournables mis en avant dans notre guide, le roman d'Alice Kuipers, *Ne t'inquiète pas pour moi* (Albin Michel, 2007) est particulièrement unique en son genre. Véritable réinvention du roman épistolaire, ce livre n'est composé que de post-it échangés entre une mère et sa fille adolescente, qu'elles se collent sur le frigo.

Le genre épistolaire revient souvent, même par chapitres, en littérature ado, en mettant en scène les échanges numériques des personnages : réseaux sociaux, SMS et autres messages WhatsApp sont à l'honneur. On peut citer par exemple *Comme des images,* de Clémentine Beauvais (Sarbacane, 2014) qui parle justement des conséquences parfois dramatiques des réseaux sociaux, ou plus récemment *Darling* de Julien Dufresne-Lamy et Charlotte Erlih (Actes Sud Junior, 2020).

Parfois, le roman est bien plus protéiforme : *Cathy's Book* (Adèle Houssin, Bayard, 2008) est enrichi de tout un ensemble de petits bonus, cartes, photos et papiers qui aident les lecteurs et lectrices à comprendre l'intrigue, et peut-être résoudre le mystère du livre (lire « Transcender la lecture », page 200). Plus loin encore dans l'éclatement de la forme classique du roman : *Illuminae* (Amie Kaufman et Jay Kristoff, Casterman, 2016-2018) est une série de romans pensés comme des dossiers. La narration est faite de dialogues, de rapports, de journaux de bord, de cartes et d'illustrations scientifiques.

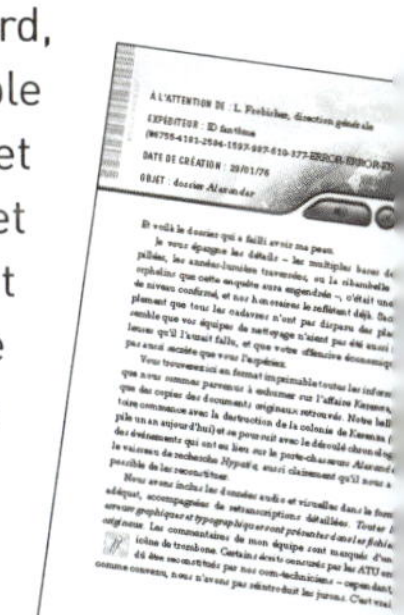

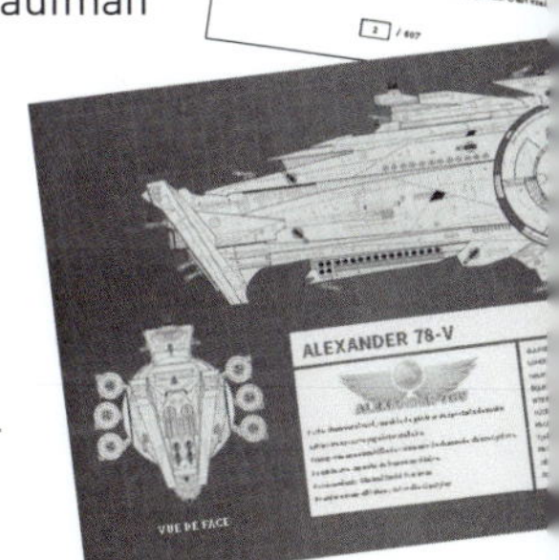

LE ROMAN **EN VERS**

En 2016, une petite bombe littéraire française a fait bouger les lignes du secteur ado. Vendu à plus de trente mille exemplaires, *Songe à la douceur* (Clémentine Beauvais, Sarbacane, 2016) a été le premier roman ado en vers sur le marché français. L'autrice – qui vit et enseigne les sciences de l'éducation en Angleterre – hérite de la littérature jeunesse anglaise qui propose depuis longtemps des romans en vers à ses lecteurs et lectrices. Sarah Crossan est l'une des cheffes de file, là-bas, de ce type d'écriture – et a depuis été traduite (par Clémentine Beauvais !) aux éditions Rageot : *Inséparables*, 2017 ; *Swimming pool,* 2018 ; *Moon Brothers,* 2019 ; *Toffee et moi*, 2020.

Après le succès d'estime et commercial du roman de Clémentine Beauvais, une offre de plus en plus large de romans en vers a éclos en France : *Frères* de Kwame Alexander (Albin Michel Jeunesse, 2017), puis *Les vrais champions dansent dans le blizzard,* du même auteur (2019), *Long way down* de Jason Reynolds (Milan, 2019) ou encore *En apnée* de Meg Grehan (Talents Hauts, 2020).

Deux d'entre eux se retrouvent sur la liste de nos 100 incontournables : *Signé Poète X* (Elizabeth Acevedo, Nathan, 2019), et *Inséparables*, de Sarah Crossan. La littérature ado se définit ainsi par sa grande créativité : elle se renouvelle, propose, invente, expérimente. Même si certains romans sont publiés simultanément en jeunesse et en adulte (*Ne t'inquiète pas pour moi*, d'Alice Kuipers au Livre de poche en 2011) et que d'autres innovent aussi en littérature générale (Foenkinos s'est par exemple essayé au roman en vers en 2014 avec *Charlotte* aux éditions Gallimard), l'approche est plus timide.

« Comme on est à la marge de la littérature générale, soutient Coline Pierré (voir portrait page 92), que notre littérature n'est pas respectable, il y a moins d'enjeu de récompense symbolique, on a moins d'influence sur ce qu'il faut faire ou faut être... Et on y trouve une vraie liberté ! On peut proposer des livres atypiques. Oui, la littérature jeunesse, c'est l'invention et la subversion. »

Extrait de →
Songe à la douceur
de Clémentine Beauvais
(Sarbacane, 2016)

s'il te plaît
s' il te plaît s'il te
plaît s'il te plaît s'il te plaît
s'il te plaît s' il te plaît s'il te
plaît s'il te plaît s'il te plaît s'il te plaît
s'il te plaît s'il te plaît
s'il te plaît s'il te plaît s'il te plaît
s'il te plaît s'il te plaît s'il te plaît
s'il te plaît s'il te plaît s'il
te plaît s'il te plaît s'il te plaît
s'il te plaît s'il te
plaît s'il te plaît
s'il te plaît s'il te plaît s'il
te plaît s'il te plaît
s'il te plaît s'il te plaît s'il te plaît
s'il te plaît s'il te plaît s'il te plaît
s'il te plaît s'il te plaît s'il te plaît
s'il te plaît s'il te plaît s'il te plaît
s'il te plaît s'il te plaît s'il
te plaît s'il te plaît s'il te plaît
s'il te plaît s'il te plaît s'il te
plaît s'il te plaît s'il te plaît
s'il te plaît s'il te plaît
s'il te plaît s'il te plaît s'il te
plaît s'il te plaît s'il te
plaît
s'il te
plaît
s'il te
plaît
s'il
te
plaît

mais non
mais mais
pourquoi pas non
mais mais pourquoi
mais non mais mais
pourquoi mais mais
mais non mais mais
mais pourquoi mais
non mais mais mais
pourquoi pas mais non
mais mais non mais mais
pourquoi pas non mais
mais pourquoi mais
non mais mais pourquoi
mais mais mais non
mais mais pourquoi pas
non mais pourquoi non
non mais mais mais pourquoi
mais non mais
mais non mais mais mais
non mais mais non
pourquoi mais mais
non mais non
mais pourquoi
non mais pourquoi
mais non
mais
non
mais
non
mais
mais
pourquoi

NOUVELLE

LA CHEVELURE

Stéphane Servant

Né en 1975 dans le sud de la France, Stéphane Servant a grandi sous un livre. Il a étudié la littérature anglophone avant de fouler d'innombrables chemins dans le milieu scolaire et associatif, le développement culturel, les arts du cirque, le graphisme et la presse. Derrière son sourire malicieux, il y a un cerveau qui turbine à cent à l'heure, au même rythme que vont ses dizaines d'albums pour enfants, publiés ces quinze dernières années. Mais il y a au-dessus de son sourire un regard de rêveur qui habite ses romans introspectifs et poétiques. De *Guadalquivir* (Gallimard Jeunesse, 2009) à *Félines* (Le Rouergue, 2019), il a envoûté les adolescents avec des histoires comme le saisissant *Cœur des louves* (2013) ou l'inoubliable *Sirius* (2017), récompensé de très nombreux prix littéraires. Également novelliste et auteur de romans pour enfants, il écrit dans la montagne, le nez dans le vent et les pieds dans la terre.

Les cheveux de Maylis étaient extraordinaires.

C'est la première chose qu'on remarquait chez elle. Noirs, épais et brillants, ils cascadaient sans fin dans son dos jusqu'à ses reins. On aurait dit une coulée d'encre ou de nuit pure. Sa chevelure était si souple et si dense à la fois, qu'elle semblait palpiter et onduler d'elle-même. Comme si elle était dotée d'une vie propre. De loin, on aurait pu croire qu'un animal s'était lové sur les épaules de cette frêle jeune fille. Une bête nocturne et racée, à l'affût, tout aussi magnifique qu'inquiétante.

Déjà toute petite, quand Alice l'amenait au parc, les parents d'autres enfants semblaient hypnotisés par la chevelure de la fillette.

— Quels cheveux merveilleux ! s'exclamaient les mères de famille, résistant tout juste à ne pas plonger leurs longs doigts dans la toison qui recouvrait les épaules de Maylis.

Alice se délectait des regards envieux, des mains tremblantes qui s'arrêtaient dans leur course à quelques centimètres à peine de la chevelure de sa fille. Comme si ces femmes étaient finalement trop intimidées pour aller jusqu'au bout de leur geste. Peut-être même un peu effrayées de la réaction que ça pourrait provoquer.

— Oui, c'est vrai, minaudait Alice, les cheveux de Maylis sont extraordinaires. Elle a bien de la chance.

L'enfant baissait la tête. Comme pour mieux offrir aux yeux de ces femmes et de leurs maris son incroyable chevelure. Ou peut-être pour faire plaisir à sa mère qui adorait ses cheveux plus que quiconque.

Sa mère pouvait passer des heures à brosser les cheveux de sa fille.

Depuis toute petite, tous les soirs à vingt heures, Maylis s'asseyait sur le tabouret devant la coiffeuse de sa chambre. Alice la rejoignait, prenait la brosse en poils de sanglier si souples, et elle passait et repassait la brosse dans les cheveux de sa fille, avec application, un air de plénitude sur le visage. Dans le miroir, Maylis regardait sa mère, certaine qu'elle lui offrait là sa plus belle preuve d'amour. Elles n'échangeaient pas un mot. Pendant de longues minutes qui semblaient durer des heures, il n'y avait que le bruit de la brosse dans la chevelure de Maylis. On aurait pu croire au ronronnement d'une bête repue, gorgée de sang.

Au fil des ans, ce rendez-vous devant la coiffeuse était devenu un rituel. Ni la lassitude, ni les accidents de la vie n'étaient jamais venus briser ce moment.

Ce jour-là, à la veille de son quinzième anniversaire, Maylis regardait le jardin en attendant sa mère.

De lourdes roses rouges avaient éclos ce matin. Elle pouvait presque sentir leur odeur suave et entêtante à travers la fenêtre. Sa mère en prenait grand soin, traquant sans pitié les pucerons, préparant des décoctions étranges pour éliminer les maladies et tout ce qui serait susceptible de flétrir leur beauté pour laquelle elle se donnait tant de mal, année après année.

Maylis savait que sa mère arriverait bientôt, qu'elle refermerait doucement la porte de la chambre, et que pour de longues minutes il n'y aurait plus que le chant de la brosse en poils de sanglier si souples dans ses cheveux.

Aussi sûr que la nuit succède au jour.

Maylis esquissa un sourire en repensant à la première fois où Charlie était venue ici. Elle avait décapité trois rosiers pour se frayer un passage jusqu'à la fenêtre de la chambre.

— Y'a des saloperies de ronces partout dans ton jardin, avait-elle rageusement lancé en retirant les épines de ses mains.

Le lendemain, quand Alice avait découvert le carnage, elle en avait été malade. Le sol était recouvert de pétales rouges. Un tapis écarlate. Une flaque de sang. Elle ne comprenait pas quel animal avait pu malmener ainsi ses plantations.

Bien sûr, Maylis n'avait rien dit. Sa mère n'aurait jamais accepté que Charlie lui rende visite en pleine nuit. Elle n'aurait jamais accepté Charlie.

Les deux filles s'étaient rencontrées quelques mois plus tôt au club d'équitation où Charlie s'occupait des chevaux. Elles étaient aussi différentes que le soleil et la lune. Charlie tout en muscles, en os et en rage. Maylis, frêle poupée diaphane ensevelie sous sa chevelure vivante. En lui tendant les rênes d'une pouliche à la robe de lait, Charlie avait regardé Maylis, droit dans les yeux. Elle l'avait regardée, elle. Elle et pas ses cheveux, et il lui semblait que c'était la première fois de sa vie qu'on la regardait vraiment. Dans le ventre de Maylis, une chose inerte, un caillot noir et pesant, avait subitement fondu.

Entre les box et le manège poussiéreux, les deux jeunes filles avaient tissé des liens. Charlie avait dix-sept ans et elle était apprentie. Elle avait quitté sa famille bancale et vivait à l'orée des bois dans une caravane tout aussi bancale qui sentait le vieux chien mouillé. Elle savait réparer un carburateur, monter à cru, ou encore saigner une poule proprement, sans hésitation.

Quand Charlie avait demandé à Maylis quels étaient ses rêves et ce qu'elle comptait faire de sa vie, Maylis avait ouvert la bouche mais aucun son n'en était sorti. Aucune réponse. Aucun peut-être. À vrai dire, elle ne s'était jamais posé de telles questions, persuadée que le temps s'écoulerait toujours ainsi. Sans trop savoir de quoi était faite la matière même du temps, mis à part de son reflet dans le miroir de la coiffeuse, de l'odeur lourde des rosiers et de sa chevelure extraordinaire qui s'étendait à l'infini. Charlie avait secoué la tête avant de décapsuler et de lui tendre une bière tiède.

— Il serait peut-être temps que tu penses à toi, May.

C'est ce qu'avait dit Charlie ce jour-là, Maylis s'en souvenait parfaitement, assise dans sa chambre, attendant que sa mère vienne la rejoindre.

Et ces mots, cette façon qu'elle avait eu de l'appeler « May », avait subitement jeté un autre éclairage sur le monde. Sur la coiffeuse, sur sa chambre, sur les rosiers, sur sa mère, sur ses cheveux, sur le monde entier. Tout semblait subitement terne, comme si le soleil s'était furtivement montré entre deux nuages avant de s'éclipser totalement, dévoilant par son absence un monde sans épaisseur. Charlie était tellement radieuse, malgré ses joues creuses, son regard d'animal bagarreur, son odeur de tabac froid et ses cheveux taillés au couteau tous les premiers dimanches du mois. Maylis, qui avait toujours été d'humeur égale, se sentait fade, lasse, presque triste. Si sa mère le remarqua, elle le mit sans doute sur le compte d'une humeur adolescente. Le genre de choses qui s'arrange, comme un froissement passager sur un bourgeon de rose.

Un après-midi, dans le parfum de la paille et de la sueur des chevaux, Maylis avait raconté à Charlie comment Alice l'avait choisie à l'orphelinat.

— Elle m'a souvent dit qu'elle avait tout de suite vu que j'avais des cheveux extraordinaires. Ils avaient l'air vivants. Et c'est ça qui l'a décidée à m'adopter, moi et pas une autre.

— Tes cheveux ? avait demandé Charlie, comme si elle était incapable de voir ce qui était devant ses yeux.

Maylis eut presque honte d'avoir parlé de sa chevelure. Elle avait haussé les épaules, ses joues diaphanes avaient viré au pourpre. Elle était sur le point de pleurer.

Charlie avait alors penché la tête vers elle.

— Je m'en fous de tes cheveux, avait murmuré Charlie tout près de son oreille. Tu es vivante, toi, tout entière.

L'instant d'après, ses lèvres étaient sur celles de Maylis.

Et comme Charlie l'avait dit, le goût de la vie était revenu. Maylis se sentait légère et heureuse.

À chaque fois qu'elle repensait au baiser de Charlie, quelque chose se mettait à remuer dans son ventre, dans son corps tout entier, quelque chose qui échauffait ses joues jusqu'à éclipser la teinte flamboyante des fleurs.

Alice y vit la preuve qu'elle avait raison sur les humeurs adolescentes sans s'apercevoir que l'enfance s'étiolait et qu'autre chose avait éclos dans le cœur de Maylis.

Bientôt, les cours d'équitation n'avaient pas suffi à cette chose qui palpitait entre les deux filles et Charlie se rendait tous les samedis sous la fenêtre de Maylis. Décapitant sans pitié les roses rouges, elle grimpait et franchissait l'appui de la fenêtre ouverte. Elles passaient de longues heures à discuter à voix basse et à mêler leurs peaux dans la maison sombre et silencieuse.

Jusqu'à ce soir-là, deux jours auparavant, où la porte de la chambre s'était ouverte. Alice avait poussé un hoquet terrifiant en découvrant les deux filles devant la coiffeuse. C'était une idée de Maylis. Elle avait demandé à Charlie de lui couper les cheveux. Juste un peu. Pour changer de tête. La première mèche, épaisse et noire venait à peine de tomber au sol quand Alice avait surgi. Il y avait eu un affreux silence. Alice n'avait pas eu un regard pour les deux filles. Le menton tremblant, elle fixait la mèche coupée à ses pieds. Tous les traits de son visage s'étaient peu à peu creusés, comme des rivières asséchées, et sa peau d'ordinaire si resplendissante avait pris la teinte maladive d'une vieille bougie.

— Maman ? avait murmuré Maylis, effrayée par cette transformation.

Quand Alice avait relevé les yeux, il n'y brillait plus que la colère et la folie. Elle avait tendu la main vers les ciseaux que tenait Charlie.

— Donne-moi ça.

Charlie avait tenté de dire quelques mots mais la femme ne l'avait pas laissée parler.

— Donne-moi ces ciseaux, avait-elle répétée froidement.

Comme Charlie secouait la tête, elle s'était jetée sur elle et lui avait arraché l'instrument des mains. La jeune fille s'était enfuie par la fenêtre, laissant sur les épines des rosiers quelques gouttes de son sang et sur son front une profonde balafre. D'un coup de talon, Alice avait brisé les ciseaux sur le carrelage immaculé. Maylis n'avait pas bougé, tétanisée.

— Comment as-tu pu ? avait gémi Alice en se plantant derrière elle. Regarde dans quel état ils sont !

Maylis avait enfoui son visage dans ses mains pour empêcher ses sanglots d'éclabousser le miroir en face d'elle. Elle aurait aimé être loin, si loin d'ici. Puis elle avait senti la brosse en poils de sanglier si souples glisser sur ses cheveux, très lentement.

— Nous allons devoir en prendre soin, avait dit sa mère d'une voix à présent très douce. Nous allons en prendre grand soin. Beaucoup plus qu'avant. Et ils repousseront, encore plus beaux.

Maylis avait pleuré, supplié : rien n'y avait fait. Depuis deux jours, après le lycée, la porte ne s'ouvrait que pour le rituel de la coiffure.

Aussi sûr que la nuit succède au jour.

À la veille de son quinzième anniversaire, Maylis regardait les roses fraichement écloses dans le jardin, quand elle remarqua que certaines portaient des marbrures noires. Les insectes avaient colonisé les fleurs, de l'intérieur, sans que personne n'en sache rien. Les pétales, promis à la jeunesse éternelle, étaient en réalité condamnés depuis longtemps.

Maylis se pencha sur son sac de cours pour chercher ce qu'elle avait acheté après le lycée. Ça ne lui avait pas coûté bien cher. C'était de la mauvaise qualité, c'est certain. Mais c'était suffisant.

Elle regarda son reflet. Elle espérait que Charlie apprécierait.

Tout à l'heure, elle passerait la fenêtre, elle piétinerait les rosiers et elle serait heureuse de sentir le vent sur son crâne nu. Oh oui, ce serait bon de sentir le vent.

Elle sourit et alluma la tondeuse.

Notre coup de cœur

PORTRAIT

CÉCILE TÉROUANNE

Directrice éditoriale de Hachette Romans depuis plus de quinze ans, Cécile Térouanne est l'une des figures incontournables de l'édition ado française. Elle a publié certain·es des plus grand·es — Pierre Bottero et Gudule entre autres — et lancé en 2005 en France l'un des plus importants succès éditoriaux pour ados mondiaux : *Twilight* de Stephenie Meyer.

Passionnée et engagée pour la littérature ado, Cécile Térouanne n'en finit pas de surprendre par le dynamisme de sa ligne éditoriale qui se renouvelle sans cesse. Elle est comme la littérature qu'elle édite : incroyablement généreuse et, surtout, *vivante*.

DE LA LITTÉRATURE RUSSE AU **AU ROMAN ADO**

Ado, Cécile Térouanne était une lectrice vorace : « Je me souviens de défis que je me lançais, comme lire un maximum de livres en une journée. À treize ans, dans la chambre d'un de mes oncles chez ma grand-mère, j'ai lu deux San Antonio, un SAS et trois Agatha Christie en deux jours ! »

Bercée par le polar, puis plus tard marquée par deux « énormes coups de cœur » qu'ont été *La Nuit des temps* de René Barjavel (1968) et *Les Hauts de Hurlevent* d'Emily Brontë (1847) – « que j'ai relu en boucle pendant deux mois » – Cécile Térouanne se lance dans des études de lettres après le lycée. Elle se spécialise en littérature russe et devient traductrice. En 1996, elle rejoint l'équipe éditoriale d'Actes Sud. Hubert Nyssen l'envoie alors « donner un coup de main à la dame qui s'occupe des enfants » et Cécile Térouanne découvre un monde qu'elle ne quittera plus : la littérature jeunesse.

Quelques années plus tard, elle participe au lancement de la collection « Tribal » chez Flammarion Jeunesse et y publie notamment Gudule (*J'ai quatorze ans et je suis détestable*, 2000, ou encore *Regardez-moi*, 2001 – « écrit en quatorze jours ! »), Sarah Cohen-Scali, Pierre Bottero...

Elle est ensuite engagée comme directrice éditoriale du Livre de poche jeunesse, avant que Charlotte Ruffault ne lui confie le développement d'une collection à destination des jeunes adultes. Elle crée la collection « Black Moon » – dont le nom fait référence à *The Dark Side of the Moon*, album de Pink Floyd qu'elle écoutait adolescente – avec trois romans coups de cœur : *Les Larmes noires* (Julius Lester, 2005), *Dark* (Claude Merle, 2006) et... *Fascination* (*Twilight*) de Stephenie Meyer (2005).

L'AVENTURE TWILIGHT : LE DÉBUT D'UNE LITTÉRATURE SANS FRONTIÈRES

Publier *Twilight* en 2005 était « un vrai pari d'éditrice : la littérature jeunes adultes de l'époque baignait dans une atmosphère de romans de société et d'apprentissage un peu sinistres » . Cinq ans plus tard, avec une adaptation au cinéma et plus de cent millions de livres vendus dans cinquante pays, son coup de cœur est devenu un phénomène éditorial sans précédent.

« *Twilight* a été l'arbre qui a caché la forêt pendant longtemps. Notre but n'était pas de devenir un éditeur de romances vampiriques mais l'aventure *Twilight* a supplanté l'aventure ado. » Cécile Térouanne a alors entrepris, une fois que la « *Twilight* mania » a commencé à se tasser, de « désincarcérer » « Black Moon » de la bit-lit afin d'élargir le lectorat de la maison. La visibilité offerte par la saga de Stephenie Meyer lui permet ainsi d'ouvrir la collection à toutes sortes de projets ambitieux et d'accompagner de manière durable des auteurs et autrices : Pauline Alphen (*Les Éveilleurs*, 2009), Bertrand Puard (*Les Effacés*, 2012), ou plus récemment de nouvelles voix comme Illana Cantin (*Georges, le monde et moi*, 2018) ou Éléonore Devillepoix (*La ville sans vent*, 2020).

Elle définit son métier comme une « théière dans laquelle elle tente des infusions : parfois la boisson se révèle délectable, parfois c'est raté ! » Elle fait donc avec son équipe nombre de tentatives qui parfois échouent, et souvent réussissent : en thriller (*Non stop*, Frédéric Mars, 2011), en dystopie (*Delirium*, Lauren Oliver, 2011) ou en romance (« Black Moon Romance »).

Cécile Térouanne garde une véritable âme d'ado en tant que lectrice : ses choix éditoriaux, forcément subjectifs, se font aussi grâce à l'excitation presque régressive qu'elle ressent à la lecture d'un projet. Pourtant, elle sait aussi faire preuve de la lucidité attendue d'une directrice éditoriale : « la littérature ado c'est aussi des logiques économiques et éditoriales, d'où le besoin avec le young adult par exemple, de sectoriser, d'estampiller. » Elle a un regard clair sur sa maison d'édition qui a su garder sa place en littérature ado grâce à ses partenariats avec Wattpad et Netflix. « On a aussi refusé des textes sophistiqués littérairement car on n'aurait pas pu les porter avec la marque Hachette Romans aujourd'hui, ils n'auraient pas trouvé leur lectorat ».

POUR UNE LITTÉRATURE POPULAIRE

Si Cécile Térouanne n'a jamais perdu de vue son exigence et s'attache à publier des récits aussi divers et vivants que son lectorat, elle défend également une littérature accessible et populaire, au cœur de laquelle le plaisir de lecture est roi. « Je suis scandalisée par la campagne de dénigrement envers *Twilight* », déclarait-elle en 2010 au magazine *Elle*. « C'est comme si on traitait les 120 millions de lecteurs et lectrices du roman d'idiot·es. Je m'inscris en faux contre ce snobisme : si on veut que les gens continuent à lire, il faut leur proposer de la littérature qui leur donne du plaisir. »

Ainsi, Hachette Romans veut porter des livres qui prodiguent des émotions fortes, dans laquelle sensations et frissons sont moteurs et, critère ultime, dans laquelle « on raconte des histoires ». Pour elle, éditrice ado est un métier près du vivant, qu'on ne peut, pas plus que n'importe quelle littérature, « faire depuis sa tour d'ivoire ».

Alors au cœur de cette littérature populaire, souvent dénigrée, Cécile Térouanne trace son bout de chemin, teste, essaie, réussit, s'engage et pousse de nouvelles portes. Cette véritable tête chercheuse de l'édition ado reste toujours aux aguets : « Je ne suis pas sûre que Wattpad va se renouveler avec la nouvelle génération... Alors je reste à l'affût du prochain lieu d'expression et d'épanouissement de cette littérature. Être éditrice pour ce public, c'est entretenir une curiosité sans répit. » Tant mieux pour Cécile Térouanne, car on l'imagine mal, passionnée comme elle est, et toujours sur tous les fronts, travailler à moins de 200 % !

.02

LA LITTÉRATURE YOUNG ADULT : UNE LITTÉRATURE DE PASSAGE ?

Depuis l'arrivée de *Twilight* de Stephenie Meyer en France (Hachette Romans, 2005), on a vu apparaitre puis s'installer durablement le terme de littérature « young adult ». A priori destinée à un public de « jeunes adultes » (de 15 à 25 voire 30 ans), cette littérature a envahi les rayons des librairies, les catalogues des maisons d'édition, les médias, et le vocabulaire général des lecteurs et lectrices de littérature ado.

Pourtant, si ce terme est relativement utilisé par tous les professionnel·les et lecteur·rices de cette littérature, il est loin de faire l'unanimité. Il a même fait en 2019 l'objet d'une tribune dans le journal *Le Monde*[1], signée par un grand nombre d'écrivain·es et intellectuel·les français·es qui s'opposaient à l'anglicisme du mot et s'interrogeaient sur le « bien-fondé de cette catégorie qui remonte au succès commercial d'*Harry Potter* ».

Si l'on peut s'interroger à notre tour sur le bien-fondé de leurs propos et sur la connaissance qu'avaient ces signataires de cette littérature (aucun n'avait participé, de près ou de loin, à l'écriture ou l'édition d'un ouvrage de littérature ado), le young adult n'est pas non plus utilisé par tout le secteur de la littérature ado.

Alors que veut dire ce terme, souvent incompris au sein même du milieu de la littérature ado ? Pourquoi s'est-il installé en France ? Que dit-il de l'évolution du secteur éditorial et plus globalement de l'évolution de son lectorat ?

UNE NOUVELLE **CATÉGORIE ÉDITORIALE ?**

Avec un nouveau terme dans le paysage éditorial, il est normal de se poser la question de la nouvelle catégorie éditoriale qu'il révèle peut-être.

Pourtant, la question reste (depuis quinze ans !) l'étendue des œuvres que le terme est censé recouvrir. D'ailleurs, toutes les personnalités interrogées dans ce guide, si elles ne posaient pas leur « joker » sur la question, en ont fait une définition différente : littérature pour grands ados, littérature indifférenciée de celle dite pour les adolescent·es, littérature de genre...

1. Collectif, « Dans un salon consacré au livre, et à la littérature française, n'est-il plus possible de parler français ? », *Le Monde*, le 26 janvier 2019.

Livres Hebdo parle d'une littérature « très narrative » qui « met en scène des jeunes héros face à des épreuves qui correspondent à l'entrée dans l'âge adulte, dans un univers imaginaire ou réaliste »[2]. Cependant, cette définition pourrait aussi être entendue comme celle de la littérature ado qui, dans bien des cas, est confondue avec la littérature young adult.

Nombre d'éditeur·rices en parlent avec des termes différents. Parfois la tranche d'âge diffère (le site de Thierry Magnier distingue ainsi ados et jeunes adultes, mais certains romans se retrouvent dans les deux catégories), tandis que celui de la collection « R » de Robert Laffont parle de littérature « ados et jeunes adultes ».

Le Renard et la Couronne (Yann Fastier, Talents Hauts, 2018), littérature ado ou young adult? Phobos (Victor Dixen, Robert Laffont, 2015), ado ou young adult ? Un grand nombre de romans de tous genres confondus se retrouvent donc sous cette catégorie éditoriale difficilement définie... sans qu'une véritable ligne éditoriale ne se dégage de l'ensemble.

Alors si ce n'est pas un nouveau segment, mais qu'il est identique à la littérature ado déjà existante, pourquoi un nouveau terme est-il apparu pour la définir ? Est-ce qu'un public différent, voire nouveau — plus âgé, plus complexe, plus demandeur de divertissement que d'enseignement — a émergé ?

● UN PUBLIC ADOLESCENT **DE PLUS EN PLUS COMPLEXE**

L'allongement de l'espérance de vie (82 ans en 2020) et donc des études comme la difficulté d'entrée dans le marché de l'emploi brouillent la sortie de l'adolescence. Après le lycée, les adolescent·es se retrouvent semi-dépendant·es (notamment financièrement), reculant ainsi le moment de la réelle indépendance. De ce constat nait une nouvelle catégorie d'âge social : les jeunes adultes, de quinze à trente ans environ[2]. Le public de la littérature ado évolue donc en prenant en compte ce nouveau public qui allonge et complexifie l'âge adolescent.

Carla Bouvier remarque néanmoins que ce terme de « jeune adulte » est lui-même rempli de paradoxes car il englobe tout un ensemble de statuts différents (lycéen·es, étudiant·es, apprenti·es ou actif·ves) : il n'y a donc pas *un* type de jeune adulte mais *des* jeunes adultes. Ceci explique ainsi la difficulté à s'entendre sur une vision claire de la littérature young adult. « En regroupant sous un même terme une littérature aux genres différents, qui s'adresse à des publics dont les âges et les questionnements sont les plus variés, il ne pouvait résulter que des littératures plurielles. »[3]

Ainsi, des romans éminemment destinés aux jeunes adultes émergent, comme *Brexit romance* (Clémentine Beauvais, Sarbacane, 2018), qui s'adresse à une génération de 20-30 ans à l'ère des applications de rencontre et du Brexit. Les sujets parlent à une tranche d'âge précise et plus âgée qu'un jeune public adolescent débutant à 12 ou 13 ans.

D'ailleurs, la publication en poche au rayon adulte (J'ai Lu, 2020) du roman de Clémentine Beauvais montre bien que les frontières sont brouillées. Le terme young adult n'est-il donc pas un moyen d'attirer un nouveau public, qui ne se reconnait pas forcément dans la terminologie d'adolescence, dans les rayons ados des librairies ?

2. O. Gallant, « Qu'est-ce qu'un jeune adulte ? », *La revue des livres pour enfants* n° 282, avril 2015.

3. Propos recueillis auprès de Carla Bouvier, éditrice chez Bayard Jeunesse, septembre 2018.

DES FRONTIÈRES **DE PLUS EN PLUS FLOUES**

Certaines maisons d'édition ont en effet commencé à gommer leur langage « jeunesse » sur certains ouvrages, voire collections, pour tenter d'inclure un public qui ne se reconnaissait pas sous cette étiquette. En 2012, Pocket Jeunesse est donc devenu PKJ, Natacha Derevitsky, la directrice éditoriale de la maison, confirmant : « l'âge de nos lecteurs et lectrices a augmenté, et les jeunes adultes ne se reconnaissent pas dans le terme jeunesse »[4]. À la sortie du *Livre de Perle*, de Timothée de Fombelle (2014), le logo Gallimard Jeunesse s'efface au profit du simple « Gallimard », pour tenter de faire naviguer le roman entre les différents rayons. Glenn Tavennec, directeur de la collection « R » de Robert Laffont, observe « un changement de paradigme : la notion de littérature young adult s'est évaporée pour se recentrer sur la littérature de genre en général »[5]. Les libraires aussi suivent ce mouvement-là : par exemple, Marianne Brechet, cheffe de projet à la Fnac, explique avoir « sorti le rayon young adult de la jeunesse » et l'avoir « rapproché du rayon adulte »[5]. Quant aux tables des librairies, il suffit de les regarder un peu pour voir que de plus en plus de romans pour adolescent·es se retrouvent mêlés à ceux destinés aux adultes.

À la médiathèque de Suresnes, la section young adult a été ouverte « pour tester ce qui nous interroge nous-mêmes », explique Ambre Belmont (lire portrait page 166), médiathécaire là-bas. « On y range des livres comme ceux de « L'Ardeur » [une collection de romans érotiques chez Thierry Magnier, lire page 121] et d'autres livres qui sont plutôt pour les jeunes adultes que pour les adolescent·es ».

Ces mouvements éditoriaux et commerciaux montrent donc que le public adulte (en l'aidant un peu !) est prêt à ouvrir un roman de prime abord destiné aux adolescent·es. Peut-être aussi parce que la première génération de lecteurs et lectrices ayant grandi avec la littérature ado (et notamment *Harry Potter*) est désormais adulte : Clémentine Beauvais, publiée en littérature ado, ou Pauline Delabroy-Allard, publiée en littérature adulte mais dont le premier roman, *Ça raconte Sarah* (Minuit, 2018) est animé par une énergie proche de celle de la littérature ado : l'intensité.

UNE LITTÉRATURE GÉNÉRALE DE PLUS EN PLUS JEUNE

« En fait, la littérature générale ne ressemble pas du tout à celle d'il y a quinze ans, quand on a lancé Exprim' »[6], explique Tibo Bérard, éditeur chez Sarbacane. « On était à l'époque à l'opposition d'une littérature ado un peu sage et d'une littérature générale souvent d'autofiction, plutôt désincarnée ».

Il estime que la collection, en 2006, aurait même pu être lancée en littérature générale. Le choix a finalement été différent car même s'ils auraient pu paraitre pour un public adulte (« la preuve en est avec le nombre d'auteurs et d'autrices que j'ai découvertes, comme Julia Kerninon ou Benoît Minville, qui publient désormais en littérature générale »), ils se trouvaient mieux dans le secteur ado-adulte. Pour Tibo, on y lit « une attention un peu particulière portée à la jeunesse en tant que lectorat mais aussi dans l'autorat (qui a envie de parler de la jeunesse) et pour finir

4. C. Combet, « Pocket Jeunesse signe PKJ », Livres Hebdo, le 24 août 2012.

5. S. Gindensperger, *op. cit.*

6. Propos recueillis le 17 septembre 2020, chez Sarbacane.

même dans le roman : la jeunesse et son intensité se veulent très présentes en tant que motif littéraire dans ces livres-là ». C'est pourquoi il décrit aujourd'hui sa collection comme de la littérature « ado-adulte », un pied dans les deux mondes.
Mais les lignes ont bougé depuis, tant en littérature ado, où « une offre de qualité » s'est installée, qu'en littérature générale qui — au vu des succès économiques en young adult et d'un public vieillissant — s'est modernisée.
Le terme de young adult vient donc créer des ponts, des chemins de traverse entre littératures générale et jeunesse, et révéler les influences entre les secteurs.

Julia Kerninon, l'autrice de *Liv Maria* chez L'Iconoclaste (2020), a publié son premier roman, *Adieu la chair*, chez Sarbacane (2007).

● **UNE NOUVELLE MUE** POUR LA LITTÉRATURE ADO

Mais pourquoi dit-on young adult, et pas jeunes adultes ? Historiquement, le terme nous vient des États-Unis. « Il y a quinze ans, on parlait de young adult mais seulement pour ce qui venait des États-Unis », explique Tibo Bérard. Ils avaient avec cette définition-là de la littérature ado une longueur d'avance, aussi dans la porosité des frontières entre les littératures. « En France, notre modèle social fait qu'on a du mal à accepter l'hybridation. Et c'est aussi le cas dans nos littératures : il est difficile, hors de la hiérarchie et des cases, d'accepter une littérature alternative », conclut le directeur de la collection « Exprim' ».
Tibo Bérard voit finalement avec l'arrivée du young adult une nouvelle mue de la littérature ado. « Quand on dit roman ado, on a une vision plus ancienne (années 80-90) d'une littérature souvent bienveillante, qui a pour ambition d'éduquer ou d'éveiller les lecteurs et lectrices. » C'est une littérature destinée en partie à être prescrite par des bibliothécaires, des libraires, des documentalistes, alors que « le young adult, de son côté, indique plus une forme de modernité : c'est une littérature qui s'inscrit dans son époque et vient toucher les jeunes dans le sens large du terme ».
La littérature young adult témoigne donc d'une part de l'évolution du public de la littérature ado (à la fois auprès d'une nouvelle classe d'âge, les jeunes adultes, et auprès d'adultes tenté·es par ce secteur éditorial) et ainsi d'une évolution de la littérature ado qui continue, au contact de ses lecteurs et lectrices, d'évoluer, d'avancer, de *grandir*.
Ce segment de paradoxes, mal défini, dont les frontières sont encore floues, reproduit ce que la littérature ado, à sa création, a fait (et continue de faire avec cette nouvelle appellation) : flouter les frontières, les redimensionner, les confronter, les questionner. Jusque dans ses rapports aux lecteurs et lectrices, qui sont de plus en plus impliquées dans le processus de médiation (Booktube) ou même créatif, au point de devenir à leur tour auteurs ou autrices (sur Wattpad par exemple, où Hachette Romans et d'autres éditeurs et éditrices cherchent aujourd'hui de nouvelles plumes).

PORTRAIT

SYLVIE GRACIA

Sylvie Gracia a quitté en 2019 l'édition ado où elle a fait la plus grande partie de sa carrière – et quelle carrière ! Responsable pendant vingt ans des collections des romans adulte, ado et jeunesse aux éditions du Rouergue, elle a découvert et édité des auteurs et autrices aujourd'hui encore incontournables : Vincent Cuvellier, Rachel Corenblit, Anne Percin, Stéphane Servant, Hélène Vignal et bien entendu Guillaume Guéraud.

Éditrice engagée pour une littérature indépendante et iconoclaste, elle garde de son parcours en littérature ado un souvenir de *grande* liberté.

LES ÉCRIVAIN·ES AU CŒUR DE SA VIE

DE LA LECTRICE À L'AUTRICE **PUIS L'ÉDITRICE**

Dès qu'elle a su lire, Sylvie Gracia ne s'est pas arrêtée de dévorer tout ce qui lui tombait sous la main : *La case de l'Oncle Tom* (Harriet Beecher Stowe, 1852), *Les quatre filles du Dr March* (Louisa May Alcott, 1868), *Le club des cinq* (Enid Blyton, 1942-1963) – elle lisait chaque tome une dizaine de fois – et tous les livres des Bibliothèques rose et verte.

Après le lycée, elle étudie la philosophie, puis le journalisme, dont elle fait son métier. Elle déménage alors de Montpellier à Paris où elle arpente les rayons jeunesse de la Librairie de Paris, place de Clichy, avec ses deux filles qui dévorent la collection « Médium » à L'École des loisirs ou des romans d'horreur.

Quand elle écrit et publie son premier roman, *L'été du chien* (Gallimard, 1996), elle est invitée à La Maison du Livre, à Rodez, pour une dédicace. Elle y fait la rencontre de Danielle Dastugue, fondatrice de la librairie mais aussi des éditions du Rouergue. Celle-ci lui propose de lancer en 1998 une collection de littérature générale, « La Brune », puis de reprendre le catalogue adolescent en 2001, à la suite d'Olivier Douzou.

LITTÉRATURE GÉNÉRALE OU ADO : **MÊME EXIGENCE LITTÉRAIRE**

C'est Guillaume Guéraud, avec *Cité Nique-le-Ciel* (1998), l'un des jalons de l'histoire de la maison et plus globalement de la littérature ado, qui a ouvert le catalogue. « Il a notamment été l'un des premiers à situer l'un de ses romans dans une cité, avec des mômes confrontés à la violence, à la drogue, à la désespérance sociale, tout ça avec une langue très orale, vraiment neuve. »

En tirant ce fil, Sylvie Gracia va chercher des auteurs et autrices qui déverrouillent des tabous et des thématiques singulières, mais apportent aussi une vraie langue, « pas forcément évidente », comme Stéphane Servant : « le nombre de fois où on nous a demandé pourquoi on n'avait pas publié *Le cœur des louves* (2013) en littérature générale parce que c'était trop complexe… »

Elle s'empare donc, sans la connaitre, sans référence – comme quand elle débarque en édition trois ans plus tôt – de cette littérature ado qu'elle éditera pendant vingt ans. Elle fait émerger des romanciers et romancières comme Rachel Corenblit ou Hélène Vignal, et en découvre d'autres comme Vincent Cuvellier, « le premier auteur que j'ai édité » ou Anne Percin, « que je publie d'abord en adulte ».

Elle crée, sans forcément les chercher, des ponts entre littérature ado et générale et reste l'une des seules éditrices à avoir travaillé sur ces deux secteurs en parallèle. « Je travaillais avec cette même exigence de découvrir de nouveaux talents puis de les accompagner : on a eu des relations fortes avec des auteurs et autrices qu'on a aidées à se déployer dans différentes catégories éditoriales, avec toujours le même travail sur l'écriture. »

C'est ce qui a toujours importé à cette éditrice d'un grand professionnalisme : l'exigence du texte. « Quand j'étudie un projet, j'étudie son intérêt, son originalité, sa force émotionnelle. Il y a une vérité du texte qui apparait ou non qu'on écrive pour les tout-petits ou pour les adultes. »

DÉMÉNAGER L'ÉDITION ADO !

UNE ÉDITRICE **ENGAGÉE**

« Si l'éditeur·rice ne s'engage pas, je ne sais pas ce qu'il ou elle fait ! » s'écrie Sylvie Gracia, qui a toujours fait son métier avec passion et exigence – c'est là son plus grand engagement : dans le choix de ses textes, l'audace de certaines thématiques et une approche fine et sans caricature des sujets les plus sensibles.

Les livres du Rouergue, comme le reste de la littérature ado – très mouvante, de plus en plus hétéroclite – ont fait évoluer son offre, ses couvertures, etc. « Dans ce milieu, il y a une nécessité d'être toujours à l'affût de la demande… mais aussi d'autre chose. Et on a toujours fait en sorte de ne pas forcément aller là où allaient les autres. » C'est comme ça que la maison d'édition s'est forgé sa réputation, depuis leurs premiers catalogues de livres illustrés. « Quand je suis arrivée, on m'a tout de suite dit qu'il fallait que ça déménage ! Il était hors de question de reproduire des choses qui avaient déjà été faites. »

TOURNER LA PAGE

Ainsi, le Rouergue et la littérature ado ont été, pour elle, « des années exaltantes. J'y ai trouvé beaucoup de plaisir, notamment dans la liberté pour laquelle les auteurs et autrices s'engageaient. Ils et elles y croient, à cette littérature ado, au plaisir que les jeunes y trouvent. »

Sylvie Gracia en vante la « très grande inventivité », notamment par rapport à une littérature adulte beaucoup plus lente et fermée. « Heureusement, aujourd'hui, les choses ont bougé. C'est une littérature plus narrative et surtout plus en prise avec le monde d'aujourd'hui. »

Est-ce la raison qui l'a poussée à quitter Le Rouergue pour L'Iconoclaste, en septembre 2019 ? « Je pense que quand on a soixante ans il faut arrêter avec la littérature jeunesse. J'avais le sentiment d'être allée au bout, de ne plus sentir les choses. »

En tout cas, l'énergie qu'elle trouvait dans la littérature ado n'est pas très loin de celle de la littérature, très dynamique et ouverte sur le monde, de L'Iconoclaste – « où certains auteurs et autrices publient aussi en jeunesse (Claudine Desmarteau, Timothée de Fombelle…) ».

Elle a laissé sa place à Olivier Pillé, qui continue d'emmener Le Rouergue sur des chemins escarpés, notamment ceux que Sylvie Gracia n'aurait pas su creuser toute seule : « l'imaginaire, je ne connais pas et je n'y prends pas vraiment de plaisir ; et pour éditer, il faut du plaisir ! On édite des livres sur lesquels on a de l'emprise, un regard… »

De son côté, on se demande quels ponts elle va continuer de lever entre littératures ado et générale, comme elle l'a fait durant toute sa carrière…

02

.03 POURQUOI LIRE DE LA LITTÉRATURE ADO QUAND ON EST ADULTE ?

par Clémentine Beauvais

Depuis *Songe à la douceur*, quand je fais des rencontres, il y a quasi-systématiquement un adulte qui me pose cette question : « Mais pourquoi vous obstinez-vous à dire que *Songe à la douceur* est un roman jeunesse ? Moi je l'ai lu, et je suis adulte, et j'ai aimé ! »

Elle est en général accompagnée de questions plus intéressantes car plus théoriques, du type : « Et d'ailleurs, pourquoi a-t-on besoin de la catégorie "littérature jeunesse" ? »

Un bon livre, c'est un bon livre qui parle à tout le monde, non ?

● CE QU'ON VEUT DIRE QUAND ON POSE CETTE QUESTION

1) Le livre en question a l'air de « surpasser » son lectorat « officiel », c'est-à-dire qu'il « parle aux adultes », c'est-à-dire qu'il « parle à tout le monde ». Cela sous-entend souvent une sorte de regret que des adultes ne tombent pas aussi facilement dessus que des ados. Associé à cela est le fait que le livre ne soit pas facilement récompensable par des prix ou médias généraux. (J'ai déjà entendu : « C'est dommage, il ne peut pas gagner de vrai prix ! »)

2) Dans sa forme la plus grave, on sous-entend qu'un lectorat jeune ne peut pas comprendre le livre aussi bien qu'un lectorat plus âgé ; donc que le livre est d'une certaine manière gâché, ou son potentiel pas totalement réalisé.

3) Certains pensent ainsi que l'accès à la littérature est « biaisé » par les éditeurs ou éditricesqui ont décidé de ces catégories.

4) Enfin, on cherche à se « rassurer » que l'auteur ou l'autrice ne voulait pas spécialement écrire pour la jeunesse : on espère un peu qu'il ou elle va s'avouer lésée par sa catégorisation éditoriale.

Ce qu'il est très important de voir, c'est qu'aucune de ces raisons ne prend en compte l'enfant ou l'ado lecteur·rice : elles sont centrées sur la position de l'adulte qui parle. Cet apparent désir bienveillant de « faire tomber les barrières » entre littérature adulte et littérature jeunesse est en réalité trop souvent une manière de refuser à l'enfant ou à l'adolescent·e des domaines culturels d'excellence, qui leur seraient particuliers et dont ils et elles seraient les bénéficiaires privilégiés.

Observons les points 1, 2, 3 et 4 séparément.

1) « J'AI RECONNU, **C'EST À MOI QUE ÇA S'ADRESSE.** »

Beaucoup d'adultes ont énormément de mal à résoudre la dissonance cognitive dérivant du fait qu'on peut aimer un texte et s'identifier à ses personnages en littérature jeunesse, sans immédiatement en conclure qu'on en est le « véritable » lectorat secret.

C'est le phénomène du même et de l'autre. Pour l'adulte, l'enfance ou l'adolescence ne sont pas des champs d'identification possibles. S'ils et elles se persuadent qu'un livre jeunesse qu'ils ont aimé est « en réalité » un livre de littérature générale, c'est parce qu'il leur est plus facile d'estimer qu'il y a eu erreur de catégorie éditoriale, plutôt que de reconnaitre simplement que le livre est entré en résonance avec eux et elles pour tout un tas de raisons complexes et intrigantes, bien au-delà d'une seule adéquation générationnelle.

Ils et elles disent alors : « ce livre, je ne l'aurais pas lu si on ne m'avait pas dit qu'il était là ! » ou encore « c'est dommage, beaucoup de lectrices et lecteurs potentiels ne vont pas le lire ! »

Il est intéressant de voir qu'ils et elles n'ont pas le raisonnement inverse. Si le livre était en littérature générale, beaucoup de lecteurs et lectrices potentielles jeunes ne le liraient pas. Il serait en-dehors des circuits des CDI, hors radar des libraires et des bibliothécaires pour ce lectorat spécifique, hors radar des parents et autres prescripteurs et prescriptrices. Les jeunes deviendraient son lectorat non pas privilégié mais accidentel.

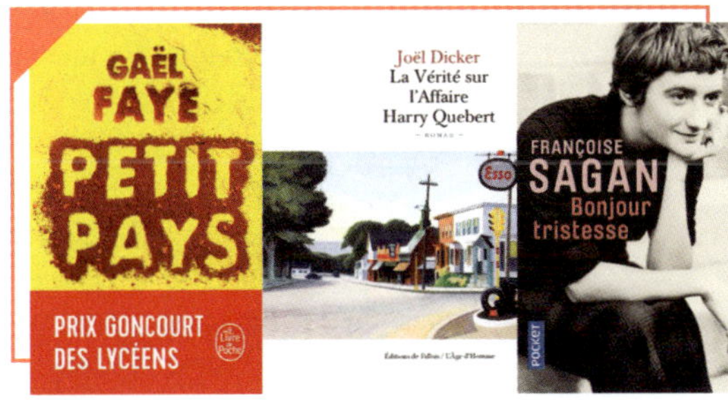

Bien sûr, *Petit pays* (G. Faye, Grasset, 2016), *Harry Québert* (J. Dicker, Ed. de Fallois, 2012) et *Bonjour tristesse* (F. Sagan, Stock, 1954) sont lus par des jeunes, mais le fait que vous soyez capable de ne me citer que trois titres montre que c'est une exception. Si *Songe à la douceur* avait été publié pour les adultes, il est évident que je ne recevrais pas autant d'emails de jeunes lectrices entre 14 et 17 ans, puisqu'elles l'auraient raté. (Et, de toute façon, j'en parle plus bas, ce ne serait pas le même livre.)

2) « DE LA CONFITURE **AUX COCHONS !** »

On croit parfois que les jeunes ne vont pas « tout comprendre », donc que c'est un peu un gâchis, des livres pour ce lectorat-là. Parce que l'adulte reconnat telle ou telle référence à Baudelaire ou Nabokov, ou reconnait tel sentiment décrit, il pense qu'il *comprend* le livre, qu'il lit mieux le texte.

Mais l'adulte qui dit cela ne voit pas, sans doute, d'autres références : le réseau puissant de références « latérales » à... la littérature jeunesse. Ce sont des références, entre autres, de genre (exemple : le livre rappelle ou joue avec les codes de la romance ado), de style (exemple : *Songe à la douceur* est un roman en vers comme les romans en vers pour ados à l'anglo-saxonne), de format (exemple : une quatrième de couverture peut convoquer le cadre référentiel d'autres textes jeunesse), de personnages (jouer avec des personnages de Mary Sue. *Hein tu sais pas ce que c'est une Mary Sue ? T'as pas tout compris au livre alors...*)

Ces références-là vont activer des réflexes de lecture, des attentes, des appréhensions, et conditionner une compréhension du texte spécifique qui est celle de son lectorat principal (jeune).

Conclusion : ce sont deux lectorats différents qui lisent différemment.

Mais c'est quand même un livre jeunesse.

3) « **LA LITTÉRATURE JEUNESSE N'EXISTE PAS**, C'EST UNE INVENTION DES ÉDITEURS POUR SE FAIRE DE L'ARGENT ».

La littérature jeunesse existe, déjà, car c'est une catégorie éditoriale distincte. Raisonnement circulaire ? Non : le fait qu'il y ait construction (sociale, culturelle, économique, etc.) ne veut pas dire que c'est une catégorie illégitime. Il n'existe pas de production culturelle indépendante de ses conditions matérielles de production, de promotion et de distribution, et avec elles l'œuvre interagit dans un rapport dynamique.
La littérature jeunesse existe. Elle existe en partie parce que nous vivons dans une civilisation qui, depuis plus ou moins récemment, estime que l'enfance et, encore plus récemment, l'adolescence sont des tranches d'existence particulières qui requièrent un traitement spécifique, avec des distinctions exprimées dans les domaines médicaux, légaux, économiques, et ici culturels.
Le fait que cette compartimentalisation des générations soit historiquement construite et en constante évolution n'en fait pas quelque chose d'arbitraire ou d'absurde. Elle est structurante pour notre société et donc elle existe.
La littérature jeunesse existe avec ses réseaux, ses prix, ses producteurs et ses distributeurs, et évidemment son lectorat. Il serait absurde de nier son existence.

Oui, mais son existence effective, économiquement et sociologiquement étudiable, se traduit-elle en une identité littéraire, thématique, stylistique, de genre, etc. spécifique ?
C'est une question qui, vous vous en doutez, fait cogiter les universitaires dans le domaine depuis sa création (et c'est aussi l'objet d'*En quête d'un grand peut-être*).
Ma version : si l'on prend pour l'étudier les outils de l'analyse littéraire, narratologique, stylistique « adulte », non, je ne crois pas qu'il y ait une identité littéraire de la littérature jeunesse.
Mais si on l'étudie latéralement, en ses propres termes, à la fois dans sa relation à la littérature générale et en tenant compte de ses caractéristiques particulières, on comprend comment la littérature jeunesse existe littérairement.
Selon moi, elle est caractérisée par une éditorialisation particulière, qui doit négocier trois composantes principales : la composante littéraire, la composante commerciale et la composante pédagogique.
Une éditorialisation, ça ne veut pas seulement dire des aspects pratiques, de distribution, de production, ni même de censure ou de formatage (même si bien sûr c'est important et cela fait fondamentalement partie de l'ADN de la littérature jeunesse). Cela veut dire une création négociée entre plusieurs agents (d'écriture, d'illustration, d'édition, de publicité, etc.) qui d'une manière ou d'une autre fait tenir ensemble à la foi textuellement, paratextuellement et épitextuellement trois impératifs : esthétiques, commerciaux et pédagogiques du texte.
La composante pédagogique qui, pour moi, est absolument inéluctable distingue ce type de littérature de manière non générique ni stylistique mais en termes d'audience. *Pédagogique* veut dire simplement « qui mène l'enfant » (j'inclus là l'adolescent), pas moralisateur ou qui apprend des choses. Cela veut dire pour moi que c'est un texte qui adhère de manière particulièrement forte à son lectorat, qui s'inquiète de lui, qui ne se distancie pas de lui, qui cherche à lui parler en tant qu'il est jeune et qu'il va grandir.
Un livre jeunesse, c'est un livre qui a de la tendresse pour son lectorat jeune. Cela veut dire une littérature qui ne regarde pas la jeunesse de l'extérieur comme un phénomène bizarre, mais qui porte une attention toute particulière à ce qui fait la jeunesse, qui réfléchit implicitement à la jeunesse dans ses manifestations, constructions et actions sociales, philosophiques, sentimentales, individuelles.

Ce n'est donc pas un hasard si la littérature pour la jeunesse est souvent une littérature de l'intensité, qui parle de sentiments très intenses (amour, désespoir, haine, jalousie...). Ce n'est pas un hasard, si c'est si souvent une littérature de la nouveauté, qui décrit ce que cela fait d'expérimenter des choses qu'on n'a jamais expérimentées auparavant. Ce n'est pas un hasard si c'est une littérature de l'espoir, de la possibilité et du potentiel, tournée vers le futur, et qui si souvent se finit bien, ou ne se ferme pas dans la désespérance. Ce n'est pas un hasard en grande partie car c'est une littérature qui est éditorialisée dans ce sens. Cette éditorialisation évidemment peut résonner à travers les générations. La nouveauté, l'intensité, l'espoir, ne sont pas spécifiques à la jeunesse. Mais, selon moi, ils y sont plus solidement accrochées.

Quand les adultes « méconnaissent » un livre de littérature jeunesse comme livre « de littérature générale », ils le réduisent à un produit seulement littéraire. Ils en perdent la composante pédagogique, et donc ils en ratent une dimension cruciale. Ils le lisent de manière incomplète. Bien lire un livre de littérature jeunesse, c'est reconnaitre ce en quoi il parle de manière privilégiée et intime à l'enfant ou l'adolescent lecteur·rice.

4) « **MAIS TOI, TU PENSES À QUI** COMME LECTORAT IDÉAL QUAND TU ÉCRIS ? »

À un lectorat jeune.
« Jeune », ça dépend des livres, bien sûr, mais il me parait absolument absurde de dire que j'ai écrit un livre comme *Carambol'anges* ou *Les petites reines* sans me poser une seule fois la question du lectorat. Quant à *Songe à la douceur*, je me suis tellement préoccupée de son lectorat que j'ai demandé à l'éditeur d'en faire lire la première version à des jeunes lecteurs et lectrices, après quoi j'ai considérablement modifié le texte.
Oui, en tant qu'auteur·rice, on est beaucoup à prendre en compte voire internaliser les codes, les attentes, le processus éditorial, les styles, les genres particuliers de la littérature jeunesse. Ce n'est pas un crime et il faudrait même le revendiquer plus fort. Notre lectorat compte pour nous. On ne devrait pas se justifier d'avoir en tête une abstraction d'enfant ou d'ado lecteur·rice quand on écrit un livre dont on sait parfaitement qu'il va être éditorialisé pour eux.

Ma conclusion générale tient en une phrase : les adultes doivent apprendre à accepter l'existence d'une littérature d'excellence dont ils et elles ne sont pas les destinataires privilégiés.

NOUVELLE

MOULES-FRITES

Clémentine Beauvais

On ne présente plus Clémentine Beauvais, incontournable autrice des *Petites Reines* (Sarbacane, 2015), de *Songe à la douceur* (2016) ou de *Brexit Romance* (2018). En à peine dix ans, elle s'est imposée comme l'une des plus brillantes plumes de sa génération. Chacun de ses textes est parcouru de personnages justes, saisis avec tendresse et poésie. Son savoureux humour franco-anglais et son impertinence à toute épreuve font qu'on ne la rencontre jamais vraiment où on l'attendait.
Elle vit à York, en Angleterre, où elle enseigne et étudie la littérature jeunesse et les sciences de l'éducation. De temps en temps, elle revient en France pour manger un peu de fromage avec ses ami·es et donner des ateliers d'écriture à ses lecteurs et lectrices.

Salut, Mouette. Oui, je sais : tu te demandes ce que je fabrique. Ça fait une heure que je marine. Toi, tu flottes là, avec tes petits yeux comme des perles de bois, tu te dis il fout quoi cet humain, il barbote, il fait rien, normalement ils jouent au ballon, ils plongent, ils font la planche, ils nagent. Normalement ils remontent sur la plage, vont s'étaler, se font rissoler. Lui il est juste là, la tête qui dépasse, à regarder la plage de loin.

Je t'explique : c'est très con, mais j'ai perdu mon maillot de bain. Au fond de l'eau quelque part. Pourquoi je l'ai enlevé au départ ? Alors écoute, je sais pas trop. On fait des choses parfois tu sais. On sait pas ce que. On les fait même si. Je voulais l'eau directement sur ma peau. Discret, personne remarquerait, je le remettrais tout de suite après. Mais un courant traitre, et hop ! L'accident bête.

Mouette, si je sors maintenant, tout Friloux-Plage va voir ma teub bleutée et mes couilles qui pendouillent, et je me dis, bon, peut-être que c'est pas une super bonne idée.

Mais peut-être que si ?

Ça fait une heure que je me passe dans la tête des peut-être, peut-être que non, peut-être que si.

Peut-être que c'est ça le moment que j'attends depuis toujours, après tout je serai jamais un héros autrement, faut aller chercher son héroïsme là où on peut, dans des recoins d'été cul nul, sur une plage de cailloux, au milieu des corps mous, pourquoi pas. Surgir des vagues grisâtres de Friloux-Plage la bite recroquevillée et les couilles ridées après une heure en eaux frisquettes, peut-être que ça fait le mec qui a tout compris à l'existence.

Il y a Zarah là-bas sur la plage avec ses copines qui danse.

Je crois qu'elle fait une vidéo TikTok.

Imagine je sors juste maintenant avec ma bite (et pas mon couteau) (qui a un couteau ?) (ce serait flippant, le mec qui sort à poil de l'eau avec un couteau, là on est dans une autre ambiance), imagine je lui photobombe son TikTok avec ma bite.

Je vais pas le faire, Mouette. Mais juste imagine.

Peut-être.

Peut-être que c'est une très mauvaise idée parce qu'il y a des gamines sur la plage qui font des pâtés, et elles ont jamais vu ça, enfin j'espère, ce petit (enfin pas si petit que ça non plus) bout de chair, et à quinze ans j'ai déjà l'âge d'être un pervers.

Imagine on m'accuse d'exhibitionnisme et j'ai beau dire j'ai perdu mon maillot de bain madame, je ne veux pas de mal à votre enfant, on risque de ne pas me croire, parce que c'est exactement ce que dirait un pervers : pardon madame, j'ai glissé, mon maillot de bain est tombé, j'ai séquestré votre enfant treize ans dans ma cave, ce sont des choses qui arrivent.

Je ne pourrai pas devenir éducateur spécialisé avec un tel casier judiciaire : 12 août, Friloux-Plage, il exhibe ses organes génitaux à des douzaines d'enfants, plaide l'accident vestimentaire, ce pervers.

Surtout si en remontant sur la plage j'avise Zarah qui danse.

C'est un peu gênant pour tout le monde cette affaire, maintenant je suis tout grand dit tante Paule et ma bite a trop souvent tendance à vouloir l'être aussi, elle est là « hé regarde comme j'ai bien grandi d'un coup », oui, bravo, mais alors ça serait cool que tu me réserves ces moments de brusque croissance pour disons 23h58 dans ma chambre, quand j'ai à disposition de quoi gérer tes épanchements. Là, à Friloux-Plage, entre l'heure du café et celle des Pitchs au Nutella, merci mais non merci.

En plus je suis sûr comme une bâtarde elle va me faire le coup de la timidité la première fois, si une fille un jour veut bien, enfin j'en doute mais peut-être que ça arrivera, et alors ce sera un tout petit truc-larve, limite rentré à l'intérieur, et j'aurai beau dire : « Le 12 août, à Friloux-Plage, c'était une autre affaire ! », elle s'en fichera la fille. *You had to be there.*

D'ailleurs je fais attention, Mouette, tu sais, je me visse le cou en place quand j'arrive à la plage, pour ne regarder les filles que dans le blanc des yeux, je me concentre sur leur beauté intérieure, Zarah par exemple me parle d'un article scientifique qui dit qu'il existe un univers où le temps fonctionne exactement à l'envers, ce qui est fou, car tout est en miroir du coup, on existe en même temps que maintenant, mais dans le sens inverse des aiguilles d'une montre (c'est ce que je comprends). Je la regarde tellement fixement dans les yeux qu'elle doit se dire que je suis un sociopathe, ce qui est marginalement mieux que pervers sexuel, mais on a un champ de vision relativement large en tant qu'humain et dans la périphérie il y a ce flou de chair brun clair à peine contenu dans un maillot de bain jaune, ce champ de chair, ses seins et son ventre en-dessous, chair qui tremblote joliment quand elle parle de cet univers parallèle, et je continue à la fixer, l'air constipé.

Le résultat est mitigé.

L'autre jour elle a dit : « Ce que tu peux être froid parfois, je sais même pas ce que tu penses. » Je crois que c'est un reproche mais si elle savait ce que je pense elle aurait encore plus de reproches.

Une autre fois elle a dit : « Le truc avec Redouane c'est que c'est un garçon sensible, j'adore. »

(C'est pas moi Redouane.)

Une autre fois : « Le truc avec Félix c'est qu'il est trop drôle comme mec, j'adore. »

(C'est pas moi Félix.)

Mais peut-être...

Si je sors comme ça peut-être que ça va faire le mec pas froid, le mec sensible et drôle comme Redouane et Félix, parce qu'il y a un côté marrant et sensible à avoir perdu son maillot sous l'eau à Friloux-Plage et hésiter à sortir pendant une heure, à parler à une mouette à la place, c'est une situation que dans une comédie romantique on n'hésiterait pas à qualifier de totalement mignonne. Et ensuite Zarah dirait de moi : il a tout ce qu'il faut, le combo sensible et drôle, c'est l'homme idéal, burnes à l'air et bavard avec les mouettes.

Peut-être.

Tu sais, Mouette, c'est pas juste, parce que si j'étais une meuf ça serait vraiment pas un drame. Je sortirais de là toute rose, toute nue, pleine de « oh mon dieu mon bikini a disparu », et mes copines se rueraient vers moi avec des serviettes, et on poufferait et glousserait et tout le monde trouverait ça trop chou et vaguement titillant. Moi, mon corps est une arme, mon corps est un méchant. Moi, mes copains ne viendraient pas m'aider, ils se foutraient bien de ma gueule. C'est là qu'on voit qu'il y a du sexisme à l'envers et pas seulement dans l'univers parallèle de l'article scientifique de Zarah.

Alors on attend, on attend.

Bon, un truc que je me dis quand même, c'est que je ne peux pas rester dans l'eau indéfiniment. Toi, tu peux, Mouette, parce que tes plumes ont appliqué la théorie de l'évolution de Darwin pour résister au froid, mais moi j'ai les lèvres violettes déjà, je le sens, et il n'est que 15h30 par-là, et ce soir c'est moules-frites à la maison et qui doit aller éplucher les patates ?

Moules. Idée. Si je trouve un coquillage assez gros, peut-être que je pourrais me le tenir devant la teub en sortant de l'eau.

Donc pas une moule. C'est loin (très loin) d'être assez gros. Il faudrait je sais pas une huitre au moins. Non, plus grand. Une coquille Saint-Jacques ? On n'est pas dans un coin à coquilles Saint-Jacques.

Aucun coquillage dans cette mer n'est assez grand pour couvrir ma bite entièrement.

C'est comme ça, Mouette.

Alors on va rester là, l'un à côté de l'autre, à penser aux moules-frites en regrettant mon moule-bite.

À se demander si peut-être.

Si peut-être je suis capable de cet acte héroïque. De cet acte sensible. De cet acte drôle. Le douze août, sa douce zoute émerge de l'eau glaciale, et lui avec.

En rigoler, au lieu de tout prendre au tragique.

Peut-être que je suis capable de cet acte héroïque.

03
LES INCONTOURNABLES

Les 100 incontournables
[Portrait John Green]
[Portrait Christelle Dabos]
Nos coups de cœur
[Portrait Martin Page et Coline Pierré]

LES 100 INCONTOURNABLES DE LA LITTÉRATURE ADO

sélectionnés par un jury de 100 professionnel·les : auteur·rices, blogueur·ses, chercheur·ses, éditeur·rices, journalistes, libraires, médiathécaires, traducteur·rices et autres électrons libres passionnés.

LA **GENÈSE**

Lorsque nous avons entamé la rédaction de ce guide – quand celui-ci en était encore à l'état de projet – nous n'avions pas l'intention d'y faire figurer une telle liste. **Comment prescrire de façon intelligente et subjective, quand nous sommes nous-mêmes nourris de millions de subjectivités**, issues de nos expériences et préférences ? Cela semblait mission impossible.

Puis une amie est venue à nous avec sa folie contagieuse : il fallait voir plus grand, beaucoup plus grand. Nous n'étions pas légitimes à nous seuls ? Qu'à cela ne tienne : nous allions trouver les gens qui nous permettraient de l'être !

C'est ainsi que le projet de ces cent incontournables a fait son chemin.

La prescription, en littérature jeunesse, est vivace (vous en aurez un aperçu dans notre boite à outils, page 211). Mais pour cette raison aussi, on constate qu'elle est très éclatée, éparpillée, ponctuelle, et – à part à faire l'effort de remonter l'historique de ses plus grands Prix (Pépites, Sorcières, Vendredi…) –, peu structurée. En effet, passé les coups de cœur du moment, il peut s'avérer difficile, pour les néophytes comme pour les passionné·es, de trouver des sources de conseil fournies et solides.

Notre idée ici est de pallier ce manque, en proposant une liste (comme celle du *Monde* des « 100 ouvrages les plus plébiscités par les Français » ou celle de l'Académie Nobel des « 100 meilleurs livres de tous les temps ») dans laquelle piocher pour entamer sa découverte du rayon. En ce qui concerne la littérature ado en particulier, en tant qu'elle est peu reconnue et démocratisée, cela nous semble aller dans le sens d'une plus grande accessibilité et reconnaissance, ce qui rejoint la démarche de notre guide. **Notre envie, ici, est de dire : « voilà 100 bons livres, voilà par quoi tu peux commencer si tu veux découvrir le roman ado ».**

Pour autant, donc, nous voulions que cette liste, à l'inverse du reste du guide, soit la plus objective possible. L'objectivité parfaite est bien entendu impossible, mais néanmoins, voici comment nous avons procédé.

MÉTHODOLOGIE

→ Nous avons décidé de circonscrire la liste à des titres étant exclusivement :

1) des **romans**

2) **publiés en français** (mais pouvant être traduits d'une autre langue, naturellement),

3) parus **entre 2000 et 2019**

et 4) toujours **disponibles**.

→ Entre 2018 et 2019, une première liste d'environ 400 romans-candidats a été échafaudée par un ensemble de blogueur·ses, écrivain·es et libraires bénévoles choisi·es pour leur connaissance de l'édition jeunesse (45 personnes).

→ En 2020, le jury final a été déterminé, sur base de volontariat. Il rassemble 100 personnes, dont **20 auteur·rices et traducteur·rices, 15 blogueur·ses, 15 chercheur·ses et journalistes, 20 éditeur·rices, 15 libraires, 15 médiathécaires et 5 autres** professionnel·les (professeur·es, critiques, organisateur·rices de salons). Vous trouverez à la fin de la liste le détail de tous les participants et participantes (à l'exception de ceux et celles qui ont préféré conserver leur anonymat).

→ Chaque juré·e a été invité·e à **cocher, dans la liste fournie, les titres qu'il ou elle jugeait être des « incontournables » de la littérature ado**, sans limite de nombre, et avec la possibilité d'ajouter ceux qui, d'après elle ou lui, auraient été oubliés.

→ Ces suggestions de titres se voyaient ajoutées à la liste et le décompte de leurs votes artificiellement augmenté de façon à compenser leur absence initiale. **La liste finale concoctée par le jury comportait plus de 700 titres.**

→ Les juré·es ont également été invité·es à signaler, parmi leurs incontournables, leurs titres coups de cœur.

→ À l'issue du vote, les 100 titres les plus cités par le jury ont constitué la liste des 100 incontournables.

→ En cas d'égalité, pour les titres en fin de liste, les « coups de cœur » ont permis de départager les ouvrages.

Voici donc comment est née la liste que vous pourrez consulter… pages suivantes !

QUELQUES **MANQUES ?**

L'absence de certains titres, mais aussi d'auteurs et autrices pourra vous étonner, comme elle nous a nous-mêmes étonnés. Trois remarques cruciales à ce sujet :

1) Nous avons circonscrit la liste à la période 2000-2019, afin de nous concentrer sur la période d'éclosion de la littérature ado. Cela exclut malheureusement certains titres, auteurs et autrices phares qui ont contribué, avant l'éclosion des années 2000, à définir cette littérature ; c'est le cas notamment de : Melvin Burgess, Robert Cormier, Agnès Desarthe, Michael Ende, Gudule, Susie Morgenstern, auteurs et autrices dont nous parlons par ailleurs dans le guide.

2) Le jury, après de nombreuses hésitations, a voté pour **exclure les titres qui, malgré leur plébiscite, lui semblaient relever davantage de la littérature jeunesse que de la littérature ado** ; c'est le cas, notamment, de : *Coraline*, de Neil Gaiman (PKJ, 2002), *La rivière à l'envers*, de Jean-Claude Mourlevat (PKJ, 2000), *Le royaume de Kensuké,* de Michael Morpurgo (Gallimard Jeunesse, 2000) et *Tobie Lolness,* de Timothée de Fombelle (Gallimard Jeunesse, 2006).

3) Le jury, suivant la consigne, a voté pour des romans et non des écrivain·es ; **aussi certains auteurs et certaines autrices se voient exclues de la liste finale car aucun de leurs titres n'a recueilli, à lui seul, suffisamment de suffrages**. C'est le cas, notamment, de : Jean-François Chabas, Fabrice Colin, Moka, Jean Molla, Susin Nielsen, François Place, Jo Witek. Même si les votes ont été éparpillés sur leurs différents ouvrages, nous tenions à faire figurer leurs noms.

Nous vous donnons donc rendez-vous pages suivantes pour découvrir les 100 incontournables !

Un petit aperçu de ce qui vous attend de A à Z →

Nous vous proposons un code gradué de pour vous repérer dans le niveau de lecture des titres :

SIGNÉ POÈTE X

ELIZABETH ACEVEDO

2019, Ed. Nathan

À Harlem, Xiomara se tait. Parce que c'est une fille, qu'elle est trop ronde, trop immigrée, trop timide. Puis, un jour, un club de slam s'ouvre dans son lycée...

#féminisme #roman en vers #slam

TREIZE RAISONS (13 REASONS WHY)

JAY ASHER

2007, Ed. Albin Michel

en poche chez Le Livre de Poche

Avant sa mort, Hannah a enregistré 13 cassettes : les 13 raisons de son suicide. Bouleversé, son ami Clay découvre que l'une d'elle porte son nom.

#harcèlement #suicide #lycée

SIX OF CROWS

LEIGH BARDUGO

2016-2017, Ed. Milan (2 tomes)

en poche chez Le Livre de Poche

Dans la ville magique de Katterdam, six jeunes hors-la-loi caractériels s'associent pour une mission impossible.

#fantasy urbaine #magie #voleurs

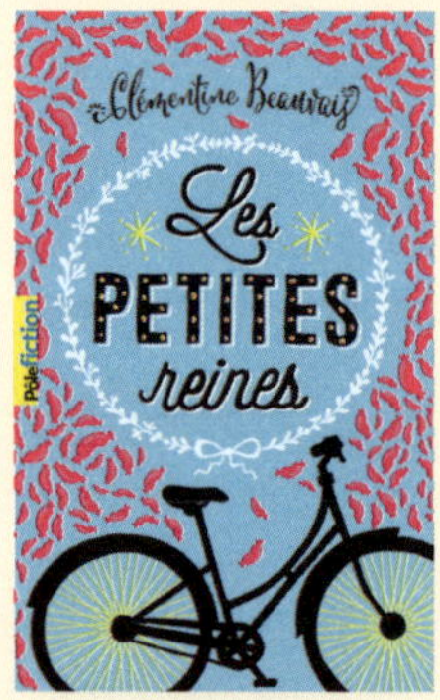

LES PETITES REINES

CLÉMENTINE BEAUVAIS

2015, Ed. Sarbacane

en poche chez Gallimard Jeunesse

Élues « boudins d'or » du collège, Mireille, Astrid et Hakima se lancent dans un road-trip initiatique pour en remontrer à tout le monde.

#humour #road-trip #féminisme

SONGE À LA DOUCEUR

CLÉMENTINE BEAUVAIS

2016, Ed. Sarbacane

en poche aux Ed. Points

Adolescents, Eugène et Tatiana se sont aimés (mal) : dix ans plus tard, ils se recroisent dans le métro. Vont-ils s'aimer (mieux) cette fois ?

#romance #roman en vers #réécriture

ENTRE CHIENS ET LOUPS

MALORIE BLACKMAN

2005-2020, Ed. Milan (5 tomes)

en poche chez Le Livre de Poche

Dans un monde où le noir domine par le pouvoir et la richesse, Séphy, noire et fille de ministre, tombe amoureuse de Callum, un jeune blanc rebelle...

#dystopie #racisme #rébellion

L'AUBE SERA GRANDIOSE

ANNE-LAURE BONDOUX

2017, Ed. Gallimard Jeunesse

disponible en poche

Un soir, en urgence, la mère de Nine lui fait des révélations sur sa famille. Secrets, mafia, incendies, course-poursuites... mais qui est sa mère ?!

#aventure #secrets #mère-fille

LES LARMES DE L'ASSASSIN

ANNE-LAURE BONDOUX

2003, Ed. Bayard

disponible en poche

L'assassin est arrivé un matin, il a tué les parents de Paolo, puis il est resté. Il n'y avait plus que lui pour s'occuper du garçon et l'aimer.

#père-fils #drame #rédemption

TANT QUE NOUS SOMMES VIVANTS

ANNE-LAURE BONDOUX

2014, Ed. Gallimard Jeunesse
disponible en poche

Dans un pays aussi dur que fantastique, Hama et Bo s'aiment, se brisent et se reconstruisent sans cesse, par tous les chemins de traverse.

#conte moderne #fantastique #amour

LE TEMPS DES MIRACLES

ANNE-LAURE BONDOUX

2009, Ed. Bayard
disponible en poche

Quand les douaniers l'attrapent, « Blèz Fortuné », réfugié de guerre, ne parle pas dix mots de français, mais il s'accroche fort à la vie.

#réaliste #exil #guerre #famille

A COMME ASSOCIATION

P. BOTTERO, E. L'HOMME

2010-2013, Ed. Rageot (8 tomes)
en poche chez Gallimard Jeunesse

Ado (quasi) lambda, Jasper est repéré par “L'Association” qui souhaite lui proposer un stage... en mission d'infiltration chez des vampires.

#fantasy urbaine #aventure #magie

ELLANA (LE PACTE DES MARCHOMBRES)

PIERRE BOTTERO

2006-2007, Ed. Rageot (3 tomes)
disponible en poche

Jeune orpheline, Ellana est destinée à devenir l'une des plus puissantes Marchombres... mais avant cela, elle doit partir en quête de ses origines.

#fantasy #aventure #liberté

LA QUÊTE D'EWILAN

PIERRE BOTTERO

2003, Ed. Rageot (3 tomes)
disponible en poche

Pénétrant par accident dans le monde de Gwendalavir, Ewilan découvre que tous, ici, l'attendaient et qu'elle maitrise l'Art singulier du Dessin.

#fantasy #aventure #liberté

QUATRE FILLES ET UN JEAN

ANN BRASHARES

2002-2012, Ed. Gallimard Jeunesse (5 tomes), disponible en poche

Carmen, Tibby, Bridget et Lena vont se partager un seul et même jean qui va magiquement les accompagner à travers leurs aventures d'été.

#romance #amitié #vacances

DANS LE DÉSORDRE

MARION BRUNET

2016, Ed. Sarbacane

Lors d'une manif, Jeanne rencontre Basile et s'embarque avec lui dans une révolte sociale belle et brûlante jusqu'aux marges de la société.

#réaliste #société #rébellion #drame

FRANGINE

MARION BRUNET

2013, Ed. Sarbacane
en poche chez J'ai Lu

Joachim a deux mères, et c'est OK : personne ne l'a jamais emmerdé avec ça. Mais pour sa sœur, Pauline, qui entre au lycée, c'est une autre affaire...

#réaliste #famille #lgbtq+

SANS FOI NI LOI

MARION BRUNET

2019, Ed. PKJ

La cavale libertaire d'Ab Stenson, cow-girl indomptable de l'Ouest américain, et de Garett, l'adolescent qu'elle a kidnappé.

#western #famille #empowerment

LES AUTODAFEURS

MARINE CARTERON

2014-2015, Ed. Le Rouergue (3 tomes)

Une Confrérie antique, des secrets de famille et des ennemis partout... pour Auguste et Césarine, ça commence à faire beaucoup !

#aventure #complot #autisme

À LA PLACE DU CŒUR

ARNAUD CATHRINE

2016-2018, Ed. Robert Laffont (3 tomes)
en poche chez PKJ

Au moment où Caumes tombe raide dingue amoureux d'Esther, douze terroristes attaquent Charlie Hebdo. L'amour au temps des attentats.

#réaliste #romance #société

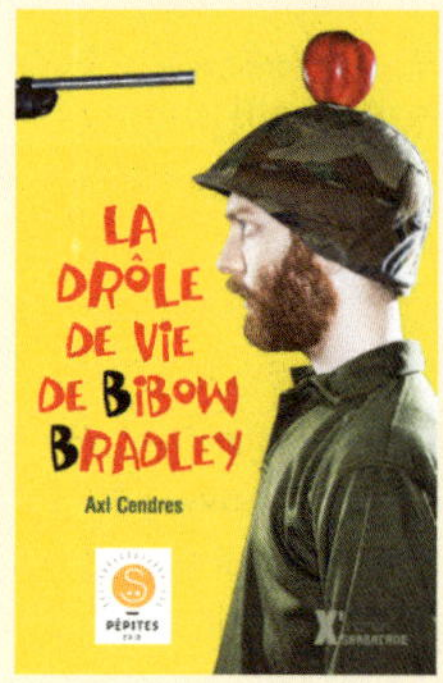

LA DRÔLE DE VIE DE BIBOW BRADLEY

AXL CENDRES

2012, Ed. Sarbacane

De son enfance chez les ploucs à sa retraite d'espion, en passant par la guerre au Vietnam et les hippies... la vie de Bibow cache un grand secret.

#aventure #espionnage #humour

DYSFONCTIONNELLE

AXL CENDRES

2015, Ed. Sarbacane

Fifi grandit dans le bar que tient sa famille frapadingue. Mais le truc, avec Fifi, c'est qu'elle est brillante. Un peu trop pour son propre bien.

#drame #humour #lgbtq+

LA FOURMI ROUGE

ÉMILIE CHAZERAND

2017, Ed. Sarbacane
en poche chez Gallimard Jeunesse

Vania a un ptosis congénital, une BFF qui pue le poisson et un père taxidermiste ultragênant : sa vie est une longue blague. Ah oui, Vania ? Vraiment ?

#humour #initiatique #éclosion

LE MONDE DE CHARLIE

STEPHEN CHBOSKY

2008, Ed. Sarbacane
en poche chez Le Livre de Poche

Sensible et bizarre, Charlie se tient à l'écart au lycée... jusqu'au jour où Patrick et la jolie Sam, *cool kids* plus âgés, le prennent sous leur aile.

#réaliste #drame #émotion

MAX

SARAH COHEN-SCALI

2012, Ed. Gallimard Jeunesse
disponible en poche

Max nait dans un Lebensborn, ces incubateurs de bébés nazis censés produire la nouvelle race aryenne qui repeuplera l'Europe. Et Max grandit.

#historique #drame #nazisme

ARTEMIS FOWL

EOIN COLFER

2001-2013, Ed. Gallimard Jeunesse (8 tomes), disponible en poche

Artemis Fowl a 12 ans et une intelligence hors du commun : la preuve, il vient de démasquer le peuple des fées et en a capturé une. La guerre est déclarée.

#aventure #magie #génie du mal

HUNGER GAMES

SUZANNE COLLINS

2008-2010, Ed. PKJ (3 tomes) disponible en poche

États-Unis, futur incertain. Chaque année, des adolescents sont envoyés s'entretuer dans une arène. Et cette année, Katniss a été désignée.

#dystopie #révolte #romance

LES TROIS VIES D'ANTOINE ANACHARSIS

ALEX COUSSEAU

2012, Ed. Le Rouergue

Esclave, voleur des rues, marin sur un baleinier : à travers ses trois vies, Antoine n'a de cesse de chercher le trésor de son ancêtre pirate...

#aventure #navigation #historique

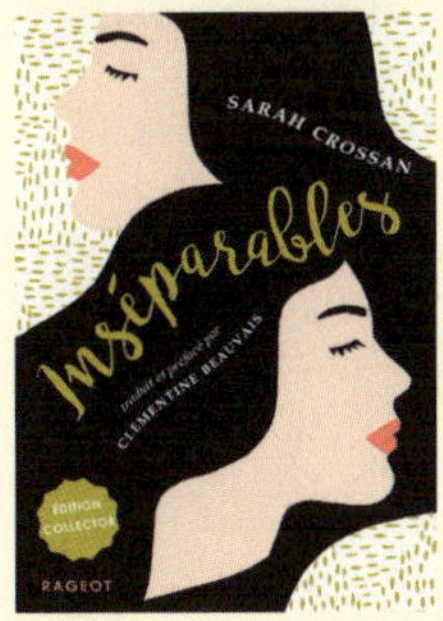

INSÉPARABLES

SARAH CROSSAN

2017, Ed. Rageot disponible en poche

Siamoises reliées par la taille, Grace et Tippi partagent tout. Une seule chose pourrait les séparer : tomber amoureuses.

#drame #sœurs #roman en vers

LA PASSE-MIROIR

CHRISTELLE DABOS

2013-2018, Ed. Gallimard Jeunesse (4 tomes), disponible en poche

Dans un monde magique et intrigant, Ophélie, qui a un don singulier, apprend qu'elle va être mariée à un mystérieux comptable de la cour.

#fantasy #aventure #romance

LE LABYRINTHE

JAMES DASHNER

2012-2014, Ed. PKJ (3 tomes) disponible en poche

Thomas, 16 ans, s'éveille au cœur d'un labyrinthe rempli de monstres d'aciers et d'ados apeurés. Il n'a aucun souvenir.

#dystopie #aventure #post-apocalyptique

JAN

CLAUDINE DESMARTEAU

2016, Ed. Thierry Magnier

Jan, c'est une gosse qui a de la gouaille, une famille cassée et un petit frère à protéger envers et contre tous. Avec lui, elle va s'enfuir pour grandir.

#famille #initiatique #road-trip

LE JOURNAL D'AURORE

MARIE DESPLECHIN

2006-2009, Ed. L'École des loisirs (3 tomes), disponible en poche

Aurore a 14 ans, un fichu caractère, des amies qui font le yo-yo et une famille de cinglés. Si elle tient un journal intime, c'est pour se défouler.

#réaliste #journal #humour

PHOBOS

VICTOR DIXEN

2015-2017, Ed. Robert Laffont
(5 tomes), disponible en poche

Le programme Genesis, c'est : six filles et six garçons, et... six minutes par semaine pour se séduire avant d'arriver sur Mars, future colonie.

#SF #romance #télé-réalité

JE REVIENS DE MOURIR

ANTOINE DOLE

2008, Ed. Sarbacane

Marion aime Nicolas jusqu'à se laisser dominer, détruire par lui. Ève, la mangeuse d'hommes, et David, avec la main tendue, pourront-ils la sauver?

#psychologique #drame #relation toxique

LE RENARD ET LA COURONNE

YANN FASTIER

2018, Ed. Talents Hauts
en poche chez PKJ

Tour à tour orpheline, enfant des rues et princesse clandestine, Ana traverse l'Europe du XIXe siècle à la poursuite de son destin.

#intrigues #aventure #lgbtq+

QUATRE SŒURS

MALIKA FERDJOUKH

2003-2005, Ed. L'École des loisirs
(4 tomes), disponible en poche

Quatre sœurs (qui sont en réalité cinq) orphelines de fraiche date nous racontent leurs amis, leurs amours et leurs emmerdes.

#famille #sororité #humour

LE LIVRE DE PERLE

TIMOTHÉE DE FOMBELLE

2014, Ed. Gallimard Jeunesse
disponible en poche

Tombé par erreur dans notre monde, Joshua Perle cherche désespérément un moyen de rentrer chez lui et retrouver son grand amour : une fée...

#fantastique #amour #historique

VANGO

TIMOTHÉE DE FOMBELLE

2010-2011, Ed. Gallimard Jeunesse
(2 tomes), disponible en poche

Poursuivi par des forces malveillantes et mystérieuses, Vango court à travers le monde à la recherche de son passé et de la liberté.

#aventure #mystère #voyage

CŒUR D'ENCRE

CORNELIA FUNKE

2004-2010, Gallimard Jeunesse (3 tomes)
disponible en poche

Meggie, douze ans, est folle de livres. Alors pourquoi son père ne lui lit-il plus d'histoires à voix haute? Ses livres cacheraient-il un secret?

#lecture #magie #père-fille

L'ÉTRANGE VIE DE NOBODY OWENS

NEIL GAIMAN

2009, Albin Michel, en poche chez J'ai Lu

Après avoir échappé à l'assassin de ses parents, Nobody Owens, enfant bien vivant, est élevé par les pensionnaires d'un cimetière.

#fantasy urbaine #fantôme #initiatique

NOS ÉTOILES CONTRAIRES

JOHN GREEN

2013, Ed. Nathan, en poche chez PKJ

Hazel, une ado en phase terminale de cancer, tombe amoureuse d'Augustus. Mais comment s'aimer quand le temps est compté ?

#romance #deuil #cancer

MÉTO

YVES GREVET

2008-2010, Ed. Syros (3 tomes) en poche chez PKJ

64 garçons vivent coupés du monde dans « la Maison » et disparaissent une fois qu'ils ont trop grandi. Quel destin les attend au dehors?

#dystopie #mystère #révolte

JE MOURRAI PAS GIBIER

GUILLAUME GUÉRAUD

2006, Ed. Le Rouergue

Dans un village à l'ambiance rude, Martial commet un acte d'une violence inouïe. Comment en est-il arrivé là?

#violence #crime #famille

LE CLAN DES OTORI

LIAN HEARN

2002-2008, Ed. Gallimard Jeunesse (5 tomes), disponible en poche

Dans un royaume inspiré par le Japon féodal et déchiré par des guerres de clans, les jeunes Takeo et Kaede tentent d'accomplir leur destin.

#fantasy #japon #aventure

QUI ES-TU ALASKA ?

JOHN GREEN

2007, Ed. Gallimard Jeunesse disponible en poche

À la recherche de sens et d'aventure, Miles s'inscrit à un pensionnat. Il y rencontre la fascinante Alaska, qui vit à cent à l'heure.

#initiatique #lycée #drame

U4

Y. GREVET, F. HINCKEL, C. TRÉBOR, V. VILLEMINOT

2015-2016, Ed. Nathan-Syros (5 tomes) en poche chez PKJ

Après que le virus U4 a décimé 90% de la population, quatre adolescents font séparément route vers Paris pour contenir la catastrophe.

#post-apocalyptique #pandémie

LE BIZARRE INCIDENT DU CHIEN PENDANT LA NUIT

MARK HADDON

2004, Ed. PKJ, disponible en poche

Christopher, un adolescent autiste, mène une enquête tantôt loufoque et tantôt poignante pour découvrir le meurtrier du chien de sa voisine.

#autisme #mystère #humour

SWEET SIXTEEN

ANNELISE HEURTIER

2014, Ed. Casterman disponible en poche

Arkansas, 1957 : un lycée « blanc » ouvre pour la première fois ses portes à neuf élèves noirs. La courageuse Molly Costello est parmi eux.

#ségrégation #racisme #historique

ALEX RIDER

ANTHONY HOROWITZ

2001-2018, Ed. Hachette (11 tomes)
disponible en poche

Alex Rider, 14 ans, est recruté par le MI6 à la mort de ses parents, et devient espion malgré lui. Un vrai James Bond junior !

#action #aventure #espionnage

NE T'INQUIÈTE PAS POUR MOI

ALICE KUIPERS

2008, Ed. Albin Michel
en poche chez Le Livre de Poche

Une correspondance par post-it interposés entre mère et fille vire au tragique quand la mère tombe malade.

#maladie #épistolaire #mère-fille

NO PASARÁN, LE JEU

CHRISTIAN LEHMANN

1996-2012, Ed. L'École des loisirs
(3 tomes), disponible en poche

Trois ados fascinés découvrent un jeu qui a le pouvoir de les transporter dans les différentes guerres du xxe siècle. En sortiront-ils indemnes ?

#jeu vidéo #guerre #fascisme

A COMME AUJOURD'HUI

DAVID LEVITHAN

2012-2016, Ed. Les grandes personnes
(2 tomes), en poche chez Pôle Fiction

A se réveille chaque matin dans un corps et une vie différente. Un jour, il rencontre Rhiannon, une fille qu'iel est incapable d'oublier…

#romance #surnaturel #lgbtq+

NOUS LES MENTEURS

E. LOCKHART

2015, Ed. Gallimard Jeunesse
disponible en poche

Il y a deux ans, Cadence a été victime d'un accident dont elle ne garde aucun souvenir. Cet été, avec ses cousins, elle tente de recoller les morceaux.

#drame #suspense #famille

LE PASSEUR

LOIS LOWRY

1994-2012, Ed. L'École des loisirs
(4 tomes)

À 12 ans, Jonas est choisi pour être Passeur. Son rôle difficile sera de se souvenir de tout ce que sa communauté utopique a préféré oublier.

#dystopie #philosophie #initiation

TWILIGHT

STEPHENIE MEYER

2005-2012, Ed. Hachette Jeunesse
(4 tomes), disponible en poche

Bella déménage chez son père dans la petite ville pluvieuse de Forks. Là, elle rencontre le beau et très secret Edward Cullen.

#romance #vampires #lycée

LES BELLES VIES

BENOÎT MINVILLE

2016, Ed. Sarbacane
en poche chez Gallimard Jeunesse

Les turbulents Vasco et Djib, banlieusards, sont envoyés dans une ferme de la Nièvre, pour réapprendre la vraie vie le temps d'un été.

#réaliste #amitié #société

LE CHAGRIN DU ROI MORT

JEAN-CLAUDE MOURLEVAT

2009, Ed. Gallimard Jeunesse

disponible en poche

Un roi est mort sous la neige : Aleks et Brisco sont venus lui rendre un hommage. C'est une histoire de frères, d'amour et de guerre.

#conte #aventure #émotion

LE COMBAT D'HIVER

JEAN-CLAUDE MOURLEVAT

2005, Ed. Gallimard Jeunesse

disponible en poche

Quatre adolescents, évadés de leur orphelinat-prison, reprennent la lutte pour la liberté perdue par leurs parents quinze ans plus tôt.

#fantasy urbaine #aventure #révolte

TERRIENNE

JEAN-CLAUDE MOURLEVAT

2011, Ed. Gallimard Jeunesse

disponible en poche

Pour retrouver sa sœur disparue depuis un an, Anne bascule dans un monde parallèle qui va interroger sa condition humaine.

#fantastique #aventure #écologie

CHERUB

ROBERT MUCHAMORE

2007-2016, Ed. Casterman (17 tomes)

disponible en poche

James, 13 ans, est recruté par une redoutable organisation secrète qui forme des ados insoupçonnables à l'espionnage.

#réaliste #aventure #espionnage

MAÏTÉ COIFFURE

MARIE-AUDE MURAIL

2004, Ed. L'École des loisirs

disponible en poche

Louis n'a pas d'idée pour son stage de 3e : il n'est bon en rien, de toute façon… Sa vie change quand il entre dans un salon de coiffure.

#réaliste #père-fils #émotion

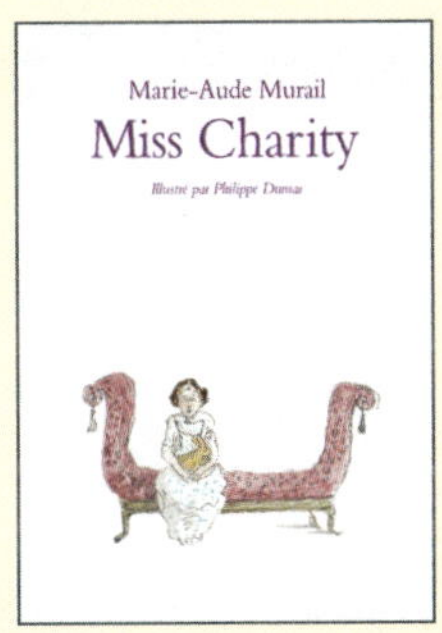

MISS CHARITY

MARIE-AUDE MURAIL

2008, Ed. L'École des loisirs

disponible en poche

Enfance et jeunesse de Charity, une petite fille de la bonne société anglaise dotée de passions inconvenantes : les animaux, le dessin et la littérature.

#Angleterre #Beatrix Potter #féminisme

OH, BOY !

MARIE-AUDE MURAIL

2000, Ed. L'École des loisirs

disponible en poche

Les trois Morlevent, soudain orphelins, se promettent une chose : ne jamais être séparés. Une bataille s'engage pour trouver une famille.

#familial #drame #humour

SAUVEUR ET FILS

MARIE-AUDE MURAIL

2016-… , Ed. L'École des loisirs (6 tomes)

Dans le cabinet de Sauveur défilent des enfants et adultes perdus et brisés ; et de l'autre côté de la porte, dans sa famille, c'est bien un peu pareil.

#familial #drame #humour

SIMPLE

MARIE-AUDE MURAIL

2004, Ed. L'École des loisirs
disponible en poche

Simple a 22 ans, mais 3 d'âge mental. Pour le sauver de l'institution, son frère Kleber, lycéen, s'installe en coloc avec lui et quatre étudiants.

#réaliste #handicap #fratrie

LE CHAOS EN MARCHE

PATRICK NESS

2008-2011, Ed. Gallimard Jeunesse
(3 tomes), disponible en poche

Sur Nouveau Monde, il n'y a que des hommes et le Bruit incessant de leurs pensées. Mais, un jour, Todd découvre un lieu où le Bruit se tait.

#SF #révolte #société #initiation

QUELQUES MINUTES APRÈS MINUIT

PATRICK NESS

2012, Ed. Gallimard Jeunesse
disponible en poche

Depuis que sa mère est malade, un monstre rend visite chaque nuit à Conor. Un monstre ancien et sauvage qui lui tient d'étranges propos...

#conte moderne #deuil #mère-fils

NULLE ET GRANDE GUEULE

JOYCE CAROL OATES

2002, Ed. Gallimard Jeunesse
disponible en poche

Quand Matt est accusé à tort d'avoir voulu commettre un attentat au lycée, l'étrange et rebelle Ursula est la seule à ne pas l'abandonner.

#amitié #paranoïa #fusillade

WONDER

R. J. PALACIO

2013, Ed. PKJ
disponible en poche

Né avec une horrible malformation faciale, Auggie est tenu à l'écart des autres enfants. À dix ans, il fait sa première rentrée au collège.

#différence #handicap #collège

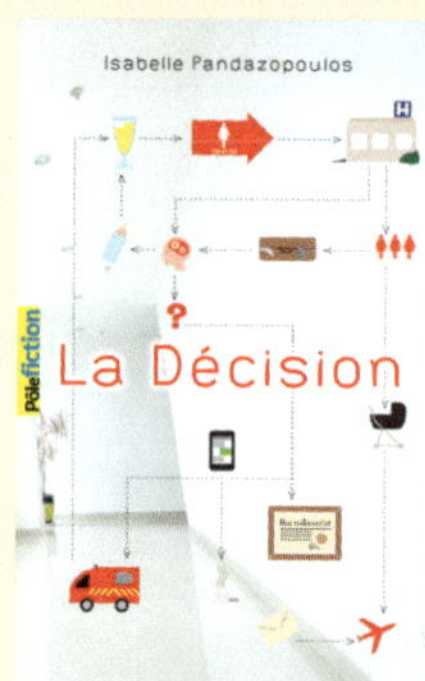

LA DÉCISION

ISABELLE PANDAZOPOULOS

2013, Ed. Gallimard Jeunesse
disponible en poche

Quand Louise accouche par surprise, elle croit devenir folle : elle n'a jamais couché avec personne ! Comment ce bébé peut-il être son fils ?

#maternité #déni de grossesse #trauma

ERAGON

CHRISTOPHER PAOLINI

2004-2012, Ed. Bayard (4 tomes)
disponible en poche

À quinze ans, Eragon tombe sur un œuf de dragon et décide de l'élever. Mais un terrible roi en veut à la caste des Dragonniers.

#fantasy #dragons #aventure

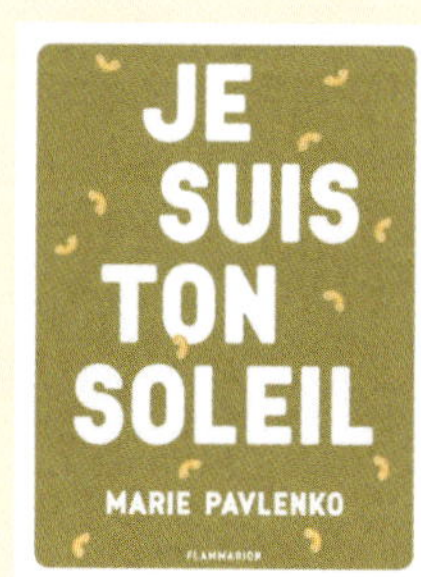

JE SUIS TON SOLEIL

MARIE PAVLENKO

2017, Ed. Flammarion
en poche chez J'ai Lu

Déborah louvoie entre le mal-être de sa mère et les révisions du bac. Heureusement, elle peut compter sur ses deux copains et son humour décapant.

#humour #mère-fille #dépression

COMMENT BIEN RATER SES VACANCES

ANNE PERCIN

2010-2017, Ed. Le Rouergue (4 tomes)
disponible en poche

Maxime compte profiter des vacances chez sa grand-mère pour geeker et se faire chouchouter. Enfin, ça, c'était ce qu'il avait prévu...

#réaliste #humour #amour #famille

À LA CROISÉE DES MONDES

PHILIP PULLMAN

1995-2005, Ed. Gallimard Jeunesse
(3 tomes), disponible en poche

La jeune Lyra Belacqua, orpheline aux origines troubles, s'embarque pour le Nord à la recherche de la mystérieuse Poussière.

#fantasy #aventure #magie

LE JOURNAL INTIME DE GEORGIA NICOLSON

LOUISE RENNISON

2000-2009, Ed. Gallimard Jeunesse
(10 tomes), disponible en poche

Georgia a un nez gigantesque, des parents cinglés et le mec le plus canon du monde ne lui accorde pas un regard. En bref : sa vie est un enfer !

#humour #adolescence #journal

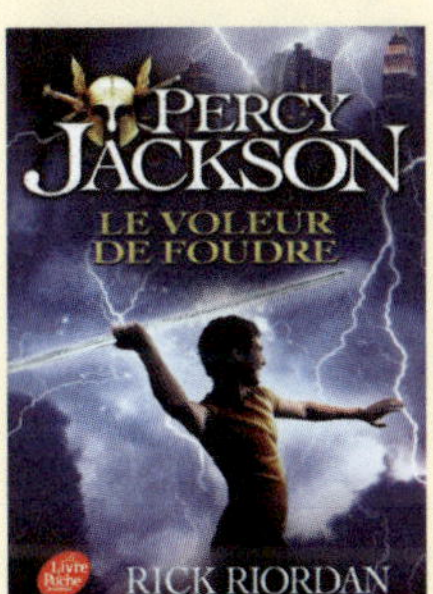

PERCY JACKSON

RICK RIORDAN

2005-2015, Ed. Albin Michel (5 tomes)
en poche chez Le Livre de Poche

Percy apprend que son père est un Dieu grec. Il va découvrir ses pouvoirs et ses origines avec d'autres jeunes demi-dieux...

#mythologie #fantastique #aventure

DANS LA FORÊT DE HOKKAIDO

ÉRIC PESSAN

2017, Ed. L'École des loisirs

Quand elle dort, Julie se retrouve dans la peau d'un petit garçon perdu dans la forêt de Hokkaido. Parviendra-t-elle à le sauver?

#fantastique #survie #Japon

LE ROYAUME DE PIERRE D'ANGLE

PASCALE QUIVIGER

2019-2021, Ed. Le Rouergue (4 tomes)

Un prince navigateur tombe amoureux d'une passagère clandestine. Ensemble, ils vont devoir affronter les secrets du royaume insulaire de Pierre d'Angle.

#fantasy #aventure #amour

MISS PEREGRINE ET LES ENFANTS PARTICULIERS

RANSOM RIGGS

2012-2019, Ed. Bayard (5 tomes)
en poche chez Le Livre de Poche

Bouleversé par le meurtre de son grand-père, Jacob part en quête de vérité sur l'île où ce dernier a passé son enfance.

#pouvoirs magiques #orphelinat

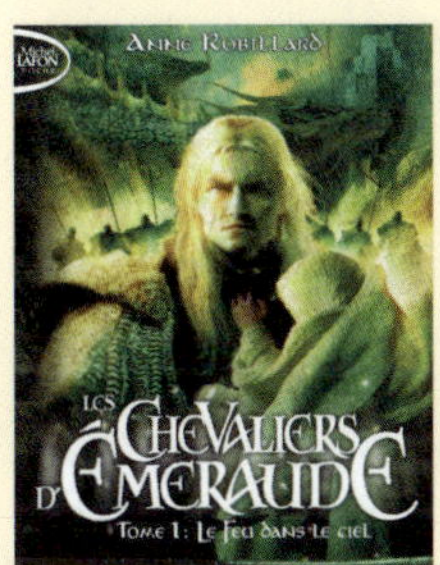

LES CHEVALIERS D'ÉMERAUDE

ANNE ROBILLARD

2007-2010, Ed. Michel Lafon (12 tomes)
disponible en poche

Les sept chevaliers d'Emeraude ont juré de protéger Kira, dont le Destin est lié au sort du royaume.

#fantasy #quête #magie

MAINTENANT, C'EST MA VIE

MEG ROSOFF

2004, Ed. Albin Michel
en poche chez Le Livre de Poche

Daisy rend visite à ses cousins en Angleterre : l'été s'annonce idyllique, jusqu'à ce que la guerre éclate et les emporte dans son tourbillon.
#survie #romance #initiatique

DIVERGENTE

VERONICA ROTH

2011-2014, Ed. Nathan (3 tomes)
en poche chez PKJ

Dans une société post-apocalyptique qui divise les citoyens en cinq factions, Tris tente de trouver sa place.
#dystopie #aventure #amour

ELEANOR & PARK

RAINBOW ROWELL

2014, Ed. PKJ, disponible en poche

En 1986, Eleanor, une ado harcelée pour sa rousseur et sa rondeur, rencontre Park, fan comme elle de comics et des Smith.
#amour #lycée #drame

HARRY POTTER

J. K. ROWLING

1998-2007, Ed. Gallimard Jeunesse (7 tomes), disponible en poche

Harry est un garçon ordinaire, jusqu'au jour où le monde caché des sorciers s'ouvre à lui, et l'accueille à Poudlard, l'école de magie.
#fantasy #saga #aventure #magie

LE PASSAGE

LOUIS SACHAR

2000, Ed. L'École des loisirs
en poche chez Gallimard Jeunesse

Comment Stanley s'est-il retrouvé dans un camp disciplinaire au milieu du désert? Et pourquoi est-il forcé de creuser chaque jour un nouveau trou?
#aventure #mystère #société

ARISTOTE ET DANTE DÉCOUVRENT LES SECRETS DE L'UNIVERS

BENJAMIN A. SÁENZ

2012, Ed. PKJ, disponible en poche

Ari est un ado en colère et silencieux, Dante est drôle et expansif. Leur amitié va les changer à jamais.
#société #famille #lgbtq+

SARCELLES-DAKAR

INSA SANÉ

2006-2017, Ed. Sarbacane (5 tomes)
en poche chez Le Livre de Poche

À Sarcelles, Djiraël vit sa petite vie tranquille d'ado de banlieue, jusqu'à ce qu'un séjour au Sénégal lui renvoie tout son héritage dans la rétine.
#réaliste #société #famille

JUSQU'ICI TOUT VA BIEN

GARY D SCHMIDT

2017, Ed. L'École des loisirs
disponible en poche

En 1969, dans une petite ville des États-Unis, Doug tente de prouver à ceux qui l'entourent qu'il n'est pas qu'une graine de voyou.
#amitié #délinquance #pauvreté

CE QU'ILS N'ONT PAS PU NOUS PRENDRE

RUTA SEPETYS

2011, Ed. Gallimard Jeunesse
disponible en poche

1941. Lina et les siens sont arrachés à la Lituanie et déportés en Sibérie. Dans cet enfer blanc, Lina tente de survivre et rencontre Andrius.

#réaliste #historique #drame

FÉLINES

STÉPHANE SERVANT

2019, Ed. Le Rouergue

Louise est l'une des premières adolescentes à se voir soudain pousser un pelage félin. Pour faire face à l'incompréhension et à la violence, elle va devoir se battre pour sa liberté.

#société #féminisme #corps

SIRIUS

STÉPHANE SERVANT

2017, Ed. Le Rouergue

Sur une Terre dévastée et dépourvue de vie, Avril et son petit frère Kid tentent de survivre et de grandir.

#post-apocalyptique #fantastique #animaux

THE HATE U GIVE

ANGIE THOMAS

2018, Ed. Nathan

Son ami d'enfance a été tué par un policier sous ses yeux. Starr, tiraillée entre son quartier noir et son lycée blanc, doit décider comment agir.

#violence policière #racisme #société

DE CAPE ET DE MOTS

FLORE VESCO

2015, Ed. Didier Jeunesse
en poche chez Le Livre de Poche

Tour à tour demoiselle de compagnie, bouffonne du roi et bourreau, Serine débarque à la cour pour y semer la zizanie.

#conte #humour #aventure

L'ESTRANGE MALAVENTURE DE MIRELLA

FLORE VESCO

2019, L'École des loisirs

Moyen Âge : les rats et la Peste envahissent la ville. Mais Mirella la gueuse ne se laissera pas attraper, ni par un joueur de flûte, ni par personne !

#réécriture #humour #initiatique

QUELQU'UN QU'ON AIME

SÉVERINE VIDAL

2015, Ed. Sarbacane

Pour raviver la joie d'un grand-père atteint d'Alzheimer, une famille s'embarque dans un van pour un roadtrip à la *Little Miss Sunshine*.

#émotion #famille #road-trip

NOUS SOMMES L'ÉTINCELLE

VINCENT VILLEMINOT

2019, Ed. PKJ

Que reste-t-il, deux générations plus tard, du mouvement révolutionnaire de jeunes partis vivre en autarcie dans la forêt ?

#écologie #révolte #anticipation

UGLIES

SCOTT WESTERFELD

2007-2008, Ed. PKJ (3 tomes)
disponible en poche

Futur indéterminé : à 16 ans, Tally pourra bientôt intégrer la société parfaite des « Pretties ». Mais est-ce vraiment le mieux pour elle ?

#dystopie #aventure #romance

D'UN TRAIT DE FUSAIN

CATHY YTAK

2017, Ed. Talents Hauts

1992. Cinq jeunes découvrent l'amour et la sexualité, l'espoir et l'engagement, tandis que l'épidémie de sida s'apprête à bouleverser leurs vies définitivement.

#réaliste #amitié #roman historique

UNE BOUTEILLE DANS LA MER DE GAZA

VALÉRIE ZENATTI

2005, Ed. L'École des loisirs
disponible en poche

Tal, jeune israélienne dégoûtée par le conflit, décide d'écrire des lettres à une inconnue palestinienne, comme une bouteille à la mer.

#guerre #correspondance #pacifisme

LA VOLEUSE DE LIVRES

MARKUS ZUSAK

2007, Ed. Oh !
en poche chez PKJ

La Mort en personne narre l'histoire de Liesel, petite fille allemande envoyée dans une famille d'accueil pendant la guerre.

#holocauste #lecture #survie

LA LISTE DES JURÉ·ES*

** Certain·es ont préféré conserver leur anonymat.*

Xavier d'Almeida • Pauline Alphen • Audrey Alwett • Clémence Bard • Stéphanie Bauche • Laurent Bazin • Ambre Belmont • Estelle Billon-Spagnol • Raphaële Botte • Céline Bouju • Judith Boukella « Auxgrandsmotslespetitslivres » • Béatrice Boutin • Carla Bouvier • Arthur Cailleau • Marine Carteron • Cassandra « Lebonbonaucassis » • Élodie Cayssials • Charline Cœuillas • Cordélia « Mx Cordélia » • Pauline Croquet • Françoise Dargent • Hélène Daveau • Kathleen Deheul • Laure Delattre • Rachel Dionnet • Victor Dixen • Marie Dupayage « Bob et Jean-Michel » • Mélanie Edwards • Élilau • Manon Fargetton • Yann Fastier • Anne Fogelgesang • Lætitia Fouéré • Christelle Gombert • Yves Grevet • Valeria Guédra « val.et.ses.livres » • Charlotte Guinet • Justine Haré • Florence Hinckel • Stéphanie Hoyos-Gomez • Victoria Jacob • Jeanne « Jeannot se livre » • Jordan « Sparkyjordy » • Monique Laxalt • Loeiza Leduc • Angela Léry • Nathan Lévêque • Tom Lévêque • Lucie « Dans Ta Page » • Lydiane « Bibliofeel » • Aylin Manço • Maya Michalon • Moka « Au Milieu des Livres » • Cécile Moulain • Jean-Claude Mourlevat • Amélie Muller • Nathalie Mysliwiec • Ambre Nadaud • « Cook in Book » • Pauline « Marquons les pages » • Olivier Pillé • Alexandra Prada « Alex bouquine en Prada » • Sophie Prévost « Sophie Hérisson » • Lucille Prost • Claire Renaud • Isabelle Réty • Cécile Ribault-Caillol • Simon Roguet • Laetitia Rusticoni « La Licorne à Lunettes » • Sarah Safran • Thomas Scotto • Solène « Solivresse » • Sophie « Sophie Lit » • Malika Tamdjrit-Colin • Cécile Térouanne • Amandine Tessier • Julia Thévenot • Anaïs Tissier « La Mare Aux Mots » • Audrey Tribot « Le Souffle des Mots » • Valentine « Lama Libraire » • Sophie Van der Linden • Charline Vanderpoorte • Julie Vergès • Séverine Vidal • Violaine « Pikobooks » • Cathy Ytak

NOUVELLE

EMMA

Marie Desplechin

Même sans l'avoir lue, vous avez sans aucun doute croisé les romans de Marie Desplechin dans vos pérégrinations de lecteur ou lectrice ! Les aventures de sa sorcière *Verte* (L'École des loisirs, 1996) ont ému et fait rire des générations de lecteurs et lectrices (jusqu'en bandes dessinées, co-créées avec Magali Le Huche) tandis que *Le Journal d'Aurore* (2006) a croqué les facettes intemporelles d'une adolescente en recherche d'elle-même (avec humour, toujours !). Chroniqueuse (*Zadig*) et écrivaine pour les adultes à qui elle parle souvent d'enfance(s), engagée pour l'écologie et notamment dans les traces de la jeune Greta Thunberg (*Ne change jamais*, L'École des loisirs, 2019), Marie Desplechin est une autrice si proche des enfants et des adolescent·es qu'elle ne cesse d'y revenir et de se remettre en question à leur contact. Elle les suit, les écoute, s'en inspire, leur écrit — évidemment. Marie Desplechin est l'une des grandes figures fondatrices et contemporaines de la littérature jeunesse française.

C'était plus facile avant, en maternelle. Quand elle avait appris à tracer ses lettres – EMMA – en majuscules, dans un cartouche qui avait été suspendu au-dessus de son porte-manteau, elle était la seule EMMA de sa classe, la seule au monde, et son prénom suffisait à la faire connaitre et reconnaitre. « Ah oui, évidemment... Emma ! »

Mais Emma était première sur la liste des prénoms de fille les plus donnés l'année de sa naissance. Le jour où elle l'avait appris (en cherchant sur l'ordinateur un prénom pour sa cousine), quelque chose s'était cassé au fond d'elle. Un tout petit quelque chose dont elle ne savait même pas qu'il existait avant qu'il ne se brise. La conviction qu'elle était l'unique, depuis l'origine et pour toujours, la seule Emma possible. Elle s'était d'abord consolée en décidant de se faire appeler par son second prénom, mais elle avait renoncé : Chloé était quatrième sur la liste. C'était comme si elle n'existait pas vraiment.

C'est plus tard, au collège, que sa mère – ou son père peut-être – avait remarqué (en haussant un sourcil) qu'elle était trop grande pour se contenter de son seul prénom. Elle devait désormais signer de son nom de famille. Comme elle restait interdite, figée devant la page du règlement intérieur du collège de son carnet de correspondance, son père – ou alors sa mère – lui avait conseillé d'écrire tout simplement son prénom, Emma, puis son nom, Dutilleul. Elle s'était exécutée, consciente que ce n'était pas cela, signer.

Elle en avait vu, des signatures : sur le chèque de la cantine, sur le formulaire d'inscription à la classe verte. Personne ne se contentait de recopier son prénom et son nom, bêtement, à la suite. Les gens se donnaient du mal pour dessiner leur signature. Ils l'amélioraient jusqu'à la rendre illisible. C'était permis. Tout était permis. Mieux encore : pour prétendre à la qualité de signature véritable, le dessin devait être personnel et original, et si possible inimitable. Qu'il soit moche, mal fait, grabouillé, n'avait aucune importance. Tout ce qu'on vous demandait finalement était d'être vous, et seulement vous. Une fois choisie, cette signature véritable vous suivrait toute la vie.

On n'improvise pas un acte aussi grave. Il fallait s'y consacrer un peu sérieusement. Heureusement, elle pouvait prendre son temps. À son âge, on n'avait pas encore beaucoup de documents officiels à signer.

Il s'avérait qu'il y avait trois Emma chez les sixièmes, dont aucune ne s'appelait Dutilleul. Et quand bien même il se trouverait d'autres Dutilleul, aucune n'aurait une signature comparable à la sienne. La signature établirait aux yeux du monde qu'elle était l'unique Emma de sa sorte. Une bonne fois pour toutes.

Plus aucun papier officiel ne passait sous son nez sans qu'elle observe la signature. La bonne surprise est qu'il y en avait pour tous les goûts : des élégantes, des cochonnées, des stylisées, et d'autres tellement entortillées qu'elles finissaient par se barrer elles-mêmes. On pouvait quelquefois lire le nom, mais il était quelquefois impossible de seulement reconnaitre les lettres. Il arrivait aussi que la signature ait plus à voir avec le dessin qu'avec l'écriture. Elle était faite de traits, raides et coupants, ou souples et ronds, qui se grimpaient dessus. Sa copine Mélissa terminait la sienne par un trait qui soulignait son nom et se finissait par un cœur. C'était mignon mais Emma n'était pas sûre d'avoir envie de dessiner des cœurs toute sa vie.

Elle avait pris, pour s'exercer, son stylo plume, et choisi des cartouches d'encre bleu turquoise, dont la couleur était particulièrement jolie. Ses premiers essais s'étaient inspirés de Mélissa, de sa manière amusante de gonfler les o et les a comme des ballons, et de dessiner sur le i une petite bulle à la place du point. La signature ressemblait à Mélissa, qui était toujours de bonne humeur, et mettait du fard à paupières tous les matins. Et, même sans le cœur, elle n'allait pas du tout à Emma, dont les parents n'auraient jamais accepté qu'elle se maquille pour aller en cours.

Il n'y avait aucune inspiration à trouver du côté de sa mère, qui plaçait la première lettre de son prénom (S comme Sara) devant son nom (Martin), et soulignait le tout d'un trait, comme si elle avait peur de tomber en bas de la page. C'était une signature ennuyeuse et inquiète, qui laissait penser que sa mère était ennuyeuse et inquiète (ce qui, de l'avis d'Emma, n'était pas entièrement faux). Aucune influence possible non plus du côté de son père (Adrien Dutilleul pour les intimes) qui se donnait des airs très occupés en traçant à toute vitesse une sorte de boucle qui ne ressemblait à rien.

Les parents d'Emma n'étaient certainement pas de mauvais parents. Mais elle avait prévu de devenir une personne très différente d'eux, plutôt dans un genre populaire, distrayant et tranquille. Oui, c'est bien ainsi qu'elle s'imaginait, en géante pacifique, et elle aimait assez le projet qu'elle avait d'elle-même. Bien sûr, elle n'était pas certaine de savoir exactement qui elle deviendrait. Comment le deviner, à douze ans, quand on n'a même pas encore atteint sa taille adulte ? Peut-être serait-elle une aventurière de l'exploration spatiale. Ou peut-être vivrait-elle avec des bébés gorilles menacés d'extinction. Peut-être aurait-elle les nerfs solides. Peut-être le don des langues animales. Peut-être aurait-elle des enfants. Peut-être aurait-elle des arbres.

Elle avait beau essayer chez elle, le soir, ou en classe quand elle s'ennuyait trop, elle n'arrivait pas à se décider pour une signature. Quoi qu'elle fasse, le résultat était toujours banal. On aurait dit la signature de quelqu'un d'autre. Peut-être n'était-elle personne finalement ? Peut-être devait-elle accepter simplement de *ressembler* ? Non, elle finirait bien par y arriver. Quand elle avait fini son entrainement, elle chiffonnait les feuilles qu'elle avait gâchées et rangeait son stylo. Elle n'était pas triste : au moins, elle pensait à sa vie à venir, et il est toujours agréable de rêver. Elle se voyait déjà vivre dans des barges posées sur l'eau, ou dans une cabane construite dans une forêt.

L'idée tomba toute seule, quand elle fut mûre, comme une pomme d'un pommier. Elle était allongée sur son lit. Le jour tombait et elle avait croisé les bras derrière sa nuque. Elle regardait le plafond. Son nom résonna soudain comme un mot. Dutilleul. Il se posa au-dessus d'elle, comme un dôme, et lui fit un abri parfumé. Il évoquait sa vie future, avec son feuillage accueillant des bêtes, comme aux gens qui voudraient s'y réfugier.

Emma se leva de son lit, sortit une feuille de sa pochette, le stylo de sa trousse, et traça la forme d'un arbre, un double trait vertical pour le tronc, une courbe horizontale pour la frondaison et, posé dessous, un « e » minuscule qui voulait dire Emma, cette Emma-là, déterminée à devenir qui elle voudrait devenir. Elle contempla son travail. Il avait ce qu'il faut de simple et d'énigmatique pour faire office de signature véritable. Une personne adulte aurait pu s'en servir. Selon les circonstances, elle pourrait toujours l'augmenter, de quelques feuilles, ou d'un lapin posté à côté du e minuscule. Cette signature pouvait grandir et vieillir sans changer vraiment. Elle lui ressemblait, à elle, à elle seule. Qui d'autre serait assez folle pour signer d'un arbre et se cacher dessous ?

Notre dernier coup de cœur

PORTRAIT

JOHN GREEN

Que celles et ceux qui pensent encore que les ados ne lisent pas imaginent l'entrée d'une pop star dans une librairie... C'est à peu près à ça que ressemblait la signature de John Green, en 2015, à la Librairie de Paris. Mais comment fait cet auteur primé par de nombreuses récompenses dont le prestigieux Printz Awards pour gagner autant le cœur (de millions !) de lecteur·rices que celui des prescripteur·rices qui le défendent unanimement ?

« JE NE VEUX PAS ATTENDRE D'ÊTRE MORT **POUR PARTIR EN QUÊTE D'UN GRAND PEUT-ÊTRE »**

S'il est une chose qui définit l'œuvre de John Green, c'est bien la quête d'intensité que la littérature ado met souvent en scène. Complètement centrale dans *Qui es-tu Alaska ?* (2007), son premier roman, elle s'incarne aussi dans tous ses personnages. Du désopilant Colin qui ne parvient pas à vivre sans l'amour (d'une Katherine) dans *Le Théorème des Katherine* (Nathan, 2012) à l'agaçant Augustus Waters dans *Nos étoiles contraires* (2012) dont la plus grande peur est l'inéluctable oubli de nos vies... John Green met toujours en scène des ados haut·es en couleurs qui sont jeté·es dans la vie, plein·es de doute, d'angoisses... et d'enthousiasme.

« Ce qui m'intéresse, ce n'est pas la culture des ados mais l'expérience émotionnelle d'être ado, comment ils et elles abordent cette expérience sans ironie. » L'humour et les contradictions de ses personnages décalés lui permettent d'aborder toutes sortes de sujets, et surtout sans tabou. *Qui es-tu Alaska ?* a d'ailleurs été l'un des romans les plus ciblés par la censure aux États-Unis en raison d'une scène de sexe que John Green défend en vidéo, appelant ses censeur·ses à ne pas regarder de haut les ados. « Pensez-vous vraiment qu'ils ne peuvent pas lire avec un esprit critique ? »
Alors si le temps qu'il met à écrire ses romans peut être frustrant pour nombre de lecteurs et lectrices, on comprend aisément, en l'écoutant parler d'adolescence, qu'il pèse chaque mot et cherche aussi, en lui ou dans son entourage, l'impulsion pour écrire : l'état d'adolescence.

> *« Je ne sais pas à quoi je ressemble, mais je sais comment je me sens : jeune. Idiot. Éternel. »*

1. A. Flood, « John Green: 'Having OCD is an ongoing part of my life' », *The Guardian*, 14 octobre 2017.
2. J. Green, « I Am Not A Pornographer », *vlogbrothers* sur YouTube.
3. J. Green, *La Face Cachée de Margo*, Gallimard Jeunesse, 2008.

« QUELLES SONT VOS RAISONS D'ESPÉRER ? »

Il faut voir égalemement qu'entre deux campagnes de promotion, John Green multiplie les projets tous plus ambitieux les uns que les autres. Ce qui est étonnant, c'est qu'il est aussi, voire avant tout, un pionnier de YouTube. Passionnés d'Internet depuis son arrivée dans les années 1990, John Green et son frère Hank décident en 2007, du 1er janvier au 31 décembre, de ne plus communiquer que par vidéos interposées. La chaine « Vlogbrothers » qu'ils ont créée à l'occasion les a vite propulsés sur le devant de la scène et cumule aujourd'hui plus de 800 millions de vues.
Cette performance digitale, presque artistique, qui réinterrogeait alors nos façons de communiquer, les a poussés à créer ensuite des projets toujours plus fous. Ils ont lancé une chaine YouTube pédagogique et vulgarisatrice (*CrashCourse*), mis en place un projet caritatif – « Project For Awesome » – qu'ils décrivent sur leur site comme un événement virtuel censé « freiner la nullité du monde » ; et bientôt engendré une communauté bienveillante, engagée et internationale : les « Nerdfighters ». Véritables symboles de culture geek américaine, voire mondiale, les deux frères ont rendu célèbres des phrases aussi absurdes que pleines de sens comme « French the llama » pour exprimer la surprise ou encore « DFTBA », « Don't Forget To Be Awesome » (« n'oublie pas d'être génial ») qui agit comme un mantra dans leur communauté.
« Quelles sont vos raisons d'espérer ? » demande Miles dans *Qui es-tu Alaska ?*. Pour John Green et Hank, ce n'est peut-être pas le monde, mais l'idée qu'on peut le changer.

« J'AIMERAI TOUJOURS MON VOISIN TORDU DE MON CŒUR TORDU »

Ce dont font preuve les deux frères, c'est un humanisme que John Green exprime avec entièreté. Cet écrivain défend avec détermination sur YouTube et sans faux-semblants dans ses livres une vision de l'autre pleine d'empathie.
Ses personnages sont bien souvent abimés et pourtant drôles et attachants – comme son Will dans *Will et Will*, co-écrit avec David Levithan (Gallimard Jeunesse, 2011). Il raconte des histoires incarnées desquelles on ne veut pas décrocher et met l'amitié, l'amour et plus largement les relations humaines au cœur de celles-ci. « Le boulot du lecteur ou lectrice (et plus généralement de tout être humain) » explique-t-il dans une interview publiée dans l'édition anniversaire de *Qui es-tu Alaska ?*, « est d'avoir de l'empathie pour les gens imparfaits et indécis rencontrés dans les livres et dans la vie. » Ses personnages ont peut-être des failles, mais c'est ce qui les rend humains.

> *« Le plaisir ne résidait pas dans les préparatifs, ni dans le fait de le faire ou de partir, le plaisir était de constater que nos cordes se croisaient, se séparaient et se retrouvaient. »*

Dans le podcast et livre éponyme *The Anthropocene Reviewed*, John Green critique différentes facettes de l'humanité et de son impact néfaste sur la planète. Il montre ainsi une fois de plus qu'il porte sur le monde un regard honnête et ironique : en prenant les choses pour ce qu'elles sont, et afin de les changer un peu, il provoque en nous des émotions qui nous renversent comme des tortues. « Tout le monde peut vous regarder. Il est plutôt rare de trouver quelqu'un qui voit le monde tel que vous le voyez », écrit-il dans *Tortues à l'infini* (Gallimard Jeunesse, 2017). Une chose reste certaine : si les ados cherchaient quelqu'un pour les voir tels qu'ils et elles sont, c'est en John Green qu'ils et elles le trouveront. Alors : DFTBA !

4. J. Green, *Qui es-tu Alaska ?*, Gallimard Jeunesse 2007.
5. J. Green, *La Face Cachée de Margo*, Gallimard Jeunesse, 2008.

PORTRAIT

CHRISTELLE DABOS

C'est la dernière *success story* de l'édition ado française : une jeune autrice belge, complètement inconnue, envoie son manuscrit au Concours du premier roman de Gallimard Jeunesse, quelques heures avant la clôture des participations, et conquiert le jury. Elle publie au printemps 2013 *Les fiancés de l'hiver,* premier tome d'une quadrilogie qui touchera le cœur d'un demi-million de lecteurs et lectrices en France et presque autant à travers le monde, et donne lieu à des projets d'adaptation et une grande exposition artistique. La sortie du dernier volet de la saga a été « préparée avec les égards et les embargos réservés habituellement à J. K. Rowling ou à John Green » .

De quoi faire frémir la Christelle Dabos adolescente qui, au début des années 1990, sur la Côte d'Azur dont elle est originaire, n'a même pas encore commencé à écrire...

LE GOÛT DES **HISTOIRES**

Adolescente, Christelle Dabos lit peu. « J'y prenais beaucoup de plaisir mais je ne sortais pas assez de ma zone de confort ». Au collège puis au lycée, elle dévore les livres au programme – sauf *La Voie royale*, d'André Malraux (1930), « un de seuls romans que je n'ai pas fini dans ma vie. »

Dans la bibliothèque de ses parents, elle découvre Arsène Lupin et avale toutes ses aventures en un été. Plus tard, c'est *La nuit des temps,* de Barjavel, qu'elle lit d'une traite (sa première nuit blanche !) et qui la plonge dans une sorte de transe qu'elle ne retrouvera qu'en écrivant...

À l'époque, Christelle Dabos n'écrit pas encore – tout juste quelques poèmes et un journal intime. Les histoires, par contre, faisaient déjà partie de sa vie : « J'étais tout le temps en train de m'en raconter ! J'attendais le soir impatiemment, quitte à me coucher plus tôt, pour dérouler des films dans ma tête. C'était un vrai théâtre intérieur. »

DÈS LE DÉBUT, **ÉCRIRE POUR LES AUTRES**

Pour sa deuxième année de fac, Christelle Dabos s'achète un agenda qu'elle prévoit de remplir studieusement. « Je n'ai pas tenu très longtemps et j'ai rempli la liste des livres du programme de titres imaginaires que j'aurais supposément écrits, du genre *Moi et le génie au quotidien*. »

Quand une de ses amies – « qui ne souriait pas beaucoup » – découvre la liste, elle éclate de rire. « C'était une amie très sensible qui voyait chez les autres ce qu'ils ne voyaient pas eux-mêmes. » Alors pendant un cours « particulièrement ennuyeux », elle tend une feuille vierge à son amie, quelques mots écrits dessus – un titre... « Et c'est comme ça que ça a commencé. »

« C'était comme un jeu pour moi : à chaque fois qu'elle me tendait une feuille, je le faisais pour retrouver son rire ! Mais un jour, elle m'a donné ce titre : *Le palais magique*. J'ai complètement bloqué. Pour la première fois, j'ai emporté la feuille chez moi, et c'est seulement là que l'imagination est venue… » Elle crée alors un palais infini, sans aucune notion d'espace extérieur, et s'y met en scène avec son amie. « Il s'est produit quelque chose, ça ne m'était jamais arrivé : je suis entrée dans un état de transe, très étrange à décrire, une sorte de fébrilité amoureuse. C'était comme si une part de moi était entrée en dialogue avec une autre part de moi que je ne connaissais pas. Ce que j'ai ressenti à ce moment-là était tellement fort que je n'ai plus jamais cessé d'écrire. »

LA FOLIE **LA PASSE-MIROIR**

En 2008, un cancer de la mâchoire lui fait subir une lourde opération et l'autrice, déjà timide, a peur de se renfermer totalement. Elle s'inscrit alors sur le forum *Plume d'argent* et commence à partager *La Passe-Miroir.* Six ans plus tard, la communauté d'amies qu'elle s'est forgée et son compagnon la poussent à envoyer son texte à Gallimard Jeunesse. Elle hésite : « Je ne voulais pas le moindre projecteur sur moi. » Mais elle finit par se laisser convaincre. *Les fiancés de l'hiver* remporte le concours haut la main, et voilà Christelle Dabos projetée sur le devant de la scène.

Elle fait alors l'expérience angoissante et merveilleuse des salons. « Je n'avais jamais imaginé mon lectorat en écrivant, et surtout pas aussi jeune. » Pourtant, au fil des échanges, « j'ai ressenti qu'ils et elles étaient, comme moi, dans un drôle d'entre-deux entre l'adolescence et l'âge adulte. Ils avaient, en eux et elles, quelque chose de préservé de l'enfance. » En même temps, elle découvre la littérature jeunesse. Elle achète le premier tome de *Nina Volkovitch* à sa première voisine de table, Carole Trébor, et le dévore d'une traite. « C'est ça, pour moi, la littérature ado : la confrontation entre un personnage très jeune et des évènements très durs, avec une part de merveilleux et quelque chose de fondamentalement lumineux. »

De *Harry Potter* aux *Royaumes du Nord*

Si un seul roman avait inspiré *La Passe-Miroir*, ce serait *À la croisée des mondes* (Gallimard, 1995). « C'était une énorme claque. Philip Pullman m'a notamment appris qu'en littérature jeunesse, on peut – on doit – parler de tout. » J. K. Rowling, elle, « m'a appris le sentiment de frustration. J'ai lu les quatre premiers *Harry Potter* d'un coup et j'avais eu un coup de cœur pour Severus Rogue. Le cinquième tome n'étant pas encore sorti, j'ai fait l'expérience de l'attente. Tout bouillonnait en moi et j'ai tout réinjecté dans l'écriture. » Pour la première fois, elle se lance dans une écriture fleuve et écrit presque trois cent pages de fanfiction. « C'est aussi quelque chose qui me fait vibrer : quand mes lecteurs et lectrices s'emparent des zones d'ombres de mes romans et inventent leurs propres histoires. »

« La peur de décevoir ne m'a pas quittée, même après la publication : en écrivant le tome deux, j'étais paralysée d'imaginer la foule penchée sur mon épaule. » Les attentes des lecteurs et lectrices lui font si peur qu'elle se coupe des réseaux pour écrire le dernier volet.

On l'aura compris : *La Passe-Miroir* aura été une aventure de douze ans – « presqu'un tiers de ma vie ! » – que Christelle Dabos n'avait pas imaginé vivre. « J'ai rencontré des ami·es précieux·ses, je me suis confrontée à tellement de peurs… ça m'a ouvert en grand des portes et des fenêtres. »

Et maintenant ? Christelle Dabos veut retrouver le plaisir simple de l'écriture, sans contrainte de publication – et ce malgré les appels réguliers de son éditeur ! Mais avant ça, elle a décidé de s'octroyer un moment de répit… enfin pas pour très longtemps : « Ça a été plus fort que moi, évidemment : je me suis remise à écrire ! »

NOS COUPS DE CŒUR

LE MILIEU DU MONDE

ANDREAS STEINHÖFEL

2018, Aleph

L'excentrique Glass vit seule avec ses enfants : l'étrange Diane et son frère jumeau Phil, sensible narrateur. En plus d'être subtilement écrit, ce roman allemand de 1998 a connu un succès mondial avant d'être traduit en 2018. En racontant avec une infinie justesse ce moment exact où l'on passe d'adolescent à adulte en devenir, l'auteur remue en nous des émotions dont on ressort changé, comme détruit et guéri à la fois.

DOUBLE JEU

JEAN-PHILIPPE BLONDEL

2013, Actes Sud Junior

Quentin, perdu entre sa banlieue et son nouveau lycée, se cherche dans le théâtre et ses rêves.

JACK SPARK

VICTOR DIXEN

2009-2012, J.-C. Gawsewitch (4 t.)

en poche chez Pôle Fiction

Une réécriture magnétique des contes qui dit l'adolescence dans un roman initiatique haletant.

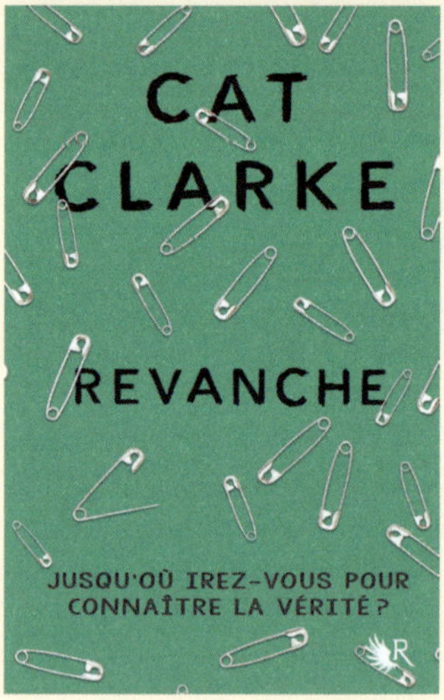

REVANCHE

CAT CLARKE

2013, Robert Laffont

Un roman dévastateur sur l'amitié, la colère, l'homophobie, la culpabilité et l'amour.

LE JOURNAL MALGRÉ LUI DE HENRY K. LARSEN

SUSIN NIELSEN

2013, Hélium

Henry a commencé sans aucune envie ce journal sur les conseils de son psy. Mais le ton léger se fait sincère et ÇA, l'événement qui a brisé sa famille, se révèle progressivement. Un roman poignant et délicat où il est autant question de violence que des petits bonheurs de la vie. Bouleversant.

LÀ OÙ TOMBENT LES ANGES

CHARLOTTE BOUSQUET

2015, Gulf Stream

en poche chez Le Livre de Poche

Solange débarque à Paris pour fuir son père. Son destin va croiser celui d'autres femmes et se heurter à la Première Guerre mondiale. Une trajectoire émouvante où la narration mêle l'Histoire à l'intime pour raconter la condition des femmes au début du xxe siècle.

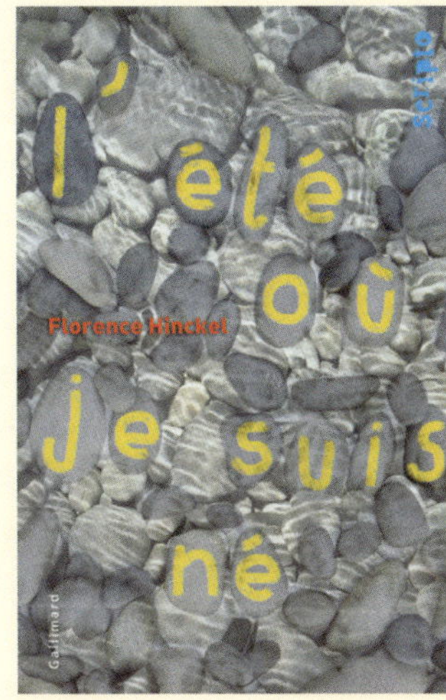

L'ÉTÉ OÙ JE SUIS NÉ

FLORENCE HINCKEL

2011, Gallimard Jeunesse

Entre les motos et son meilleur ami Jason, l'été s'annonce paisible pour Léo. Il est né sous X mais aime tendrement ses parents adoptifs. C'était sans compter sur la séduisante Xavière. Peut-on aimer sans savoir d'où l'on vient ? Un roman court et délicat qui remue, interroge et marque.

LE SOLEIL EST POUR TOI

JANDY NELSON

2015, Gallimard J., en poche

Noah et Jude sont jumeaux, déchirés par un drame familial. L'amour de Noah pour Brian et les sculptures brisées de Jude construisent un roman dont on ressort cassé·e… et amoureux·se.

VA TE CHANGER !

GILLES ABIER, THOMAS SCOTTO ET CATHY YTAK

2020, Ed. du Pourquoi Pas

Robin, un ado bien dans sa peau, décide, par goût, d'arriver au lycée en jupe. Un texte court et percutant qui défend avec justesse le droit à la différence et celui, si puissant, d'être soi.

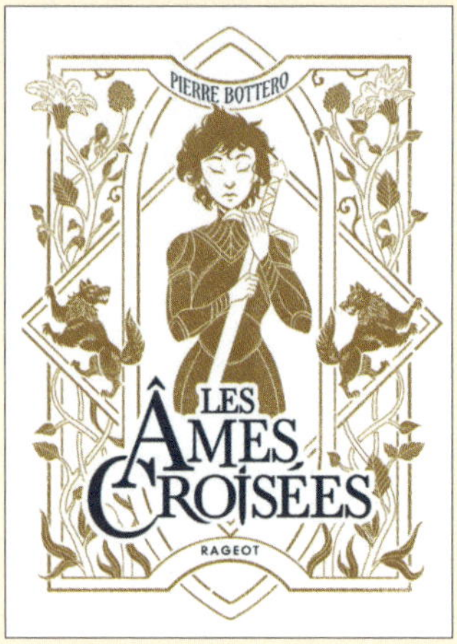

LES ÂMES CROISÉES

PIERRE BOTTERO
2010, Rageot
disponible en poche

D'aussi loin qu'elle s'en souvienne, Nawel a toujours su qu'elle serait une Robe Mage, comme ses parents. Mais le jour où une jeune Cendre meurt sous les coups de fouet qu'elle a ordonnés... son univers s'effondre. Et si elle avait envie d'autre chose ? Un des meilleurs romans de Pierre Bottero.

LES ÉVEILLEURS

PAULINE ALPHEN
2010, Hachette Romans (4 tomes)
disponible en poche

Claris et Jad grandissent à Salicande, où l'on parle de tout sauf de leur mère disparue, encore moins de la Grande Catastrophe et des Temps d'Avant... Dans cette vallée reculée et un peu magique, la vie s'écoule lentement. Claris pourtant ne rêve que d'une chose : l'aventure !

LA DERNIÈRE MARÉE

AYLIN MANÇO
2019, Talents Hauts

Depuis que la mer reflue sans fin, la mère d'Élo se renferme sur elle-même. À Citéplage, une cité balnéaire désormais vide, Élo rencontre Hugo... Avec lui, peut-être que la catastrophe écologique et l'âge adulte seront un peu moins effrayants.

RECKLESS

CORNELIA FUNKE
2010-2016, Gallimard Jeunesse (3 tomes)
disponible en poche

Jacob traverse en secret le miroir qui le mène dans un royaume aussi féerique que dangereux. Jusqu'à ce que son frère Will le suive et soit blessé par un Goyl...

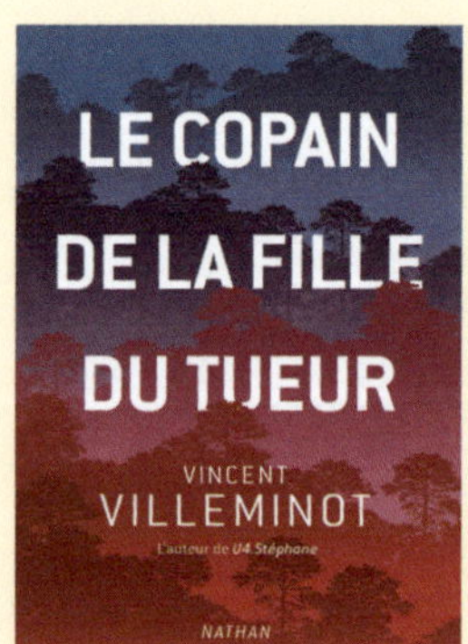

LE COPAIN DE LA FILLE DU TUEUR

VINCENT VILLEMINOT
2016, Nathan

Quand Selma arrive dans l'internat pour « gosses de riches » de Charles, tout change. Un jeu voluptueux et mélancolique entre polar, fantastique et romance.

OUBLIER CAMILLE

GAËL AYMON

2014, Actes Sud Junior

Yanis aime vraiment Camille, d'un amour sincère et puissant. Mais comment l'avouer tout en devenant un homme ? Jamais on a saisi, en si peu de mots et avec autant de finesse, ce que c'est d'avoir seize ans et de partir en quête de sa masculinité. Du premier rasage avec son cousin en errances dans la ville, Gaël Aymon dresse avec une authenticité ébranlante le portrait d'un adolescent qui cherche simplement à être soi. Lumineux.

APRÈS LA VAGUE

ORIANNE CHARPENTIER

2014, Gallimard Jeunesse
disponible en poche

Un tsunami frappe la Thaïlande et emporte Jade, la sœur de Maxime... Comment survivre après la vague.

SWIMMING POOL

SARAH CROSSAN

2018, Rageot

Ce pays est gris et froid. Heureusement pour Kasienka, il y a la natation... et le sourire de William.

COMME UN FEU FURIEUX

MARIE CHARTRES

2014, L'École des loisirs

Galya Bolotine vit dans l'étouffante immensité de Tiksi, au nord de la Sibérie. Elle ne rêve que d'une chose : partir...

LA PYRAMIDE DES BESOINS HUMAINS

CAROLINE SOLÉ

2015, L'École des loisirs
disponible en poche

Un jeune SDF, Christopher Scott, s'inscrit à un jeu de téléréalité… Glaçant de réalisme.

AMOUR, VENGEANCE & TENTES QUECHUA

ESTELLE BILLON-SPAGNOL

2017, Sarbacane

C'est l'été ! Tara retrouve son meilleur ami au camping « Chez Momo's ». Mais cette année, Adam est devenu carrément… canon ?!

DOREGON

CARINA ROZENFELD

2010-2012, L'Atalante (3 tomes)

Mia découvre qu'elle a le pouvoir, fascinant mais dangereux, d'entrer dans ses peintures… Envoûtant.

TOUS LES BRUITS DU MONDE

SIGRID BAFFERT

2019, Milan

Début xxe, Graziella fuit l'Italie pour la France dans une aventure aussi ambitieuse que romanesque.

16 LUNES

KAMI GARCIA ET MARGARET STOHL

2009-2012, Ed. Hachette (4 tomes)
en poche chez Le Livre de Poche

Une romance fantastique sombre et enchanteresse entre l'attachant Ethan et l'envoûtante Lena…

JONAH

TAÏ-MARC LE THANH

2013-2016, Didier Jeunesse (6 tomes)
en poche chez Le Livre de Poche

Une saga fantastique lumineuse mettant en scène une fresque de personnages incroyablement vivante.

BROADWAY LIMITED

MALIKA FERDJOUKH

2015, L'École des loisirs, en poche

Jocelyn, français étudiant à New-York, loge dans une pension de jeunes filles. Entre musique, danse et théâtre, on découvre le New-York des années 1940 et s'attache aux personnages pétillants qui font le quotidien du héros. Vrai coup de cœur ! *— Nathalie Lévêque, chercheuse d'or sur Kiss Kiss Bank Bank*

MILLY VODOVIĆ

NASTASIA RUGANI

2018, Memo, en poche chez Pôle Fiction

Un roman qui fourmille, riche et troublant, où on se perd entre le merveilleux, le réel et l'inquiétant – peut-on grandir sans se laisser dompte
Les personnages s'agitent, tendres et féroces, les coccinelles se multiplient, et on sort de ce livre comme d'un rêve – ébranlé·e. *— Alma Lacombe, aventurièr sur Kiss Kiss Bank Bank*

UNE TRIBU DANS LA NUIT

GLENDA MILLARD

2011, Hélium

Un ado solitaire et artiste, un vieux SDF, un enfant perdu dans les décombres de la guerre, une ballerine de quinze ans et son nourrisson trouvent refuge dans un parc d'attractions abandonné. Une atmosphère dense et envoûtante, qu'on ne quitte jamais vraiment, sert de décor à une galerie de personnages inoubliables. Porté par une écriture poétique, ce roman rend hommage à la fragilité de la vie avec beaucoup de délicatesse.

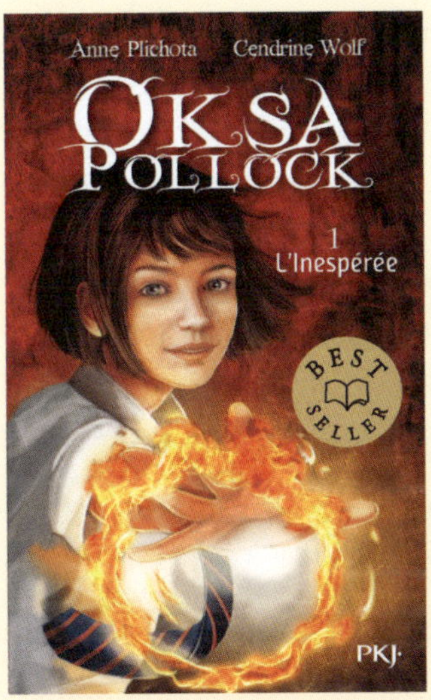

OKSA POLLOCK

ANNE PLICHOTA ET CENDRINE WOLF

2010-2019 (7 tomes), XO
en poche chez PKJ

Oksa, 13 ans, se découvre héritière et dernier espoir d'un monde déchu. Une grande saga fantastique !

LE PETIT CŒUR BRISÉ

MOKA

2001, L'École des loisirs
disponible en poche

Recueillie par deux vieilles cousines excentriques, Mélaine exhume d'étranges secrets de famille…

NIGHTWORK

VINCENT MONDIOT

2017, Actes Sud Junior

Un roman littéraire plein de contrastes sur deux frères attachants et fidèles à la vie, à la mort…

LES COUPS DE CŒUR **DES CONTRIBUTEUR·RICES…**

LA BELLE SAUVAGE

PHILIP PULLMAN

2017, Gallimard Jeunesse

L'odyssée onirique de deux adolescents sur une Tamise déchainée. — *Justine Fraisse*

LE CERCUEIL À ROULETTES

ALEXANDRE CHARDIN

2020, Casterman

En quête d'un endroit où enterrer le cercueil de sa mère, Gabriel fait des rencontres et grandit. — *Alice Trolet*

NOUS LES FILLES DE NULLE PART

AMY REED

2018, Albin Michel

Roman coup de cœur et coup de poing sur l'importance du respect et de la parole libérée ! — *Julie Rosticci*

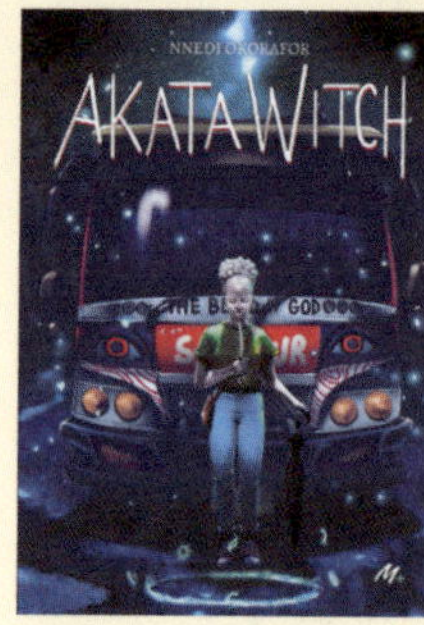

AKATA WITCH

NNEDI OKORAFOR

2020, L'École des loisirs (2 tomes)

Dans un Nigéria mystique envoûtant, Sunny découvre ses pouvoirs de Léopard et affronte son destin. — *Samantha Chaudron*

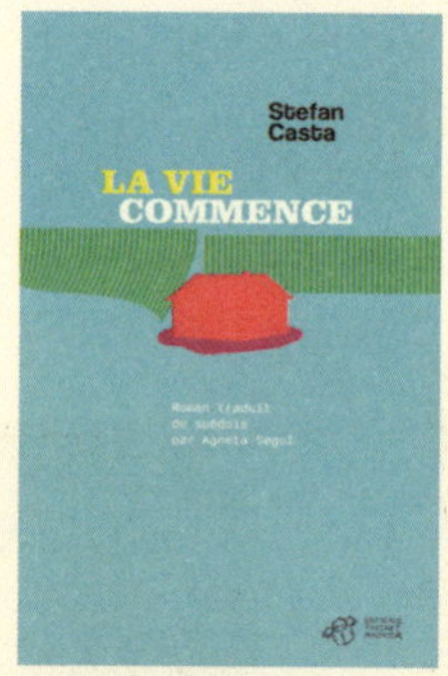

LA VIE COMMENCE

STEFAN CASTA

2009, Thierry Magnier

Au cœur de la campagne suédoise, l'irruption d'une fille étrange bouscule la vie de Victor. — *Valérie Lacombe*

FABLEHAVEN

BRANDON MULL

2009-2011, Nathan (5 tomes), en poche chez PKJ

Une invitation dans un monde dangereux, rempli de créatures magiques et de lieux mystiques. — *Jean Paulmier*

OCÉANIA

HÉLÈNE MONTARDRE

2006-2017, Rageot (4 tomes) disponible en poche

Cette tétralogie d'anticipation captivante aborde d'importantes questions écologiques et éthiques. — *Julia Hannes*

... ET DE CELLES ET CEUX **QUI ONT FAIT LE LIVRE !**

LES DOLCE

FRÉDÉRIC PETITJEAN

2011-2016, Don Quichotte (3 tomes)
en poche chez PKJ

Un roman dense et étonnamment réaliste dans les pas de la dernière famille de magiciens au monde. — *Carina Rozenfeld*

LA TRILOGIE DE BARTIMÉUS

JONATHAN STROUD

2003-2005, Albin Michel (3 tomes)

Une aventure magique décalée narrée par un djinn caustique aux ordres d'un gamin arrogant. — *Julia Thévenot*

LE SAUVAGE

DAVID ALMOND

2010, Gallimard Jeunesse

Un récit brut sur les blessures d'enfance qui met en lumière toute la puissance des mots et de l'imagination. Avec les illustrations acérées de Dave Mc Kean. — *Stéphane Servant*

UN ÉTÉ EN LIBERTÉ

MÉLANIE EDWARDS

2020, Bayard Jeunesse

Un roman ultra sensible qui fait battre le cœur et plonge dans le ravissement. — *Anne-Laure Bondoux*

LA SAUVAGEONNE

ANNE SCHMAUCH

2018, Sarbacane

Un roman percutant qui sent l'essence, la baston et les remous de la Ville. — *Reutty Sok*

L'ÉCLIPSE

ROBERT CORMIER

1990, L'École des loisirs
> À découvrir en bibliothèque !

Un ado découvre les bas-fonds de sa ville... Sombre et sulfureux, vintage à souhait ! — *Clémentine Beauvais*

LE DERNIER SUR LA PLAINE

NATHALIE BERNARD

2019, Thierry Magnier

L'histoire étourdissante du dernier chef comanche à avoir vécu libre sur les plaines américaines. — *Tom Haugomat*

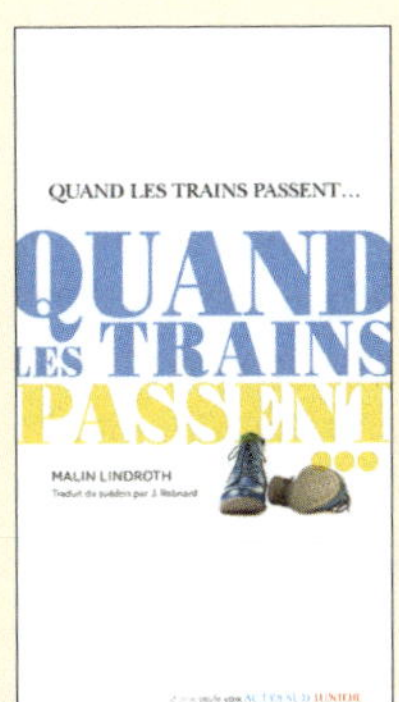

QUAND LES TRAINS PASSENT

MARTIN LINDROTH

2007, Actes Sud Junior

Dix-sept ans de silence. Un texte court et cruel sur la culpabilité, l'amour et le harcèlement. — *Thomas Scotto*

PORTRAIT

MARTIN PAGE & COLINE PIERRÉ

Vous les avez peut-être lus dans les rayons de littérature jeunesse et ado, ou découvert leurs livres « bizarres pour monstres gentils » qu'ils éditent au Monstrograph ! Ou alors les avez-vous vus s'échanger un dentifrice, à la gare d'Angers, entre deux trains pour les salons du livre qu'il et elle arpentent toute l'année, ou raconter les coulisses de leur métier sur les réseaux sociaux ?
Coline Pierré et Martin Page sont auteur et autrice de littérature jeunesse, ado et parfois adulte, qui viennent titiller les lignes de la littérature et de l'édition française. De publication en intervention en salon, il et elle secouent (avec douceur mais sans complaisance), posent des questions et tentent, à chaque fois, de changer le monde. Parce que s'il y a bien une chose que la littérature ado leur a appris, c'est celle-ci : on ne nait pas sage, on le devient… ou non !

LA LITTÉRATURE JEUNESSE COMME **LIEU À SOI**

Ados, leurs lectures étaient « intuitives » ou « infidèles ». Coline Pierré et Martin Page ont lu « dans tous les sens » tout ce qui leur tombait sous la main. Coline est bonne élève mais lit assez librement, sans guide, jamais les mêmes auteur·rices – sauf Boris Vian, « l'un des rares dont j'ai tout lu ». Martin Page « a la chance d'être mauvais élève et emprunte des chemins pas balisés » : le roman d'horreur, par exemple, de Stephen King à Anne Rice en passant par Dean Koontz. Ces deux « explorateur·rices bordéliques » ont eu ça en commun qu'il et elle lisaient pour le plaisir.
Il et elle ont volé ici et là du temps pour écrire – Coline après l'université, pendant son premier petit boulot, et Martin entre les bancs des facs qu'il avait du mal à fréquenter assidûment – Coline Pierré (*Apprendre à ronronner,* 2013) et Martin Page (*Le Garçon de toutes les couleurs,* 2007) ont fini par se retrouver un peu par hasard en littérature jeunesse et ado (d'abord chez L'École des loisirs) et à y (re)trouver ce dont il et elle n'auraient pas pu rêver autrement : le plaisir ! En littérature ado, « on a un rapport direct à la fiction et à la narration », soulève Coline Pierré, « l'écriture est plus chaleureuse et incarnée », « c'est une littérature où on joue avec l'imaginaire, on fait parler les fantômes », renchérit Martin Page.
Tous deux aiment cette littérature inventive, subversive et « démocratique par excellence », où le plaisir de lire prône sur la reconnaissance des pairs. Et c'est justement parce qu'en jeunesse « on est à la marge qu'on a une telle liberté ». Espérons presque, dit le couple, que la littérature ado ne gagnera pas trop en légitimité.

« UN PETIT **TRUC BIZARRE** »

En fabriquant, farfouillant l'écriture, incubant des idées, Martin et Coline ont un jour l'envie de petits livres artisanaux, sérigraphiés, d'un petit laboratoire pour leurs expérimentations littéraires artistiques : « au départ c'était un élan, on avait des envies de livres un peu foutraques, dans tous les sens, illustrés, faits à la main et rapidement », raconte Coline Pierré. Les voilà qui créent le Monstrograph, s'auto-éditent... Et tout d'un coup, se rendent compte que s'il et elle savent éditer leurs livres, il et elle peuvent éditer ceux des autres – de la littérature ou des essais.
Comme avec les livres qu'il et elle écrivent, Coline et Martin veulent faire des livres qui comptent, « des livres qui cassent l'ambiance ou qui changent la vie de nos lecteurs et lectrices ». La preuve en est avec l'un de leurs derniers, *Moi, les hommes je les déteste,* de Pauline Harmange (2020) qui s'est vendu à plus de deux mille exemplaires en quelques jours quand un membre du gouvernement a tenté de faire interdire ce petit éloge de la misandrie. Maintenant racheté par le Seuil et vendu dans une dizaine de pays, cet essai féministe a bien prouvé ce que Martin Page nous expliquait, juste avant la publication du livre de Pauline Harmange : « je pense que les éditeurs se trompent quand ils croient que ce sont des livres avec un petit public. Mais ils ont peur et ne veulent pas que les choses bougent. Dans le monde de l'édition, on fait un peu tache et tant mieux. »
« Faire un peu tache », c'est aussi revendiquer pour eux des livres durables, solides, mais abordables le plus possible, avec des PDF à deux euros – et même les donnent-ils parfois, « parce qu'on ne peut pas être engagé·e si on ne rend pas les livres accessibles à tous ». Avec un contrat d'édition plus juste, des sujets iconoclastes et une vraie réflexion sur le monde de l'édition « qui est en train de s'auto-détruire », Martin Page et Coline Pierré ne renversent pas tout, continuent de publier chez de grandes maisons, mais ont, à côté, « ce petit truc bizarre » qu'est leur Monstrograph.

DES LIVRES COMME **OBJETS EXISTENTIELS ET POLITIQUES**

Aujourd'hui, Coline Pierré et Martin Page ont gardé ce même rapport compulsif à la lecture. Mais leur regard a changé, et chaque lecture doit produire, pour Martin Page, « quelque chose de l'ordre d'une déflagration ».
Cette « déflagration » est sans doute un moyen de retrouver le rôle « énorme » que peut jouer la lecture à l'adolescence : « un endroit dans lequel trouver des solutions existentielles », explique Martin Page, « une contre-société où être à la fois en barrage et en lien avec le monde ».
Il pense, comme le disait Sartre, qu'il « n'y a pas d'écrivain·e innocent·e » : « même celles et ceux qui se revendiquent d'une littérature non-politique prennent position ». Le couple défend donc ce « titillement de la norme » dans leur littérature. C'est aussi une littérature, dit-elle finalement, « où trouver des alliés. » « Et c'est tout à fait subversif de défendre la bienveillance aujourd'hui, pourtant c'est une émotion de survie et de répit dans notre monde hostile. Et c'est cette bienveillance à laquelle on aurait voulu avoir droit en tant qu'ados lecteur et lectrice qu'on essaie de transmettre à notre tour. Parce que la littérature ado ne cherche pas à casser, elle veut être enveloppante, encourageante et donner du pouvoir. »
Et ça leur réussit bien : des essais féministes ou littéraires aux romans et albums de littérature jeunesse, en tandem ou en solo, sur internet, en salons, Martin Page et Coline Pierré écrivent et éditent des livres – c'est leur identité officielle. Mais, en secret, il et elle font ce qu'ils ont toujours recherché dans la littérature : filer des armes en douce.

NOUVELLE

TING !

Julia Thévenot

Julia Thévenot est la petite dernière des dix auteurs et autrices publiées dans ce guide, pourtant elle est tombée dans la marmite de la littérature ado très jeune… D'abord lectrice gloutonne, elle ouvre en 2015 le blog *Allez vous faire lire*, devenu incontournable en littérature jeunesse, puis devient assistante d'édition en 2016 chez Sarbacane auprès de Tibo Bérard. Début 2020, enfin, elle réalise son rêve : publier son premier roman ! *Bordeterre* (Sarbacane) connait un franc succès qui ne fait que confirmer les talents de conteuse qu'on lui connaissait déjà. Son énergie débordante cache sans aucun doute des espaces imaginaires qui ne demandent qu'à se déployer à l'infini… Retenez bien son nom : Julia Thévenot s'apprête à bousculer la littérature ado !

— C'est un très beau dossier, Chloé ! se réjouit la conseillère pour la troisième fois. Avec ça, tu es prête à empoigner l'avenir ! Tu peux absolument tout faire.

— Ben, justement, je sais pas quoi faire… sourit Clo gracieusement.

— Qu'est-ce qui t'intéresse ? Les lettres, les sciences ? Les arts ? Le commerce ?… Tu as des loisirs ?

Clo pensa que si la conseillère était un dessert, elle serait un brownie instagrammable, d'un beau brun alléchant, qui se révèle terriblement sec à la première bouchée ; le genre de choix qu'on regrette.

— Rien de spécial.

— Hé bien voilà ! Il faut que tu trouves quelque chose qui te plaise, un domaine dans lequel tu as envie de t'investir ; tiens, je te donne un test de personnalité. C'est un QCM extrêmement bien fait, avec plusieurs profils à la clé, il y a un QR code pour les consulter après sur internet. Tu sais faire ?

— Oui. Super.

Elle sortit retrouver Margot qui, assise contre le mur, leva vers elle ses yeux d'un bleu de vacances.

— Alors ? Verdict ?

— C'est la cata, lâcha-t-elle en s'écroulant à côté. Pas l'ombre du début d'une piste.

— C'est révoltant, s'enflamma Margot, si c'était mon métier, je m'assurerais d'offrir un rêve de qualité à chaque enfant croisant mon chemin, et, les jetant au monde ragaillardis de ces nouveaux espoirs, je leur dirais : « Vole, petit oiseau ! »

Margot de Latour Lucaste, avait décidé Clo la première fois qu'elle l'avait vue, était de ces cupcakes charmants, d'aspect onctueux, savamment décorés, dont on sait par avance qu'ils n'auront aucune saveur, un ersatz de pâtisserie, de la joie en trompe-l'œil.

Sauf qu'en fait, elle avait trop du goût, Margot.

— Si seulement c'était toi dans ce bureau… Oriente-moi, Ô belle devineresse ! Offre-moi un rêve ! Dis-moi : que vais-je faire plus tard ?

Margot fixa sur elle ses yeux irisés, magiques.

— À l'évidence : trapéziste !

Clo éclata de rire.

— Je crois que je ne suis pas prête à empoigner l'avenir.

— Empoigne déjà ça.

Ce disant, Margot tira de son élégant réticule un énorme sac de graines de tournesol ; Clo le lui échangea contre son Tupperware de muffins maison pistache et noisette, et elles s'attelèrent à leur goûter. Clo souriait grand, parce que parfois, la vie, ça ressemble à ça : une fille aux yeux de vacances qui vous offre des graines, et y a pas. C'était la seule chose à faire. Suçant ses graines salées (ce qui était top délice), elle redevint Chloé, à la récré de primaire, quand elle était à Jacques-Prévert, à l'autre bout de la ville, et pas encore terrifiée par ce qu'il y avait devant elle.

Margot croquait délicatement ses muffins sans salir de beurre ses jolis doigts blancs.

— Dis, maintenant que la question de ton avenir professionnel est dégagée, tu fais quoi cet été ? On part faire du voilier avec Aliénor, Paul, et Enguerrand.

Clo se recroquevilla. Ce que Margot ne disait pas, c'est qu'il y aurait plus de gens que ça, dont certains et certaines qu'elle ne connaissait pas, une colonie de cupcakes charmants et sans saveur qu'elle n'avait pas envie de déguster, Oriane, Apolline, Marie L. et Marie G.

— Allez, fit Margot avec un mignon coup d'épaule contre épaule comme pour l'embarquer. En plus, on a besoin de toi pour nous faire à manger !

— Ha ha, j'aimerais bien, mais y a ma mère. Il faut que je voie !

Elle avait pris l'habitude de sous-entendre que sa mère était un tyran, ce qui la sauvait de tous les engagements sociaux flippants.

Dans le bus, elle s'assit à côté de Baptiste Brossard, le clown de la classe, celui qui avait coché « Chaudronnerie » sur sa fiche d'orientation, un grand blond dont elle était vaguement amoureuse au CP, et qui avait suivi la même trajectoire de migration depuis Jacques-Prévert, ce qui faisait d'eux de vagues cousins. Ils se parlaient toujours comme s'ils étaient copains.

— Qu'est-ce qu'on fait en « Chaudronnerie » ? demanda-t-elle sans préambule – un peu pour s'intéresser, un peu parce que, franchement, aucune idée.

Il soupira et récita d'un ton de Wikipédia :

— Le travail du métal, acier, cuivre, zinc, laiton.

Puis, l'éclairant :

— De la tôle, des boulons.

— Ah, OK... Et ça t'intéresse ?

— Bof.

— Mais pourquoi tu veux faire ça ?

— Bah, je veux pas faire ça. J'ai coché un truc pour qu'on me fiche la paix. Tu devrais cocher « Pâtisserie », toi.

— Mais tu réalises qu'ils vont t'envoyer visser des boulons ? souffla Clo en apnée, terrifiée à l'idée qu'on puisse vendre son âme aussi légèrement.

— Te bile pas, je serai pas là quand ils voudront m'attraper.

Elle se cala contre le dossier pour l'observer. Baptiste, c'était une dragée surprise de Bertie Crochue. Clo avait tant de fois grimacé de déception, à force de tomber sur les goûts « vomi » et « gazon », qu'elle osait à peine poser la question :

— Tu seras pas là parce que... ?

— Je pars faire un tour d'Europe.

Le bus pila à leur arrêt ; Baptiste se leva, Clo trébucha et le suivit.

— Attends, attends, trop cool, comment ça ?

— J'ai retapé un van toute l'année, j'ai économisé. Des petits boulots par-ci par-là. Tu veux voir ?

— Mais carrément !

C'était ça, le deal avec Baptiste, parfois on tombait sur « Tutti Frutti », et alors, y a pas, on était ravi. Il l'emmèna dans le terrain caillouteux (ce n'était pas top délice, comme vue, mais Clo avait une affection certaine pour ces lieux où elle avait joué à chat-perché en oubliant le temps), et là, il n'avait pas menti : un vrai van. Un véhicule d'adulte avec ses quatre roues, ses jantes et tout. Moins romantique que ce qu'elle imaginait un instant plus tôt, déjà entrainée dans un trip *flower power*, mais *un vrai van* néanmoins ! Baptiste lui fit le tour du propriétaire, ouvrant grand les deux portes arrière : il y avait de quoi se tenir debout, dormir en dépliant deux planches qui prenaient alors tout l'espace ; cuisiner en repliant le lit pour libérer le réchaud ; bref, une petite maison sur roues. Un rêve entier.

Baptiste lui jeta l'un de ses sourires de clown.

— Alors ? Pas si con, Chaudron Ier.

Il fit claquer les portes d'un air de conquérant, puis ses épaules se voûtèrent malgré elles.

— Mes vieux veulent pas que je parte tout seul.

Le cœur de Clo fit un salto de trapéziste sans filet quand elle l'entendit murmurer :

— Toi, ça te dirait ?

Comme promis avec elle-même, ce soir-là, elle fit le point tout en touillant violemment la pâte d'un gâteau improvisé.

Le lycée insistait pour qu'ils voient tous un conseiller d'orientation, ce qui était merdique comme pas possible, démonstration plus haut. Sa mère (en termes de dessert : un mille-feuilles, tradi et sophistiqué) insistait pour qu'elle fasse quelque chose d'utile de son été, et son père (croissant au beurre, tendre, classique) pour qu'elle fasse « quelque chose, tout court ».

Récapitulons.

Il y avait donc Margot, qui l'invitait à partir un mois en voilier avec sa bande de bourges (qui compterait peut-être l'hypnotique Hadrien, auquel cas l'idée serait à reconsidérer).

Il y avait Chaudron Ier, qui n'était pas si con et proposait de l'emmener en road-trip (mais bon, elle n'était pas sûre du plan : si ça tournait froidure avec Baptiste, ce serait l'enfer dans $9m^2$).

Il y avait la prépa médecine de Maman (qui pouvait crever).

Et le stage de pâtisserie de Papa (qui avait remarqué).

Papa était toujours le premier à remarquer les marottes de ses gosses ; c'était déjà lui qui, il y a deux ans, lui avait offert un Pola quand elle s'était prise d'une passion Insta. (Sauf que ce n'était pas parce qu'on aimait poster des photos mal cadrées qu'on était une artiste, n'est-ce pas ? Clo était assez au clair là-dessus.)

Enfin, il y avait toujours l'option colo, puisqu'elle avait son BAFA, et que ce n'était jamais perdu de faire des sous – mais à cette idée, le van de Baptiste dansa devant ses yeux. Elle songea que, vu qu'elle n'avait pas de *projet*, ce serait faire des sous pour rien, comme les ripoux.

Où vas-tu, avec ton très beau dossier, Chloé ?

L'idée de la rentrée lui fit remonter le goût de la levure sur le palais.

Et qu'est-ce que t'es au juste, comme dessert ?

Certains gestes tiennent autant de la rage que du désespoir : elle jeta presque littéralement son gâteau dans le four, puis se rua dans sa chambre sur une idée. Là, il y avait son vieux globe, bleu comme les vacances, poussiéreux comme l'enfance.

Après un très bel exercice de découpage élémentaire (carnage dans les magazines maternels), elle scotcha dessus ses quatre possibilités :

- Pâtisserie (sur l'Amérique)
- Voilier (sur l'Atlantique)
- Van (sur l'Europe)
- Colo (sur la Sibérie)

et, ZOU, elle fit tourner. Les yeux fermés, le doigt en l'air, attendant comme il est convenu que le Destin lui saute dessus, sous la forme d'un combi Volkswagen épinglé sur le Luxembourg. Espérant à demi qu'une cinquième possibilité viendrait la frapper, même sous la forme d'un trapéziste séduisant déboulant par la fenêtre.

Elle s'apprêtait à poser son doigt sur le globe, vraiment elle allait le faire, quand :

Ting !

Le four l'appela. Elle fila,

laissant le globe tourner derrière elle.

Son premier roman

04

LITTÉRATURE ADO ET SOCIÉTÉ

La littérature ado est alerte sur le monde. C'est une littérature du vivant, aussi mouvante que son lectorat.
Comment la littérature ado dit le monde d'aujourd'hui ?
C'est la question que nous avons décidé d'aborder avec une sélection de questionnements qui, de tous temps, ou récemment, agitent le secteur de la littérature ado : comment aborder le tabou, par exemple la sexualité ou la mort ? Quelle place tient la famille, aimée et rejetée à l'adolescence, dans cette littérature ? La loi de 1949 est-elle une censure à la littérature ado ? Existe-t-il d'ailleurs une vraie censure en littérature ado ?

04.01 LA FAMILLE

Au début de *Qui es-tu Alaska ?* de John Green (Gallimard Jeunesse, 2007), le personnage de Miles fête avec ses parents, un peu malgré lui, son départ en pensionnat. C'est là qu'ils lui demandent, aussi inquiets que curieux, pourquoi il souhaite partir. Si Miles répond qu'il veut partir « en quête d'un Grand Peut-Être », on comprend par ce prologue qu'il veut s'affranchir de sa petite ville de Floride où la vie n'est pas très intéressante, ce qui implique quitter le domicile familial, pour vivre ses propres expériences. Ce départ motivé, soutenu par les parents, illustre l'émancipation que cherchent les ados et la relation conflictuelle qu'ils et elles entretiennent avec leurs familles. Cocon rassurant ou territoire effrayant ? Adolescence et famille sont traversées de tensions que la littérature ado met en scène de toutes sortes de façons que nous allons explorer au travers d'une sélection d'une dizaine de romans choisis dans des genres différents.

LA FAMILLE **REMISE EN QUESTION**

RÉBELLIONS ET **DÉCEPTIONS**

La famille est un espace fortement questionné au moment de l'adolescence, comme le montrent les chemins qu'empruntent les jeunes pour entrer en littérature ado (lire chapitre sur la prescription, page 156). Dans une dynamique d'émancipation vis-à-vis de ce cercle de proches, les ados veulent acquérir leur indépendance et opèrent parfois un rejet, à commencer par celui du ou des parents.

On observe ainsi souvent dans les romans ados des personnages qui s'opposent à un parent pour des raisons différentes. Le personnage de Garrett, dans le roman de Marion Brunet *Sans foi ni loi* (PKJ, 2019), est kidnappé par une hors-la-loi, Ab Stenson, qui l'arrache à sa famille pour le plus grand soulagement du garçon ainsi éloigné de son père, violent avec lui. D'abord intimidé, voire effrayé, par sa ravisseuse, il va doucement profiter de l'éloignement de ce père oppressif pour trouver d'autres modèles dans le sillage desquels se construire. Le personnage de Bastien, dans le livre *Demandez-leur la lune* (Isabelle Pandazopoulos, Gallimard Jeunesse, 2020), rejette aussi l'autorité de son père qui a parfois été violent et qui cherche à lui imposer l'avenir qu'il a imaginé pour lui : un avenir dans son entreprise, loin de l'école où les résultats de Bastien sont catastrophiques. Cet adolescent, qui semble au début perdu, tiraillé

entre son ennui scolaire, la pression paternelle et des sentiments qu'il n'arrive pas à gérer, va grâce aux cours d'éloquence donné par Mme Fortin se trouver une assurance et peut-être même des rêves.

Le rejet de la famille est parfois involontaire, résulte en tout cas d'une déception profonde pour des personnages qui voient leur principal repère brisé par un événement – souvent la révélation de secrets. C'est par exemple le cas de Kelen dans le premier tome de *L'Anti-Magicien* de Sébastien de Castell (Gallimard Jeunesse, 2018). Membre du peuple des Jan'Tep et quasiment dépourvu de pouvoir magiques qui font pourtant la force de ses semblables, Kelen découvre au milieu du roman qu'il est atteint de l'ombre au noir, une terrible maladie que lui cachent ses parents depuis toujours et qu'ils cherchent à atténuer quotidiennement en affaiblissant ses pouvoirs sans l'en informer. Trahi, blessé et bouleversé par ce que lui infligent ses parents depuis tant d'années pour « le protéger », l'adolescent tourne le dos à sa famille. La maladie de l'ombre au noir, qu'il va commencer à combattre en refusant les abysses de cruauté vers lesquels elle l'attire, devient alors l'incarnation de son propre libre-arbitre. À lui de faire ses propres choix et de grandir.

DÉCONSTRUIRE ET RECONSTRUIRE LA FAMILLE

Ce qui est intéressant avec ces exemples, c'est que le parcours intime de ces personnages les conduit à déconstruire l'idéal de la famille. Ils doivent accepter que ce n'est pas forcément un lieu sécuritaire et que les parents ne sont pas toujours des mentors bienveillants. Beaucoup de romans ados deviennent au fond des quêtes intimes pour se construire sa propre famille et faire un pas vers l'âge adulte.

L'exemple de Garrett dans *Sans foi ni loi* l'illustre déjà clairement : avec l'amitié d'Ab Stenson, mais aussi l'admiration qu'il lui porte, tout en reconnaissant en elle une figure protectrice, il va comprendre que certains liens ont plus de force que ceux du sang. « D'après le psychologue Celso Gutfreind, étaye Amélie Doué[1], le lien affectif entre un adulte et un enfant est en effet plus important pour fonder la filiation que le lien biologique ou légal. » Dans les romans ados, les figures d'autorité et d'éducation ne sont pas toujours celles attendues par les ados. Dans *The Hate U Give* (Angie Thomas, Nathan, 2018), par exemple, remarque Amélie Doué[2], le père, longtemps absent de la vie de Starr, est affectivement remplacé par son oncle, qui veille sur elle et la guide dans ses questionnements.

Dans le roman d'Isabelle Pandazopoulos, *Demandez-leur la lune*, le personnage de Samantha montre une vision de la famille encore plus complexe. Fille d'une mère célibataire atteinte de maladie mentale, on assiste dans le roman à une scène où elle est emportée contre son gré par le personnel médical. « "Maman, je t'aime, je vais revenir, je suis là." [...] Sam veut que sa mère la voie, elle veut pouvoir la toucher, la rassurer un peu. » L'instinct protecteur ici renversé crée un déséquilibre et réinterroge singulièrement leur relation. Qui est parent dans cette situation ? Peut-on toujours parler de famille ?

Ce schéma familial décalé des normes sociales (un couple hétérosexuel vivant sous le même toit, modèle plus répandu dans nos sociétés, lire « Diversité et représentations en littérature

1. A. Doué, « L'image des parents dans 5 best-sellers pour ados », *Lecture Jeune* n° 170, Juin 2019.

2. *Ibid.*

ado », page 132) montre bien que la famille est une entité complexe et changeante dont les auteurs et autrices s'emparent dans leurs histoires. Dans son roman *On est tous faits de molécules* (Hélium, 2017), Susin Nielsen, qui explore très souvent le thème de la famille sous toutes ses formes, propose ici un schéma familial pour le moins original. Stewart et Ashley sont loin de s'apprécier au collège. Mais deux ans après la mort de sa mère, Stewart apprend que son père et lui s'apprêtent à emménager chez sa nouvelle compagne... qui n'est autre que la mère d'Ashley ! Celle-ci, de son côté, doit apprendre à vivre avec la présence de son père qui a déménagé... dans un cabanon au fond du jardin et qui s'est mis en couple avec un homme. Les deux sont déstabilisés : Ashley voit la vie qu'elle croyait parfaite se fissurer et sa réputation mise en danger tandis que Stewart voit d'un mauvais œil que son père remplace ainsi le souvenir de sa mère en le faisant cohabiter avec son « ennemie » Ashley. Au terme de péripéties adolescentes et intérieures, ils et elles vont comprendre qu'une famille est parfois asymétrique, peut-être même tordue, mais qu'il suffit de mettre de l'ordre dans ses sentiments pour l'accepter. « Désormais, je ne vois plus ma famille comme un quadrilatère mais comme un octogone » raconte Stewart à la fin du livre avec un schéma qui inclut chaque membre de cette famille, du chat au copain du père d'Ashley en passant par sa mère décédée.

PARTIR POUR **MIEUX REVENIR**

En miroir de ces rejets des figures parentales ou de ces évolutions familiales complexes, on observe des trajectoires sous forme de boucle. Dans le roman *Des astres* (Séverine Vidal, Sarbacane, 2019), par exemple, on suit l'histoire de Romane, qui n'a jamais connu ses parents biologiques. À la fin du lycée, on la voit quitter le domicile familial, qui est pourtant un cocon de bonheur et de bienveillance dans lequel elle trouve refuge au quotidien, pour emménager et vivre avec son premier amour une histoire tourmentée. Son émancipation passe ainsi par une expérience personnelle des épreuves de la vie et une remise en question de sa propre famille, puisqu'elle va chercher à en savoir plus sur sa mère biologique et c'est dans cet entremêlement de relations qu'elle va devoir tracer sa propre route. Mais cette route finit par la ramener, changée et grandie, dans les bras rassurants de sa famille.

Cette trajectoire, qui passe pour Romane par une recherche de réponses sur son passé, évoque un thème récurrent dans la littérature ado : la quête de ses origines. Nombre de héros les poursuivent, plus ou moins activement, comme le personnage de *Vango* de Timothée de Fombelle (Gallimard Jeunesse, 2010-2011), qui traverse l'Europe, poursuivi pour un crime qu'il n'a pas commis et qui part sur les traces des mystères de sa naissance. Une incarnation romanesque de la quête d'identité qui anime les ados. Connaitre son passé pour se connaitre soi et regarder vers l'avenir : une idée qui n'est pas sans rappeler les personnages de *Tant que nous sommes vivants*, un roman d'Anne-Laure Bondoux (Gallimard

Jeunesse, 2015). « Il n'y a pas de fruit sans noyau. Nous avons toujours besoin de savoir d'où nous venons, n'est-ce pas ? »

LA FRATRIE **POUR REPÈRE**

Si les parents sont réinterrogés dans ces romans pour ados, la fratrie, par contre, fait souvent figure de pilier dans la construction de certains personnages.

C'est le cas de fictions réalistes. Dans *Frangine* de Marion Brunet (Sarbacane, 2013), le héros raconte l'histoire de sa famille et notamment celle de sa sœur, victime de harcèlement à cause du fait qu'ils ont deux mères. Tout en se cherchant en tant qu'individu et membre de cette famille, il fait tout pour protéger sa petite sœur et se place ainsi en figure forte et rassurante. Le grand frère n'est plus seulement un enfant – celui de ses deux mères – mais aussi un adulte pour sa petite sœur, quelqu'un sur qui elle peut compter. Le roman

Simple, de Marie-Aude Murail (L'École des loisirs, 2004), met en scène deux frères : Kléber, qui est en terminale et veille sur Simple, vingt-deux ans d'âge civil mais trois ans d'âge mental. S'il produit ici aussi un schéma où la fratrie (sans parents) se construit comme entité protectrice, ce roman renverse l'image du grand et du petit frère.

Le roman *Sirius* (Stéphane Servant, Le Rouergue, 2018), enfin, incarne très justement cette vision de la famille dans une version post-apocalyptique métaphorique. Le monde quasiment dépourvu de toute vie dans lequel les deux héros vivent est hostile et effrayant. Avril et son petit frère Kid survivent tant bien que mal et l'adolescente tente d'éduquer et d'aider son petit frère. Mais comment y parvenir, quand on porte en soi un monde détruit et qu'on tente dans le même temps de se construire en tant qu'individu ? Malgré toutes leurs péripéties, différences et évolutions, leur lien restera, jusqu'à la fin de l'histoire, un refuge salvateur.

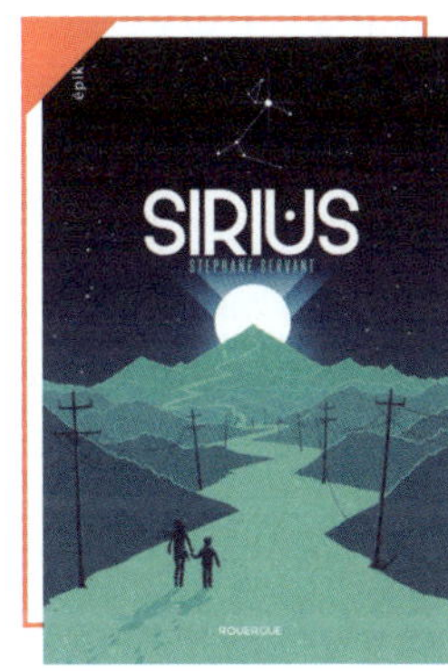

● LA FAMILLE, **MIROIR DES QUÊTES IDENTITAIRES**

UNE ADDITION **D'ÊTRES**

Une autre histoire de frère et sœur semble intéressante pour interroger la place de la famille : c'est celle de Noah et Jude, dans *Le soleil est pour toi* de Jandy Nelson (Gallimard Jeunesse, 2015). Construit comme un miroir où le chiffre « deux » a toute son importance, ce roman met en scène des faux jumeaux à deux âges différents. On suit de manière alternée les parcours de Noah à leurs treize ans et de Jude à leurs seize ans. Entre les deux, un drame s'est produit, dont on ignore tout. Chacun disposant d'un morceau de vérité, c'est une fois complète que leur histoire se révèle. Ce duo, en plus d'interroger la gémellité, la vérité et les drames, la famille et encore une fois ses secrets, montre qu'au-delà du sang, des lois et des normes sociales, une famille reste l'addition de plusieurs personnes avec leurs libres arbitres. Dans une famille comme dans la vie, on n'a pas toujours les mêmes points de vue, parcours et sensibilités. On a chacun son propre morceau de vérité.

« Mes parents et moi, ça fait trois » comprend Elo à la fin de *La dernière marée* d'Aylin Manço (Talents Hauts, 2019) : pas deux plus un, mais trois personnes différentes. Dans ce roman, l'autrice imagine un monde où la mer reflue. De semaine en semaine, elle recule, asséchant les littoraux. Ce phénomène rendu très mystérieux par la narration sert de décor de fin du monde à l'histoire d'Elo qui voit sa mère se replier sur elle-même. Nageuse hors-pair, connue pour avoir traversé la mer, celle-ci s'enferme dans le mutisme et l'écoute des nouvelles à la radio. L'adolescente

va devoir s'affranchir de cette femme qui l'inspirait beaucoup pour chercher d'autres sources où puiser sa force.

Ces deux exemples très différents mettent en scène, chacun à leur manière, une mère « faillible » dans la vie de leurs enfants. L'une cache un secret qui va briser leur famille, l'autre tombe dans une dépression dont sa famille ne pourra pas la sauver, en tout cas pas toute seule. La littérature ado montre à ses lecteurs et lectrices que les adultes aussi sont des êtres avec leurs fragilités ou leurs erreurs, et qu'une famille se compose d'êtres imparfaits. « Pour le coup, c'était leur histoire, pas la mienne » reconnait quant à elle Camille dans le roman *Coupée en deux* (Charlotte Erlih, Actes Sud Junior, 2018) : ses parents ont un divorce à régler, et cela ne concerne pas que cette ado écartelée, mais aussi deux adultes qui se sont aimés.

Faisant ainsi résonance aux questions qui animent les ados et les poussent dans une quête d'identité semée de doutes, ces romans les accompagnent en leur montrant d'autres familles et d'autres ados.

« C'est pareil partout, Bastien » déclare Mme Fortin dans *Demandez-leur la lune*. « Vous verrez, le monde est plein de gens déçus. Alors la seule chose qui compte, c'est de commencer à rêver avec vos mots à vous et d'oser le faire à voix haute. »

SE CONSTRUIRE **SUR L'ABSENCE**

S'il est un schéma présent en littérature ado dans lequel les ados tracent leur propre parcours, c'est celui où les parents en sont totalement absents. La figure de l'orphelin, très présente en littérature jeunesse, interroge effectivement le rôle de la famille dans la construction des jeunes.

On peut d'abord avancer que le choix d'un héros ou d'une héroïne orphelin·e renvoie à un certain fantasme du jeune lecteur ou de la jeune lectricequi souhaite justement s'affranchir de l'autorité parentale pour être libre, tout du moins autonome : le personnage, dépourvu des contraintes parentales, trace son chemin. Néanmoins, « orphelin·e » ne signifie pas, et même rarement, « libre ». Le célèbre Harry Potter , par exemple, vit dans un placard sous l'escalier chez sa tante…

Par ailleurs, l'orphelin·e n'aurait-il pas cela d'intéressant qu'il offre à l'auteur·rice une narration dépourvue de contraintes parentales et potentiellement plus ouverte à l'aventure ? Yann Fastier met en scène dans *Le Renard et la Couronne* (Talents Hauts, 2018) une jeune orpheline du nom d'Ana qu'il envoie sur les routes suite à la mort de sa grand-mère, sa seule famille, dans une bande d'enfants des rues, dans les pas d'un grand naturaliste jusque sur la trace d'un petit royaume oublié qui pourrait bien lui révéler le secret de ses origines. « Faire mourir les proches est souvent un moteur narratif mais aussi symbolique dans la quête initiatique et dans celle de destruction de la figure de l'oppresseur » analyse d'ailleurs Anne-Pauline (la blogueuse Apireading) dans le chapitre « La mort » page 151.

Cette figure de l'orphelin·e permet aussi, comme on l'a vu, de montrer des personnages qui vont chercher l'amour, et une famille, ailleurs : dans l'amitié, auprès de professeur·es ou de mentors, dans les familles d'ami·es… C'est le cas de Harry Potter, qui trouve dans la famille de son ami Ron Weasley un véritable havre de paix et d'amour.

Dans certains livres, d'ailleurs, ce choix est assumé par l'auteur·rice pour recentrer la narration sur ses personnages principaux : les ados. Julia Thévenot dans *Bordeterre* (Sarbacane, 2020) raconte l'histoire d'un frère et une sœur qui sont en vacances dans un camping avec leur mère et basculent soudainement dans un monde parallèle. Si la mère est plusieurs fois mentionnée, la fin du roman l'éclipse et laisse incertain·e quant à sa place dans l'histoire des personnages : vont-ils trouver le moyen de la revoir un jour ? La laissent-ils dans l'incertitude de ce que sont devenus ses enfants ? C'est que pour l'autrice l'importance de l'histoire n'est pas dans cette figure dont elle laisse le rôle à la libre interprétation du lecteur ou de la lectrice. Le roman se centre plutôt sur la quête initiatique de ces ados qui sont séparés par leurs aventures et construisent chacun·e leur propre histoire… et leur propre famille. Dans ce roman, l'adolescent·e est véritablement mis·e au centre de l'histoire et permet de s'identifier aux personnages indépendamment de tout schéma familial.

Sur la question de l'absence, enfin, on observe aussi des cas où les familles sont déchirées par le départ de l'un de ses membres. Dans *Demandez-leur la lune*, parmi les quatre personnages d'Isabelle Pandazopoulos, deux ont été meurtris par une famille séparée. La première, c'est Lilou, construite sur un vide, celui d'un drame qu'on

découvre au bout de quelques dizaines de pages : son grand frère, Kylian, s'est engagé pour Daech, a quitté la famille du jour au lendemain, la laissant derrière lui détruite par l'incompréhension. Le second, c'est Farouk, migrant turc qui a quitté sa famille pour fuir la dictature et se retrouve, loin d'eux, en France, impuissant et déraciné.
Opposant à l'individualité des quêtes initiatiques une entité, un ensemble qui se fragilise si l'un de ses membres s'en arrache, de gré ou de force, la littérature ado montre aussi, entre les lignes, que malgré le besoin d'indépendance qu'expriment et construisent les ados, la famille reste essentielle. Lorsqu'elle se tord, elle rend difficile le développement de chaque individu qui ne trouve plus de sens au monde qui l'entoure, puisque son propre monde s'est effondré.

UN MANQUE DE **DIVERSITÉ ?**

Aujourd'hui, on peut se demander si la littérature ado présente assez de diversité dans les schémas familiaux qu'elle met en scène. Les différents exemples présentés ici, pour l'essentiel parus entre 2018 et 2020, montrent des familles déjà très variées – hétéroparentales, monoparentales, recomposées, parentalité biologique ou adoption, etc. – qui pourraient certainement l'être encore plus pour permettre de représenter encore mieux ce à quoi ressemble notre société aujourd'hui. Selon l'INSEE, « le nombre de couples avec enfants a un peu baissé depuis 1990, tandis que le nombre de familles monoparentales a augmenté. Sur les 8 millions de familles avec enfants mineurs, 23 % sont des familles monoparentales. »[3] Cela s'explique par un vieillissement de la population, mais aussi par un nombre croissant des séparations et des divorces. Concernant les familles homoparentales, par contre, les chiffres sont beaucoup plus incertains. Si l'INSEE estime le nombre de mineurs vivant avec deux personnes du même sexe à 266 000[4], avec une analyse tronquée puisqu'elle exclut les parents isolés homosexuels de ce calcul, l'Association des Parents et futurs parents Gays et Lesbiens en compte 200 à 300 000[5].
En littérature ado, il n'est en effet pas aisé de trouver des romans qui parlent d'homoparentalité, même si le sujet se répand et que ce chapitre en présente deux. Le premier, *On est tous faits de molécules*, met effectivement en scène un couple gay parmi ses personnages secondaires. On voit ainsi le père d'Ashley assumer publiquement son homosexualité, construire son identité vis-à-vis de son ex-femme et de son compagnon et tâcher d'être un père présent et à l'écoute d'une fille qui le rejette pourtant. Le second, *Frangine*, met en scène un couple lesbien relativement épanoui qui élève ses deux ados dans l'amour et l'écoute. Ce roman met ainsi en scène une famille qui se présente comme un refuge, voire même un clan pour faire face ensemble à l'adversité. Le héros est introduit comme suit : « Je suis un bout du tout, un quart de la famille. Laquelle est mon nid, mon univers depuis l'enfance. » Si la famille est souvent présentée en littérature ado comme un espace de tensions, elles sont ici résolues par la force du collectif.
L'adolescence, finalement, reste une période charnière où l'on fait un grand pas vers l'âge adulte en gardant l'autre pied dans l'enfance. La famille, quand elle n'est pas dangereuse ou malsaine, est un refuge, un lieu où se replier. Dans le même élan que *Frangine* où les personnages font face ensemble, le roman d'Axl Cendres *Dysfonctionnelle* (Sarbacane, 2015)

3. « Tableaux de l'économie française : Ménages – Familles », INSEE, le 26 mars 2019.

4. É. Algava, S. Penant, « En 2018, 266 000 personnes vivent en couple avec un conjoint de même sexe », INSEE, le 19 septembre 2019.

5. A. Krempf, « Pourquoi ne peut-on pas dire que 200 000 enfants vivent dans des familles homoparentales en France ? », *France Info*, le 25 septembre 2019.

est un véritable hymne à la famille. En mettant en lumière une « tribu un peu foldingue » qui vit à Belleville, Axl Cendres déjoue les idées reçues qu'on peut avoir sur les individus jugés comme des « cas sociaux » et donne à aimer des personnages qui sont ensemble, sans se poser de questions. Elle signe ainsi un roman « plein d'humour et d'amour pour les hors-système que la vie n'épargne pas et qui sont traqués par les services sociaux. »[6]

6. M. Duval, M. Vasta, « Dysfonctionnelle d'Axl Cendres », *Lecture Jeune*, 2015.

PORTRAIT

MARIE-AUDE MURAIL

Marie-Aude Murail débarque parfois sur la scène d'un salon du livre, le regard perçant surmonté d'un béret, pour déclamer que « la parole sauve ». C'est une enfant en mal d'histoires qui lit autant *Le Rouge et le Noir* que des récits de martiens débarquant en Amérique. C'est une femme qui a passé, « on pourrait dire perdu »[1], des années à rêver et passe maintenant une vie à écrire. C'est la lycéenne qu'on aurait pu croiser sur les quais de Paris, l'air romantique, un recueil de poésie sous le bras. Marie-Aude Murail est une énigme et en même temps une amie, de celles qui vous prennent par les pages et vous invitent à vivre.

DE LA LECTRICE NAÏVE À LA LECTRICE SAVANTE

« J'ai toujours eu cette double attitude : la lectrice naïve et la lectrice savante » affirme-t-elle. La lectrice naïve, c'est celle qu'elle a été enfant et cultivée toute sa vie. « Je voulais qu'on me raconte des histoires », se souvient-elle. Des lectures de sa mère aux conseils de l'école, des quelques ouvrages de littérature jeunesse qu'elle avait – *Le Club des Cinq* et la série *Jacques Rogy* – à l'éclectique et curieuse bibliothèque de son père… « Tout ça devait faire une bonne bouillie ! » Mais pour elle, ce n'étaient que des histoires qu'elle poursuivait dans sa tête.

La lectrice savante est née avec ses études de lettres où elle a développé ce plaisir de décortiquer un texte et d'« entrer dans l'intimité de la littérature. » C'est comme un spectacle de magie car « on peut s'émerveiller deux fois ! Une fois en se laissant prendre au jeu et une deuxième en mettant les mains dans le moteur. On regarde comment l'auteur triche avec nous. »

On n'a pas à porter de jugement sur les lectures des plus jeunes, argue-t-elle sincèrement : « quand on lit avec son cœur, je dirais que tout se vaut. On n'a pas à dire à un gamin que ce qu'il lit est nul ! S'il a aimé, ça ne te regarde pas. »

Ses lecteurs et lectrices, Marie-Aude Murail les connait bien. Elle ne lit pas de littérature ado mais puise les histoires qu'elle écrit en regardant le monde autour d'elle. « La littérature contemporaine m'encombre : j'ai peur d'être en rivalité, d'être influencée, d'être *mainstream*. Les histoires, c'est moi qui les fais. Et pour ça, j'ai besoin de matériau : les essais, la presse, les classiques, la BD, les séries… et les gens. »

DES RÊVERIES PRODUCTIVES

Issue d'une famille de quatre enfants , devenus artistes, Marie-Aude Murail a grandi dans un

1. Z. Varier, « Un jour de l'été 1976, M.-A. Murail apprend à savourer la joie d'être au monde », *France Inter*, le 24 déc. 2017.

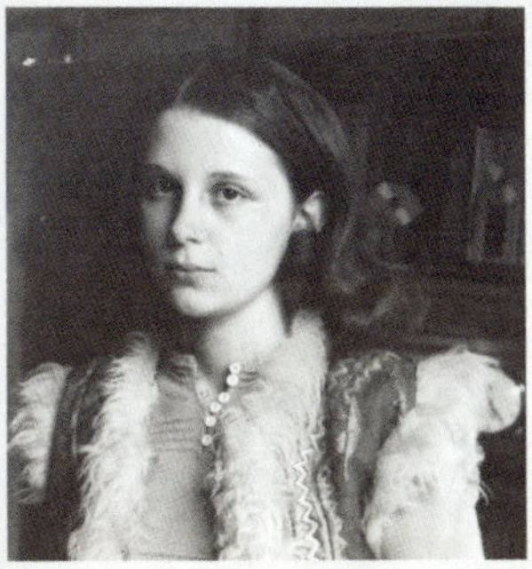

← M.-A. Murail à 17 ans.

antre de culture. Ses parents travaillaient à la maison, entourés de machines à écrire, de revues de poésie et de peintures… « Pour ma mère, il y avait Dieu et, juste après, les artistes. Mais, de son propre aveu, quand elle écrivait, elle se bridait. » Alors à la place, elle écoutait les autres. « J'aime les gens, me disait-elle. » Au milieu des années 1980, Marie-Aude Murail publie ses premiers romans, d'abord pour adultes, puis ses premières histoires pour enfants, dans le magazine *Astrapi* et à L'École des loisirs. « Avant, je me racontais des histoires en rêvant toute la journée. Ça aurait pu faire de moi quelqu'un de définitivement à côté de la plaque… mais j'ai eu de la chance : j'ai rencontré un stylo. » Alors ces histoires ont quitté ses rêveries, elle en a couché d'autres sur le papier, par dizaines, qui sont devenues des succès à L'École des loisirs : *Émilien* (1989-1993), *Nils Hazard* (1991-1998), *Oh boy !* (2000), *Simple* (2004), *Maïté coiffure* (2004), *Sauveur et fils* (2016-2019)…

Aujourd'hui, ses rêveries sont productives. « J'écris tout le temps dans ma tête, de manière obsessionnelle. Ça donne une forme particulière d'être au monde, absente et présente. » Et quand elle pose le point final d'une histoire, un certain mal-être l'enserre, « parce que je tourne à vide et que le monde, soudainement, me rentre dedans. »

« C'est quand j'écris que je ressemble à ma mère » estime-t-elle. « Je suis une solitaire, une ombrageuse, une torturée. Elle, elle était solaire. Mais quand j'écris, j'ai son optimisme, j'ai sa foi dans la vie, j'ai son envie de croire en Dieu. J'aime les gens. »

VIVRE ET LIRE **AU PRÉSENT**

« Qu'est-ce qu'il y a de plus contemporain qu'un jeune qui rentre dans les premières perceptions du monde et qui se prend tout dans la tronche ? Les choses vont si vite qu'on n'a même pas le temps de s'interposer ! » Avec ses romans, Marie-Aude Murail s'interpose. Engagée, voire militante, orchestrant ses romans comme la vie tourmente nos quotidiens, elle parle d'école et de dépression, de sexualité et de politique, de travail et d'identité. « J'ai vécu une enfance protégée, sans même savoir qu'il y avait la guerre d'Algérie dehors. On vivait entre nous, épargnés. Ce n'est plus le cas. C'est pour ça que cette littérature ado doit être "à jour" : les ados, eux, le sont terriblement. Il faut être en première ligne avec eux. »
Marie-Aude Murail s'informe ; elle s'interroge, observe, doute de ce monde qui va vite, tout le temps, et dont il faut « contrôler les dérapages ». « Ça peut vous foutre par moment des sacrés coups derrière la nuque ! » Heureusement, pour prendre du recul, elle a l'humour. « Je ne pourrais pas traiter un sujet si je ne voyais pas d'angle humoristique. On a l'impression que j'ai tout traité mais ce n'est pas vrai ! Il y a des choses pour lesquelles je ne suis pas encore prête. » En attendant, Marie-Aude Murail continue d'écrire, comme le faisait son mentor spirituel Charles Dickens, « des contes de fées réalistes. » Car si la société préfère nous mettre des péripéties dans les jambes plutôt que des fins heureuses dans les bras, la littérature ado, elle, aide à vivre.

« Il faut que cette littérature leur dise :"tu as ta place" et leur donne envie d'être vivant. » Elle publiera bientôt, avec son frère Lorris Murail, un polar qui se passe en 2020, en pleine pandémie. « La littérature ado doit donner des personnages à aimer », énonce-t-elle un sourire dans la voix, parce qu'on a grand besoin d'amis, même de papier, pour traverser ce genre de période. « Ce sera un livre très joyeux. Au présent. Parce que c'est au présent qu'il faut vivre. »

NOUVELLE

ACTION, CHICHE OU VÉRITÉ

Anne-Fleur Multon

Anne-Fleur Multon est une écrivaine dont on a tout de suite envie d'être l'ami·e : elle écrit pour toutes et tous, et surtout pour celles et ceux qu'on oublie et qui ne se retrouvent que rarement dans la littérature jeunesse. Anne-Fleur Multon veut raconter des histoires nouvelles, qu'on n'a pas encore racontées, qui permettront, peut-être, de grandir en se sentant plus fort·e. Après des études littéraires à la Sorbonne et à l'ENS, elle a publié plusieurs romans pour les plus jeunes, dont sa série best-seller *Allô Sorcières !* (Poulpe Fictions, 2017-2018), illustrée par Diglee. Elle a initié le recueil de nouvelles *La Revanche des princesses* (2019) et a participé à celui des éditions Auzou engagé pour les forêts (*Au cœur de la forêt*, 2019). Son dernier roman, *C'est pas ma faute* (PKJ, 2020), a été co-écrit avec Samantha Bailly. Elle vit en Bretagne où elle s'occupe de son chat Loutre.

C'était ça ou bouteille, à chaque fois.

Déjà, aux quinze ans de Matthias, on l'avait fait, et pour la fête de Célia et Souline aussi. Moi, je viens que pour ça.

Je dis pas, j'aime bien le reste, hein. L'aprèm avec les copines à décorer le garage ou à virer les meubles moches du salon des parents, histoire que ça ressemble à une vraie soirée. Y'a toujours Alex qui nous file les spots de son père — sympa le père d'Alex, un gentil — et son stroboscope aussi, et nous on se débrouille pour trouver des bonnes enceintes. C'est toujours un bordel de dernière minute, ça, les enceintes.

Aussi on tartine comme des folles des tonnes de houmous et on verse des kilomètres de chamallows, de Schtroumpfs et de mini-pizzas apéro dans des grands bols et souvent les parents ils nous font une sangria pas trop forte, vu qu'on devient grand et tout on a le droit un peu, *C'est la fête* ils disent, mais bon ils savent pas qu'en fait les gars ou même Solène ils ramènent toujours des bouteilles, parfois c'est du Jet27 parfois c'est de la Smirnoff Ice avec du Redbull mais j'ai horreur de ça, enfin bon les parents ils sont à côté de la plaque quoi mais c'est sympa quand même de leur part pour la sangria donc on dit rien.

J'aime bien aussi quand on se prépare, on se fait les essayages dans la salle de bain et on hésite, *Talons ou pas talons, moi je mets pas de talons si vous en mettez pas les meufs* on se dit, puis on s'arrose de déo Ushuaïa tellement qu'on peut plus respirer, et c'est sans compter le parfum, *Qu'est-ce qu'on cocotte* on rigole et c'est vrai qu'on se marre bien, on met Ariana Grande à fond, ou PNL, enfin bref on s'enduit les cils de mascara, on en met trop mais ça fait partie du truc, hein, c'est pas tous les samedis qu'on fête les quinze ans de ses meilleurs copains.

Après c'est comme d'habitude, on attend les invités et c'est un peu chiant. On a vaguement peur que personne vienne, on ose pas le dire pour pas faire peur à la copine qu'organise, dans notre tête on se dit bon nous au moins on est là mais à la fois tout d'un coup on n'a pas l'air nombreuses dans le salon trop grand avec les chaises poussées contre les murs comme ça et ça fait un grand vide à la fois dans l'œsophage et dans la salle. Et puis bon les gens ils viennent quand même, d'abord c'est Jao qui a mis une chemise et Lulu ensuite qui a amené un cake salé fait par sa mère, puis Antoine, Célia, Lol, Isma et la petite bande de mecs et Yves qu'est gêné parce que sa mère elle parle pas français et qu'elle a trop cuisiné comme d'habitude et qu'elle tient absolument à remercier la mère de la copine qu'organise et bref, c'est un moment désagréable pour tout le monde mais on fait comme si. Ensuite, on est vite quinze et c'est rempli, les parents partent, la bande à Mehdi ils envoient un message ils sont en ville qu'ils disent, ils ramènent la tise, et quelqu'un met de la musique. C'est là qu'on sait que c'est parti.

Comme on est surexcités et gênés, on danse pas direct. On est par petits groupes, on se raconte des trucs, on rit aigu et Solène elle quitte pas les genoux de Mehdi qu'est son mec depuis une semaine donc ça dure, pendant que nous on bouffe les bonbons — moi surtout les réglisses et les boules noires qui sont les meilleures et que tout le monde déteste en plus, du coup y'en a toujours plein. Et puis quand y'a *Pookie* qui passe, tout le monde hurle en même temps et rigole, les volets ou la porte du garage ils sont fermés et même s'il fait encore jour dehors comme on est en mai ou juin, pour nous c'est la nuit. On s'y croirait.

Mais c'est que le début encore. Je suis comme les autres, j'attends que quelqu'un ait l'idée, ou que ça soit enfin le bon moment. C'est pour ça qu'on organise des soirées d'anniversaire, personne l'a jamais dit mais au fond, tout le monde le sait. Et je sais pas si aux autres ça leur fait, mais moi j'en ai mal au bide d'excitation, et j'ai de la fièvre sur toute ma peau, tellement que ça me démange.

J'aime l'odeur du maquillage des filles dans les soirées d'anniversaire. Elles font adultes et différentes, ce que j'adore. Y'en a toujours une qui pleure avant qu'on commence. C'est comme ça. Parce que les soirées d'anniversaire, ça fabrique des histoires d'amour mais en même temps souvent ça tient pas plus qu'une heure de la soirée parce qu'il y a eu du drame, et donc la fille, mettons Solène, pleure dans le jardin. Après y'a comme des conciliabules aux toilettes ou dans le couloir, le mascara de l'après-midi coule sur ses joues mais après on se remaquille dans les chiottes, on se remet une couche d'Ushuaïa et de rigolade, Solène renifle, après tout Medhi c'est un con et nous on lui fait comprendre par texto que ça serait bien qu'il aille voir ailleurs s'il y est mais ensuite elle lui pardonne, genre ils étaient pas faits l'un pour l'autre c'était écrit et tout. Elle est hyper adulte Solène car sa mère est psychothérapeute, et donc tous on retourne à la fête, on redanse un coup mais plus serrés, les larmes et l'amour et la sangria des parents ça nous a rapprochés.

J'ai les bras qui brûlent. La musique fait battre fort le sang dans mes poignets. Je sens la sueur sur mon dos nu qui coule, je sens des regards de nuit sur mes omoplates à moi qui sont si différents des regards que je provoque au lycée, je danse et la lumière elle m'attrape dans ses bras stroboscopes elle me pousse contre les corps des autres, et c'est ça que j'aime, cette masse de corps chauds et suants contre moi, les basses hallucinées et la promesse qui se dessine maintenant, ce que j'attendais depuis l'invitation.

C'est Lulu qui le dit, comme si personne n'y avait pensé, comme si au cœur de la fête folle il n'y avait pas eu depuis le début cette bête épaisse cette petite écorchure de nos cœurs à nous sur nos peau à nous, elle dit *Tiens on ferait pas un Action, chiche ou vérité ? J'ai l'appli sur mon téléphone*, elle reprend, et la fête soudain ralentit, je vois les cheveux de Solène qui éclatent en silence, doucement dans la musique qu'on n'entend plus. On a les oreilles qui cognent.

On fait comme de rien et le son de ma voix s'étouffe dans le rire des autres, c'est comme ça à chaque fois, les gorges étouffées et l'attente obsédante.

Action, chiche ou vérité ?
Action.
Antoine, t'embrasse Selma dix secondes.

On rigole, on est excités et gênés. Antoine est rouge, Selma aussi. Ils vont le faire, ils n'ont pas le choix. Et moi, je vois en transparence leurs cœurs qui battent très fort, leurs corps qui ne se touchent pas et leurs lèvres qui tremblent comme leurs mains, je vois tout. C'est comme ça.

Action, chiche ou vérité.
Vérité.
Yves, tu préfèrerais sortir avec qui entre Lulu et Lol ?

Yves se marre, et pose ses bras sur les épaules d'Alex, et se marre encore. Il fait une blague. Nous on dit *Aloooors*, alors il les regarde les deux, et il dit *Non mais je vous aime vous deux mais Lulu on va dire, parce que t'es mon binôme en physique*, il dit, mais en fait on sait tous que c'est pas ça, on le sait parce que Lulu et lui ils se sont regardés avec les yeux au bord des lèvres et ça crevait nos yeux à nous que pour eux ça voulait dire quelque chose, que peut-être plus tard dans la soirée ils s'éloigneraient de la fête pour aller se promener sous le cerisier qu'est justement en fleur, que ça signifierait le début de quelque chose et que nous, on aurait été témoins de ça, presque on l'aurait vécu. Et Lol qui pourrait s'en foutre mais pas vraiment, parce qu'elle l'aime pas Yves mais elle est comme nous comme moi, Lol, elle aussi elle aurait voulu l'histoire et les yeux au bord des lèvres qui disent l'amour en fleur de cerisier. C'est comme ça, Action, chiche ou vérité, Lulu et Yves, et Lol à côté.

Dans le jeu, c'est chacun notre tour. Et moi j'espère. J'attends et j'espère, le mien.

On a fait cercle avec dans notre dos la sangria qu'est à moitié finie et les morceaux d'orange qui nagent dedans un peu tristement, on fait tourner la bouteille de vodka ramenée par Medhi et c'est dégueu mais à la fois c'est comme un calumet de la paix, genre on passe pas son tour, limite on aime ça ce goût de savon qui te prend le nez et qui fait tourner la tête aussi fort que le monde, le monde qui tourne autour de nous au même rythme que ma tête avec les oranges rouges de la sangria oubliée qui font comme des soleils, les lampées de vodka comme la voie lactée, nous comme des étoiles filantes, on tourne on tourne et au centre, le téléphone de Lulu qui lui ne tourne pas, avec son appli comme une ancre dans l'univers, le téléphone de Lulu qui bat fort comme un cœur, comme mon cœur.

Ça ne s'est encore jamais produit avec moi. Aux dernières soirées, c'est arrivé à Solène et Lol, et celle d'avant à Selma et Victoria. L'appli elle dit de faire ça, parfois.

Action, chiche ou vérité.
Embrasse dix secondes ton voisin.

Si le voisin est une voisine, il faut le faire aussi. Tout le monde rigole, les garçons regardent, il ne savent pas les garçons la chance qu'ils ont. Ce soir, autour de moi j'ai Solène et Célia. Je me suis assise là l'air de rien l'air de tout, avec les oreilles sourdes et le monde en spirale, et la question qui serre quelque chose d'intime dans le bas de mon ventre. Je me demande quel goût ça a, les lèvres de Solène et Célia.

Action, chiche ou vérité.
Action, chiche ou vérité.

Action, chiche ou vérité,

et la petite main moite et chaude de Célia qui crochette ma nuque, UNE, le monde qui tourne si fort qu'il a disparu, DEUX, les joues de Célia qui sentent le parfum de sa mère et la sueur, TROIS, elle n'est pas gênée Célia mais QUATRE ses yeux ne rigolent pas vraiment non plus, ses yeux qui m'attrapent fort et soudain CINQ sa langue chaude et mouillée comme ses mains dans ma bouche, SIX, une langue-réglisse-délice et SEPT ma culotte mouillée comme ses mains sa langue et est-ce que HUIT celle de Célia aussi NEUF et j'entends dans son torse dans le mien nos gros cœurs qui ne savent plus très bien lequel DIX bat le plus fort.

Et puis lointain le TOP ! de Medhi qui se marre, Medhi que ça excite fort évidemment de regarder deux filles se choper dix secondes, il pense que c'est pour lui Medhi, mais il ne sait pas le cœur de Célia qui bat, Célia qui est peut-être comme moi, et d'ailleurs Célia ne rigole toujours pas, elle se rassied Célia elle regarde ailleurs, maintenant elle aussi elle sait

et moi,

j'imagine,

peut-être,

ses yeux au bord des lèvres qui disent l'amour en fleur de cerisier.

Son premier roman ado

04.02 LITTÉRATURE ET PROTECTION DE LA JEUNESSE : DES ENJEUX CONTRAIRES ?

DE LA PRESCRIPTION À LA CENSURE

LE PROBLÈME DE LA PRESCRIPTION

La loi de juillet 1949 n'est pas l'actrice principale, en France, de la censure sur la littérature de jeunesse et adolescente mais plutôt un garde-fou qui permet une certaine liberté éditoriale (voir focus page 116). Cependant, elle traduit une conception de la jeunesse et de sa littérature qui imprègne la production éditoriale française et plus encore le regard des prescripteurs et prescriptrices sur celle-ci.

En effet, la littérature ado « suscite des résistances d'autant plus fortes que ce sont des adultes qui sont chargés de la médiatiser. »[1] Ainsi, les romans aux sujets dits « graves » ou « difficiles » (la drogue, la mort ou le sexe, par exemple), sont plus compliqués à vendre du fait de l'intermédiaire supplémentaire avant l'arrivée du livre entre les mains du lecteur ou de la lectrice ado.

Annie Rolland met donc en garde contre cette « prescription » (parents, documentalistes, bibliothécaires, etc.) qui est un terme emprunté au champ lexical médical et contient ainsi « le germe de la censure »[2]. Selon la psychanalyste, cela sous-entend un acte de domination sur le lecteur ou la lectrice car la prescription a une intention affichée de les rendre meilleur (selon des critères qui lui sont propres). Elle ajoute ainsi dans un entretien donné à *Lecture Jeune*[3], que « la censure est en germe dès lors que l'on parle de dangerosité à propos des livres ».

Cette partie doit beaucoup à Annie Rolland et à son livre qu'on vous conseille !

LIVRE DANGEREUX **OU DISCOURS NÉVROSÉ ?**

Et c'est bien le cas de certains livres pour lesquels le débat public a appelé à la

1. A.-L. Pintor. « Que peut-on dire aux adolescents dans la littérature ? », *Monde du livre*, le 25 août 2014.

2. A. Rolland, *Qui a peur de la littérature ado ?*, Thierry Magnier, 2008.

3. A. Rolland, propos recueillis par H. Sagnet, « Qui a peur de la littérature ado ? », *Lecture Jeune* n° 128, décembre 2008.

censure, comme les romans de Robert Cormier à leur première publication en France (*La guerre des chocolats*, L'École des loisirs, 1984), mis au ban par certaines associations puritaines ou d'extrême-droite qui les jugeaient dangereux. Des exemples plus récents en littérature de jeunesse montrent que ce n'est pas la loi qui censure mais bien certain·es médiateur·rices voire politiques : Jean-François Copé[4] s'était par exemple insurgé, en 2014, de la nudité présentée dans le livre jeunesse *Tous à poil !*. Dans ces cas-là, les censeur·ses de la littérature jeunesse, et plus généralement ses détracteur·rices utilisent la loi de 1949 (lire page 116) avec une interprétation subjective, basée le plus souvent sur une projection de névroses adultes sur des sujets d'enfants (dans le cas de *Tous à poil !*, Copé associe immédiatement la sexualité à la nudité).

« Une lecture sereine n'est possible que pour l'adulte qui a conservé une relation de qualité avec l'adolescent·e qu'il ou elle a été », c'est-à-dire qu'il ou elle doit être en « bons termes » avec son adolescence, et porter un regard « tendre », « lucide et indulgent »[5] sur cet âge-là.
Annie Rolland met ainsi en avant la nécessité pour l'adulte de ne pas juger un livre pour adolescent·es avec son propre vécu d'adulte : ce livre ne lui est pas adressé (surtout, ajoute Annie Rolland, quand les personnages adolescents dépeignent des « portraits au vitriol » des adultes qui les entourent).

LE TABOU EN LITTÉRATURE ADO

UNE MAUVAISE CONCEPTION DE L'ADOLESCENCE

Certains sujets provoquent donc particulièrement des appels à la censure de la part des méditateur·rices de cette littérature ou des politiques comme Jean-François Copé : ce sont des sujets tabous. Le tabou, « c'est l'indicible, l'interdit le plus puissant que l'on puisse concevoir, puisqu'on ne peut même pas le dire »[6]. La nudité en est un exemple quand Jean-François Copé cherche à la taire dans un album pour la jeunesse.
« Les partisans des tabous adhèrent à une conception de l'enfance héritée de la période romantique : ils ou elles imaginent un enfant idéal, angélique, dont il faut absolument préserver l'innocence. Ceux et celles qui pensent au contraire que les tabous sont indésirables adhèrent à une conception de l'enfance post-freudienne : l'enfant est désacralisé, l'enfance imaginée justement comme une période d'apprentissage et de négociation des interdits. Dans la pensée moderne, cela se traduit par l'idée que le livre pour enfants est un moyen extrêmement puissant d'aborder les tabous, pour mieux les expliciter et les débarrasser de leur interdit "magique". »
Ce n'est donc pas seulement une mauvaise interprétation de la littérature ado que les adultes montrent en cherchant à la censurer, ils portent aussi sur l'enfance et l'adolescence un regard illusionné et surprotecteur.

On peut alors faire émerger deux postulats qu'on considère (à tort) comme acquis sur l'adolescence, et qui nuisent à sa représentation et à sa conceptualisation :

4. « Jean-François Copé s'emporte contre le livre pour enfants "Tous à poil" », *Le Monde*, le 10 février 2014.

5. A. Rolland, *op. cit.*

6. C. Beauvais, « Le tabou en littérature jeunesse », *Mais pourquoi tu fais pas de la vraie littérature ?* (Blog de Clémentine Beauvais), le 20 novembre 2011.

— L'adolescence, la jeunesse, est un âge d'or.
On a parfois tendance à définir l'adolescence comme un âge heureux, souvent parfait, notamment à cause d'un « discours médiatique consumériste » où la jeunesse et ses attributs (beauté, sexualité extatique, bonheur éternel et avenir doré) sont mis à l'honneur. Les ados, pourtant, vivent dans le même monde que les adultes. Finalement, la volonté des censeur·ses d'interdire certains livres est dictée, peut-être, « par la culpabilité de leur avoir fait un monde trop dur »[7].

— L'adolescence, c'est seulement un corps qui mute.
On oublie que l'ado, qui n'est plus un ou une enfant, acquiert en même temps que sa puberté sa maturité intellectuelle : son corps se forge, mais sa pensée, son esprit critique, sa capacité à se construire et le monde dans lequel il vit sont aussi acquis à ce moment-là.

7. Gudule, propos recueillis par A. Rolland, *op. cit.*

RENDRE TABOU PLUTÔT QUE MONTRER

Certain·es adultes baignent ainsi dans la peur de dire les choses et de les montrer, dans la peur de la vérité : les censeur·ses, dans un désir éducatif, veulent cacher « les conflits internes et externes qui font de la vie une mer agitée »[8]. Ils et elles préfèrent rendre tabou plutôt que de montrer... alors que les ados ne cherchent qu'à aborder les questions qui les préoccupent, tant sur le plan intime, affectif et sexuel que sur le plan social et politique. Or cacher, interdire, ne pas laisser exprimer un fantasme, une pulsion est plus dangereux que l'inverse.
Finalement, ce sont les adultes, peut-être, qui ont plus peur d'assimiler des questions profondes et difficiles que leurs enfants. Et pour ne pas avoir à le faire, c'est « beaucoup plus pratique », extrapole Annie Rolland, « d'essayer de fabriquer un monde stérile comme dans *Fahrenheit 451* (Denoël, 1955), où le bonheur consiste à penser le moins possible »[9].

8. A. Rolland, *op. cit.*
9. A. Rolland, *op. cit.*

● DÉDRAMATISER LA LITTÉRATURE ADO

Toutes les chercheuses précédemment citées invitent donc à « dédramatiser »[10] cette littérature. « Les ados ne craignent pas d'être corrompu·s par un roman. S'ils et elles ne l'apprécient pas ou s'ennuient, ils et elles passent à autre chose », souligne l'auteur Melvin Burgess[11]. Un livre, contrairement à un film par exemple, peut être refermé, rejeté, arrêté.
A-t-on donc « peur » inutilement, de la littérature pour adolescent·es, pour reprendre le titre du livre d'Annie Rolland ? Oui : « la violence engendre la violence [...] tandis que les mots qui disent la violence exorcisent la violence »[12]. Annie Rolland met ici en avant l'importance de la littérature pour dire les choses. C'est aussi la conclusion que propose Clémentine Beauvais sur son blog[13] : ne pas aborder un tabou en littérature jeunesse et ado, ce n'est pas l'éviter, c'est uniquement le nourrir.

FAIRE CATHARSIS

La littérature, du fait de la distance fictionnelle qu'elle apporte sur certains sujets, permet

10. A. Rolland, *op. cit.*
11 M. Burgess, cité par A. Rolland, *op. cit.*
12. A. Rolland, *op. cit.*
13. C. Beauvais, *op. cit.*

justement de proposer d'autres représentations de soi et de ses pulsions, et de faire catharsis : « voir sa pulsion [...] extériorisée, c'est plus bénéfique que de la sentir à l'œuvre en soi »[14].

SE PENSER SOI

Plus encore, la littérature est un moyen de « jouir de nos propres fantasmes »[15] qui permet à l'adolescent·e de se découvrir par processus d'identification et de jouir non pas du divertissement, non pas de l'histoire du personnage, mais bien de sa propre découverte de soi.
La psychanalyse, comme le souligne Annie Rolland, est par ailleurs un moyen de comprendre l'adolescence comme une période de découverte de soi que l'adolescent·e doit faire par lui-même ou elle-même... et notamment grâce à la littérature.

PENSER LE MONDE QUI NOUS ENTOURE

Enfin, la littérature est un moyen de regarder, penser et comprendre le monde : un livre sur la shoah, le génocide du Rwanda, le harcèlement ou des violences sexuelles... Ces sujets sont peut-être violents, mais restent un miroir du monde qui entoure les adolescent·es. Ce n'est pas le livre qui est choquant, c'est bien le monde qu'il représente.
Donc si « lire empêche d'être heureux » (pour reprendre les autorités que met en scène Bradbury dans *Fahrenheit 451*), ce n'est pas parce que les œuvres adolescentes pervertissent la jeunesse en leur transmettant une idée de la violence, mais bien parce qu'elles leur donnent à penser cette violence et à mettre des mots sur celle-ci. C'est peut-être douloureux sur le moment mais, *in fine*, salvateur.

14. A. Rolland, *op. cit.*
15. A. Rolland, *op. cit.*

La censure, effet (bad) buzz

Malgré les évolutions du secteur éditorial — en partie grâce à l'élargissement du public adolescent et la conception de moins en moins scolaire qu'on a de cette littérature (voir au chapitre 2 la partie sur la littérature young adult, page 48) — on observe que les tabous (et la censure, à petite échelle) persistent en littérature ado. Si un roman comme *Hunger Games* de Suzanne Collins (PKJ, 2009) n'aurait pas pu être publié dix ans plus tôt, il n'en reste pas moins que l'éditeur a reçu, à l'époque, de nombreux courriers de bibliothécaires et de parents[16] – les prescripteurs et prescriptrices des ados.

Pourtant, comme dans la plupart des cas de *bad buzz* médiatiques autour d'un livre, toutes littératures confondues, aujourd'hui, la censure n'a pas fonctionné : elle a simplement participé à aiguiser la curiosité des adolescent·es à qui on interdisait déjà la lecture de la saga de Suzanne Collins. Après tout, quel lecteur ou lectrice — à quatorze ans, parfois treize ou moins ! — n'a pas emprunté, en douce, au CDI, LE livre qui était marqué interdit aux moins de quinze ans ?

16. X. D'Almeida, dans l'émission « Dobby or not Dobby ? », *La bouquinerie jeunesse*, le 2 juin 2018.

FOCUS

LA LOI DE JUILLET 1949

HISTOIRE DE LA LOI DU **16 JUILLET 1949**

La loi n°49-956 du 16 juillet 1949 sur les publications destinées à la jeunesse est créée sous le gouvernement Vincent Auriol dans un contexte d'après-guerre où la délinquance juvénile est croissante (en 1946, trois fois plus d'enfants sont jugés qu'en 1936)[1].

Les publications illustrées sont pointées du doigt par les entreprises morales (associations de parents, d'enseignant·es ou de bibliothécaires) qui regrettent leur médiocre qualité de forme et de fond. Selon ces associations, elles entrainent les enfants à ne pas faire « l'apprentissage de la langue et du goût »[2]. Les détraceur·ses de ces productions dénoncent le « nivellement par la laideur » et les valeurs morales transmises par ces productions, notamment en bandes dessinées : « On n'y trouve plus un seul récit avec des gens normaux, avec une atmosphère saine et familiale. Ces histoires en images, visiblement destinées à des adultes, et destinées à plaire sensuellement, doivent troubler leurs jeunes lecteurs et lectrices. »[3]

1. A Rolland, *Qui a peur de la littérature ado ?*, T. Magnier, 2008.
2. D. Parker & C. Renaudy, *La démoralisation de la jeunesse par les publications périodiques*, Cartel d'Action Morale, 1944.
3. M. Méon, « La protection de la jeunesse comme légitimation du contrôle des médias », *Amnis*, n° 4, 2004.

L'enfant est ainsi envisagé comme un être vulnérable à protéger et éduquer, ce qui pousse le gouvernement à se pencher sur la question et à proposer, en 1949, cette loi au nom de la protection de la jeunesse : « Nous ne voulons que protéger cette jeunesse qui est notre espoir de demain et que nous entendons [...] ramener dans le droit chemin et entourer des sentiments affectueux qui permettront de replacer sur elle tous les espoirs justifiés de la France. »[4]

SON CONTENU

Consolidée au fil des années, et notamment le 17 août 2010, la loi du 16 juillet 1949 s'applique ainsi à « toutes les publications périodiques ou non qui, par leur caractère, leur présentation ou leur objet, apparaissent comme principalement destinées aux enfants et adolescent·es ». C'est l'article 2 qui définit ce que la loi proscrit : « Les publications visées à l'article 1er ne doivent comporter aucune illustration, aucun récit, aucune chronique, aucune rubrique, aucune insertion présentant sous un jour favorable le banditisme, le mensonge, le vol, la paresse, la lâcheté, la haine, la débauche ou tous actes qualifiés crimes ou délits ou de nature à démoraliser l'enfance ou la jeunesse, ou à inspirer ou entretenir des

4. *Ibid.*

préjugés ethniques ou sexistes. Elles ne doivent comporter aucune publicité ou annonce pour des publications de nature à démoraliser l'enfance ou la jeunesse. »

La loi entend donc protéger la jeunesse de sa « démoralisation », le terme faisant référence non pas au moral des jeunes mais à leur morale.

UNE LOI CONTROVERSÉE... **MAIS PROTECTRICE ?**

La loi du 16 juillet 1949 est envisagée différemment par les éditeurs et éditrices de littérature ado interrogées pour ce chapitre, et la plupart la critiquent ouvertement. Trois principaux reproches lui sont faits :

— Sa dimension arbitraire et partiale qui laisse un flou sur ce que la loi réprime réellement.

— Son incapacité d'action. Souvent une simple lettre d'avertissement est adressée à la maison d'édition qui peut ne pas l'ouvrir ou ne jamais l'appliquer, sans qu'il n'y ait de pénalisation.

— Enfin, certain·es éditeur·ricess affirment que cette loi appelle à la censure, ou qu'elle est incompatible avec une ambition littéraire, qui « devrait ne subir aucune restriction d'ordre éthique ou moral ».

Pourtant, cette loi agit surtout comme un garde-fou. À moins d'un appel au viol ou à la haine très clair, elle est très difficile à saisir et faire appliquer, ce qui peut sembler laxiste mais protège en réalité les maisons d'édition d'une utilisation abusive par les censeur·ses. C'est ce qui arrive au contraire aux États-Unis, où les associations de parents font bannir des bibliothèques d'écoles, de collèges ou de lycées bon nombre de romans pour ados pour diverses raisons.

DÉFINIR LA LITTÉRATURE ADO **PAR LA LOI**

Si les éditeurs et éditrices de littérature ado ne craignent donc pas vraiment la loi de 1949 qui a plutôt pour conséquence de les protéger, un certain nombre la gardent tout de même en tête car, paradoxalement, elle délimite ce que peut être la littérature jeunesse : une littérature qui se distinguerait des autres par l'espoir qu'elle véhicule. On ne peut pas se permettre d'être désespérant ou pervers face à un lecteur ou une lectrice encore en construction, parfois immature. On peut parler de problèmes graves et sans mentir, mais en racontant des histoires de reconstruction : dans la littérature jeunesse, on cherche une fenêtre ouverte par laquelle la lumière passe.

Comment l'application de la loi est-elle contrôlée ?

Chaque publication destinée à la jeunesse doit faire mention de cette loi au début du livre et être envoyée au ministère de la Justice. Le ministère compose une commission de surveillance et de contrôle des publications comprenant un certain nombre de représentants de l'État, de la Justice, et des professionnel·les de l'enfance et du livre.

Cette commission, qui lit une grande partie de la production jeunesse, débat des publications retenant leur attention et peut, si elle juge que l'une d'elle va à l'encontre de la loi, « signaler aux autorités compétentes les infractions à la présente loi » dans un délai courant d'un an à partir de la date de parution.

Néanmoins, la commission agit le plus souvent par le biais de simples courriers demandant à la maison d'édition de mentionner la loi si tel n'est pas le cas ou d'apposer un avertissement sur la quatrième de couverture du livre à réimpression pour prévenir d'un potentiel contenu heurtant.

Autrefois, certaines bandes dessinées ont pu être contraintes d'être vendues au comptoir, par le libraire : un très bon moyen, sans vraiment la censurer, d'empêcher la publication de toucher son public, et donc de se vendre.

5. B. Joubert, « Une brêve histoire de la censure en BD », *Beaux-arts magazine*, hors-série été 2016.

04

.03 LA SEXUALITÉ, TABOU ULTIME

S'il est un tabou qui supplante tous les autres, en littérature ado, c'est bien la sexualité.

La psychanalyste Annie Rolland prend pour exemple un professeur épinglé par les parents pour avoir donné à lire à ses élèves *Le Grand Cahier* d'Agota Kristof (1986), par ailleurs recommandé par l'Éducation nationale. Aucune des violences et tortures de la Seconde Guerre mondiale racontées dans le roman n'a choqué, c'est le sexuel, « situé du côté du désir (donc de la vie) »[1] qui a inquiété.

La sexualité est l'une des grandes préoccupations des ados, or le tabou imprègne la plupart de leurs sphères de socialisation (l'école, la famille...) si bien que le seul accès qu'ils et elles ont reste la culture... ou la pornographie. Nathalie Bajos, sociologue, démographe et chercheuse à l'Inserm, analyse les craintes d'une sexualité précoce chez les ados aujourd'hui comme une forme de « panique morale »[2] des adultes. Elle montre que si les filles et les garçons sont en effet de plus en plus informés sur la sexualité, cela ne fait pas baisser « dramatiquement (comme on pourrait le croire) » l'âge médian au premier rapport sexuel.

Cependant, la sociologue alarme sur le contenu « extrêmement genré » du porno, sans doute en partie responsable de la sexualité très normée des ados qui tiennent de plus en plus « un discours conservateur, loin de l'image débridée et libre qui leur est souvent associée. »

La sexologue Héloïse Galili[3] rappelle ainsi que les médias et les produits culturels sont autant de biais de construction sociale pour les ados, autre que la famille notamment, où la sexualité est souvent quelque chose de « caché, pudique, privé ».

La littérature ado pourrait donc avoir, par la fiction, ce rôle d'exploration du désir, des fantasmes... Or « combien de livres pour la jeunesse français pouvez-vous citer spontanément dans lesquels un acte sexuel est évoqué explicitement ? », questionne la blogueuse Mabu . On vous aide : très peu !

Alors, elle ressemble à quoi, la sexualité, dans la littérature ado ?

● **REPRÉSENTATIONS** DE LA SEXUALITÉ

UNE SEXUALITÉ **INVISIBLE**

Nous avons étudié un corpus de deux dizaines de romans de différents genres littéraires, écrits par des auteurs ou autrices françaises ou étrangères et publiés dans différentes maisons d'édition. Dans la moitié des romans étudiés, les personnages ont au moins une relation sexuelle.

1. A. Rolland, Qui a peur de la littérature ado ?, T. Magnier, 2008.
2. N. Bajos, « Sexualité et contraception des adolescent-e-s », *Ined*, 2004 (vidéo en ligne).
3. H. Galili, propos recueillis par S. De Leusse-Le Guillou, « Construire sa sexualité aujourd'hui », *Lecture Jeune*, n° 162, 2018.
4. Mabu, « Du sexe dans les romans jeunesse », *Le vent dans les pages*, le 16 août 2017.

Néanmoins la plupart passe sous ellipse cette scène de sexe. L'autre moitié ne présente aucune scène de sexe, tant du côté des littératures de l'imaginaire que de romans plus réalistes.

Tous ces romans, pourtant, racontent des quêtes identitaires fortes (lire « Un motif récurrent dans la littérature ado : la quête identitaire », page 38), quêtes qui se font également à l'adolescence à travers la question si ce n'est de la sexualité au moins du désir.

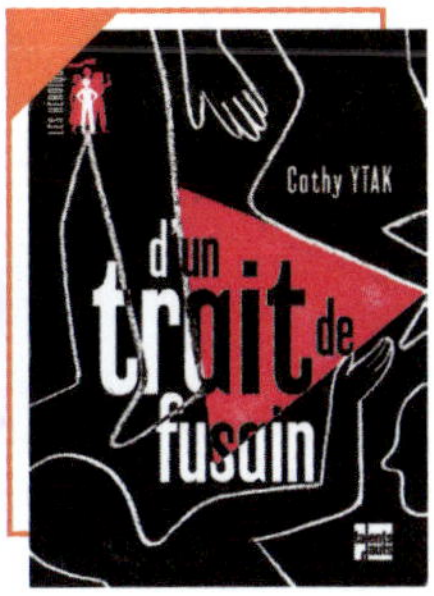

On peut noter également l'absence totale (ou presque) de scènes de masturbation dans la littérature ado. Seul le roman *D'un trait de fusain* (Cathy Ytak, Talents Hauts, 2017) en met une en scène (c'est par ailleurs une scène de plaisir féminin, ce qui est d'autant plus rare).

UNE SEXUALITÉ **DRAMATIQUE, HÉTÉRONORMÉE ET SEXISTE**

« Plus compliqué encore, [combien de livres pour la jeunesse français pouvez-vous citer] dans lesquels le sexe est vu de façon positive, et pas comme la déchéance d'un personnage ou le début des ennuis (pas de panique à bord pour cause de règles en retard, pas de personnage renié par, pas de *slut shaming*, pas d'acte accompli dans le cadre d'une relation toxique ou d'un viol...) ? » interroge une nouvelle fois Mabu sur son blog.

En effet, quand la sexualité est visible, elle est souvent traitée par les problèmes qui la traversent : acceptation de son orientation sexuelle, grossesse non-désirée ou niée, viol parfois...

Dans les romans du corpus évoqué, on retrouve *Pour qui tu m'as prise ?* (Isabelle Rossignol, Talents Hauts, 2014) qui propose d'aborder la sexualité par la question de la pornographie et du viol. *La décision* d'Isabelle Pandazopoulos (Gallimard, 2013) parle du déni de grossesse qui survient suite à une relation sexuelle non protégée.

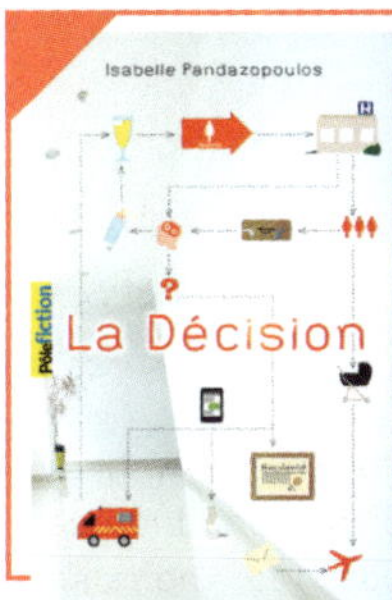

Par ailleurs, le rite de passage de la première fois comme l'appréhension de la sexualité est souvent mystifié ou sacralisé et la littérature ado semble y contribuer : on propose au lectorat de s'interroger sur tout ce qui pose problème ou au moins question, on lui donne à voir des parcours difficiles et des premières fois douloureuses. Tout cela participe donc à faire de la sexualité « un big deal ».

De plus, peu de personnages sont gays, lesbiens, bis ou queer. Ici, un quart du corpus seulement, dont deux personnages principaux. Par ailleurs, un personnage est souvent LGBT+ quand c'est aussi le sujet du livre. *Magnetic Island* (Fabrice Colin, Albin Michel, 2017) est l'un des rares contre-exemples : le héros se présente comme homosexuel, a une relation sexuelle avec un autre homme, sans que cela ne soit ni problématique ni le sujet.

CENSURE OU **AUTOCENSURE**

Un vrai déséquilibre existe donc entre la production littéraire adolescente et la demande du public. En effet, paradoxalement, les fanfictions érotiques voire pornographiques, elles, s'épanouissent...

Les appels à la censure dont nous parlions en début de partie ou dans notre partie sur le tabou et la censure en littérature ado (voir page 112) sont peut-être rares mais expliquent en partie la pauvreté de la thématique de la sexualité dans la littérature pour

adolescent·es. Cela engendre chez les éditeur·rices et les auteur·rices des formes d'autocensure plus ou moins consciente, craignant la mise au ban ou, surtout, l'échec commercial.
L'enjeu est aussi littéraire : l'écriture d'une scène de sexe est difficile car elle demande un vrai engagement personnel, émotionnel, de l'auteur ou l'autrice. Elle a besoin d'être spontanée et sincère, cohérente avec les arcs narratifs des différents personnages, pour être authentique.

VERS UNE LITTÉRATURE **DÉCOMPLEXÉE**

Au cœur d'une littérature qui cristallise des enjeux de protection de la jeunesse, comment, donc, parler de sexualité aux ados ? Comment peut-on imaginer, à travers les politiques éditoriales françaises, une vision plus libre, ouverte et moins normée de la sexualité ?

LE NEW ADULT

Les succès éditoriaux, tous deux adaptés sur grand écran, d'*After* (Anna Todd, Hugo Roman, 2015) et de *Cinquantes nuances de Grey* (E. L. James, J.-C. Lattès, 2011) sont venus rebattre les cartes de l'érotisme littéraire destiné aux jeunes.
Un nouveau segment, le new adult (une sorte de young adult pour plus grands, notamment parce qu'il est érotique), est alors apparu. Il « comble le vide entre une littérature de jeunesse désexualisée et la pornographie à laquelle la génération Y a été confrontée en grandissant »[5].
Néanmoins, cette littérature décomplexée et ouvertement érotique est-elle révolutionnaire ? Il semble qu'au contraire, elle soit bien plus conservatrice qu'elle ne le laisse paraitre. Camille Emmanuelle, ancienne autrice de new adult, en parle dans un petit pamphlet, *Lettre à celle qui lit mes romances érotiques, et qui devrait arrêter tout de suite* (Les Échappés, 2017). Elle dénonce notamment une sexualité aseptisée, normée, qui est loin de libérer les mœurs sexuelles. « Après en avoir écrit douze en un an, je sais pertinemment qu'ils sont à l'inverse de l'émancipation : ils enferment les femmes dans des fantasmes convenables et aseptisés. »[6]
Par ailleurs, les ouvrages sont très marketés, et les auteurs et autrices sont ainsi soumis à un cahier des charges formel très strict qu'elle détaille dans son pamphlet.

DES TEXTES **PLUS OSÉS**

Heureusement, quelques textes semblent aujourd'hui proposer des scènes de sexe plus fortes et plus sensuelles, comme dans *Le copain de la fille du tueur* de Vincent Villeminot (Nathan, 2016) ; plus décomplexées aussi, comme dans *Stony Bay Beach* (Huntley Fitzpatrick, Nathan, 2018) où la première fois est racontée avec tous les aléas de la première capote, de la monnaie qui tombe quand on enlève tant bien que mal le jean bloqué au bout des pieds...
Aylin Manço, dans *Ogresse* (Sarbacane, 2020), présente une première fois douloureuse où c'est le garçon qui saigne (à cause d'une rupture de frein) plutôt que la fille. Pour les deux personnages, le moment est gênant, mais pas insurmontable : il et elle continuent ensuite de coucher ensemble, d'explorer.
Plus encore, des romans continuent d'être publiés avec pour thématique (plus ou moins) centrale la sexualité. C'est le cas de *À la place du cœur* d'Arnaud Cathrine (Robert Laffont, 2016), qui se permet de mettre en scène tout au long de la trilogie les désirs, scènes de masturbation et de

5. M. Bigey, « Le new adult : un genre hybride à destination des 15-25 ans », *Lecture Jeune*, n° 162, 2018.

6. C. Emmanuelle, propos recueillis par C. Gombert, « Décomplexée, la romance ? », *Lecture Jeune*, n° 162, 2018.

sexe d'un jeune adulte. John Green met en scène une fellation ratée dans *Qui es-tu Alaska ?* (Gallimard Jeunesse, 2007). *La première fois* (Agnès de Lestrade, Talents Hauts, 2018) propose pour sa part le récit intime mais loufoque d'une première fois, avec des personnages un peu gauches, qui découvrent les émois amoureux et sexuels.

Enfin, Séverine Vidal et Manu Causse ont coordonné, en 2017, un recueil de seize nouvelles sur la première fois, écrites par seize auteurs et autrices pour adolescent·es : *16 nuances de premières fois* (Eyrolles, 2017). Il et elle nous ont raconté que les éditeurs ont longtemps refusé le projet. « "Les libraires n'oseront pas mettre en avant un tel livre", "Les parents n'achèteront jamais ça". Ils et elles avaient tort. Des libraires nous ont suivis. Et le livre circule même dans certains CDI ! »

UNE VRAIE LITTÉRATURE ÉROTIQUE POUR ADOS

En réponse aux censeur·ses qui traquent dans la littérature ados « la pornographie là où il n'est question que du corps érogène, c'est-à-dire du corps en tant qu'il est question de désir »[7], les éditions Thierry Magnier ont lancé en 2020 une collection de littérature érotique pour ados : « L'Ardeur ». Les premiers titres sont signés par Camille Emmanuelle, que nous citions plus haut, Manu Causse, Maïa Brami, ou encore Susie Morgenstern.

« Comme son nom l'indique, « L'Ardeur » se pose résolument du côté du désir, du plaisir. De l'exploration libre et multiple que nous offrent nos corps. En tant qu'éditrice, je veux donner de la visibilité à ces sujets. Permettre aux auteurs et autrices qui le souhaitent de faire davantage de place au corps dans leurs romans et les encourager à ne plus censurer les scènes sensuelles, voire érotiques, qui font sens au sein de leurs fictions. Nous nous battons contre les stéréotypes et l'autocensure, l'idée est donc de ne pas donner de consignes et d'accueillir dans cette nouvelle collection des textes variés qui, chacun à leur manière, abordent la question du corps et des sexualités autrement », explique Charline Vanderpoorte, la directrice de la collection, dans un communiqué diffusé au moment du lancement de la collection. « L'Ardeur » a d'ailleurs remporté le Trophée de l'édition de la création éditoriale, remis en décembre 2019 par le journal *Livres Hebdo*.

Derrière son ambition littéraire, « L'Ardeur » répond donc au constat qu'on fait du tabou qu'est la sexualité en littérature ado. Un jalon qui bousculera peut-être les lignes de l'édition ado ?

PLUTÔT QUE LA PERVERSION, **LA SUBVERSION**

L'édition de littérature ado avance donc à grandes enjambées ces dernières années sur le sujet de la sexualité. Ces nouvelles collections ou ovnis éditoriaux cités participent à dédramatiser les tabous dans la littérature ado, rappelant par la même occasion qu'un roman qui dérange est aussi un roman dont on tire quelque chose de fondamental. Peut-être la clé est-elle là : un bon roman pour ados « renverse l'ordre établi [et dit] les multiples visages de l'anormalité humaine »[8]. Aux politiques éditoriales de se dégager du regard parfois étriqué qu'on a de la littérature pour ados pour ne plus y voir un potentiel de perversion, qu'il faudrait prévenir, mais au contraire un potentiel de subversion qu'il faudrait affirmer, dans tout ce que cela peut appeler de créatif et de moderne.

7. A. Rolland, *op. cit.*

8. *Ibid.*

.04 LA RÉVOLTE

co-écrit avec Julia Thévenot*

On préjuge souvent de la littérature ado qu'elle a pour vocation à enseigner quelque chose, avec une approche qui serait toujours bienveillante (voire abêtissante, dans le pire des cas). Évidemment, ce regard porté sur celle-ci méconnait ce qui la constitue, et se contente de l'observer de manière superficielle. Pourtant, cette littérature nait aussi d'une réalité historique dont nous avons parlé (lire Historique, page 11) que constituent les manuels de bonne conduite et autres traités d'éducation ou à morale qui ont fait émerger la littérature enfantine. Peut-on pourtant vraiment résumer la littérature ado à une littérature éducative et morale ? Ne peut-on pas observer au contraire une vraie expression de la révolte en littérature ado ? Si oui, comment ?

● LE MOTIF DE LA RÉVOLTE

Qu'entend-t-on par l'expression de « révolte » ? La révolte est à la fois un sentiment violent (une forme de colère, de rejet, proche de l'outrage) et un mouvement physique (une manifestation organisée de ce sentiment). Deux formes de révolte, par ailleurs plus ou moins liées, se distinguent donc en littérature ado.

LA RÉVOLTE INTIME

La littérature ado, c'est d'abord une littérature de l'intime. Encore une fois, son histoire le montre : quand elle a réellement émergé à la fin des années 1980-1990, les collections « Médium » ou « Page blanche » mettaient en scène des quêtes adolescentes le plus souvent intimes.

Le plus souvent, cette révolte-là se construit en opposition à l'autorité parentale. Le jeune héros ou la jeune héroïne trouve sur son chemin des adjuvant·es, adultes ou non, qui l'aident à arriver à une forme de réconciliation, soit avec l'autorité défiée en premier lieu, soit avec un·e ou des remplaçant·es.

Ce sont souvent des récits au présent, racontés à la première personne du singulier (type journal intime, avec de nombreuses descriptions des sentiments et émotions ressenties par celui ou celle qui se raconte, etc.). La construction suit aussi un schéma récurrent : une incompréhension (réelle ou imaginaire) du cercle familial (ou de soi-même), une phase de solitude, la rencontre avec un adjuvant, la réalisation de soi et prise d'indépendance, puis la confrontation heureuse ou malheureuse avec le cercle initial (ou soi-même !), qui mène à une réconciliation ou à un transfert positif vers un adjuvant.

C'est le cas, par exemple, du roman *Bouche cousue* (Marion Muller-Collard, Gallimard Jeunesse, 2016), dans lequel l'héroïne se découvrant peu à peu lesbienne dans une famille taiseuse où rien ne dépasse, n'est ni comprise, ni écoutée, et trouve une oreille attentive dans un couple de voisins homosexuels.

*Cette partie a été co-écrite par Julia Thévenot et Tom Lévêque suite à un cours donné à l'Université de Paris, le 24 février 2020.

LA RÉVOLTE SOCIALE ET STRUCTURELLE

Cette révolte-là se construit en opposition à une autorité établie (souvent gouvernementale) qui dépasse le héros ou l'héroïne du roman. Il ou elle trouve alors sur son chemin des adjuvant·es adolescent·es aussi victimes d'injustice. Dans cette révolte, aucune réconciliation n'est possible : seule la rupture complète est souhaitable.
En termes d'approche littéraire, c'est une littérature de l'aventure, racontée classiquement à la troisième personne du singulier et au passé simple — avec une focale interne marquée. On remarque cependant que dans la branche de la littérature d'aventure qui assume le plus le motif de la révolte, la dystopie, la narration à la première personne et au présent est majoritaire. Sans doute car la révolte, même lorsqu'elle est sociale, est toujours intime.

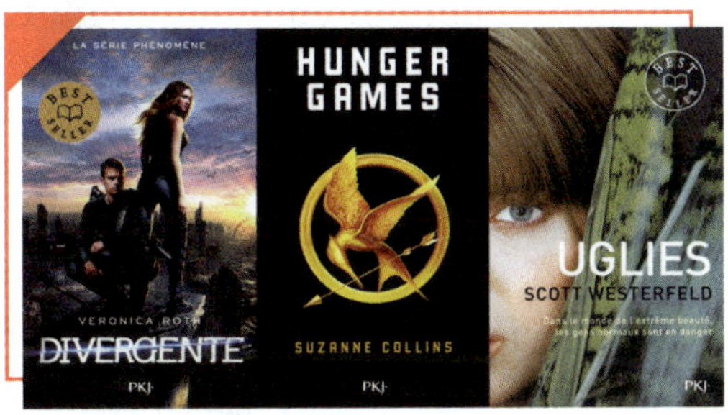

Ces deux formes de révolte constituent, presque autant l'une que l'autre, une quête identitaire du héros ou de l'héroïne. C'est en partie au fil de cette révolte qu'il ou elle définit son identité, en réaction à certains modèles, et en miroir de certains autres.

UNE RÉVOLTE ROMANTISÉE

La dystopie est un genre très conscient de sa propre fiction. En effet, c'est une branche de la science-fiction, qui malgré le terme de « science » (qui pourrait induire en erreur), est typiquement une littérature de l'imaginaire. La plupart des œuvres de science-fiction seraient très facilement transposables dans un monde de fantasy : il suffirait d'appeler autrement les différents protagonistes et outils.
Les dystopies contemporaines, nées de la mode qui entoure ce genre, ne sont pas, pour la plupart, des dystopies « pur jus », et servent souvent de simple décor à un propos central différent, comme de l'aventure, ou une romance.
Ainsi, la révolte, en littérature jeunesse, est une belle aventure, pleine de drames et de rebondissements, qui change des ados ordinaires en héros ou héroïnes, les rend immortel·les, s'attaque aux injustices et met à bat les tyrans — *Harry Potter à l'école des sorciers* (J. K. Rowling, Gallimard Jeunesse, 1998) en est évidemment un exemple type.
Si la littérature générale ou classique romantise aussi la révolte — nous pensons à la révolte de Marius et consorts dans *Les Misérables* (Victor Hugo, 1862)—, la littérature ado est plus optimiste : les révoltés, en littérature ado, ont raison et gagnent (et rencontrent souvent l'amour de leur vie en chemin)... parce que ce n'est que justice !

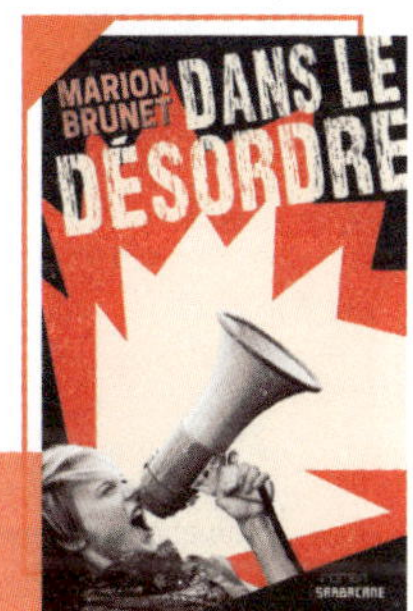

Dans le désordre

Un exemple intéressant est celui de *Dans le désordre* (Marion Brunet, Sarbacane, 2016 – également disponible en poche chez Points au rayon adulte), roman dans lequel la révolte est réaliste et contemporaine, anonyme, sans héros ou héroïne, contre un ennemi qui n'est pas caricaturé. C'est l'histoire de jeunes adultes refusant la société telle qu'elle leur est proposée. Le groupe décide alors de proposer un modèle alternatif, en dehors de ceux avancés par le système libéral actuel et de vivre en-dehors de ce système, quoi qu'il en soit (notamment dans des squats).

LA JUSTICE COMME VALEUR ABSOLUE…

… et l'injustice comme monstre de l'adolescence. En partant du postulat que la littérature ado est une littérature de l'intensité, nous notons que le motif de la révolte y est étroitement lié à une émotion en particulier, celle qui nous anime le plus intensément à l'adolescence : la colère contre l'injustice. Cette injustice peut être minuscule dans le grand schéma des choses, du moment qu'elle semble gigantesque au héros et engage sa révolte.

En fait, on observe que les raisons premières de la révolte sont rarement politiques. En littérature ado, on se révolte d'abord sur une émotion, un outrage, ou on se cabre sous un coup de fouet. Le déclencheur est souvent une injustice frappante appliquée non pas à soi-même mais à quelqu'un qu'on aime. Par exemple, dans *Hunger Games* (Suzanne Collins, PKJ, 2009), Katniss se porte volontaire pour protéger sa sœur, ou défie symboliquement le gouvernement lorsqu'elle fait le deuil de Rue, puis refuse de laisser mourir Peeta. Dans *Red Rising* (Pierce Brown, Hachette Romans, 2015), Darrow rejoint les rangs des rebelles en réaction à l'exécution sommaire de sa fiancée.

HÉROS OU HÉROÏNE MALGRÉ SOI

Ainsi, la révolte est rarement choisie, réfléchie : la prise de conscience du héros ou de l'héroïne se fait souvent par le biais d'un amour interdit qui évolue de l'autre côté de la société (du côté des privilégiés ou au contraire du côté des opprimés), par exemple dans *Uglies* (Scott Westerfld, PKJ, 2007), *Entre chiens et loups* (Malorie Blackman, Milan, 2005) ou *New Earth Project* (David Moitet, Didier Jeunesse, 2017).

Le protagoniste principal incarne donc un pur besoin de justice (ou de la vengeance, selon le ton de l'œuvre). Harry Potter n'a par exemple jamais voulu être leader mais ne peut s'empêcher de rétablir la vérité et est de fait une sorte de « lanceur d'alerte ». Katniss Everdeen, de son côté, ne supporte pas davantage les rebelles que le pouvoir : elle est devenue un symbole malgré elle de la révolte, manipulée par les deux camps.

LA RÉVOLTE COMME NÉCESSITÉ

La révolte apparait toujours comme une nécessité dans ces œuvres où tout est construit pour faire du pouvoir en place un gouvernement tyrannique, sans ambiguité possible, symboliquement écrasant. Le lecteur ou la lectrice se révolte avant même le héros ou l'héroïne, il n'attend que sa révolte.

Ces romans inventent donc des sociétés ultra référencées, comme les dystopies qui se construisent souvent en écho à la Rome antique. Dans *Hunger Games*, les États-Unis sont donc devenus Panem (*Panem et circences*, « Du pain et des jeux », permettait de garder le pouvoir sur le peuple dans la Rome antique), la capitale est devenue le Capitole (principale colline de Rome, symbole de pouvoir), le peuple est soumis au principe de *tesserae* (« pour obtenir du grain ») et le système d'enrôlement des Pacificateurs, l'armée du pays, est inspiré du fonctionnement de l'armée romaine. Enfin, évidemment, *Hunger Games* est inspiré directement des combats de gladiateurs et de leur système de mise à mort expéditif.

Dans *Red Rising*, on retrouve cette même référence au jeu de gladiateurs, mais aussi de grandes familles qui gravitent autour du pouvoir

(Augustus, Bellona…), un chef du gouvernement nommé Nero (en référence au tyran Néron), les dieux du panthéon romain, de Minerve à Pluton. Enfin, on peut y lire une réécriture de la guerre de Troie.
D'autres romans peuvent appuyer la démonstration : *Méto* (Yves Grevet, Syros, 2008), *Saba, ange de la mort* (Moira Young, Gallimard Jeunesse, 2011), *Une braise sous la cendre* (Sabaa Tahir, PKJ, 2015).

LA NOTION DE **SACRIFICE**

La notion de sacrifice est rarement présente dans la littérature de la révolte adolescente justement car le motif est romantisé, donc, en un sens, non-traité avec le réalisme émotionnel qui imprègne le sacrifice et qui ferait que l'héroïne ou le héros serait touché de près, voire qu'elle ou il se sacrifie lui-même à la cause.
Deux contre-exemples fameux (attention spoiler !) viennent cependant contredire cette thèse : le sacrifice de Tris dans *Divergente* (Veronica Roth, Nathan, 2012), et celui du héros de *La Trilogie de Bartiméus* (Jonathan Stroud, Albin Michel, 2003).
Les sacrifices viennent plus souvent des ami·es ou adjuvant·es principaux·ales — ceux et celles par lesquelles le héros ou l'héroïne s'est engagée dans la révolte. Symboliquement, c'est aussi la mort de l'enfance : le protagoniste principal entre dans la dernière phase de sa lutte (pour devenir adulte).

Les prénoms de l'élite VS ceux du peuple

L'élite et le peuple sont opposés dans leurs outils et désignations linguistiques.
Les noms latins (langue de la civilisation) sont ceux de l'élite. Dans *Hunger Games* : Cato, Brutus, Caesar, Fulvia… Dans *Red Rising* : Cassius, Pax, Titus, Antonia, Cassandra, Virginia…
La masse plébéienne écrasée par le système, en revanche, est rejetée et ramenée à la langue vernaculaire dans un premier temps, et à sa position d'esclave dans un second. C'est pourquoi les personnages se trouvant en bas de l'échelle sociale ont des noms anglo-saxons ramenant à la terre, à la nature. Dans *Hunger Games* : Katniss (sagittaire, plante), Primrose (première rose, fleur), Posy (petit bouquet), Rue (rue des jardins, fleur), Thresh (*threshing* = séparation des grains), Gale (grand vent), Rory (roux, rouge, feu), etc. Dans *Red Rising* : Darrow (chêne), Dale (vallée, vallon), Kieran (noir, terre), on y trouve également de nombreux comme Weed (herbe) ou Pebble (petit caillou), etc.
Dans les deux romans, les héros sont par ailleurs issus de familles de mineurs ce qui, symboliquement, les situe littéralement sous la terre et les éloigne d'autant plus des cercles supérieurs de la société, de l'élite.

L'APRÈS RÉVOLTE

Dans cette littérature ado-là, la reconstruction qui vient après la révolte est souvent absente. Pourquoi ? Peut-être parce que cette littérature est en réalité peu politisée. La révolte est romantisée en soi, comme une nécessité d'émancipation. Mais l'après-révolte, qui implique une reconstruction d'un ordre nouveau, nécessite une réflexion politique assez précise, une éthique, une vision qui, bien souvent (sans en être totalement absente) reste tout à fait à la marge de l'œuvre. De sorte que le lecteur ou la lectrice peut d'ailleurs, très souvent, souscrire à la révolte, quelles que soient ses opinions.

On voit néanmoins paraitre depuis quelques années une littérature d'après-révolte qui se focalise non plus essentiellement sur le mouvement de rupture mais sur l'après, la reconstruction. *Macha ou l'évasion* (Jérôme Leroy, Syros, 2016) raconte ainsi l'effondrement économique assez doux et joyeux au fil duquel une nouvelle société, très socialiste et en circuit court, s'est formée et reconstruite... dans les arbres. *Nous sommes l'étincelle* (Vincent Villeminot, PKJ, 2019) raconte une rupture politique totale avec le libéralisme actuel, où une partie de la nouvelle génération fait sécession et refuse de s'engager dans le système actuel ou dans une révolution frontale, sachant qu'elle ne pourra mener qu'à un autre gouvernement libéral, sans changement de paradigme. C'est ainsi qu'émergent, en marge, des villages de « zadistes » autosuffisants dans toute la France.

Cette littérature-là est par essence et par nécessité... plus politique ! Car on ne peut plus rester aussi vague quand il s'agit de dessiner les contours d'une nouvelle société – et non plus seulement de casser l'ancienne. Un propos doit émerger. Et ce propos est politique.

LA LITTÉRATURE DE LA RÉVOLTE : **UNE LITTÉRATURE LÉNIFIANTE ?**

En créant des mondes si éloignés des lecteurs et lectrices où la tyrannie et l'injustice sont poussées à l'extrême, est-ce que ces œuvres ne sont pas rassurantes, au sens où le lecteur ou la lectrice se sent en sécurité dans son propre monde ? Cela peut l'amener à accepter plus facilement les privations ou coercitions de la vraie vie, qu'il ou elle perçoit comme infimes en comparaison. C'est une littérature qui peut s'avérer presque complaisante, qui manque d'éveiller, de « secouer ».

C'est sans doute en partie vrai, mais il faut aussi rappeler que « secouer », éveiller, n'est pas le but de toute littérature. Comme les autres genres de l'imaginaire, la dystopie se veut avant tout un espace d'aventure. Le monde tyrannique n'est alors qu'un décor fantastique comme un autre.

Une part de la littérature de la révolte entend cependant éveiller la conscience sociale et politique du lecteur ou de la lectrice ; dans ce cas, elle s'attache à être plus proche de ses problématiques directes, des dangers réels du monde qui l'entoure. (Voir exemples ci-contre.)

Finalement, la littérature de la révolte est bien souvent davantage une fable qu'une démonstration – tout simplement par sa nature littéraire. On nous raconte une aventure et il ne tient qu'au lecteur ou à la lectrice d'en tirer si elle ou il le souhaite, les axes de réflexions glissés par l'auteur ou l'autrice. Cette littérature s'oppose à la littérature jeunesse dans laquelle la conclusion de la fable (bien qu'on se soit éloigné de la pure morale depuis des décennies) est plus expressive. En littérature ado, comme en littérature adulte, le lectorat est laissé libre.

Néanmoins il est intéressant de signaler que c'est une fable qui se finit toujours bien, contrairement aux dystopies du siècle précédent comme *1984* (George Orwell, 1950) ou *Le meilleur des mondes* (Aldous Huxley, 1932) qui se finissaient très mal et laissaient donc les lecteurs et lectrices avec une conscience lourde, un sentiment mêlant désespoir et urgence.

Si le contexte d'écriture de ces dystopies « old-school » joue certainement (elles ont été écrites pendant la guerre froide par des Américains vivant très concrètement dans la peur de la bombe nucléaire, entre autres), c'est aussi parce

que la littérature jeunesse se veut synonyme d'espoir et de vie.
C'est aussi et surtout lié à la symbolique-même de l'adolescence, une période de transformation et de lutte qui s'ouvre sur une nouvelle ère : l'âge adulte. D'ailleurs bien souvent la fin de la révolte coïncide avec l'entrée du héros ou de l'héroïne dans l'âge adulte.

DES CATASTROPHES ÉCOLOGIQUES :

UNE GUERRE SOUDAINE ET INCOMPRÉHENSIBLE :

DES CLONES OU UNE RECHERCHE DES LIMITES DE L'HUMANITÉ :

DES PANDÉMIES :

DE LA MÉDICATION EUPHORISANTE :

L'EMPRISE INTIME DE LA TECHNOLOGIE SUR LA VIE PRIVÉE :

UNE LITTÉRATURE **ENGAGÉE, VOIRE MILITANTE**

S'ENGAGER

Par définition, quand bien même on ne porte pas expressément un message politique, on contribue, par les œuvres qu'on choisit d'éditer, à s'inscrire dans une ligne éthique/sociale/politique : tout acte de publication est politique.

De fait, certains éditeurs se situent plus dans une vision sociale et familiale traditionnelle qu'on pourrait parfois qualifier de conservatrice, et d'autres davantage dans une ligne sociale urbaine et progressiste. D'autres prennent des partis pris encore plus assumés (voir ci-dessous).

Les éditeurs et éditrices, comme les auteurs et autrices, de littérature ado veulent le plus souvent dialoguer, transmettre des valeurs à leurs lecteurs et lectrices, voire changer les choses. C'est pourquoi cette littérature est empreinte de thèmes forts (sociaux, écologiques, etc.). Attention, cependant, à ne pas tomber dans le livre dit « médicament », au propos tellement appuyé qu'on en perd sa portée littéraire : cela dessert non seulement le propos mais aussi la littérature ado en général. Et par là, comme ont pu le faire les littératures de genre dans les années 1970-1980 (fantasy, science-fiction, thriller), c'est une édition qui expérimente beaucoup et prend beaucoup position car elle est relativement en marge du système dominant. C'est par exemple dans ces littératures de « genre » qu'on voit apparaitre en premier des personnages homosexuels sans que ce soit le sujet central, et aujourd'hui c'est en jeunesse qu'on voit apparaitre en premier les thèmes sociaux les plus émergents — transgenre, relations amoureuses alternatives, etc.

MILITER

Certains éditeurs ont fait de l'engagement leur ligne éditoriale et leur ligne de conduite, à commencer par Christian Bruel il y a quarante ans avec les éditions du Sourire qui mord (1976-1996) puis les éditions Être (1997-2012).

Depuis 2005, les éditions Talents Hauts ont fait de l'anti-sexisme et plus généralement la lutte contre les discriminations le cœur de leur démarche éditoriale. On peut la qualifier de militante, du fait de la globalité de la réflexion : Talents Hauts veut publier des histoires nouvelles, mettre à l'honneur des personnages qu'on n'a pas l'habitude de représenter et oser publier sur des thématiques plus difficiles à vendre auprès d'un public adolescent. Mais la réflexion va plus loin : la maison a publié, en 2018, sur son site internet, une ligne de conduite, une « Charte éthique », qui s'incarne par une réflexion plus globale sur les revenus des auteur·rices et des employé·es de la maison, la répartition équitablement genrée de livres envoyés aux prix littéraires, aux salons du livre ou en service de presse, la publication équitable de femmes et d'hommes au catalogue, etc.

Ces maisons d'édition font bouger les lignes de l'édition (de littérature jeunesse et ado) et témoignent en ce sens d'une littérature ado de la révolte : c'est une littérature qui bouscule les codes, donne le monde à penser et suit l'engagement des jeunes lecteurs et lectrices.

La littérature ado, parce qu'elle est une littérature cachée, abritée finalement des feux médiatiques, jouit en contrepartie d'une grande liberté. On est moins regardant sur le contenu de celle-ci que sur celle de la littérature jeunesse ; elle peut donc se permettre d'être féministe, queer, engagée ! Et c'est donc elle qui, en avant-garde, révolutionne la littérature dans sa globalité. Ce n'est pas pour rien, d'ailleurs, que des romans comme *L'attrape-cœur* (J. D. Salinger, Robert Laffont, 1951) sont souvent considérés comme les pionniers de la littérature ado : parce que leur héros ou héroïne, ado ou enfant, porte une intensité propre à la littérature ado. Une littérature souvent témoin d'une époque, de son mal-être parfois, en tout cas de son engagement.

NOUVELLE

PILE OU FACE

Tom Lévêque

Tom a compris très tôt qu'il voulait raconter des histoires. En jouant aux Playmobil avec son frère jumeau Nathan et aux espions avec leur cousin Théo ou en écrivant cent embryons de romans restés dans des cahiers. Mais avant de publier les siennes, il a raconté celles des autres. Ou plutôt, ce que celles des autres lui faisaient vivre intérieurement : depuis 2010, il met en lumière sur son blog la littérature ado dans de multiples projets. Il a créé un prix littéraire, un cadavre exquis pendant tout un été avec seize auteurs et autrices, et Boîtamo, une chaine d'interviews d'auteurs et autrices... Et durant tout ce temps, il n'a jamais cessé d'écrire. Des nouvelles qui ont remporté des concours ou été publiées dans des recueils, des romans qui racontent sa vision du monde et des textes qui le racontent lui. Car durant tout ce temps, Tom n'a également jamais cessé de s'écrire. Aujourd'hui, il publie d'autres histoires en tant qu'éditeur de littérature jeunesse et il fait du vélo à Paris.

Même depuis le jardin, ils sont impossibles à rater. À travers la baie vitrée qui a l'air de ne pas avoir été lavée depuis des lustres, je ne vois qu'eux, au milieu la fête qui continue de se jouer sans moi. Je suis hypnotisé par leurs mouvements. Mehdi me tourne le dos, mais je peux imaginer son sourire qui s'étire d'une boucle d'oreille à l'autre. Ses mouvements de danse rendent presque grotesques ceux saccadés de la masse qui l'entoure. Loïc, à l'autre bout du salon, est en pleine discussion avec Mélanie – de quoi parlent-ils ? De la fin de *Stranger Things* qu'on a tous regardée ensemble par Netflix Party mercredi dernier ? Ou alors de ces putains de vœux sur Parcoursup que je n'arriverai *jamais* à faire ?

Mélanie est happée par Khady qui lui demande une autre bière pas bonne, leur conversation s'arrête et Loïc se retrouve seul. Il boit une gorgée de sa bière qui n'est sans doute plus fraiche, et il commence à regarder les autres qui s'agitent autour de lui. C'est l'une des choses que je préfère chez Loïc, quand il s'ennuie, il ne sort pas son téléphone : il regarde autour de lui. Je l'ai déjà vu faire, dans le bus, ou en cours de physique, les yeux perdus dans la cour qui longe les salles de sciences.

Je l'imite un moment : les mains s'agitent, mes amis se frôlent, les peaux sont découpées par les lumières qui suivent leurs mouvements, puis,

il me regarde, et me sourit —

dans mon ventre, j'ai l'impression qu'on remue un portefeuille pour retrouver la petite monnaie à l'intérieur.

Je lui souris à mon tour, fais coucou et me gratte la tête en même temps. Ça doit faire un drôle d'effet car il rigole. *Qu'est-ce qu'il est beau !* Moi, je crois que je suis aussi rouge que la lumière du spot qu'a installé Mélanie, alors j'agite mon téléphone et le mets à mon oreille, pour le dissuader de me rejoindre. Il opine, se retourne, ouvre la porte de la cuisine et s'engouffre dans la fumée qui s'en échappe.

Je m'écarte de la baie vitrée ; le *boum boum* qui vient de la maison s'estompe au fur et à mesure que je m'enfonce dans le jardin. Je meurs d'envie qu'il me rejoigne mais j'ai besoin de réfléchir, et quand il est près de moi je peux tout faire sauf ça. Mon cœur ralentit très lentement, comme si le temps s'arrêtait, et il n'y a plus que lui.

Dans vingt minutes, à peine, on se souhaitera une bonne année, et, depuis qu'on s'assoit machinalement l'un à côté de l'autre en physique, le mercredi matin, et que nos regards sont un peu plus appuyés chaque semaine, c'est à peu près sûr avec Loïc qu'on va s'embrasser ce soir. Je l'imagine collé à moi, mes mains sur ses fesses, et sa langue perdue dans la mienne, pendant que 2020 et 2021 se mélangent et que tout, à ce moment précis de flou, semble aussi possible que ce drôle d'entre-deux.

Mais depuis début décembre, il y a Mehdi.

Avec Mehdi, c'est différent. Quand je suis avec lui, mon cœur s'accélère. Quand il est arrivé dans la classe, déjà, en plein cours de sport, je l'ai senti faire un bond dans ma poitrine. J'étais rouge, en sueur, et surtout épuisé par l'effort, mais ça ne m'a pas empêché de bander dans mon jogging gris hérité de mon grand-frère. Il était en tenue de sport, lui aussi, mais ça lui allait parfaitement et j'ai trouvé ça tout à fait injuste et excitant à la fois.

Puis, une fois introduit par le prof, il a commencé à courir et, déjà, on aurait dit qu'il dansait. Je crois qu'on l'a tous regardé faire un quart de piste, avant que M. Marloro nous secoue et nous jette à sa suite sur le stade. Ce jour-là, j'ai fait mon score le plus élevé de toute l'année : je ne voulais pas laisser à quelqu'un d'autre le plaisir de le regarder danser devant moi.

Plus que quelques minutes avant minuit. Je me tords les tripes : impossible de choisir. Le sourire de Loïc, après la fin des cours, qui me glisse un timide « à jeudi, à la fête », ou celui en coin de Mehdi, qui me salue en sortant du vestiaire, après l'athlétisme, alors que je n'ai même pas encore réussi à débander ?

Je ne peux pas m'empêcher de repenser au dernier épisode de *Stranger Things*, et à cette scène dans laquelle Steve, le beau gosse du lycée, surprend Nancy, dont il est amoureux, avec Jonathan, le *nerd*, qui est aussi amoureux de Nancy. Elle, elle est carrément amoureuse des deux, mais à ce moment-là elle ne pense plus qu'au monstre qui va probablement les dévorer – et ça ne manque pas, le monstre arrive tout d'un coup et ils se mettent à se battre. Tous les trois. Et ça a fait réagir tout le monde sur notre conversation de groupe – *Trop ouuuuuf ils se battent tous les trois jpp comme c'est chou* – mais moi, mon corps vibrait au moins aussi fort que mon téléphone avec WhatsApp ; toujours ce portefeuille qu'on agite pour retrouver la petite monnaie dans mon ventre.

Je glisse la main dans ma poche et tombe sur la pièce que m'a rendue le caissier tout à l'heure à Intermarché. Une idée lumineuse me traverse : je vais tirer la suite de ma soirée à pile ou face. Pile, j'embrasse Loïc sous le gui que le frère de Mélanie a accroché partout sur les putains de poutres du salon, face je me colle à Mehdi pour danser avec lui toute la nuit.

— Nancy Wheeler, ma vieille, si t'avais eu une pièce à la place de tes pièges à loupiotes, t'aurais peut-être pas battu le monstre mais au moins tu sais qui t'aurais chopé.

Je prends une inspiration, je lance la pièce et —

je ne la sens pas tomber dans ma main.

Un éclat passe devant mes genoux ; elle se perd dans l'herbe pas tondue du jardin en pente de Mélanie. *Merde !*

Je me penche, plonge mes mains dans le gazon et cherche à tâtons mes deux euros. La lumière de la fête est trop loin pour m'aider, mais la voix d'Aya Nakamura perce d'un seul coup derrière moi. Je me retourne, Mélanie est à la porte et m'appelle derrière les parterres de fleurs stroboscopiques de la terrasse :

— Hé, Raphaël, tu te ramènes ?

— Heu ouais, j'arrive, je cherche – euh…

Je dois avoir l'air con, les mains dans le gazon, à chercher en vain ces deux euros pour faire un pile ou face tout seul dans le noir, alors que tout le monde danse à l'intérieur. Il y a un flottement durant lequel une flopée d'angoisse et d'excitation mêlées me traversent. Peut-être que…

— Allez, viens bouger ton joli boule, il va être minuit !

Elle referme la baie vitrée sans attendre ma réponse, et je la vois se retourner vers les autres et se mettre à sauter sur la musique en criant.

Elle a raison : je vais faire la fête, tant pis pour cette pièce. Je ne sais pas si j'embrasserai Loïc ou Mehdi ce soir, mais je ne veux pour aucun pile ou face au monde manquer de crier « Bonne année ! » avec tous les autres.

Je me rapproche du *boum boum* du salon, et mon cœur s'accélère en même temps.

J'ouvre la baie vitrée qui ne laisse plus voir grand-chose : la buée a recouvert la vitre et la fête suinte de toutes parts.

Au milieu de la piste, ils sont là tous les deux. Ils dansent — presque ensemble. Mehdi vogue toujours, plus rayonnant que jamais, tandis que Loïc se trémousse, plus timidement, en regardant les autres faire autour de lui. Bientôt, les basses prennent le dessus et battent un tempo presque organique, qui laisse entendre les couinements des chaussures sur le parquet. Loïc sourit, ferme ses yeux, libère ses bras, son bassin, et finit par danser franchement à mesure que la musique s'intensifie.

Il n'y a plus qu'eux, non ? Est-ce que je suis le seul à ne plus voir les autres ?

Je m'approche, absorbé. La foule s'agite autour de moi, on regarde son téléphone, on se rapproche de ceux à qui l'on veut tendre les mains, les lèvres, le corps quand on criera la nouvelle année.

5,

je me glisse près d'eux et, tout en les regardant, je commence à agiter mon bassin au rythme de la musique —

4,

le reste de mon corps suit, le visage de Mehdi s'ouvre en deux et il se rapproche de moi en déployant ses mouvements de plus belle —

3,

Loïc sourit, ses joues sont rouges de danser et, peut-être, de me regarder, il lève les bras et il —

2,

je ne réfléchis plus, je me glisse entre deux,
je ferme les yeux — *1,*

nos trois corps se touchent, nos mains s'emmêlent

et,

bonne année !

toutes nos lèvres se rejoignent.

C'est aussi évident que simple.

Et quand je n'arrive plus à deviner à qui sont les doigts qui passent sur ma hanche et à qui sont ceux qui descendent depuis le haut de mon torse en passant par mon ventre, je me demande pourquoi Nancy Wheeler n'a pas choisi Steve et Jonathan, dans le dernier épisode de *Stranger Things*. Il suffisait juste d'un gazon pas tondu, d'une salle qui transpire dans chaque coin et de ne jamais laisser tomber, ni sur pile ni sur face, cette pièce qu'on n'arrête pas de faire tourner au creux de son ventre.

04 .05

DIVERSITÉ ET REPRÉSENTATIONS EN LITTÉRATURE ADO

Depuis l'affaire Weinstein en 2017 et le mouvement #MeToo qui a libéré la parole des femmes un peu partout dans le monde, le marché de l'édition jeunesse et ado a explosé en publications dites « engagées ». On ose maintenant utiliser le mot « féministe » pour parler d'un livre, ce qui était encore impensable il y a quelques années : « Désormais, "stéréotypes sexistes", "genre", "domination masculine", "atteintes aux droits des femmes" ne sont plus des gros mots, du jargon universitaire ou militant, et se retrouvent à la une des quotidiens et dans les conversations courantes », souligne ainsi Laurence Faron, directrice des éditions Talents Hauts qui, depuis 2005, cherchent à « bousculer les idées reçues » (selon leur *base line*), notamment sexistes.
Plus encore, la diversité est devenue un sujet dans l'édition jeunesse : nombre ont emboité le pas de Talents Hauts et cherchent désormais à mettre en scène des personnages issus des minorités de genre, de race, etc., en témoigne de succès de *The hate u give* (Angie Thomas, Nathan, 2018).

Mais le mot « diversité » n'est-il pas tabou, encore, dans le marché de l'édition ado français ? On le voit : des débats agitent régulièrement les sphères professionnelles et médiatiques, accusant certains auteurs ou autrices d'appropriation culturelle, de représentations limitées, clichées. Le dernier en date, à l'heure où nous écrivons ces lignes, concerne la trilogie *Alma* (Gallimard Jeunesse, 2020) de Timothée de Fombelle, accusé par un certain nombre de lecteurs et lectrices, pour la plupart racisées, de se réapproprier l'histoire de l'esclavage et de la traite négrière, et de contribuer à l'invisibilisation des personnes concernées. L'occasion pour ces lecteurs et lectrices d'appeler à une meilleure diversité dans les romans et dans les professions du livre. Face à ces polémiques, les éditeurs et éditrices demandent le plus souvent droit de réponse, comme l'a fait l'éditrice de Gallimard Jeunesse Hedwige Pasquet dans *Le Point*, qui défendait la « liberté d'expression »[2] de ses auteurs et autrices.

Pour traiter ce sujet, nous nous sommes entretenus avec quatre lecteur·rices et blogueur·ses spécialistes de la question qui défendent sur leurs différents réseaux sociaux et blogs une littérature inclusive : @biblio.feel, @mxcordelia, @delphng et @labooktillaise. Nous nous sommes demandé·es où on en était, réellement, de la diversité en littérature ado. N'est-ce pas une diversité toute relative ?

1. J. Vergely, « Talents Hauts, la maison d'édition jeunesse qui piétine les stéréotypes », *Télérama*, le 7 mars 2018.

2. J. Malaure, « En tant que maison d'édition, la liberté d'expression est notre priorité absolue », *Le Point*, le 6 juin 2020.

UNE QUESTION **ABORDÉE EN SURFACE**

UN MOUVEMENT DE MODE QUI **MANQUE DE NUANCES**

Si l'édition française montre récemment un certain regain d'énergie dans la publication de livres mettant en scène et parfois s'engageant pour cette diversité, le mouvement va-t-il durer ? Comme le met en garde Laurence Faron dans *Télérama*, le féminisme, comme les mouvements pour l'égalité, « c'est souvent un pas en avant, trois pas en arrière ».
Ainsi, de plus en plus de romans mettent en scène des filles, mais elles doivent être exceptionnelles : « Très peu de livres mettent en scène des hérones ordinaires. Si vous faites croire aux filles qu'elles doivent être des superhéroïnes pour réussir, vous entrez dans le même schéma sexiste qui prévaut dans les entreprises : il faut être exceptionnelle, bien meilleure qu'un homme pour accéder aux plus hautes fonctions »[3].
Cordélia, blogueur et auteur, a cependant l'espoir que ce ne soit pas qu'un effet de mode : « à partir du moment où il y a un marché, les choses changent », mais nuance tout de même ses propos et note qu'une sorte de quota éditorial s'est mis en place pour chaque minorité : « En France, en 2016, plusieurs livres ont été réédités en même temps sur le thème trans : *Le secret de Grayson* (Ami Polonsky, Albin Michel), *La face cachée de Luna* (Julie-Anne Peters, Milan), etc. Chaque maison d'édition a commencé à en avoir un... parce que c'est toujours un seul livre. »

LE PROBLÈME **DES COUVERTURES**

Par ailleurs, si la littérature ado gagne en diversité, force est de constater que les couvertures ne représentent que rarement des personnages issus des minorités. Élodie-Aude, alias La Booktillaise dénonce sur ses réseaux ou au cours de nos discussions des maisons d'édition qui publient des romans mettant en scène ces personnages mais ne les représentant pas sur les couvertures. Ainsi, pour un roman à paraitre (*My dear fucking prince*, Casey McQuiston, 2021), Lumen a changé la couverture anglaise en retirant les deux héros masculins de cette romance ; *Cinder* (Marissa Meyer, PKJ, 2012) met en scène une cyborg asiatique mais représente en couverture une héroïne blanche et blonde ; *Les Sept maris d'Evelyn Hugo* (Taylor Jenkins Reid, Milady, 2020) raconte l'histoire d'une actrice cubaine qui se bat contre le racisme dans les années 1950 à Hollywood et montre une femme blanche en couverture. Le site *Planète Diversité* recense tout un ensemble d'autres couvertures invisibilisant également des couples queer ou des personnages racisés[4].

Dia Kebe, créatrice de l'association Diveka qui veut promouvoir et valoriser l'offre culturelle jeunesse faisant la part belle à la diversité, partage ce constat : c'est selon elle l'un « des préconçus » que se font les maisons d'édition « selon lequel un livre avec une femme noire en couverture ne va pas

3. J. Vergely, *op. cit.*

3. « Les Ados : nouvelles féministes », *Version Femina*, octobre 2017.

4. N. Da Rocha, « Les maisons d'édition françaises et leurs choix (révélateurs) de couvertures », *Planète Diversité*, le 22 janvier 2020.

se vendre »[5]. La question est dans celle de l'identification : quand c'est un héros blanc, masculin cis-genre et hétéro, tout un chacun peut s'identifier, car il est socialement entendu qu'il s'agit du « neutre » ; quand il y a ne serait-ce qu'une héroïne en couverture, c'est plus difficile de vendre le roman aux parents qui viennent chercher un livre pour un garçon en librairie, raconte Amanda Spiegel, libraire, aux États généraux de l'égalité en littérature jeunesse, le 5 octobre 2020 à Paris.

UN MANQUE D'**INTERSECTIONNALITÉ**

FÉMINISME... ET ENSUITE ?

« Dernièrement j'ai trié ma bibliothèque et je me suis rendu compte qu'il n'y avait aucun personnage noir dans la littérature ado que je lisais ado », nous raconte Élodie-Aude. Depuis, elle a commencé à recenser sur son site tous les romans publiés en France en littérature ado mettant en scène des personnages noirs.

Depuis la mort de George Floyd en 2020 et les mouvements de contestation anti-racistes à travers les États-Unis et dans le monde, la parole s'est de nouveau libérée, cette fois-ci autour des questions de représentations raciales dans la littérature ado. C'est à ce moment-là qu'Élodie-Aude, alias La Booktillaise, s'est sentie pour la première fois écoutée, comme Lydiane, alias Bibiliofeel qui a tourné une vidéo sur son compte Instagram pour répondre aux questions qu'elle recevait sur le sujet.

La libération de cette parole, qui a déclenché également la polémique autour d'*Alma*, de Timothée de Fombelle, a mis en lumière le manque cruel de représentation de personnages racisés dans les littératures jeunesse et ado. La littérature ado est donc peut-être de plus en plus féministe, mais elle est loin d'une représentation juste de personnages différents, dans toutes leurs diversités. « Et certaines minorités n'ont presque jamais été représentées... Par exemple je n'ai pas trouvé de livre avec des personnages autistes », note Élodie-Aude. Et Cordélia de répondre, avec un rire jaune : « J'en ai trois si tu veux. »

5. P. Le Gall, « Féminisme, anti-racisme, validisme... Comment la littérature Young Adult s'engage », *Cheek Magazine*, le 1er juillet 2020.

UNE SEULE CASE À LA FOIS

Par ailleurs, Cordélia souligne également qu'en littérature ado, « les personnages sont soit noirs, soit gays, soit handicapés... mais jamais ils ne sont à l'intersection de plusieurs choses. »

L'intersectionnalité désigne le croisement de plusieurs dominations ou discriminations qui pèsent sur certaines personnes : par exemple les femmes noires (c'est de là que sont nés les concepts de *black feminism* aux États-Unis et d'afroféminisme dans les pays francophones).

Les personnages issus de la diversité sont donc souvent cantonnés à une seule case, et la plupart du temps à leur histoire : par exemple, il est rare qu'un personnage gay soit héros d'une histoire qui ne traite pas en sujet principal d'homosexualité – *Magnetic Island* (Fabrice Colin, Albin Michel, 2017) est l'un des rares contre-exemples.

Quand ils ne sont pas héros, on les retrouve souvent en personnages secondaires. « Je me

suis rendu compte tard que les personnages issus de la diversité étaient toujours les *sidekicks*, les personnages secondaires marrants, les meilleurs potes... » explique ainsi Lydiane (@Bibliofeel).
Enfin, Élodie-Aude insiste sur le fait qu'il n'existe pas qu'un seul personnage noir : « je suis noire antillaise, alors je ne me retrouverai pas forcément dans un roman qui parle d'une héroïne afro-américaine ou d'un personnage noir-africain. Ce sont des cultures différentes. » Et c'est cette diversité-là, pleine de nuances, que les lecteurs et lectrices recherchent en littérature ado.

LE RETARD **FRANÇAIS**

Les quatre blogueur·ses le disent : c'est dans les littératures étrangères, traduites ou non, notamment anglo-saxonnes, qu'ils et elles vont chercher leurs lectures en priorité. « Une fois que j'ai lu les quelques romans mettant en scène des personnes noires (mais écrits par des blancs), je me suis tournée vers la littérature générale et étrangère », explique Lydiane. Ils et elles soulignent toutes un vrai retard de l'édition française dans ce sens. « Beaucoup de petites maisons d'édition existent en France, et font un vrai travail sur la diversité, mais elles sont plus difficiles à trouver », et sont donc moins présentes à portée de main des ados dans les CDI ou bibliothèques, souligne Cordélia, qui compare la situation au Québec où « il n'y a pas une étagère mais une bibliothèque dédiée à la littérature LGBT+ ».
Une solution pour l'édition française serait donc de s'intéresser à cette littérature étrangère : pas seulement pour la traduire, mais « aussi pour s'en inspirer », avance Lydiane, pour publier des auteurs et autrices françaises. « Il y a Wattpad, Twitter pour trouver des primo-romanciers et romancières qui écrivent sur des diversités en l'étant elles-mêmes. » Preuve en est : dans la fanfiction, d'abord, que Cordélia a trouvé des représentations, de la diversité et des histoires d'amour qui n'étaient pas seulement hétérosexuelles.

LA QUESTION CRUCIALE DES **OWN VOICES**

LA PAROLE AUX **CONCERNÉ·ES**

Lydiane s'est retrouvée pour la première fois dans un livre quand elle était jeune adulte, avec *Americanah* de Chimamanda Ngozi Adichie (Gallimard, 2013). Avant de revenir à la littérature générale, elle a essayé de trouver d'autres romans en jeunesse qui mettaient en scène des personnages racisés : *Sweet Sixteen* (Annelise Heurtier, Casterman, 2013), *Bluebird* (Tristan Koëgel, Didier Jeunesse, 2015)... « Mais tous étaient écrits par des blancs. Et tu ne t'en rends pas compte au début mais il y a des biais, forcément, des clichés induits par le fait que ce ne sont pas des *own voices* [c'est-à-dire des voix de personnes concernées, ici racisées]. »

C'est ce qui a été reproché à Timothée de Fombelle avec la publication de son dernier roman qui se déroule au moment du commerce triangulaire et de la traire négrière. Une question qu'a entendu l'auteur qui a déclaré face à la polémique autour de son roman, et notamment face au refus de son éditeur anglais habituel de publier *Alma* : « Ce n'est pas un drame : je ne suis pas victime de quoi que ce soit, je charrie dans mon roman quinze millions de victimes et, si un auteur, pendant quelques années, ne peut pas publier dans le monde anglo-saxon parce qu'il est blanc et qu'il parle de l'esclavage, ça ne serait pas une catastrophe au vu de ce qu'ont vécu des populations noires pendant des centaines d'années. »[6]

L'INVISIBILISATION DES CONCERNÉ·ES

La question est-elle en effet qu'on ne peut plus publier d'autrices et auteurs non-concernés sur les sujets d'anti-racisme, de culture noire ou LGBT+, etc. ? Pas forcément : l'idée est plutôt de rééquilibrer et publier encore plus d'auteurs et autrices racisées, LGBT+, non-valides, etc.

Le problème, c'est que si les auteurs et autrices concernées écrivent, ils et elles sont surtout invisibilisées. Soit parce qu'on ne les publie pas, soit parce qu'on communique moins sur leurs livres.

Delphine cite ainsi l'exemple d'un roman chez Michel Lafon qui a été publié mais sur lequel la maison d'édition n'a communiqué sur les réseaux sociaux que deux semaines après sa parution. « En France on aime la diversité mais pas par les auteurs et autrices concernées. »

LA DIVERSITÉ DANS LES MAISONS D'ÉDITION

Pour Cordélia, « tout est lié : qui corrige les manuscrits ? qui les choisit et les édite ? qui est chef·fe des grandes maisons d'édition françaises ? Ce manque de diversité se voit dans les maisons d'édition. Quand je vois des livres sortir avec des personnages trans et des énormes erreurs qui auraient pu être évitées, je me dis qu'il y a quand même eu l'auteur·rice, l'éditeur·rice, le comité de lecture, l'assistant·e d'édition, des correcteur·rices... Et à aucun moment de la chaine, quelqu'un n'a réagi ? C'est révélateur. »

Delphine le souligne aussi : « La première fois où j'ai été à Montreuil, ça m'a frappé : tout le monde était blanc. Les seules personnes racisées derrière les stands étaient sans doute des stagiaires qui ne restaient pas longtemps. Il y a un vrai racisme systémique ancré dans le monde de l'édition. »

De ces constats, elles veulent proposer une solution : engager plus de personnes différentes au sein même des maisons d'édition. La diversité de regard sur les textes ainsi publiés, sur les choix et dans les instances de décision : cela permettrait d'amener de manière naturelle plus de diversité au sein même des catalogues des éditeurs. C'est le choix qu'a tenté le Royaume-Uni, ces cinq dernières années, en essayant d'amener un maximum de diversité dans les différents profils des salarié·es des maisons d'édition. « L'industrie du livre a besoin de nous (...) pour devenir plus dynamique et créative. Son *business model* pour la prochaine génération en dépend. »[7]

LES SENSITIVITY READERS COMME « PANSEMENT » ?

Au Royaume-Uni ou aux États-Unis, la tendance est à la diversification des profils d'éditeurs et éditrices dans les maisons d'édition (plus de diversité genrée, raciale, etc.). Les États-Unis ont aussi décidé de faire de plus en plus appel à des *sensitivity readers*. Depuis quelques temps déjà, les maisons d'édition américaines font donc appel à des lecteurs et lectrices spécialisées autrement appelées « démineurs ou démineuses de polémiques ». En effet, dans

6. T. de Fombelle dans l'émission d'O. Gesbert « La Grand Table », *France Culture*, le 25 juin 2020.

7. A. Akbar, « Diversity in publishing – still hideously middle-class and white? », *The Guardian*, le 9 décembre 2017.

un contexte où « un Tweet peut déclencher une cascade d'appels aussi rapides qu'indignés au bannissement d'un livre »[8] et où plusieurs livres ont fait l'objet de polémiques écrasantes à cause d'éléments jugés racistes, homophobes ou sur toute autre considération socioculturelle, mieux vaut prévenir les *bad buzz* et s'interroger sur les thèmes qui sont aujourd'hui sources de débat sociétaux.

Dans tous les secteurs éditoriaux, mais plus spécifiquement encore en jeunesse (où c'est « presque devenu routinier »), les *sensitivity readers* traquent les fautes comme des éditeur·rices, sauf qu'eux et elles traquent des fautes de fonds sur les représentations des minorités. David Levithan, auteur mais aussi vice-président et directeur éditorial de Scholastic Inc., explique ce phénomène : « Il y a une nouvelle ardeur en édition jeunesse à être le plus juste et authentique possible. Quand un·e auteur·rice écrit en dehors de sa propre expérience, on veut être sûr qu'il fasse bien son travail. »[9]

C'est une pratique très développée côté anglo-saxon mais souvent décriée en France car comparée à une forme de censure. « Pourtant, explique Élodie-Aude, un *sensitivity reader* ne corrige rien : il dit juste que cette ligne-là va faire mal à quelqu'un. »

« Pour les défenseurs et défenseuses de cette pratique, les *sensitivity readers* n'empêchent pas les auteurs et autrices de traiter de sujets difficiles ou d'écrire sur d'autres cultures, mais d'aider à rester vigilant·e sur les représentations. »[10] Elle souligne par ailleurs, que les *sensitivity readers* ne sont pas vraiment une pratique nouvelle puisque les maisons d'édition ont toujours fait appel à des spécialistes (« comme des historien·nes, des psychologues, des avocat·es ou des policier·ères ») pour vérifier la justesse de leur intrigue.

Cordélia explique par exemple avoir lu beaucoup d'erreurs parmi des publications françaises, dans l'utilisation de pronoms pour des personnages non-binaires, d'utilisation du masculin ou féminin pour des personnages trans, « des erreurs qui auraient pu être évitées avec un tout petit peu de recherches ou une personne concernée ». Cordélia demande donc, pour ses propres livres, des *sensitivity readers*. « Et je vois la différence : chez Akata, mon éditeur pour *Tant qu'il le faudra* (2020) est capable de me dire des choses sur le racisme anti-asiatique ou la communauté vietnamienne en France. Avec ce regard supplémentaire, j'avance, je travaille mieux. »

« Le problème, c'est qu'il y a une question d'ego », soupire Lydiane : pour faire appel à un tel lecteur ou lectrice, il faut accepter de se tromper : « les éditeurs et éditrices n'ont pas la science infuse et ce n'est pas une remise en question de leurs compétences : il y a beaucoup à gagner de ce genre de lecture ».

D'autant plus que, si l'édition engageait dans ses équipes, notamment éditoriales, tout un ensemble de personnes aux profils différents, la nécessité de tels lecteurs et telles lectrices serait beaucoup moins nécessaire. Jenifer Baker espère ainsi que les maisons d'édition ne se reposeront pas sur ces lecteurs et lectrices et ne s'en serviront pas comme « alibi pour éluder son manque encore criant de diversité » . Et Cordélia de conclure : « le but n'est pas non plus que toutes les personnes issues de minorités se retrouvent en *sensitivity readers* et n'écrivent pas elles-mêmes. »

6. A. Alter, « In an Erea of Online Outrage, Do Sensitivity Readers Result in Better Books, or Censorship? », *The New York Times*, le 24 décembre 2017.

9. D. Levithan in A. Alter, *op. cit.*

10. A. Alter, *op. cit.*

11. M. Durand, « *"Sensitivity readers"* : naissance d'une profession », *Livres Hebdo*, le 4 mai 2018.

L'IMPORTANCE DE LA REPRÉSENTATION

Il ne faut pas oublier que derrière ces réflexions régulièrement remises sur la table, il y a des personnes, des jeunes adultes et des adolescent·es, qui ressentent profondément ce manque de diversité.

Quand nous leur avons demandé leur parcours de lecteur·rices, tou·tes nous ont raconté leurs ressentis au fur et à mesure de leurs lectures et de leur éveil à la question. « Quand tu vois qu'aucun personnage ne te ressemble, tu commences à te demander si le problème vient de toi », nous expliquait Élodie-Aude. « Je pense qu'on l'a toujours constaté, même sans mettre les mots dessus. C'est dans un coin de ta tête. C'est en grandissant seulement que tu mets des mots dessus », surtout quand – comme les personnes LGBT+ qui se découvrent « non » hétérosexuelles – on ne sait pas encore exactement *qui* on est.

« Il n'y avait tellement pas de représentations de personnages asiatiques, que j'avais fini par me dire que c'était normal. Je me disais que comme c'était tout ce qu'il y avait, c'est ce que, moi, je méritais d'avoir. Que je ne méritais pas plus que le geek intelligent qui pour une raison obscure fait aussi du kung-fu. C'est juste très récemment que je me suis dit que si la France était si ouverte culturellement, on devrait avoir plus que des blancs hétéros et minces dans cette littérature. »

Cordélia, pour sa part, nous a raconté : « je me souviendrai toute ma vie de la première fois où je me suis sentie représentée », à la lecture de *Si loin de toi* de Tess Sharpe (Collection R, 2014). « J'allais aux Mots à la bouche, la seule librairie où on pouvait trouver facilement de la littérature LGBT+ à Paris, en 2015. Ça a été une révélation : je n'avais rien lu pendant des années et à partir de là j'ai bouffé tous les livres que je pouvais, tout ce sur quoi je pouvais mettre la main. »

Malgré tout cela, l'espoir que ça change persiste « avec les éditeurs et éditrices que nous deviendrons peut-être », souligne Delphine. Et Élodie-Aude de conclure : « On ne va peut-être pas en bénéficier tout de suite, mais on fait ça pour la génération d'après. »

Pour aller plus loin

Vous pouvez arpenter les **blogs, chaines YouTube et comptes Instagram** de :

- Lydiane alias @biblio.feel ;
- Élodie-Aude alias @labooktillaise ;
- Delphine (delphreads.wordpress.com/) ;
- et Cordélia alias @mxcordelia !

Sur leurs conseils, voici deux **podcasts**, à écouter sur vos applications favorites :

- Extimité (produit par Binge Audio) ;
- et Kiffe ta race (podcast indépendant) !

Et **si vous lisez en anglais**, Delphine vous conseille...

NOUVELLE

WHO(MAYBE)DUNNIT

Flore Vesco

Loin d'être des attrape-bernets, les romans de Flore Vesco vous emportent dans un univers où la réalité se pare de fantaisie. Cette « autrice jeunesse pas complètement adulte » a depuis sa naissance en 1981 vécu tout un tas d'aventures étonnantes : inventé des mots étranges, tenté de faire pousser des pommes en région parisienne, arpenté le Japon en pleine pandémie, enseigné le français à des collégiens, vécu un hiver en Slovaquie. Aujourd'hui, sa plus grande aventure est d'écrire des histoires plus délicieuses encore que la lifrejole. *De Cape et de mots* (2015), la pépite que les éditions Didier jeunesse ont trouvée dans leur boite aux lettres, l'a fait émerger en littérature ado et a été primée de nombreuses fois. Depuis, ses romans, parmi lesquels *L'Estrange Malaventure de Mirella* (L'École des loisirs, 2019), Prix Vendredi, font la promesse de vous ébaubir de son talent plus grand qu'une esperlune. (N.B. : trois néologismes de son cru se sont glissés dans le texte…)

Daniel James reposa le combiné du téléphone.

— Scotland Yard. Une affaire pour vous, Ulysses. Meurtre d'un grand financier, Sir Henry Blumberg. Un couteau planté dans le cœur.

Ulysses Leek ne leva même pas le nez. Comme tous les jeudis matins, il était occupé à trier sa collection de cintres.

— Pas intéressé. Sans doute une histoire d'héritage.

— La victime avait fait savoir qu'elle laisserait toute sa fortune à des œuvres caritatives, répliqua Daniel.

Ulysses Leek, qui cirait un cintre en cerisier, se mit à mâchouiller son chiffon. Il travaillait toujours des mandibules quand il réfléchissait.

— Une vengeance, en ce cas.

— Le meurtrier devait être vraiment offensé… Figurez-vous qu'Henry Blumberg était mourant. Longue maladie. Son médecin ne lui donnait plus que quelques heures à vivre. Ses proches ont accouru pour assister à ses derniers instants. Il a été assassiné alors qu'il était sur le point de mourir.

Ulysses Leek reposa son cintre.

À Amber Manor, l'agitation était à son comble. La veille, on était venu, par respect des convenances, se présenter au chevet d'Henry Blumberg. On s'était préparé à ces longues heures silencieuses qu'il faut passer dans la maison d'un moribond. Et voilà que le mourant avait été tué ! Et maintenant, on apprenait la venue d'Ulysses Leek ! Le détective aux méthodes peu orthodoxes était célèbre dans tout le pays. On disait qu'il n'avait jamais laissé une affaire irrésolue. La fin de semaine, qui s'annonçait si morose, devenait soudain palpitante. Dans le manoir, on frémissait d'excitation.

On, c'était les quatre hôtes de la victime, réunis dans le salon. Il y avait le professor Rosemund, un petit homme replet avec des lunettes à monture d'écaille. Le colonel Whiteley, qui se tenait avec toute la droiture militaire possible devant le manteau de la cheminée. Et deux femmes, qui auraient pu passer pour des sœurs jumelles : même silhouette élégante, même chevelure noire aux boucles savamment orientées, même sourire peint. Grâce à son maquillage, Mrs. Violet Blumberg paraissait dix ans de moins. Sa nièce, Miss Susan, usait des mêmes artifices pour gagner en maturité, et ainsi les deux femmes se rejoignaient à mi-chemin.

Tous les quatre se levèrent fébrilement en entendant crisser les pneus d'une voiture. Harold, le majordome, fit entrer Ulysses Leek. Comme toujours, il était flanqué de son assistant, Daniel James.

— Allons d'abord voir le corps, voulez-vous ? dit Ulysses sans même saluer les quatre invités.

Dans sa chambre, feu Henry Blumberg gisait en travers de son lit défait, ses bras décharnés crispés sur sa poitrine, le visage figé dans une expression d'intense douleur. Un couteau était fiché dans son cœur. Le matelas était imbibé de sang.

— Qui a découvert le corps ? demanda Ulysses en mâchouillant un bouton de sa veste.

— Le révérend Greenwood, répondit le majordome. À la demande de mon maitre, il s'est présenté à 18 heures au manoir, pour donner les derniers sacrements. Je l'ai conduit à la chambre et nous avons trouvé Sir Henry... ainsi.

Ulysses fureta sous le lit. Il ramassa un mouchoir brodé.

— Et avant ? demanda-t-il.

— Au matin, Sir Henry avait passé quelques instants avec chacun de ses invités. Il parlait peu. L'infirmière Grayson veillait à renouveler ses injections de morphine pour lui éviter d'inutiles souffrances. À 17 heures, elle a pris sa pause. Je devais la remplacer au chevet de Sir Henry, mais j'ai dû réceptionner et porter un télégramme à Mrs. Violet Blumberg. Puis le révérend est arrivé, et vous connaissez la suite.

Ulysses grignotait machinalement le mouchoir brodé. Personne n'osa lui signaler qu'il engloutissait un élément de la scène de crime.

— Daniel, dit-il en quittant la chambre, interrogez le reste de la maison.

Daniel dégaina son carnet.

Il finissait ses entretiens quand Ulysses Leek le rejoignit, les vêtements humides et tachés, répandant autour de lui une odeur nauséabonde.

— Voilà ce que j'ai pu réunir, dit Daniel, imperturbable, en ôtant une pelure de pomme de terre des cheveux d'Ulysses. L'arme utilisée est un couteau de cuisine. Il n'y a pas de signe d'effraction dans la chambre. Il faut croire que le meurtre a été commis par une des personnes présentes dans le manoir.

Ulysses opina. Il prit le crayon des mains de Daniel et se mit à le ronger.

— Et voici ce que l'on sait sur les suspects, continua Daniel. Harold, le majordome, est au service de feu Sir Henry Blumberg depuis plus de trente ans. L'infirmière Grayson a été dépêchée à son chevet pour l'assister dans ses derniers instants. Le révérend de la paroisse venait pour la première fois au manoir. Avant-hier, sont arrivés quatre proches. Le professeur Rosemund est un ami de longue date, il a connu Henry Blumberg sur les bancs de l'université. Le colonel Whiteley a fait affaire avec le défunt pendant la guerre : ils avaient ouvert une société qui recouvrait des fonds pour servir l'effort de guerre. Mrs. Violet Blumberg est la jeune sœur d'Henry Blumberg. Elle est plus connue sous le nom de Violet Blue, vous n'avez pu manquer de la voir au cinéma. Miss Susan est sa nièce, et sa pupille, depuis le tragique décès des parents de la jeune fille. Elles sont la seule famille qui restait à Sir Henry Blumberg.

Daniel James se gratta la tête.

— Dans tous les cas, il est totalement absurde d'assassiner un homme qui va mourir dans quelques heures... Cette affaire n'a vraiment aucun sens.

Ulysses Leek cracha les derniers bouts de crayon avec un petit sourire.

— Elle me semble pourtant limpide. Veuillez donc réunir tout le monde au salon.

Personne ne se fit prier. Les gens présents savaient qu'ils vivaient le grand moment de leur vie. Le détective allait les épater par ses formidables capacités de déduction. On s'apprêtait à frémir en l'entendant décortiquer les motifs du crime, à s'étonner de l'incroyable révélation, et à dévisager avidement le visage du coupable, tandis que la noirceur de son âme serait dévoilée au grand jour. Quelle aventure !

Ulysses Leek se plaça au centre de la pièce.

— Dans cette affaire, il va de soi que le comment importe peu, dit-il. N'importe qui aurait pu subtiliser le couteau de cuisine et se faufiler dans la chambre du mort. Non, ce qui nous intéresse, c'est le pourquoi. Nous avons affaire à un meurtre sans mobile, puisque la victime serait de toute façon décédée sans la moindre intervention.

On hocha la tête : eh oui, c'était bien là le nœud ! La question qui tarabustait tout le monde !

— Aussi j'ai décidé de me salir les mains. Je suis allé fouiller les poubelles du manoir. Et j'y ai trouvé ceci.

Ulysses brandit un châle taché de sang. L'assemblée tressaillit.

— Il appartient à Miss Susan, bien sûr.

Tout le monde se tourna vers la jeune fille, qui regardait son châle avec de grands yeux agrandis par l'horreur.

— Évidemment, ce châle ne veut rien dire, poursuivit Ulysses Leek. Car le fait est que Miss Susan n'a pas de mobile. Or, en fouillant plus avant, j'ai trouvé autre chose.

Il montra un papier froissé.

— Ceci est le télégramme qu'Harold a porté à Mrs. Violet. Il est adressé à Susan Blue, et non à Violet Blue. En lisant un peu vite le nom de scène, « Blue », Harold a commis une erreur bien compréhensible, et confondu la tante et la nièce. Vous connaissez tous la grande carrière cinématographique de Violet Blue. Ce que vous ne savez pas, c'est que Susan marche sur les pas de sa tante, comme l'annonce ce télégramme. Elle vient de signer un gros contrat avec le même studio de cinéma. Imaginez : une nouvelle star, copie conforme de Violet Blue, en plus jeune et plus fraiche ! Le succès lui tend les bras.

Ulysses marqua une pause. La salle retint son souffle.

— Dans quel état d'esprit a dû se trouver Mrs. Violet, en apprenant par hasard la nouvelle, via ce télégramme qui ne lui était pas destiné ? Elle qui a tout sacrifié pour sa carrière, au point de refuser de se marier et d'avoir des enfants, renonçant aux deux grands bonheurs d'une vie de femme… Et voilà qu'elle se fait voler la vedette ! Par sa nièce, qu'elle a recueillie ! Comment éviter cette déchéance ? Eh bien, mais il suffirait que la jeune fille soit impliquée dans un scandale avant même d'avoir pu tourner dans son premier film. Oh, certes, Violet ne veut pas charger sa conscience en tuant un innocent… Mais son frère est là, qui va de toute façon mourir sous peu. Violet, encore sous le coup de l'émotion, entre dans la chambre. Elle voit le châle que Susan a oublié : tout concourt à lui faciliter la tâche. Elle achève son frère avec quelques heures d'avance, et pose le châle bien en évidence sur le dessus de la poubelle, où je ne manquerai pas de le trouver.

On écoutait, bouche bée.

— Oui, conclut le détective, Mrs. Violet Blumberg est peut-être la coupable.

L'assemblée eut un sursaut d'étonnement.

— Vous venez de dire… *peut-être* ? risqua l'un des membres.

— Oui, à l'évidence, selon une forte probabilité, très certainement, j'estime qu'une majorité de faits pointent à 65 % en direction de Violet.

Violet, point ébranlée par ce pourcentage, croisa les bras sur sa poitrine et partit d'un rire froid.

Dans l'auditoire, une frustration commençait à lever :

— Mais… c'est tout ? demanda quelqu'un.

— C'est déjà pas mal, remarqua Ulysses. Est-ce que vous vous croyez dans un mauvais roman policier ? Je suis là pour aider les autorités. Maintenant, il faut encore terminer les interrogatoires, analyser les preuves, conduire le procès… Ces choses-là prennent du temps.

Ulysses Leek posa un regard tranquille sur ses interlocuteurs. Ces derniers étaient en proie à un terrible tourment. Chacun se sentait injustement lésé. Non seulement on était privé de l'aventure espérée, mais on restait sur un doute. Ce manque était tellement insupportable qu'Harold, le majordome, se décida à prendre la parole.

— Je ne suis qu'un domestique… Mais puis-je me permettre de signaler un détail ? N'est-il pas surprenant que mon maitre ait demandé à voir un révérend ? Il n'était pas pratiquant, n'allait jamais à la messe.

Les membres de l'auditoire se regardèrent.

— Aurait-il eu un poids sur la conscience ? aventura Susan. En ce cas, il aurait voulu se confesser avant de mourir.

— Henry m'avait écrit à ce sujet, dit lentement le professeur Rosemund. Il y a quelques mois. Le courrier était peu clair, Henry était déjà amoindri. Il me parlait d'une affaire financière qu'il regrettait. Il s'agissait des fonds récoltés pour l'effort de guerre, la société qu'il avait montée avec le Colonel Whiteley.

— Colonel Whiteley, je crois que vous menez grand train, depuis la fin de la guerre, dit Violet. Imaginons que vous ayez détourné ces fonds. Je connais bien mon frère : à l'époque, pour ne pas ternir sa réputation, il n'aurait rien dit.

— Vous m'insultez ! s'exclama le colonel.

— Mais à l'aube de sa mort, il veut soulager sa conscience, continua Violet. Il lègue sa fortune à des œuvres caritatives. Mais ce n'est pas assez. Aussi a-t-il fait venir le révérend pour se confesser. Ayant eu peur que l'affaire ne s'ébruite, vous l'avez tué avant qu'il ne parle !

Soudain, tous les éléments de l'affaire se mettaient en place. L'assemblée était très excitée. On se tourna vers Ulysses Leek pour glaner son approbation.

— Oui, en effet. Cela se tient. Le colonel est peut-être le coupable, reconnut ce dernier.

Tout le monde leva les bras au ciel.

— Parlons donc de détournements ! s'exclama le colonel. Nous savons tous qu'Harold gérait les dépenses d'Henry ces dernières années, et qu'il en a bien profité !

Harold protesta. Aussitôt, tous se mirent à parler de vive voix, se dénonçant les uns et les autres. On mettait au jour le moindre vol de confiture, dans un grand déballage. Ulysses les laissa parler, attentif, écoutant les uns et les autres. Son cerveau carburait. De sa main gauche, il tâtonna, à la recherche d'un truc à mâchonner. Machinalement, il attrapa le doigt de Daniel James et se mit à le mordiller. Daniel laissa faire en soupirant.

Enfin, l'assistant put récupérer sa main. Ulysses avait cessé de faire travailler ses mâchoires : il savait tout ce dont il avait besoin. Il quitta le salon.

Daniel lui courut après.

— Vous l'avez fait exprès, n'est-ce pas ? dit-il, enthousiaste. Vous les avez poussés à vous faire toutes ces révélations, avec vos « peut-être » ! Quelle technique magistrale !

Ulysses Leek opina, fier de lui.

— Alors, maintenant, vous savez ? demanda Daniel. Qui est le coupable ? Qu'a-t-il dit, qui l'a trahi ?

— Voyons, mon ami, faites donc marcher votre cervelle ! Il ne fallait pas écouter ceux qui parlaient.

— Mais… pourtant… dit Daniel James, le visage défait.

Ulysses Leek s'arrêta.

— Il fallait chercher celui qui ne parlait pas. Y avait-il, dans l'assemblée, une personne qui n'était pas frustrée par mon absence de révélation ? Quelqu'un qui ne s'agaçait pas ? Qui, au contraire, se réjouissait que je n'apporte pas de réponse ?

Daniel James se creusa la mémoire.

— L'infirmière ! Elle ne disait rien. Elle restait là, tout à fait tranquille.

— L'infirmière Grayson, confirma Ulysses Leek. Qui est la dernière à avoir vu Henry vivant, enfin, mourant.

— Mais elle n'a pas le moindre mobile ! Elle ne le connaissait pas... Pourquoi lui aurait-elle planté un couteau dans le cœur ?

— Vous savez, mon cher, que la morphine est un anti-douleur. Mais en trop grande quantité, au contraire, elle provoque une intense souffrance. L'infirmière aurait dû donner à feu Henry Blumberg une dose minimale de morphine en début d'après-midi, afin qu'il soit conscient et puisse parler au révérend. Si elle s'était trompée dans le dosage... Et que, revenant le voir juste avant la visite du révérend, elle l'avait trouvé mort... Rappelez-vous le visage, la posture du corps : on n'aurait pas manqué de s'interroger ! On aurait à coup sûr fait une analyse sanguine. L'infirmière aurait perdu son travail et risqué la prison. Alors qu'en lui plantant un couteau dans le cœur, elle rendait impossible l'analyse, le mort s'étant vidé de son sang. Et qui donc irait la soupçonner ? Certes, elle pouvait être sûre, parmi les hôtes, que plusieurs auraient de bien meilleurs mobiles qu'elle...

— Ça alors ! L'infirmière Grayson est donc la meurtrière !

Ulysses Leek sourit et ajouta :

— Peut-être.

04

.06

UN MONDE EN CRISE : LA QUESTION DES MIGRATIONS

Futurs acteur·rices d'un monde en crise, les jeunes lecteur·rices sont des êtres sociaux en devenir qui s'interrogent. En réponse à ces questionnements, la littérature ado leur propose des histoires, parfois engagées et militantes, pour éclairer ou éduquer. À l'inverse, elle est dans certains cas le déclencheur d'une prise de conscience en les exposant à des problématiques jusqu'alors inconnues.

UNE RÉALITÉ **COMPLEXE**

L'étude de la migration en littérature ado est un sujet très vaste : ce chapitre n'en englobera pas tous les enjeux. « Une personne peut être conduite à se déplacer en dehors de son pays pour différentes raisons : exercer un emploi ou le rechercher, rejoindre des membres de sa famille… »[1] explique d'abord Amnesty International dans sa définition des migrant·es. Partant de ce constat, il n'est donc pas surprenant que les « migrant·es » peuplent nos vies et que leur présence soit reflétée dans toute la littérature ado. Le roman *Tous les bruits du monde* (Sigrid Baffert, Milan, 2018), dans lequel Graziella quitte la Calabre en 1905 pour rejoindre Marseille en bateau, fuyant un fiancé qui l'a déshonorée et qu'elle a tenté d'assassiner, est une histoire de migration. La jeune femme, en France, doit s'intégrer dans une culture qui n'est pas la sienne et se construire une nouvelle famille. Dans *Swimming Pool* de Sarah Crossan (Rageot, 2018) aussi : Kasienka quitte la Pologne avec sa mère et peine à s'intégrer en Angleterre.

« Pour les personnes contraintes de quitter le lieu de leur résidence, on parlera de réfugiées si elles doivent franchir une frontière internationale », poursuit Amnesty International sur la question. C'est plutôt la façon dont les « réfugié·es » sont représenté·es en littérature ado qui nous intéresse ici. D'abord parce qu'elles et ils sont, depuis quelques années, mis en avant dans les informations où l'on entend souvent parler de tragiques traversées des frontières. Ensuite parce que ce sujet, fortement couvert par les médias, interroge les enfants et ados, qui ne comprennent pas toujours au nom de

1. « Qu'est-ce qu'un migrant ? », sur le site d'*Amnesty International*.

quelles dynamiques géopolitiques les réfugié·es ne sont pas toujours accueilli·es. La migration est un phénomène qui existe depuis toujours et en tous lieux : les flux migratoires étaient donc

déjà présents dans plusieurs romans ados parus au début des années 2010. Fred Paronuzzi, en 2011, mettait en scène dans *Un cargo pour Berlin* (Thierry Magnier) une jeune fille du nom de Nour qui devait fuir le Maghreb sous une identité nouvelle pour rejoindre l'Europe, « terre promise ». D'autres romans s'intéressaient au début des années 2010 au monde du foot pour dénoncer les processus de recrutement inhumains qui ont pu y être pratiqués. Par exemple dans *Je préfère qu'ils me croient mort* (Le Rouergue, 2011), Ahmed Kalouaz raconte le destin de Kounandi, qui s'envole un matin d'avril de Bamako pour Paris, des rêves de gloire plein la tête... Nous mettrons donc en parallèle ces récits et les interrogations qu'ils soulevaient avec quelques exemples de romans pour ados plus récents, qui permettront véritablement d'en saisir la teneur contemporaine.

PROVOQUER **UN SURSAUT**

Le but des romans qui abordent les questions de migrations, s'il en est un, est de provoquer chez les lecteurs et lectrices une émotion, peut-être un choc, leur ouvrir les yeux sur une réalité de notre monde.

« Dans le roman pour ados, l'auteur·rice joue très souvent du ressort identificatoire. À cet âge du regard sur soi, la narration en "je" est le procédé par excellence pour faciliter l'identification du lecteur ou de la lectrice : elle permet de donner la parole à un être humain oscillant entre sensibilité et raison, et d'exclure la morale en peignant le mal de vivre de l'intérieur. »[2] Dans cet article sur « les liens entre la construction identitaire des jeunes issu·es de l'immigration maghrébine et les œuvres romanesques issues de cette même immigration », Luc Collès livre une observation générale et pertinente sur l'adolescence. Si l'article interroge en fait plutôt des romans de littérature générale, cette réflexion nous intéresse car elle met en évidence une chose : c'est par le processus d'identification que les auteurs et autrices peuvent toucher les jeunes.

Dans *Shorba, l'appel de la révolte* (Sarbacane, 2018), par exemple, Gaspard Flamant met en scène un groupe d'ados issus des quartiers populaires de Lyon. Ils rencontrent Léo, « un gauchiste vraiment pas de notre monde » qui les initie à « des trucs de militants ». Pour eux comme pour le lecteur ou la lectrice, cette rencontre est un électrochoc et les amène à repenser leurs propres histoires et la réalité des villes et campagnes françaises. « Il montre aussi comment ces populations peuvent se retrouver otage d'autres groupes, mafieux, par exemple » ajoute Nathalie Donikian, directrice littéraire du Salon du Livre et de la Presse Jeunesse de Montreuil qui conseille ce roman[3].

En incarnant ainsi les histoires des migrant·es dans des trajectoires humaines, les auteurs et autrices permettent aux ados de mieux comprendre et ressentir leurs parcours. Ces récits, s'ils permettent

2. L. Collès, « Le roman migrant pour adolescent », *Passage des frontières*. P. U. de Louvain, 2013.

3. L. Houot, « Les migrants, comment en parler aux enfants ? Enquête au Salon du livre de Montreuil. », *France Info*, le 30 nov. 2018.

une prise de conscience empathique, présentent néanmoins le risque de ne traiter qu'en surface ces problématiques complexes. En 2018, Jean-Christophe Tixier publie chez Rageot le roman *La Traversée* et y raconte le voyage de Sam de l'Afrique à l'Europe. Si ce roman court et percutant permet d'aborder le sujet, les critiques sur le site *Babelio* démontrent des avis mitigés : « lors de la lecture de ce roman j'ai éprouvé de la compassion en réalisant le calvaire des migrant·es » témoigne Nathan, élève de quatrième, grâce au compte que sa classe a créé sur le site. D'autres lectrices, comme Ogusta, remarquent en revanche que le sujet est traité un peu « simplement ». « Trop rapidement » conclut-elle.

Au fond, quel est le rôle de ces romans ? Doivent-ils éduquer les ados de manière approfondie comme le suggère ici cette dernière lectrice, qui est adulte ? Ou leur rôle n'est-il pas uniquement de créer un « électrochoc » ?

RACONTER **POUR ÉDUQUER**

Anne Schneider explique que cette littérature a un rôle didactique auprès des jeunes et professionnel·es de l'enfance puisqu'elle permet d'essayer de comprendre les enjeux de la migration.

Si ces textes cherchent à informer et à éduquer, ils restent des fictions, et ne s'écartent donc pas complètement des fonctions divertissantes, esthétiques ou littéraires qui les caractérisent aussi. Ils doivent composer avec deux enjeux majeurs : raconter mais ne pas trahir la réalité. *Les Étrangers*, d'E. Pessan et O. de Solminihac (L'École des loisirs, 2018) propose une histoire en prise directe avec une actualité douloureuse. Le roman prend la forme d'un thriller haletant dans les Hauts-de-France, région où se croisent de nombreux migrants et migrantes avec, notamment, la tristement célèbre « Jungle de Calais », expression désignant les camps installés à Calais, Coquelles et Sangatte. Basile, un ado un peu perdu, se retrouve mêlé à une course contre la montre pour aider des migrant·es capturé·es par une mafia ennemie. « Derrière les statistiques, il y a des hommes, des centaines de milliers d'histoires singulières, des combats, des luttes, des blessures et des victoires. » C'est ce que comprend Basile, avec les jeunes qui le suivent, au cours de cette histoire. Le suspense de la narration sert le sujet, car il emporte le lecteur ou la lectrice vers l'envie de s'informer, une fois le roman terminé.

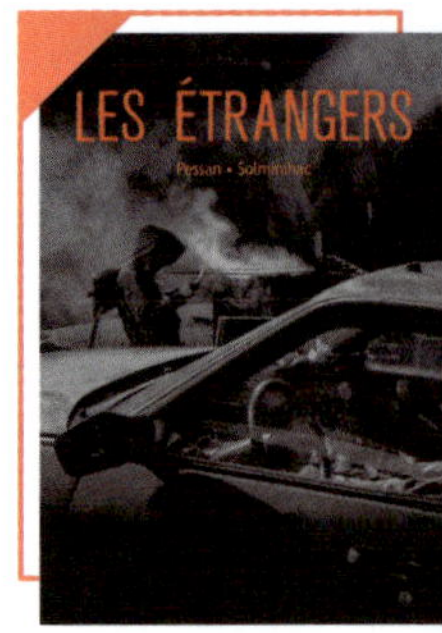

DES VOYAGES **INITIATIQUES**

Dans la même dynamique d'incarnation, les auteurs et autrices de littérature ado peuvent construire des personnages qui résonnent avec les lecteurs et les lectrices. Dans un roman, les ados s'identifient à ces jeunes réfugié·es parce que leurs personnalités, leurs aspirations et leurs peurs y sont développées. Plus encore, les trajectoires de ces vies tourmentées prennent parfois la forme d'un « voyage » douloureux qui rappelle le thème de la quête initiatique, très présente en littérature ado. Mais ces parcours semés d'obstacles sont évidemment bien plus que des chemins intérieurs métaphoriques, ils sont une réalité difficile que les lecteur·rices découvrent.

3. A. Schneider, « Littérature de jeunesse et récits d'immigration », *Ricochet*, le 1er septembre 2014.

Dans *Demandez-leur la lune* (Gallimard Jeunesse, 2020), Isabelle Pandazopoulos met en scène quatre personnages en difficulté scolaire, parmi lesquels Farouk, immigré turc, qui tâche de s'intégrer tout en gardant pour lui son passé secret. L'autrice permet ainsi au lecteur ou à la lectrice de s'identifier à lui et l'amène à se poser des questions sur l'histoire du personnage. De plus, elle met la trajectoire de Farouk en parallèle avec les autres, peut-être plus proches du lecteur et de la lectrice. Quand Farouk se dévoile à la fin du récit, c'est pour révéler son dilemme et les raisons de son silence : s'il parle, il met en danger sa famille restée dans son pays. S'il ne dit rien, il « reste clandestin [pour] toujours... »

Car c'est bien en entrant dans l'intimité de ces ados migrant·es que les auteurs et autrices parviennent à les montrer tels qu'ils et elles sont : des humains auxquels il est possible de s'attacher, si tant est qu'on les comprenne. C'est le chemin que fait Mila, le personnage principal d'Annelise Heurtier dans *Refuges* (Casterman, 2015). Lors de vacances estivales sur l'ile de Lampedusa, elle comprend que cette île cache de plus sombres histoires que celles, simples et légères, de ses séjours en famille. Ce qu'elle découvre sur cette île italienne, aujourd'hui connue comme point d'entrée privilégié pour de nombreux·ses migrant·es clandestin·es du fait de sa proximité avec la Tunisie et la Libye, lui fait prendre conscience d'une réalité dont elle ignorait tout. Le roman est aussi traversé d'une dizaine de récits montrant, le temps d'un chapitre, des trajectoires migratoires différentes mais toutes plus injustes les unes que les autres. « Elle avait l'impression d'être une Mila différente », raconte Annelise Heurtier dans l'épilogue. « Elle ne savait pas ce que le futur lui réservait, ce qu'elle ferait exactement en faveur de ces migrants entrés en collision avec son monde. »

« Sur les routes de l'exil, les migrants et les réfugiés sont souvent confrontés à d'autres violences : l'arbitraire des passeurs, les détentions illégales, les menaces et les violences... Les enfants, surtout s'ils sont isolés, sont particulièrement vulnérables » (Amnesty International). Cette description n'est pas extraite d'un roman mettant en scène un voyage initiatique. C'est là que réside la difficulté d'écrire sur les migrations. Mettre en scène des réfugiés, c'est s'emparer d'histoires très souvent douloureuses qu'il faut raconter sans misérabilisme ou sans « romantiser » le voyage. Cet acte d'écrire, évidemment, rappelle la problématique des *own voices* (des récits contés par des personnes concernées par les problématiques développées et qui peuvent donc puiser dans leur propre expérience pour écrire une histoire sans stéréotypes ou raccourcis ; lire p.132). Mais comment donner la parole à des vies qu'on laisse déjà s'échouer à nos frontières ou dans les méandres de nos sociétés ? N'est-ce pas justement aux auteurs et autrices de prendre la plume pour ces migrant·es ?

« Par le simple acte d'écrire, ils et elles peuvent témoigner de l'espoir pour ces jeunes d'être reconnu·es à leur juste valeur » écrit Luc Collès sur les auteurs et autrices issu·es de l'immigration maghrébine et aujourd'hui connu·es en littérature générale : Azouz Begag, Leila Houari, Tahar Ben Jelloun, Rachid Boudjedra, et on pourrait ajouter Jeanne Benameur et Leila Sebbar qui ont aussi publié pour la jeunesse. La littérature ado, encore incomplète sur ces questions, montre néanmoins un élan qui participe à forger une génération éveillée et tournée vers l'autre.

Parce que lire, c'est aussi agir : des associations comme Encrages soutiennent par des expositions, des publications et des événements des populations de migrant·es. Espérons que l'électrochoc de la littérature ado poussera les jeunes lecteurs et lectrices à s'engager.

NOUVELLE

LA DERNIÈRE BRANCHE

Timothée de Fombelle

La vie de Timothée de Fombelle plonge ses racines dans le théâtre et les Deux-Sèvres et étend ses rameaux de la Côte d'Ivoire au Vietnam. Né en 1973, il entend très tôt son grand-père égrainer des répliques de Cyrano et crée à 17 ans une troupe de théâtre pour laquelle il écrit. Il devient pourtant enseignant, à Hanoï puis dans un collège de Seine-Saint-Denis et, en 2006, déboule finalement dans la vie de nombreux jeunes lecteurs et lectrices avec un héros d'un millimètre et demi. Illustré par François Place, *Tobie Lolness* (Gallimard Jeunesse, 2006) est récompensé par de nombreux prix littéraires et traduit dans près de trente langues. Depuis, il a publié de courts et vibrants romans jeunesse, une bande dessinée, quelques albums, un conte musical et un roman de littérature générale. Mais c'est grâce à ses grandes épopées intimes ou historiques qu'il devient incontournable en littérature ado : *Vango* (2010-2011), *Le Livre de Perle* (2014), récompensé de la Pépite du roman adolescent européen et, en 2020, *Alma, Le Vent se lève,* début d'une trilogie.

La vie est un arbre.

En y grimpant, on découvre à chaque fois une fourche où s'ouvrent plusieurs chemins. On choisit une branche, on laisse les autres derrière nous, et un peu plus haut, il y a un autre croisement, un autre choix à faire.

Sans se connaitre, sans se ressembler, sans avoir la moindre chance de se croiser sur cette terre, May et Jonas avaient en commun de n'avoir jamais emprunté le bon chemin. Ils maitrisaient tous les deux à merveille l'art de se tromper.

Par exemple, quand May, à quatorze ans, avait commencé à travailler, elle prit soin de ne pas accepter la proposition d'emploi de l'orphelinat où elle avait grandi. Elle se connaissait. Si elle était si tentée, ce devait être parce qu'il fallait choisir autre chose. Elle s'était donc plutôt fait embaucher dans une usine d'électronique qui naturellement avait explosé l'année d'après.

Au même moment, à l'autre bout du monde, Jonas tombait amoureux d'une certaine Rosie qui allait le conduire vers des gouffres de désespoir. Et, le même jour, il refusa de devenir l'apprenti d'un garagiste qu'il admirait. Deux décisions d'un coup. Un an plus tard, il était mis à la porte du lycée où de toute façon il ne mettait plus les pieds. Il découvrit que la place d'apprenti n'était plus libre et que la dangereuse Rosie venait de lui transpercer le cœur en vivant un amour fou avec un étudiant en comptabilité.

Désormais, à deux extrémités de la même planète, pour Jonas comme pour May, toute décision devenait un supplice. Ils commençaient par écarter leur premier choix, puis y revenaient, puis le balayaient encore, et jouaient finalement leur vie à pile ou face. Mais le hasard, lui, ne se trompait jamais et les conduisait à chaque fois vers la catastrophe.

Après l'explosion de l'usine, May avait décidé de ne pas soigner ses bourdonnements d'oreille. Et six mois plus tard, elle était devenue sourde presque entièrement. Elle avait quitté sa ville pour une plus grande, puis elle était partie vers un autre pays que le sien, cachée dans un conteneur avec cinquante autres filles. Ses tympans abimés l'avaient protégée des cris autour d'elle.

Jonas, de son côté, avait été brièvement gardien de nuit à Paris dans un parking souterrain en bord de Seine. Bien sûr, dès qu'il prit son poste, le fleuve déborda pour la première fois en cent ans. Cinquante voitures se retrouvèrent noyées, irrécupérables. Au petit matin, il avait perdu son travail.

Il passait donc maintenant ses jours et ses nuits dans une chambre minuscule sous les toits. Le mois d'avril venait de commencer. Pour certains, cela s'appelait le printemps. Pour lui, c'était la fin de la trêve d'hiver. Jonas savait qu'il pouvait maintenant être expulsé de sa chambre à tout moment parce qu'il ne payait plus son loyer. Il avait reçu trois avis du propriétaire. Il redoutait le jour où des coups à la porte l'obligeraient à quitter les lieux.

Dans la vie de May, depuis son arrivée en Europe, le rythme des mauvais choix s'était encore accéléré. Son courage, sa confiance dans la vie lui faisaient à chaque fois foncer dans le mur avec une vivacité plus grande. Elle avait d'ailleurs cette même énergie ce soir-là, en pédalant sur son vélo dans la nuit. Elle portait le sac à dos jaune de la société *Deliver me*. Comme elle n'avait pas de papiers, elle sous-louait un compte à un certain Karlov auquel elle avait aussi emprunté un vélo. Elle recevait les commandes sur son téléphone. Elle laissait à Karlov trois des cinq euros de chaque course. Cet homme avait sous ses ordres des dizaines de livreurs fantômes auxquels il rendait généreusement ce service.

May posa son vélo contre un lampadaire et composa le code de la porte. Elle entra. Elle pensait aux deux pizzas brûlantes dans son sac jaune. Elle avait faim. Sous le porche, devant l'escalier A, une seconde porte était fermée. Elle chercha le nom du client sur l'interphone. C'était une société : *Molosse Ltd*. Elle appuya sur le bouton, glissa le pied dans la porte quand elle s'ouvrit. Mais, même en collant son oreille la moins mauvaise, elle n'arriva pas à entendre le numéro de l'étage qu'une voix avait articulé dans l'interphone.

May laissa la porte entrouverte et revint sur ses pas. Elle sortit dans la rue pour voir si un étage était éclairé. Il n'y avait aucune fenêtre allumée sur la façade étroite. Il n'y avait plus non plus son vélo sous le lampadaire. Pour la première fois, les yeux de May ne clignèrent même pas en découvrant cette disparition. Il lui sembla sentir s'envoler l'instinct de révolte qui l'avait fait rester vivante jusque là.

Des poubelles à roulettes attendaient sur le trottoir. Sur l'une d'elles, on pouvait lire *Molosse Ltd., 5e étage*. Ne pouvait-elle compter que sur une poubelle pour lui apporter une lueur d'espoir ? Elle rentra à nouveau dans l'immeuble, vit que l'ascenseur était occupé, s'élança dans l'escalier.

La porte du cinquième était ouverte. May frappa quand même trois coups. Silence. L'appartement était éclairé par la lumière de la cage d'escalier. May passa la tête, entra. Tout s'éteignit soudain. La haute taille d'un homme bouchait entièrement la porte derrière elle.

— Ils envoient des filles avec les pizzas ? Ils n'ont pas peur. Service complet. Tu étais où ? Tu sonnes et tu disparais ? Mon copain te cherche encore en bas.

Avec le contre-jour, May ne pouvait même pas lire sur ses lèvres. Elle n'entendait rien mais elle voyait parfaitement ce qui se préparait. L'homme se pencha sur l'interphone. Il avait dû dire à quelqu'un de le rejoindre. Personne ne savait qu'elle existait, et si les choses tournaient mal, ce n'est pas Karlov au grand coeur qui signalerait sa disparition.

Alors, pour la première fois de sa vie, May ne prit pas le temps de réfléchir. Les mains dans les poches, elle s'approcha de l'homme qui mesurait une fois et demi sa taille. Elle fit un geste très simple et très peu spectaculaire. Le plat de sa main droite parcourut vivement le plus court chemin vers le visage de l'homme. May lui écrasa le nez avec la paume tout en plantant ses doigts écartés dans ses yeux. Son autre main était restée tranquillement dans sa poche.

Aveuglé, le nez enfoncé, fou de douleur et de surprise, l'homme vacillait. De la pointe de son pied gauche, May frappa alors avec précision la face extérieure du genou droit. Ce n'était pas violent, c'était le dernier petit coup d'une hache bien affûtée qui fait tomber un arbre. Et l'arbre tomba en effet à ses pieds. Elle entendit sous elle quelque chose qui ressemblait au lointain meuglement d'un veau cherchant sa mère.

May ajusta le sac sur son dos, enjamba le corps qui se tortillait sur le plancher et sortit. Elle s'apprêtait à dévaler l'escalier quand elle sentit la vibration du parquet. Quelqu'un montait. Elle ne pouvait pas descendre par là, ni attendre l'ascenseur. Elle se tourna vers les marches qui grimpaient au dessus d'elle. Il y avait un dernier étage dans l'immeuble.

Jonas savait que ce moment viendrait. Il était décidé à ne pas résister. Il avait même préparé sa valise et son manteau pour partir. Il tendit l'oreille. On frappa à nouveau deux coups légers à la porte. Jonas ouvrit, prêt à se rendre.

Il y avait une fille sur le palier de sa chambre du sixième. Une fille avec un sac à dos jaune et un bonnet. Elle pointa son doigt vers lui et le posa doucement sur sa bouche pour dire « Ne parle pas ». Puis elle toucha sa propre oreille et agita le doigt pour dire « Je n'entends pas ».

La fille se glissa alors chez lui, ferma la porte, et s'accroupit contre le mur. Hypnotisé, Jonas se laissa tomber en face d'elle, à côté de sa valise. Il distinguait seulement des cris et de l'agitation à l'étage du dessous.

Ils se regardaient.

Après un temps très long, May prit son sac, l'ouvrit. Le téléphone de Karlov avait glissé sur le sol. Elle le brisa d'un coup de talon. Elle sortit deux pizzas. Elle déchira la première et en donna une moitié à Jonas qui n'avait jamais trouvé la vie si simple et si évidente.

La vie est un arbre. Ses branches tordues grimpent vers le ciel. Tous leurs mauvais choix avaient conduit May et Jonas vers cette dernière branche sur laquelle ils se trouvaient perchés tous les deux.

Il n'y avait plus rien à choisir et plus rien à regretter. Le visage brillant de sauce, ils souriaient sans pouvoir se quitter des yeux.

04.07

LA MORT

par Anne-Pauline (Blog Apireading)

Disclaimer : la partie qui suivra divulgâchera de très nombreuses fins et/ou morts dans des romans. Si vous ne voulez pas connaitre le destin tragique de certains personnages, fuyez vite !

UNE LITTÉRATURE ADO **ASEPTISÉE ?**

La mort et la jeunesse sont deux termes rarement associés. Pour autant, littérature et arts n'ont jamais tenté de dissimuler le fait que les enfants et les adolescent·es pouvaient mourir. Maladie, meurtre, violence, ou même causes surnaturelles... la mort y est un sujet omniprésent.
Et en littérature ado ?
Si la gratuité et la cruauté sont l'apanage des romans policier, on dit souvent que pédagogie et aseptisation sont, elles, l'apanage de la littérature jeunesse et ado[1]. En la regardant de plus près la littérature ado, on se rend pourtant bien vite compte (voir les multiples œuvres mentionnées en exemple ensuite) que les auteurs et autrices pour ados, eux aussi, tuent « l'innocence » : oui, les parents, les adultes mais aussi les ados et les jeunes adultes (voire les enfants) *meurent*. Mais cet acte d'écriture est-il innocent ?
Par ailleurs, la mort n'est pas totalement un item ovni dans le genre littéraire jeunesse et jeune adulte. En remontant quelques décennies plus tôt, par exemple, on peut retrouver cette thématique dans la littérature classique américaine des années 50/60. Je pense bien sûr à *Sa Majesté des Mouches* de William Golding (1954) et *Outsiders* de S. E. Hinton (1967), tous deux considérés aujourd'hui comme des précurseurs de la littérature jeunes adultes.

1. On pense par exemple à des chroniques comme celle publiée par *L'Express* en 2010, « Lisez jeunesse ! », écrite par François Busnel, disponible sur le site du magazine.

Sa Majesté des Mouches a sans nul doute inspiré de nombreux auteurs et autrices modernes dans le traitement de la jeunesse et de la mort. *Le Labyrinthe* de James Dashner (Pocket Jeunesse, 2012) est très inspiré par ce classique qui dépeint un groupe d'enfants et d'adolescent·es livrés à eux-mêmes et elles-mêmes dans une « mini-société » auto-gérée.
Outre la critique sociale et sociétale évidente dans *Sa Majesté des Mouches* (les enfants tentent de reproduire le modèle social dans lequel ils et elles ont grandi), l'œuvre illustre la violence implacable dont peuvent faire preuve les enfants entre eux et elles, ici en retournant à un état quasi sauvage.
C'est ce qui a aussi inspiré l'autrice S. E. Hinton dans son œuvre *Outsiders*. Dans ce roman, deux groupes d'adolescent·es rivaux·ales aux origines sociales différentes (les « Greasers » et les « Socs ») s'affrontent dans les rues de Tucsa aux États-Unis. Les personnages, âgés de 14 à 20 ans, vont aller plus loin que la simple provocation puisque l'un des Greasers tue le très jeune

Bob, du clan des Socs. Les enfants et adolescent·es peuvent donc mourir, mais aussi donner la mort.
Même si de nouveaux genres se sont frottés au sujet en littérature ado, ces deux romans ont planté des graines que les auteurs et autrices actuelles n'ont cessé de faire germer (*Hunger Games*, *Le Labyrinthe*, etc. s'en inspirent). Pourquoi de nombreuses œuvres s'y confrontent encore ? Pourquoi faire mourir la jeunesse ? Si l'on considère le double objectif d'apprentissage

et d'évasion de la littérature ado, comment justifier la présence de la mort ?
Afin de construire mon raisonnement, j'ai interrogé de nombreux lecteurs et lectrices sur les réseaux sociaux afin de recueillir leur témoignage sur leur appréhension de la mort et du décès dans la littérature jeunesse et jeune adulte, ce qui m'a permis de construire l'analyse d'œuvres et de leur réception que vous pouvez lire ici.

LA NÉCESSITÉ DU **SYMBOLISME**

LA FAMILLE

À la fin des années 90, dans le *fandom* des comics, un groupe féministe mené par Gail Simone a mis au point la théorie de « la femme dans le frigo » (ou « Women in Refrigerators »). Qui sont les femmes dans le frigo ? Des personnages féminins grièvement blessés, violés, tués ou privés de leurs capacités (surnaturelles ou physiques) afin de révéler une colère et une motivation chez le personnage masculin qui les aime (époux, partenaire, père, fils, frère, etc.) et devient ainsi un héros.
Une construction assez similaire existe chez nos héros de littérature young adult qui doivent souvent affronter le décès d'un membre de leur famille afin d'embrasser leur destinée. C'est notamment le cas de Katniss Everdeen (*Hunger Games*, Suzanne Collins, PKJ, 2008) qui décidera de devenir le Geai Moqueur et le leader de la rébellion après le décès de sa sœur Primrose. On peut aussi citer June Iparis (*Legend*, Marie Lu, Castelmore, 2012) qui décide de remettre en question le système politique oppresseur après le meurtre de son frère .Ou Tris Prior (*Divergente*, Veronica Roth, Nathan 2011) qui devient le symbole de l'insurrection après le décès de ses parents...

Faire mourir les proches est donc souvent un moteur narratif mais aussi symbolique dans la quête initiatique et dans celle de destruction de la figure de l'oppresseur. On retrouve d'ailleurs ce même schéma dans la saga *Harry Potter* de J. K. Rowling (Gallimard, 1998).

HARRY POTTER ET LES SIGNIFICATIONS DE SES MORTS

Derrière tous les personnages disparus de la saga se cache une symbolique importante pour l'évolution du récit et du personnage de Harry Potter. La mort d'Hedwige est l'une de celles qui a le plus marqué les lecteurs et lectrices : probablement parce qu'elle symbolise la fin de l'enfance (et

notamment la partie heureuse de celle d'Harry). Au même titre que la mort de Sirius Black conforte Harry dans son rôle d'orphelin, celle de Tonks et Remus Lupin est d'autant plus difficile qu'elle symbolise la perte de soldats dans une guerre, laissant derrière eux un enfant à présent orphelin. Fred Wesley et Colin Creevey incarnent la perte (injuste, insurmontable parfois) de la jeunesse.
La mort de chacun de ces personnages secondaires sert donc un propos (et incarne une réalité que le lecteur ou la lectrice a déjà pu rencontrer...) Quid de la mort du personnage principal ?

A-T-ON LE DROIT DE **TUER SON PERSONNAGE PRINCIPAL ?**

Rares sont les auteurs et les autrices qui ont osé tuer leurs héros et héroïnes à la fin de leur roman ou saga, d'autant plus que cela suscite souvent une réponse extrême (positive ou négative) des lecteurs et lectrices. Pourtant, la prise de risque a le mérite de nuancer la figure du héros ou de l'héroïne, souvent immortelle et toute puissante. La mort spectaculaire de Tris Prior dans *Divergente* est un bon exemple : l'héroïne meurt... mais elle se sacrifie pour faire exploser une bombe et ainsi mettre fin au régime politique en place. Ici, la mort de Tris conforte le personnage dans son rôle d'héroïne car son sacrifice permet de sauver le monde.
Mais faire mourir un personnage principal n'a pas toujours la même signification « positive » : C.-S. Lewis, (*Narnia*, Gallimard, 1950), ou A. Silvera (*Et ils meurent tous les deux à la fin*, Robert Laffont, 2017) sont moins tendres avec leurs héros et héroïnes, même si cela sert aussi un propos (religieux pour *Narnia*) ou la narration (déclencher une émotion).

● DE L'IMAGINAIRE AU CONTEMPORAIN : DEUX FAÇONS D'ABORDER LA MORT

FANTASY ET FANTASTIQUE : **LA MORT OMNIPRÉSENTE**

Plus l'on s'éloigne du contemporain (et donc de la réalité), plus il est facile de dépeindre la mort. Ainsi, sous couvert de magie et de pays enchanté, le fantastique et la fantasy n'ont jamais eu peur d'exposer les enfants à la mort. La fantasy, qui emploie souvent pour construire son univers de codes médiévaux, n'a pas peur de sacrifier quelques bambins et familles car la société violente et cruelle dans laquelle se déroule l'histoire s'y prête. La maladie, la guerre, les malédictions, les créatures maléfiques, les trahisons, les coups d'état... la mort est omniprésente dans ces univers très hostiles où l'espérance de vie n'est jamais très élevée pour toutes les classes sociales. Banaliser la violence et la mort dans ce genre d'univers permet de préparer le lecteur ou la lectrice à un terrain hostile. De ce fait, les personnages dans

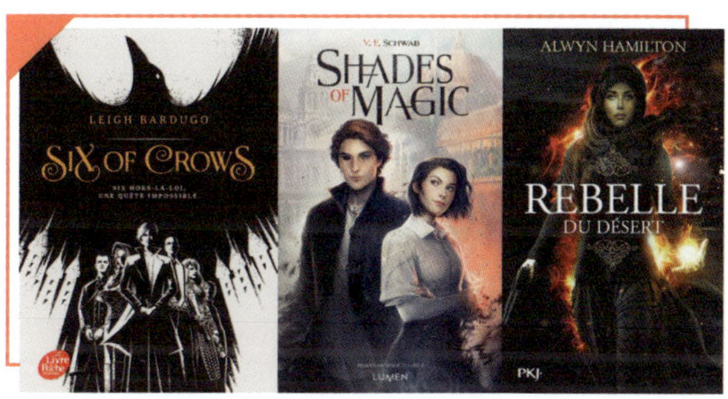

ces univers sont confrontés à de la « survie » permanente pour échapper à la mort. *Six of Crows* de Leigh Bardugo (Milan, 2016), *Shades of Magic* de Victoria Schwab (Lumen, 2017), *Rebelle du désert* d'Alwyn Hamilton (Pocket Jeunesse, 2015), tous ces romans dépeignent de nombreux personnages qui sont confrontés quotidiennement à la mort. Mourir et donner la mort sont banalisés et celle-ci, souvent symbolique, n'a pas la même teneur émotionnelle ou narrative que dans le réalisme contemporain.

CONTEMPORAIN : **LA LEÇON DU DEUIL**

Dans *Nos étoiles contraires* de John Green (Nathan, 2013), la maladie incurable est au cœur du récit. Si la mort plane toutefois tout au long de la lecture et qu'elle semble inéluctable, elle reste douloureuse quand Augustus Waters est emporté par son cancer : ici, c'est le deuil et l'émotion de celles et ceux qui restent le vrai sujet du roman.

La mort permet aussi de dénoncer des problématiques sociales et sociétales comme dans *The Hate U Give*, d'Angie Thomas (Nathan, 2018) où le personnage de Starr assiste, impuissante, à l'assassinat de son ami d'enfance Khalil, tué par un policier. S'inscrivant dans le mouvement *Black Lives Matter*, ce roman nous plonge dans la réalité des violences policières face aux populations noires et le racisme d'État.

Si la mort est toujours symbolique ou narrativement « utile », le lecteur ou la lectrice y est confrontée frontalement. Cependant, les personnages ne meurent pas gratuitement : la mort prend le sens de la mort mais permet aussi d'engager un chemin de résilience, une réflexion sur le deuil.

LE PERSONNAGE DE LA MORT

Faire parler les morts (ou La Mort), est assez courant en littérature ado. Par exemple, dans *Thirteen Reasons Why* de Jay Asher (Albin Michel, 2017) (par des cassettes enregistrées par le personnage décédé), ou dans *La nostalgie de l'ange* de Alice Sebold (Nil Editions, 2003) (l'héroïne décédée narre les tourments de ses parents depuis son « paradis»), dans *Si je reste* de Gayle Foreman (Oh ! Editions, 2009) (l'héroïne est plongée dans le coma et hésite entre rejoindre ses parents décédés ou ses amis toujours en vie) ou encore *La Faucheuse* de Neal Shusterman (Collection R, 2017) (la Mort est incarnée par la voix d'une Intelligence Artificielle qui régule la population humaine devenue immortelle).

Faire de la mort un personnage à part entière du récit permet à leurs auteurs et autrices de traiter plus en avant encore des questions philosophiques ou théologiques qui peuvent entourer le sujet et être profondément importantes dans la construction des lecteurs et lectrices : le deuil, le sens de la vie, la vie après la mort…

La mort (jusqu'à la mort en tant que personnage !) est donc omniprésente dans la littérature ado. Elle sert plusieurs objectifs : narratif, faire avancer la trajectoire d'un personnage, thématique ou symbolique. Loin d'être aseptisée, la littérature ado ne cherche pas non plus à banaliser la mort qui ne sera jamais gratuite, comme elle peut l'être dans d'autres genres littéraires (adultes).

05

LES CHEMINS DE LA LITTÉRATURE ADO

05

.01 ENTRER EN LITTÉRATURE ADO : PRESCRIPTION ET ÉMANCIPATION

La prescription en littérature ado est complexe et a été bouleversée ces dernières années par le phénomène des influenceur·ses littéraires, qui jette un éclairage nouveau sur les raisons pour lesquelles les ados se tournent vers la lecture. On découvre notamment qu'ils et elles ont un rapport plus affectif, moins analytique que les adultes à la littérature ado. Comme le dit Sonia de Leusse-Le Guillou, les lecteur·rices qui s'expriment sur Booktube préfèrent « esquisser des analyses, souvent très empreintes d'affects »[1] à leurs abonné·es. En parlant d'un roman de littérature générale qu'elle a lu récemment, Véronique Durand (lire portrait page 30) partage une impression particulièrement représentative de ce que peuvent chercher les ados dans la lecture : « Je retrouvais, avec ce roman, le plaisir de lire que j'avais ado ! Pas une lecture intellectualisée et analytique. Non, j'étais complètement projetée ailleurs. » Marie-Aude Murail, romancière contemporaine pour la jeunesse distingue deux lectrices en elle : la lectrice « savante » qui trouve dans une œuvre le plaisir de l'analyse et la lectrice « naïve », qui « lit avec le cœur » (lire portrait page 106).Peut-être est-ce ce qui définit le rapport des ados à la lecture : la notion de plaisir. Le plaisir guide leur manière de lire – sans analyse simultanée – mais aussi leurs choix de prescripteur·rices.

C'est cette tension entre lecture « plaisir » (préférée par les ados) et lecture « savante » (souvent préférée pour les ados par les adultes) qui rend la prescription en littérature ado si complexe.

QUITTER L'ÉCOLE

LA LECTURE, UNE **ACTIVITÉ SCOLAIRE ?**

Les adultes, et a fortiori les parents, leur choisissent souvent des ouvrages qui feraient d'eux des « lecteurs et lectrices savantes ». Un roman doit leur apprendre des choses, les confronter à un objet culturel considéré comme légitime tout en leur permettant de prendre du

1. S. de Leusse-Le Guillou, « Parler livres sur internet », site de l'ARL.

recul sur cette lecture par l'analyse. « Il y a une concurrence entre les enjeux de la lecture. Les parents y voient souvent des enjeux scolaires, donc des enjeux de rendement professionnel » synthétise Jean-Marie Privat[2]. « C'est tout un statut social, économique et symbolique qui se joue. »

La prescription en littérature ado a d'abord lieu en milieu scolaire. Les professeur·es influent directement l'acte d'achat en demandant aux élèves de se procurer un livre inscrit à leur programme. « Lorsqu'on parle de prescription scolaire, interprète Marianne Sandevoir[3], on entend plutôt le verbe prescrire dans le sens d'administrer, ordonner, requérir, comme si l'Éducation Nationale donnait aux élèves une ordonnance. » Cette vision de la prescription mène pourtant à une entrée en littérature passive, souvent essentiellement tournée vers les classiques. Mais ce qui rend la prescription scolaire plus difficile encore, c'est que les jeunes n'auront pas la même approche pour un roman s'il est conseillé par l'école ou par une autre voie. « Selon une étude de Michel Schmitt[4], poursuit Marianne Sandevoir[5], les élèves ne se reconnaissent pas dans les lectures imposées par l'institution scolaire (...) et même si l'élève peut parfois y trouver du plaisir, l'injonction scolaire, souvent doublée par l'injonction parentale, implique que l'élève n'associera pas cette lecture à ses loisirs mais à ses devoirs. » Si de nombreux défenseur·ses de la littérature ado militent pour une plus juste représentation de celle-ci à l'école et pour donner à la lecture dite « plaisir » une place plus importante, d'autres estiment au contraire que trop l'intégrer au système scolaire la met en danger.

« ON NE NAIT PAS LECTEUR·RICE, **ON LE DEVIENT** »

Selon ces derniers, la solution serait plutôt d'organiser des initiatives décorrélées du programme. « Même si on passe par les établissements scolaires, le Prix T'Aimes Lire est un prix plaisir qui appartient aux ados, explique par exemple le libraire Simon Roguet (librairie M'Lire, Laval, lire portrait page 160). Il est détaché des cours et ne repose pas sur de l'analyse littéraire. » Ambre Belmont, bibliothécaire jeunesse (lire portrait page 166), croit quant à elle beaucoup en « l'incarnation » du livre. Pour lire, il faut réintroduire de l'interaction avec cet objet culturel mais aussi avec les autres lecteurs et lectrices. « On n'est pas lecteur·rice qu'au moment où on lit. Le champ d'une pratique culturelle ne se résume pas à l'objet à consommer, rappelle Jean-Marie Privat. Être lecteur·rice, c'est aussi choisir les ouvrages, estimer de quel argent on dispose, (...) chercher des livres, les attendre, en discuter... » La médiathèque de Suresnes participe justement à l'organisation d'un salon du livre spécialisé en littérature ado. « Rencontrer des auteurs et autrices est quelque chose qui mobilise, affirme Ambre Belmont. Même si les ados travaillent parfois leur venue en classe, ces moments d'échanges sont quand même une approche moins scolaire : ils et elles ne sont pas seules avec le texte et il y a une possibilité de dialogue autour du livre. »

2. C. Gombert, « Transmettre "le plaisir de lire" : conseils pratiques au-delà d'une idée reçue », *Lecture Jeune* n°170, été 2019.
3. M. Sandevoir, *Les prescripteurs du roman ado*, mémoire soutenu le 9 juillet 2012, Université de Paris 13 – Villetaneuse.
4. M. Schmitt, *Fiction de la lecture : de la formation des goûts littéraires dans l'enseignement secondaire*, Thèse de doctorat, Université de Paris III, 1990.
5. M. Sandevoir, *op. cit.*

LA LOI **DES PAIRS**

UN POUVOIR D'ACHAT EN PUISSANCE

Ces jeunes se rendent parfois en bibliothèque depuis l'enfance, flânent dans une librairie de quartier, se confrontent aux conseils de la presse en lisant leur magazine préféré, scrollent sur les réseaux sociaux pour discuter avec des ami·es... Et ces comportements sont guidés par leurs habitudes et leurs envies. Tandis que leurs parents, eux, sélectionnent leur prescripteur·se avec soin. Une chronique *Télérama*, un prix littéraire reconnu, les listes de l'Éducation Nationale : « les instances de légitimation sont importantes pour eux » souligne Florent Mombazet, libraire[6]. En 2016, dans une étude du CNL et d'Ipsos menée auprès de 1500 jeunes[7], plus de 50% des collégien·nes et des lycéen·nes déclarent choisir leurs lectures « loisir » seul·es. Pourtant, 70% d'entre eux et elles citent au moins un·e prescripteur·rice quand on leur demande la façon dont le choix est fait. Si certaines instances restent importantes pour les jeunes, comme l'école (13 à 14% des collégien·nes et des lycéen·nes s'y réfèrent), les bibliothécaires et documentalistes (9% des collégien·nes) ou les libraires (6% des lycéen·nes), c'est le plus souvent leurs cercles proches qui les motive : la mère et la belle-mère (30% des collégien·nes déclarent écouter ses conseils) ou leurs ami·es (37% des lycéen·nes).

« Les ados ont un pouvoir d'achat potentiel très fort mais ils n'ont pas l'argent sur eux » ou elles commente Véronique Durand (lire portrait page 30). En effet, quand on observe les chiffres de l'étude CNL/Ipsos sur leurs pratiques, on constate que 70% des jeunes disent que l'achat revient à leur mère. En grandissant, ils empruntent de moins en moins en bibliothèque et se tournent plus volontiers vers l'achat : 49% des lycéen·nes déclarent acheter leurs livres. Cette indépendance qu'ils acquièrent avec l'acte d'achat les rend plus assuré·es dans leurs choix, car plus libres, et les invite à se construire en tant que lecteur·rices. Jean-Marie Privat encourage d'ailleurs les adultes à demander aux ados des conseils littéraires. « C'est un moyen de laisser les jeunes devenir à leur tour prescripteur·rices, même à l'égard de plus expert ou de plus adulte qu'eux et elles. »[8]

L'HÉGÉMONIE **DES ÉCRANS**

Internet, à contrario, est un endroit où l'on peut parler des livres... sans les parents. Si les adultes se tournent plus volontiers vers des instances de légitimation classiques comme les prix littéraires ou la presse, les ados ont des pratiques tout à fait différentes. L'étude du CNL et d'Ipsos sur les jeunes et la lecture[9] montre en premier lieu qu'ils ont en moyenne neuf activités différentes par semaine (voir des ami·es, jouer aux jeux vidéo, écouter de la musique...). L'usage d'Internet, notamment, les occupe jusqu'à 8h par semaine alors qu'ils affirment lire 3h par semaine. Si cela rend la lecture extrêmement concurrencée, cela explique aussi la nécessité des maisons d'édition de communiquer sur des médias très différents (notamment les réseaux sociaux). La dernière étude Junior Connect réalisée en 2018 décrit une presse « puissante »[10] . Pourtant, si plus de 60% des jeunes[11] ont lu au moins un titre de presse jeunesse au cours de sa dernière période de parution selon cette étude d'Ipsos, 93% des jeunes se déclarent internautes. Une différence

6. C. Gombert, « Séduire les parents, attirer les ados : l'équation des professionnels du livre », *Lecture Jeune* n° 170 : Les ados et leurs parents, Juin 2019, p.28

7. *Les jeunes et la lecture*, étude du CNL confiée à Ipsos du 25 mai au 1er juin 2016.

8. *Ibid.*

9. *Les Jeunes et la lecture, op. cit.*

10. M. Guillaume, « Jeunes et medias : une consommation toujours dynamique et diversifiée ! », Ipsos, le 10 juillet 2018.

11. *Les Jeunes et la lecture, op. cit.*

non négligeable qui laisse à penser que les jeunes lecteur·rices trouvent davantage de conseils sur Internet que dans leurs magazines préférés. Par ailleurs, la puissance de la presse en littérature ado reste à nuancer car les journaux et magazines que lisent les parents ont encore peu de rubriques consacrées aux livres jeunesse. À un âge où la construction se poursuit pour les adolescents dans de nouvelles sphères sociales, en dehors de la famille, Internet devient donc un espace d'échange libre qu'ils peuvent s'approprier comme un outil à eux.

UN LIEU **POUR EUX**

Un lieu *pour eux.* C'est ce que recherchent les ados dans un besoin d'affirmation, voire d'émancipation. On remarque d'ailleurs que les bibliothèques et médiathèques françaises multiplient les rayons et espaces qui leurs sont consacrés pour leur faire de la place entre leurs murs. « Prendre en compte la diversité de leurs goûts, de leurs attentes et de leurs désirs est indispensable pour les bibliothèques » affirmait Nicolas Georges, directeur chargé du livre et de la lecture au Ministère de la Culture, lors du colloque de lancement de l'Observatoire de la lecture des adolescent·es, en 2017[12]. « Ils et elles viennent dans le rayon ado parce que c'est identifié pour eux et elles, ils et elles y ont de la place, des livres et peuvent y faire un peu plus de bruit ! C'est plus accueillant » confirme Ambre Belmont qui insiste sur la notion de groupe (lire portrait page 166). La bibliothèque est un endroit où ils et elles peuvent se rencontrer.

« Les jeunes lecteur·rices se sentent dédouané·es des prescriptions de leurs ainé·es. (...) Les mentors se trouvent sur les réseaux sociaux où la parole circule sur le mode horizontale » synthétise Laurent Bazin[13] qui rappelle ainsi la première prescription à laquelle les ados sont sensibles : leurs ami·es. « On a, en somme, troqué la loi du père pour la loi des pairs » et cela leur permet d'assumer et revendiquer une culture qui leur est propre.

12. « Impliquer les adolescents dans la conception d'un espace à eux au sein des bibliothèques », site de la revue *Lecture Jeune*.
13. L. Bazin, *La Littérature Young Adult*, P. U. Blaise Pascal, 2019.

PORTRAIT

SIMON ROGUET

L'œil rieur de celui qui a toujours une idée derrière la tête, les cheveux en bataille du grand enfant mal coiffé, Simon Roguet a le regard franc et chaleureux, l'écoute curieuse et bienveillante. C'est un peu le libraire qu'on aimerait tou·tes avoir. Chez M'Lire depuis vingt-deux ans, soit toute sa carrière, il en est aujourd'hui cogérant, coordonne une émission pour *L'Autre Radio*, réalise des vidéos YouTube avec *Onlikoinou*, organise un prix littéraire et des poignées d'initiatives qu'il a semées sur son parcours avec la même ferveur qui anime ses choix de libraire. Des choix affirmés, passionnés, exigeants et toujours aussi vivants.

METTRE LES BONS LIVRES ENTRE LES MAINS DES ADOS

Mes client·es « sont souvent des enfants que je vois depuis de nombreuses années et que j'ai l'habitude de conseiller. Ils et elles me connaissent bien. » Fort de cette clientèle fidèle, Simon Roguet rappelle l'importance « d'oublier les parents » pour leur parler de lecteur à lecteur·rice. Et pour les plus éloigné·es, il essaye de rendre attirant le lieu de la librairie : avec des ateliers, des rencontres, des concerts... il veut le dédramatiser, le familiariser.

L'étape suivante : « aller à leur rencontre, là où [ils et elles] sont. C'est très important de connaitre l'environnement local, les réseaux associatifs et les connexions entre les personnes. »[1]. Le prix « T'aimes Lire », que Simon Roguet a créé en 2016 et qui réunit des centaines d'élèves de la 4e à la seconde en Mayenne, lui permet notamment d'aller dans des collèges et des lycées. « C'est encore l'endroit où ils et elles sont le plus présentes en groupes non identifiés. Sur Internet ou ailleurs, ils seront forcément ensemble pour des raisons de goûts communs, de niveau social ou d'affinités. Au collège et au lycée, tout le monde est mélangé, sans distinction. »

Avec ce prix, qui entend « toucher et émouvoir par la lecture des ados qui se disent non-lecteur·rices » et « promouvoir une littérature souvent sous-évaluée par les médias, les profs et même certains professionnels du livre », Simon Roguet s'affranchit de toute démarche scolaire et mobilise uniquement la subjectivité, la créativité et, avant tout, le plaisir des ados. Preuve en est le fonctionnement du prix, dont la seule règle est de lire *au moins un* roman de la sélection, et de voter pour l'un d'entre

1. A. Pain, « Tête à tête avec S. Roguet », *Tranzistor*, le 7 mai 2020.

eux de « J'ai détesté » à « Un coup de cœur ». « Ce qui m'importe, c'est que les ados découvrent des textes vraiment excellents, qui peuvent les marquer, explique Simon Roguet[2]. On sait que c'est un âge où l'on perd le lien avec la lecture pour plein de raisons. Mon souhait est de provoquer un déclic. » Peut-être que ces ados ne liront plus après cela, mais la graine est semée. Preuve qu'il suffit d'un bon texte... et d'un bon passeur ?

UN LIBRAIRE **ENGAGÉ**

Plus jeune, Simon Roguet se voyait professeur de sport, mais a finalement étudié l'histoire puis intégré Sciences Po avant d'y retrouver, par le biais d'un ami qui l'a plongé dans la littérature américaine, le plaisir de lire. Le voilà donc qui bifurque soudainement vers le DUT Métiers du livre de Bordeaux, espérant alors devenir chef de fabrication, lien entre l'éditeur et l'imprimeur, pour finalement atterrir en librairie.

« Nous bénéficions aujourd'hui d'une des littératures les plus qualitatives, inventives et créatives, qui nous offre un choix immense. Mais, revers de la médaille, on frôle la surproduction. »[3] C'est pourquoi il a transformé, dans son métier, la manière de choisir les livres qu'il met en avant. Réfléchissant ses achats comme s'ils étaient de la vente ferme (un système d'achat où les libraires commandent les livres à l'éditeur sans possibilité de retour : ils resteront dans la librairie jusqu'à ce qu'un client les achète), il fait ainsi des choix tranchés et volontaires : « soit j'élimine parce que je n'y crois pas, soit je prends à l'unité, soit je suis convaincu et j'achète suffisamment pour faire une pile ». Le rôle des prescripteurs et prescriptrices, dont il fait partie, c'est de défendre auprès des jeunes les meilleurs titres de cette production.

2. A. Pain, *op. cit.*

3. M. Abescat, « Les enfants lui disent merci : rencontre avec le super libraire qui leur donne le goût de lire », *Télérama*, le 30 mai 2018.

« L'offre en librairie n'est qu'une question de choix, conclut-il. Commerciaux, littéraires, engagés. Ils peuvent être multiples et se contredire mais cela reste ce qui va donner la couleur de ta librairie. » La couleur de M'Lire, Simon Roguet l'a choisie : engagée.

« EXPRIMER **CE QUI RESTE D'ADO EN MOI** »

C'est sans doute cette volonté de défendre un fonds de qualité qui pousse ce libraire à sans cesse imaginer de nouvelles façons de promouvoir la littérature ado : « J'ai besoin de me lancer des défis pour toujours me renouveler et garder l'envie. Il y a des choses sérieuses que j'ai faites vraiment pour promouvoir cette littérature comme le prix « T'aimes lire » et d'autres sont venues un peu par hasard, comme les vidéos. Elles me permettent d'exprimer ce qui reste d'ado en moi. » Lui qui définit l'adolescent qu'il était comme un « tout petit lecteur » n'a pas manqué d'être frappé de plein fouet par la littérature à cet âge. C'est un professeur qui, trouvant sa classe inculte, leur a mis des livres dans les mains. Simon a choisi Huxley et Orwell. Et c'est cette même graine qu'il espère semer dans les cœurs de ses « tout petits lecteurs et lectrices ». Celle qui leur permettra, plus tard, de se remettre à lire sans appréhension. « Je suis un lecteur adulte avec une sensibilité pour les ados ». Et quelle sensibilité ! Est-ce sa vocation première de chef de fabrication qui lui donne l'appétence du renouveau, de l'imagination débridée et de l'incarnation formelle ? Est-ce le jeune étudiant de Sciences Po qui y voit un « formidable laboratoire littéraire créatif et novateur » ? Est-ce l'ado qui trouve dans cette littérature un horizon inédit ? Difficile de le dire, mais ce grand bonhomme barbu au sourire malicieux a en tout cas trouvé dans les romans ados une vraie porte secrète qui l'emporte ailleurs. Une porte littéraire qu'il décrit comme un « étrange et lumineux fragment littéraire ».

PORTRAIT

CÉLINE BOUJU

Céline Bouju a toujours aimé lire. Petite, elle écumait les rayonnages de la bibliothèque de son village et se rappelle « vivre cette passion dévorante » en primaire. Pourtant, elle ne se souvient pas du collège et de la suite de son adolescence comme d'une intense période de lecture. « Benjamine d'une fratrie de quatre enfants, j'ai toujours été la "petite". De fait, je continue à me voir, à me sentir plus jeune que je ne le suis réellement. Est-ce pour cette raison que je me retrouve autant dans la littérature ado ? » Nul doute en tout cas que cette question habite son travail de bibliothécaire et lui permet d'être une lectrice et une prescriptrice qui a les yeux ouverts et le cœur curieux des ados.

LES TRACES DE L'ADOLESCENCE

Quand elle plonge dans un roman, Céline Bouju remonte le temps car elle se sent ainsi adolescente. « Adulte, je suis plus aguerrie à bien des niveaux sur des sujets qui me semblaient étrangers, inaccessibles, inabordables à l'adolescence. Mais quand je lis, c'est un peu retour vers le futur ! Je ne sais pas si je le fais consciemment, mais mon esprit bascule en mode adolescente. »

Enfant, elle écrivait « bibliothécaire » quand on lui demandait ce qu'elle ferait plus tard. Avec un regard attendri mais surtout amusé sur cette petite Céline, puisqu'elle en parle avec un véritable étonnement, elle explique qu'elle est ensuite devenue étudiante en lettres avant d'arriver en librairie. Pendant quinze ans, elle a exercé ce métier « avec curiosité, enthousiasme et plaisir ». Cette nostalgie de l'enfance, cette passion dévorante du travail, ce sentiment de perdre en âge en lisant un roman, c'est l'adolescence qui vit encore en elle, ce grand peut-être qui n'a pas fini de l'habiter. « L'adolescence est une période tellement forte qu'il en reste des traces, fatalement, estime-t-elle. Et tant mieux. »

UN LIEU ET UN MÉTIER DE LIBERTÉ

« Curieux, bienveillant, émerveillé. » Ce sont les trois adjectifs qui, selon elle, guident son regard sur la littérature ado. Ils s'incarnent dans le travail qu'elle accomplit chaque jour.

Bibliothécaire depuis seulement trois ans, elle a trouvé dans ce métier « d'autres richesses » qu'en librairie. « [J'ai] la chance de partager ma passion, de transmettre l'amour des livres et de la lecture. » Si elle prône avec assurance la nécessité de lire pour un·e ado – « Lire. Quoi que ce soit mais lire. » – elle reste pourtant d'avis qu'« on doit lire ce dont on a envie. Forcer quelqu'un est

la pire des erreurs. » Les ados constituent l'un des publics les plus difficiles à convaincre, et à capter, car « bien souvent, ils et elles savent quoi emprunter et n'engagent pas toujours la discussion avec nous. Mais quand c'est le cas... Quel plaisir ! Parler littérature ado avec un·e ado, c'est quand même génial, non ? »
La difficulté, c'est effectivement de leur parler alors même que de nouveaux vecteurs les poussent vers la littérature ado, à commencer par les réseaux sociaux, que Céline Bouju a choisi d'utiliser : elle s'exprime ainsi là où sont les ados. « Néanmoins, tous [les libraires et les bibliothécaires] ont bien sûr encore un rôle à jouer. Heureusement ! Ils et elles sont physiquement là pour accompagner sur le chemin de la lecture. C'est essentiel. »
Curieuse des ados et de leurs pratiques, bienveillante envers leurs trajectoires de lecteurs et lectrices, Céline Bouju est aussi une bibliothécaire émerveillée. « Je travaille dans un lieu où la liberté, pour le lecteur ou la lectrice, est de mise. La liberté de prendre un livre et de le rapporter s'il ne l'a pas aimé. La liberté de ne rien emprunter. La liberté de prendre le temps de regarder, choisir, lire sans être embêté. » L'usager de la bibliothèque agit comme il ou elle le souhaite, vient seul·e, entre ami·es ou en famille... Bref, exprime sa liberté d'être et d'aller dans un lieu public qui se veut résolument ouvert et où l'on a accès gratuitement aux livres. « Chacun·e vit ce moment parmi les livres comme il ou elle le souhaite ! »

UNE LITTÉRATURE **QUI FAIT GRANDIR**

« Pour moi, en bibliothèque, c'est un vrai challenge de réussir à capter les ados. Car ils et elles lisent ! Ça, j'en suis convaincue. La richesse et le succès de la littérature ado en sont les plus belles preuves. C'est une littérature qui n'est sans doute pas encore reconnue à sa juste valeur, admet-elle. Et, justement, en étant bibliothécaire, c'est quelque chose que je veux essayer de changer. » Cette envie de bousculer les lignes et de défendre la littérature ado, souvent méprisée, lui vient d'une vraie curiosité : « j'aime découvrir, explorer ses richesses ». Pourtant, Céline Bouju tâche aussi d'être bienveillante avec cette littérature. « J'essaie bien souvent, même devant des thèmes qui ne m'attirent pas, de rester ouverte car je me dis que c'est aussi ça la lecture : une grande liberté. La liberté de prendre ou de laisser. Choisir, c'est important » argue-t-elle avec la bienveillance de celle qui met entre les mains des ados les livres qui leur font plaisir. « C'est une littérature qui fait grandir. »
« La littérature ado est passionnante. Elle se renouvelle sans cesse grâce aux auteurs et autrices, aux maisons d'édition qui la font évoluer et vivre et poussent le cadre dans lequel on essaie de la faire rentrer. » Sans doute est-ce son aspect protéiforme qui la rend si difficile à cerner. Quand on lui demande de la définir, la réponse ne vient pas aisément. Elle tâtonne, essaie, parle d'âge, de ton et de grandir. Elle parle de diversité, d'oser, et de « terrain d'expression et de nouveauté ». Elle raconte que si *Hunger Games* passe entre toutes les mains aujourd'hui, c'est un roman qu'elle conseillait au début de sa carrière de libraire à partir de quatorze ou quinze ans. C'est « un formidable outil de partage entre les générations, un pont entre les genres » s'émerveille-t-elle finalement. « Elle permet de parler de tout, d'aider, de briser le silence, de passer des messages, de se sentir moins seul·e et de comprendre le monde. »

« Quand ce guide paraitra, annonce-t-elle, je franchirai un nouveau cap : devenir responsable de la bibliothèque de mon enfance, celle qui a été le lieu de naissance de ma vocation. La boucle est bouclée. » Comme quoi, quand on part en quête d'un grand peut-être, on a toutes les chances de le trouver.

PORTRAIT

CLAIRE ROUVERON

Professeure documentaliste membre de l'Association des Professeur·es Documentalistes de l'Éducation Nationale et de l'association du Prix Passerelle(s), Claire Rouveron est une lectrice, professionnelle et passionnée de littérature ado. Les ados sont au cœur de ses missions et préoccupations, et c'est pour eux qu'elle s'engage : « j'aurais du mal à définir la littérature ado si ce n'est par rapport au lectorat qu'elle cible. »

UNE RELECTRICE **EXIGEANTE**

Adolescente, Claire Rouveron était « une lectrice assidue de fictions, essentiellement des romans. Il s'agissait de mon activité principale sur mon temps libre » confie-t-elle. « Je relisais beaucoup. » Elle cite la BD franco-belge, l'œuvre de Stephen King, ou encore des auteurs et autrices de L'École des loisirs comme Marie-Aude Murail ou Susie Morgenstern. Mais ce sont les classiques de la littérature – les sœurs Brontë et Maupassant, Stendhal et Zola – qui l'ont particulièrement marquée à cet âge.

Baccalauréat littéraire, hypokhâgne et khâgne, faculté de lettres... L'amour des livres guide son parcours, jusqu'à une bifurcation vers les métiers de l'enseignement. « J'ai longtemps hésité entre le CAPES de lettres, le CAPES de documentation et les métiers des bibliothèques. » Finalement, c'est celui en documentation qui l'a emporté « pour la richesse des missions de ce métier ».

De ce parcours littéraire classique ressort pourtant une passion de la littérature ado qui se caractérise par une recherche de plaisir et une exigence de qualité. « L'offre éditoriale est foisonnante et offre des pépites, des merveilles. » Si face à quelques mastodontes commerciaux inévitables, « l'exigence dans l'écriture a toujours été présente », elle observe aussi depuis quelques années « une plus grande audace de la part des auteurs et autrices et des maisons d'édition dans les thèmes de société abordés et le traitement de ces thèmes ».

Les ados, qui sont au cœur de son travail, sont aussi au cœur de ses lectures : « Je lis de la littérature ado en tant qu'adulte qui tente d'envisager sa lecture pour une cible adolescente. Ce qui peut d'ailleurs parfois causer un décalage. » Décalage heureux, car il permet de créer des passerelles.

LA POSTURE PRIVILÉGIÉE DE LA **PROFESSEURE DOCUMENTALISTE**

« Nous envisageons notre profession sous le prisme de l'enseignement, de la pédagogie, y compris avec notre mission de promotion de la lecture. Ce qui n'est pas incompatible, bien au contraire, avec la lecture-plaisir » résume Claire Rouveron. Or si elle s'est tournée vers ce métier, c'est bien pour la richesse de ses approches et la relation qu'il permet avec les ados. « Il me semble entretenir un lien privilégié avec les élèves, dans une posture d'enseignant·e et de médiateur·rice culturel. » Car Claire Rouveron est aussi l'incarnation d'un lieu particulier : le CDI, où l'on va autant pour lire, apprendre ou expérimenter et créer, est « un espace qui nous permet d'affirmer notre mission d'éducation culturelle, sociale et citoyenne de l'élève. »

Si ce métier mobilise autant Claire Rouveron et habite sa vision de la littérature ado, c'est parce que la lecture est au cœur de cette profession. « Je suis effectivement amenée à être prescriptrice dans leurs lectures, qu'elles soient personnelles, "plaisir" ou complémentaires d'un cours. » Au sein de l'A.P.D.E.N., elle participe ainsi à une « réflexion sur la pratique et l'évolution de la profession ». Parmi ses missions, Claire Rouveron mentionne « des collaborations nombreuses et fructueuses, autour de la problématique de la lecture ».

La lecture que promeuvent ces lieux de vie a par ailleurs plusieurs facettes. « Les ouvrages jeunesse et classiques cohabitent les uns à côté des autres, obéissant simplement à un rangement alphabétique selon le nom de l'auteur·rice. » Le lycée, contrairement au collège, ne met pas du tout en avant la littérature ado dans ses programmes et se concentre sur la littérature classique. Le CDI d'un lycée peut donc compléter ces œuvres. « Je ne sais pas si des passerelles existent », reconnait-elle pourtant. Peut-être est-ce pour cette raison qu'elle a choisi de créer un prix littéraire – le Prix Passerelle(s) – mettant en valeur la richesse de la littérature ado.

DES PASSERELLES POUR ENTRER EN LITTÉRATURE ADO

Le Prix Passerelle(s), organisé par un groupe de professeures documentalistes de l'académie de Limoges, s'adresse depuis 2011 aux élèves de CM2-6e et 3e-2nde « pour faire le lien, la "passerelle" entre l'école et le collège et le collège et le lycée. Il se donne pour objectif de promouvoir la littérature de jeunesse française et de développer le plaisir de lire auprès d'élèves en zone urbaine et rurale. » Rencontres avec des auteurs et autrices, études ou mises en scène des textes, réalisation de bandes annonces littéraires... En somme, ce prix leur fait apprécier la lecture sous un angle nouveau, permet d'incarner cet objet parfois intimidant qu'est le livre et crée de véritables passerelles entre une activité d'abord solitaire et les enjeux de société à l'école.

Affiche Léna Rigout

De manière générale, pour amener les ados à lire, Claire Rouveron tâche de descendre le livre de son piédestal intellectuel. « Je leur dis qu'ils et elles ont le droit de ne pas aimer mais qu'il faut essayer. » Ado, on a souvent peur de décevoir, ou peut-être d'être déprécié, si on ne va pas au bout d'une lecture, a fortiori si elle vient de l'école. Tout le travail consiste alors – et « c'est un travail d'équipe » avec les professeur·es de français – à les ramener vers une lecture qui leur fasse plaisir, qui réponde à leurs questions et corresponde aussi à leurs goûts. En fait, elle essaye de les mobiliser. « J'utilise l'oral, beaucoup. Les lectures à voix haute peuvent permettre d'aider les élèves à lire un texte. [...] Il n'est pas rare qu'ils aient ensuite envie de lire le livre par elles-mêmes et eux-mêmes, de se l'approprier. »

Mais pour Claire Rouveron, « tous les ados lisent, même s'ils et elles prétendent le contraire ». Posez la question à un·e ado et il ou elle vous dira non, avant de citer de multiples BD ou mangas, des magazines et des documentaires, ou encore des aides pour les jeux vidéo ou des forums. « Pour eux et elles, ce ne sont pas des lectures "légitimes". Ils et elles imaginent que nous attendons des réponses plus "scolaires". » Alors faisons-les lire... et tendons des passerelles.

PORTRAIT

AMBRE BELMONT

Si le nom d'Ambre Belmont ne vous est pas familier, c'est certainement parce que vous n'êtes ni un·e adolescent·e fidèle de la médiathèque de Suresnes, ni un·e fin·e connaisseur·se du Salon du Livre Ado que la structure organise avec les librairies de la ville. Pionnier en la matière, ce salon met à l'honneur une littérature rarement mise sous le feu des projecteurs. Ambre Belmont travaille à Suresnes depuis trois ans seulement, mais elle met déjà la main à la pâte avec une passion dévorante et pourtant récente pour la littérature ado qu'elle communique à ses jeunes lecteurs et lectrices.

LIRE **SANS ÂGE**

Force est de constater que le feu de la littérature ado est encore neuf chez Ambre Belmont. Lectrice compulsive au collège – du genre à « tenir des listes de mes lectures et à me flatter de voir son nombre augmenter » – elle bascule au lycée vers le cinéma. Elle lit toujours, mais préfère regarder des films. On est au début des années 2000 et la littérature ado est en plein essor. « Il y avait peu de littérature ado à ce moment-là, je l'ai découverte adulte », témoigne-t-elle pourtant. « À l'époque, elle n'était pour moi pas identifiée comme telle ! Il y avait des choses conseillées pour préados... mais tout ça, pour moi, relevait de la jeunesse. » Ce sont finalement ses petites sœurs qui lui mettront, plus tard, des best-sellers comme ceux de Stephenie Meyer ou Scott Westerfeld entre les mains.

De son côté, elle transite petit à petit vers une littérature qu'elle dit « pour les grands ». Elle cite d'abord Stephen King avant de s'empresser de mentionner *Confessions d'un gang de filles* de Joyce Carol Oates (Stock, 2013). « Non seulement ça parlait de filles de mon âge, mais elles faisaient groupe autour de marginalités. Je n'avais jamais rien lu de tel. J'étais éblouie ! » En quelques mots, on tient presque une définition de la littérature ado : une identification à des personnages forts, une histoire entre la vitalité de l'enfance et les sujets des adultes, l'intensité du rejet... Aujourd'hui, quelque chose de l'adolescence l'habite encore : ce même plaisir qu'elle avait au collège. « Si un livre me plait, le réel me dépasse, je n'y pense plus. Je n'ai pas l'impression d'avoir d'âge quand je lis. »

UNE **MINE D'OR**

C'est du temps qu'il lui a fallu pour raviver cette force vive de la lecture. Après une prépa, des études d'anthropologie et d'arts du spectacle, de littérature slave à Toronto et de cinéma à Paris, voilà qu'elle commence une licence professionnelle Métiers du livre... « Au départ, je voulais être vidéothécaire. Bibliothécaire était la dernière chose que je m'imaginais faire ! » Mais pour entrer dans la vie active, Ambre Belmont signe un contrat dans un Centre de Documentation et d'Information où elle saute à pieds joints dans la littérature ado. Éclaboussée de découvertes, elle raconte : « j'ai commencé à lire de la jeunesse, notamment pour le Prix des Incorruptibles auquel mon collège participait. J'avais tellement de plaisir à lire que j'avais l'impression d'être tombée sur une mine d'or. » Cette période la change et elle renoue avec un amour simple et décomplexé de la lecture : « maintenant, si je n'aime pas un livre, je ne le finis pas ».

Elle intègre finalement l'équipe jeunesse de la médiathèque de Suresnes. « Avec Ambre Nadaud, la coordinatrice, et Marine F., nous avons en charge le rayon jeunesse sur les deux équipements du réseau, de la petite enfance au young adult, et donc tout ce qui a trait à la vie de la collection : achat, désherbage, veille, médiation... »

« Que tous les ados lisent est un idéal des professeurs et des parents : il y a des moments dans la vie où on ne lit pas, ou différemment. » Ce qui pousse les ados dans la médiathèque aujourd'hui, ce n'est d'ailleurs pas toujours le livre : « une habitude de l'enfance et les copains ». La médiathèque, c'est aussi et peut-être même d'abord un lieu social, où les ados viennent jouer ou se rencontrer. Ils et elles investissent leur rayon parce qu'il est identifié pour les ados : ils et elles y ont de la place, des livres et peuvent y faire un peu plus de bruit ! « Mais il faut reconnaitre que l'emprunt de livres n'est pas l'actvité privilégiée... »

INCARNER LE LIVRE

La particularité de ce public, cependant, c'est qu'il n'est pas acquis. « Chaque année, certain·es partent à la fac, d'autres grandissent et de nouveaux enfants deviennent ados... » Et en 2020, il a failli se déliter. Au moment du déconfinement, on n'était plus identifié comme un lieu de rendez-vous, de rencontre pour les ados. Ils et elles ne pouvaient plus s'asseoir, jouer aux jeux vidéo, regarder des films... Ce qui a heureusement été temporaire. » Son rêve, aujourd'hui, serait de réussir à former une communauté de lecteurs et lectrices, « de lui donner du corps, de la structure et de l'assise pour qu'elle se perpétue. Un club de lecture, peut-être, ou un club tout court car on sait que les centres d'intérêt sont larges à cet âge-là... Ce serait vraiment bien, parce que tout notre travail de prescription s'incarnerait un peu plus. »

Incarner le livre est une idée à laquelle Ambre tient beaucoup. Sans doute est-ce pour cette raison que le projet du Salon du Livre Ado lui parle tant. « C'est un des moyens de toucher les jeunes en tant que groupe et pas seulement en tant qu'individus avec des pratiques bien ancrées. La littérature y devient quelque chose d'incarné plutôt qu'un objet rebutant sur l'étagère. » L'approche est parfois même ludique, par exemple avec *l'escape game* que les bibliothécaires ont créé.

« Incarner », « mobiliser », « transmettre » : Ambre Belmont a une vision claire voire engagée de son métier et en parle avec sensibilité et détermination. « Être bibliothécaire, c'est une posture dans le monde qui me permet vraiment d'agir avec ce que je suis, ce qui me mobilise, et de le faire se rencontrer avec les autres. »

Trois ans qu'Ambre Belmont côtoie ainsi les ados pour qui elle rêve et travaille. Trois ans de métier et de projets. Trois ans qu'elle nage en littérature ado et se délecte des infinies découvertes qu'il lui reste à faire. « Dans dix ans, la littérature ado sera probablement encore plus engagée, encore plus intense, j'espère, et certainement plus nourrie d'auteurs et d'autrices pour lesquels c'est une vocation d'écrire pour les ados. » Rendez-vous dans dix ans ?

NOUVELLE

L'ENFER DE DIEU

Thomas Scotto

Thomas Scotto a écourté ses études de lettres à Tours quand une tempête de neige a débarqué dans sa vie : la naissance de sa première fille. Il devient alors papa au foyer et commence à écrire… Il a depuis publié des dizaines de textes, des albums pour enfants aux romans ados en passant par la poésie, la bande dessinée ou le théâtre. Il écrit des textes intimes comme *Ma tempête de neige* (Actes Sud Junior, 2014) et hypnotiques comme *Kodhja* (Thierry Magnier, 2015), métaphore de l'adolescence. Il anime régulièrement des ateliers d'écriture, des rencontres scolaires, des lectures publiques, dessinées et dansées et a créé en 2015 avec ses acolytes Gilles Abier et Cathy Ytak « L'Atelier du Trio ». Il respire aujourd'hui les vents marins de La Rochelle.

« Dans la vie, pour attirer la réussite, on doit commencer par donner l'impression de réussir. » (American Beauty)

Quand ils ont annoncé qu'ils avaient un grand projet, c'était à l'automne. Pas à la cantonade, pas pour tous et n'importe qui. Ils ont préféré le dire à ceux qui pouvaient les entendre.

Je connais les frères Vallardier depuis la fin du collège… La première fois que je les ai rencontrés, ils étaient les piliers d'une pyramide humaine, en sport. Là, déjà, ils déplaçaient des montagnes. Avec cette même ambiguïté sensuelle qui me faisait les rêver souvent. Mais pour leur acrobatie nouvelle, je n'ai pas trouvé d'autre question pratique que :

— Et ils en pensent quoi vos paternels ?

— Qu'on devrait plutôt finir nos masters !

Pourtant, ce que personne ne voulait admettre, c'est qu'ils avaient bétonné leur ambition jusqu'à la moindre virgule. Étude de marché, prévisions comptables, accord de banque pour un prêt jeunes créateurs. Certains pensaient qu'ils monteraient une start-up ou une entreprise de services, quelque chose dans l'air du temps. Le caritatif paraissait peu probable mais sans en dévoiler plus, les frangins répétaient qu'au final, trois choses importaient dans toute création : le lieu, le lieu et le lieu.

Il y avait, entre la ville basse et la ville haute, un ancien entrepôt sur trois étages qui avait abrité une filature de coton jusque dans les années 70. Assez étroit, avec une armature en poutrelles métalliques, des murs de briques et cette particularité d'avoir deux entrées bien distinctes. L'une au rez-de-chaussée, l'autre donnant sur le premier.

Rapport à la route en lacets qui serpentait autour du bâtiment.

« Le lieu, le lieu et le lieu. »

Bientôt, l'entrepôt ne fut plus à vendre, évidemment.

On a dit tout et n'importe quoi sur les frères Vallardier. Certains les voyaient comme une bête à deux têtes, comme Shiva et ses quatre bras, capables d'attirer à eux la moindre chance de passage et de manière tentaculaire. On les croyait frivoles parce qu'ils riaient souvent, ils étaient déjà réfléchis et parfaitement fidèles. Fidèles à eux deux ! Bien sûr, je suis revenu à la charge pour connaitre leur « grand projet ». J'étais leur meilleur atout en matière de confidence, je voulais leur prouver.

— Désolé, on ne peut rien dire... non, faut que ça reste une surprise !

— Je ne sais pas, au moins un truc ! Dites au moins un truc ! Je réclamais encore.

— Un « truc » ? Tu veux savoir « un truc » ? C'est simple : ça va déchirer !

Après des mois d'acharnement, j'ai réussi à savoir qu'ils en avaient dessiné les plans eux-mêmes, que tout était pensé du sol au plafond mais que le design et sa réalisation avaient été confiés à trois artistes qui avaient dit « oui », sans hésiter.

— On ne les a pourtant vus que deux fois. Pas plus. Deux fois !

— Je crois qu'ils ne s'attendaient pas à notre projet...

Et au bout de six mois à tenter de jongler entre les cours et leur mystère, les frangins n'ont plus écouté leurs parents. N'ont plus écouté personne, au demeurant. Je me suis retrouvé seul sur les bancs de la fac.

Souvent je suis passé là où les bâches dissimulaient les travaux. Quand on se retrouvait, que ce soit en soirée ou totalement par hasard, les Vallardier portaient leurs cernes pour véritables preuves de leur persévérance. « Ça va déchirer ! » J'étais le premier à les croire. Le premier à les défendre. C'est peut-être pour cette raison qu'ils m'ont finalement appelé un soir de mi-juin. Moi et personne d'autre.

— Tu peux te libérer demain, en fin d'après-midi ?

— Oui, bien sûr... je dois pouvoir, oui...

— Désolé, hein, pour le plan « top secret » jusqu'ici mais...

— Non, non, je comprends.

Je suis arrivé le premier. Peut-être aussi impatient que si je devais embarquer dans l'Arche juste avant le déluge ! J'avais juré de ne rien dire. Je n'avais pas beaucoup dormi. Et j'étais maintenant devant eux. Devant leur sourire hors du commun, offert en grand, pour moi. Sous les frissons, je crois que mon corps venait de se métamorphoser.

Ils ont libéré de ses cadenas la porte d'une palissade et nous sommes entrés par le rez-de-chaussée. Je leur ai demandé si je devais fermer les yeux, s'ils avaient un bandeau, quelque chose de raccord avec le secret de leur entreprise mais ils ont eu pitié de ma fébrilité. Ils ont simplement allumé un à un les néons, les projecteurs, les appliques... Et, les yeux grands ouverts, ça ne pouvait pas être plus beau que ça !

— Bienvenue dans...

— ... *L'Enfer de Dieu* !

Je me souviendrais longtemps de l'impassible de leurs voix. Ils étaient certains d'eux-mêmes. Épuisés peut-être, mais tellement certains. Moi, en revanche, j'avais le souffle coupé et cette impression de ne pas avoir assez d'yeux pour tout voir d'un seul panorama. Ils avaient tout imaginé eux-mêmes !

L'idée était pourtant simple...

Leur bar à cocktails se dressait sur deux niveaux : un rez-de-chaussée et un premier étage.

Enfer et Paradis.

Séparés par un plancher transparent pour que le Paradis soit tenté par l'Enfer et que l'Enfer voie sous les jupes du Paradis. Aucune possibilité de rejoindre l'autre lieu une fois son choix effectué à l'entrée. On a parlé d'un ascenseur dissimulé à l'intérieur qui permettait de tricher... C'est faux, je peux l'assurer.

Pour le design ?

Un auteur de bandes dessinées s'était occupé d'habiller l'Enfer à grand renfort de métal, de tuyaux rouillés, de machines à la mécanique futuriste et de plusieurs statues très réalistes d'humains robotisés. De grandes enceintes libéraient un son sauvage et grinçant, il faisait moite et les lumières variaient en intensité pour déstabiliser le regard. Des couleurs plus glaciales qu'on aurait pu imaginer. Un no man's land hostile. Un lendemain d'apocalypse. L'Enfer avait le goût d'une saturation.

Pour le Paradis, les frangins avaient choisi deux photographes dont les clichés racontaient, en détail, les plaisirs absolus. Partout, des garçons presque nus, des madones et des saints à têtes couronnées : affichés sur les murs, incrustés dans les tables, en regard de miroirs et jusque dans le fond des verres ! Beaucoup de doré et de peaux offertes, éthérées, plusieurs statues d'éphèbes pour les premiers pas du monde. Chacune des photos était retravaillée pour donner l'apparence d'une douceur extrême et sucrée. Autant de portraits possibles qui formaient l'arbre généalogique d'une grande famille délicate et charnelle. Il y avait bien des plumes, des bruits de cascade ou, je me rappelle, cette sensation du vent chaud sur les visages. On ne pouvait être qu'hypnotisé, attiré, happé et tomber amoureux sur le champ.

Dans les cartes respectives des deux pôles, on ne trouvait officiellement que des cocktails sans alcool. Tous inventés pour l'occasion et dans le respect des thématiques choisies. En bas : Le *Freaks Time*, le *Devil Kiss*, le *Silent Hill*... en haut : Le *Baby Bird*, l'*Atomic Freeze* ou l'*Eternity*...

Dans les faits, l'Enfer avait souvent la mauvaise surprise d'apprendre que les boissons du Paradis étaient étonnamment plus corsées que les siennes... Et cela faisait écumer une certaine rage aux bords de certaines lèvres. La frustration totale !

Enfin, le coup de génie, c'était que les frères étaient présents, chaque soir, chacun au service de l'un des deux mondes créés. Étrangement dans un costume plutôt neutre mais toujours le torse nu et les yeux maquillés. Bien sûr, ils avaient embauché d'autres serveuses et d'autres serveurs mais quoi qu'il arrive, on venait pour eux, c'est évident. Pour ce choix crucial et si émoustillant qu'il nous fallait faire entre le frère de l'Enfer et celui du Paradis.

Et ça a été un raz de marée. Dès l'inauguration. Le bouche à oreille, tout d'abord, puis la presse, les critiques gastronomiques, les personnalités de tous pays, la foule. Chaque nuit, ils refusaient du monde. Chaque nuit, ils grandissaient un peu plus vite. Chaque nuit, ils faisaient plus d'envieux.

— Alors ? m'ont-ils demandé, en chœur, au petit matin d'une énième fermeture.

— Eh bien, oui... ça déchire !

Pouvait-on seulement répondre autre chose face aux deux visages évidents de la réussite ? Devant moi, les frères Vallardier avaient naturellement éclaté de rire. Pourtant, je ne m'attendais pas à la suite qu'ils avaient imaginée...

Ce même matin, ils m'ont proposé, sans détour et dans cet ordre précis : 1. de rejoindre leur aventure, 2. de gérer leur image, et 3... d'habiter avec eux. Ils avaient lâché leurs deux appartements, n'avaient aucune relation régulière et voulaient, à n'importe quel prix, entretenir un mystère qu'ils savaient être la clé des plus grands succès.

« Ne pas trop en dire, c'est faire croire beaucoup. »

Je sais qu'autour de moi, plusieurs n'ont pas compris, ont trouvé ça « trop » et m'ont tourné le dos. Aujourd'hui encore, dix ans après, je pense toujours que c'était la bonne idée. Nous avons signé devant notaires ce qui pouvait nous lier à jamais et *L'Enfer de Dieu* a prospéré. Les années ont flambé, rapidement. Les frères ont refusé, l'une après l'autre, toute offre de rachat. On recevait régulièrement des lettres de menace et d'intimidation. Rien de quoi effrayer la sensualité et le goût de la fête.

Ils ont voyagé de par le monde, ont fait la couverture de tellement de magazines. Moi, j'attendais sagement leur retour et sans contrepartie...

Puis, un soir, à peine leurs valises posées, je leur ai proposé l'idée ultime. Une nouvelle interview. La « dernière ». Pour le *Times*, j'ai précisé. Une manière d'apothéose et de marketing. Tout était déjà bouclé.

— La dernière interview, j'avais argumenté, parce qu'il ne faut pas qu'on vous voie vieillir…

Ça a été l'un des plus grands tirages du magazine !

Alors, bien sûr, je suis le premier qu'on a soupçonné le jour de leur disparition soudaine. Aussitôt, j'ai dit que je ne savais rien et qu'il fallait me croire. Mais… deux. Deux d'un coup. Au plus haut de la gloire, personne ne peut comprendre que l'on s'évapore ainsi.

On a tout raconté sur notre relation. Spéculé les hauts, les bas, plusieurs différends, quelque chose entre l'amour et la haine, et quoi ? C'était une histoire à la vie à la mort. Depuis le collège. On ne pourra pas nous enlever ça.

Il m'a fallu du temps et l'absence de preuves pour convaincre, un peu. Et chacun s'accordera avec moi : on ne croise pas deux fois dans une vie des garçons comme ça.

Je ne sais pas ce qu'ils sont devenus.

Mais j'ai repris *L'Enfer de Dieu*. J'en ai ouvert six autres de par le monde.

Et je veux croire qu'ils sont toujours à mes côtés, chaque soir, dans le regard des statues qu'ils ont imaginées. En Enfer et au Paradis. Sur les bases de notre pyramide humaine.

Découvrez une autre nouvelle inédite de Thomas Scotto… au format audio !

Pour **écouter « Le bruit de l'eau couvrait ta voix » lue par Tom et Nathan Lévêque**, scannez ce QR code avec l'appareil photo d'un portable ou une application dédiée :

Puis rentrez le mot de passe suivant : **les2labyrinthes**
Vous pouvez aussi utiliser ce lien : http://thomas-scotto.ungrandpeutetre.com

Notre coup de cœur

FOCUS

UNE LITTÉRATURE QUI NE FAIT PAS BONNE PRESSE

© Okoo / Empreinte digitale

Très peu d'organes de presse chroniquent aujourd'hui de la littérature ado : les grands journaux nationaux qui en chroniquent régulièrement se comptent presque sur les doigts d'une main, et les émissions de radio qui lui sont dédiées sont rares, voire quasi inexistantes à la télévision.
Pourtant, presque militant·es dans l'âme, quelques journalistes chroniquent, souvent avec passion, cette littérature. C'est le cas de Michel Abescat, journaliste à *Télérama*, et de Lucie Kosmala, journaliste, reporteuse et influenceuse (elle a beaucoup de casquettes !).
Leurs approches sont différentes (quoique ?), leurs publics aussi mais leur détermination à défendre une littérature ado de qualité est la même ! Nous avons eu envie de les faire discuter de leurs métiers et de la critique de littérature ado pour en cerner les enjeux, les problématiques et l'avenir.

Lucie Kosmala en quelques dates :

— 2014 : Diplômée d'un Master en littérature jeunesse.

— 2015-2016 : Travaille pour des maisons d'édition jeunesse (engagées !) : Talents Hauts, La ville brûle...

— 2016-2018 : Responsable de la rubrique Livres et Musique du site *Madmoizelle*.

— 2016 : Devient chroniqueuse pour « L'as-tu lu mon p'tit loup » sur *France Inter*.

— 2019 : Programme la scène young adult de Livre Paris.

— 2019 : Premiers reportages télé pour *Okoo* (France Télévisions) dans le magazine culturel « Zine ! Zine ! ».

Michel Abescat en quelques dates :

— Études de droit et de sciences politiques.

— 1988 : Premières piges pour les pages cultures du *Nouvel Économiste*.

— 1993 Documentaires littéraires et d'archéologie (France 3, Arte).

— 1995 : Pigiste au *Monde des livres*.

— 2000 : Arrivée à *Télérama*.

« MAIS TU T'EMBÊTES PAS TROP, À LIRE DES LIVRES POUR LES GAMINS ? »

Lucie Kosmala : J'ai découvert la littérature ado à 21 ans, durant un stage en librairie spécialisée jeunesse, grâce à une collègue qui m'a fait lire *Méto* d'Yves Grevet (Syros, 2008). Pour la première fois depuis longtemps, je n'ai pas dormi de la nuit pour le finir...

Michel Abescat : Moi aussi j'ai découvert la littérature ado assez tard : mes enfants en lisaient au moment où je commençais à travailler à *Télérama*. Pour nous, c'était logique que le magazine ouvre une rubrique « Enfants », car contrairement à la réputation qu'on a – c'est-à-dire assez parisien et élitiste – il y a toujours eu dans l'ADN du journal l'idée de transmission : ouvrir le champ, donner le goût...

L. K. : Ça répond très bien d'ailleurs à ce qu'est la littérature ado pour moi : une littérature de transition qui transpire des questionnements qu'on a à l'adolescence... Elle parle à des gamin·es et raconte des choses qu'ils et elles n'entendent pas ailleurs.

M. A. : Oui, cette idée de transmission me semble primordiale en littérature jeunesse, les autrices et auteurs sont très attentifs à leur lectorat. C'est une littérature aussi inventive et qualitative que les autres (si ce n'est plus libre, d'ailleurs, comme elle est marginalisée !). Pourtant, beaucoup de gens autour de nous disaient : « mais tu t'embêtes pas à lire ces livres pour les gamins ? » Ça nous a convaincus, Marine Landrot [journaliste albums] et moi, qu'il fallait faire quelque chose quand Martine Laval, qui avait été pionnière pour mettre de la littérature jeunesse dans le magazine, est partie.

L. K. : S'embêter en lisant des livres jeunesse ? Moi, quand je lis *Le journal de Gurty* dans le métro, je suis explosée de rire toute la durée du trajet !

M. A. : Oui, exactement, quand je lis des romans même pour les plus jeunes, j'oublie vite l'âge auquel il est destiné... et quand j'écris une chronique pour *Télérama*, je le fais de la même manière que si j'écrivais une chronique sur n'importe quel livre. C'est de la littérature, c'est tout !

« ON CHERCHE DES CHOSES DIFFÉRENTES DANS NOS LECTURES »

L. K. : Les âges de lecture, c'est une question très compliquée, souvent très individuelle à chaque enfant, mais à laquelle on nous demande de répondre de manière générale. Alors qu'on cherche tous des choses très différentes dans nos lectures...

M. A. : Le lectorat de *Télérama* est très en demande d'une préconisation d'âge !

L. K. : On me le demande aussi. Je le fais parce que c'est sécurisant pour les parents notamment qui me lisent, mais c'est tellement compliqué. J'ai plutôt envie de leur demander quelle est la maturité du lecteur ou de la lectrice, ce qu'il ou elle aime...

M. A. : Je sais que ce sont des adultes qui me lisent quand j'écris pour *Télérama*. Pourtant, je ne pense pas vraiment à qui je m'adresse : j'écris une critique et j'essaie d'inviter le lecteur ou la lectrice à venir voir le livre... Certains ados nous lisent peut-être, comme *Télérama* est un journal télé posé sur la table basse familiale, mais ils et elles sont sûrement une part minime de notre lectorat. Celui-ci est surtout le grand public adulte branché culture qui tient à ce que leurs enfants aient le goût de la lecture.

L. K. : Moi non plus, je n'ai pas toujours en tête mon lectorat quand j'écris mes chroniques. Surtout qu'il change en fonction du média : je ne parle pas des mêmes livres dans « Zine ! Zine ! », sur mon Instagram ou dans « L'as-tu lu mon p'tit loup ? »

Pour *Madmoizelle*, j'écrivais des chroniques pour les 18-25 ans, je pensais à des étudiantes avec peu de sous, j'écrivais à un lectorat qui allait

acheter le livre pour lui-même… Puis je me suis rendu compte que j'étais aussi lue par des bibliothécaires, des libraires !
À l'inverse, quand je fais des chroniques pour « Zine ! Zine ! », je suis censée m'adresser à des enfants, sur un ton léger et dans un temps imparti : le niveau de critique est vraiment différent. J'ai aussi lancé un compte Instagram sur les lectures engagées (@les.enfants.d'abord) et j'ai un nombre assez important de lectrices mamans qui me suivent : j'ai l'impression de toucher une communauté que je savais active mais que je ne touchais pas encore.

Bref, quand je fais une chronique, certes j'ai en tête le public auquel je m'adresse, mais je reste la plus objective possible. Je peux parler d'un livre que je n'ai pas spécialement apprécié à titre personnel mais qui a des qualités que d'autres recherchent. C'est peut-être ce qui fait la diversité de mon lectorat.

« JE PARLE DES LIVRES DONT **J'AURAIS EU BESOIN ÉTANT ADO** »

M. A. : À *Télérama*, la question qui s'est vraiment posée était de savoir si on parlait des livres qu'on n'aimait pas… en fin de compte, comme on ne peut critiquer qu'une infime partie de la production, on a choisi de ne parler que de nos coups de cœur.
L. K. : Je fais aussi ça, d'autant qu'il y a une surabondance dans la production qui fait que le public a besoin de repères.
M. A. : Oui, et certains parents s'intéressent à la littérature jeunesse car elles et ils sont attentifs à ce que lisent leurs enfants, découvrent que c'est intéressant… et deviennent à leur tour lecteurs et lectrices de littérature jeunesse ! C'est aussi ce qu'il m'est arrivé finalement. Pour autant, je ne pense pas redevenir un ado quand je lis cette littérature. Je pense que l'enfance persiste en nous. L'enfant que j'étais n'est pas mort, c'est évident. Et certains romans ados me bouleversent car ils me renvoient à des émotions très fortes qui me toucheront, je crois, toujours. Cependant, je suis moins naïf et plus attentif à la forme : si l'écriture est sans style, sans voix singulière, ce n'est pas un roman dont je parlerai.
L. K. : Pour ma part, je sais que ce qui va me donner envie de mettre en valeur un livre pour ado, c'est d'avoir le sentiment que j'aurais eu besoin de ce livre plus jeune.

« **CE MÉTIER M'ANIME** PARCE QU'IL A DU SENS »

M. A. : Il faut surtout que la démarche d'écriture et de choix du sujet soient sincères. Si l'on sent trop que le texte a fait l'objet d'une commande, on est loin de l'objet littéraire. La plupart des gens qui ne connaissent pas la littérature jeunesse parlent d'ailleurs de ces livres-là et généralisent – alors qu'il y a dans toutes les genres littéraires, des livres mauvais, pas sincères. Il faut leur présenter des classiques, des pépites pour qu'ils et elles reviennent ensuite et en redemandent !
Donc faire de la critique de littérature jeunesse c'est aussi cela : la promouvoir, même auprès des lecteurs et lectrices adultes. Et c'est aussi l'intérêt de travailler pour *Télérama* qui bénéficie du pouvoir symbolique de « consacrer ». Alors « consacrer » un livre de littérature jeunesse en même temps qu'un autre de poésie, de polar ou de littérature générale… Moi, j'adore ça !
L. K. : Moi, ce militantisme me fait rester dans le milieu. C'est difficile professionnellement et financièrement parlant, alors s'il n'y avait pas de sens à mon métier… je n'y serais plus. En fait, c'est ce qui m'anime.
M. A. : Et c'est même quelque chose de l'ordre du respect des enfants. Je ne comprends pas que les gens cultivés, qui vont au théâtre, à l'opéra,

lisent des livres de littérature érudite, méprisent les enfants en négligeant la qualité de ce qu'on leur donne à lire.

« ON MET PLUS DE NOUS DANS NOS CRITIQUES »

L. K. : Moi, ce que je vois très nettement, c'est qu'aujourd'hui il y a un essor de la critique plus individuelle, sur les réseaux sociaux, sur des médias que les gens se créent tout seuls. Cette diversité de discours prescripteurs est, elle, galvanisante : chacun·e a sa place, beaucoup créent et prennent la parole. C'est important, cette prescription horizontale, et que tout ça ne soit pas réservé à une élite culturelle. La plupart du temps, toute la chronique décrit les personnages du roman : leur rapport au livre y est très émotionnel – et ça, c'est spécifique à la littérature jeunesse.

M. A. : Oui, je pense que la critique a déjà changé : on raconte davantage l'expérience de lecture aujourd'hui. Les critiques mettent plus d'eux et d'elles-mêmes dans leurs textes et écrivent ce qu'ils et elles ont ressenti.

L. K. : Malheureusement, je crois que cette diversité que les gens amènent en comblant les manques des médias traditionnels se fait tout de même aux dépends de la critique professionnelle. Elle est sur le déclin, j'ai l'impression que de moins en moins de journaux s'intéressent à la littérature jeunesse.

M. A. : Oui cette question de l'avenir est pleine d'inconnues. Et ce qui me préoccupe en particulier est le devenir de la presse écrite. Il est clair qu'il y a aujourd'hui une baisse tendancielle de sa lecture, elle se vend de moins en moins, et notamment auprès des jeunes. De ce fait, le web prend une place très importante et permet des innovations dans les formes, sur les réseaux sociaux...

L. K. : Et je crois qu'il faut investir les nouveaux réseaux sociaux. Je pense par exemple à TikTok, le réseau social des ados : où sont les éditeurs ?

M. A. : J'espère aussi que nous saurons inventer de nouvelles formes de critique littéraire ; je tiens trop à cet exercice pour imaginer pour qu'il puisse se perdre.

L. K. : L'avenir nous le dira !

05 .02

C'EST QUOI, UNE BONNE COUVERTURE ?

par Julia Thévenot*

UNE PROMESSE DE LECTURE

Qu'est-ce qu'une couverture réussie ?
C'est fastoche : une couverture doit fournir la réponse à une seule question sur le livre. UNE SEULE. « Qu'est-ce que c'est que ce livre ? »
En effet, une couverture fait une promesse à son lecteur ou à sa lectrice : elle doit donc être la plus fidèle possible au livre qu'il y a derrière.
Pour cela, elle a des myriades de possibilités. Les plus classiques, dont on fait rarement abstraction (jusqu'à dans certaines collections, s'en contenter, en mettant le tout sur fond blanc), sont :
1) le titre ;
2) l'auteur ou l'autrice ;
3) la maison d'édition.

C'est déjà un bon début, mais le titre peut n'être que moyennement révélateur, et l'auteur ou l'autrice, inconnue de l'acheteur·se. Dans de nombreuses collections (et même systématiquement, en littérature jeunesse et ado), on optera donc pour un « visuel de couverture » qui nous renseignera sur… *le genre de l'ouvrage*. (À noter que l'absence de visuel renseigne également sur le genre.)

Le visuel peut être une photographie, une création graphique, une illustration, ou de la pure typographie (tendance plus niche, mais croissante en littérature ado). Et ce, quel que soit le genre (thriller, romance, fantastique…) et le public (jeunesse, adulte). Un exemple de chaque :

* Première publication le 29 mars 2016 sur son blog *Allez vous faire lire* sous le titre « Délit de faciès, ou la couverture ratée » (version agrémentée de moult blagues visuelles et exemples éhontés de mauvaises couvertures).

● LE PUBLIC

Le visuel, vous l'avez deviné, c'est ça qui m'intéresse aujourd'hui. Parce que c'est là qu'on peut se planter.

Bien sûr, l'auteur·rice et l'éditeur·rice peuvent trébucher sur le choix du titre, mais ça, ça vient *avant*. L'éditeur·rice peut difficilement se rater au niveau du titre au moment de *composer* la couverture, à part à le mettre en police 6,5 dans le coin inférieur gauche (c'est-à-dire, pour ceux que ça intéresse, le coin le moins regardé par nos yeux occidentaux qui effectuent spontanément une diagonale gauche-droite*).

**** Le parcours de l'œil pour lire une image***

En vrai, c'est un peu plus compliqué : notre œil ne fait pas exactement une diagonale, il regarde d'abord le centre de l'image (enfin, la ligne des deux-tiers supérieure, où se trouveraient les yeux d'un portrait), *puis* effectue une diagonale gauche-droite en partant du coin supérieur gauche. Notre regard suit *aussi* les lignes de composition de l'image (qui peuvent être différentes de cette diagonale), il se laisse guider.

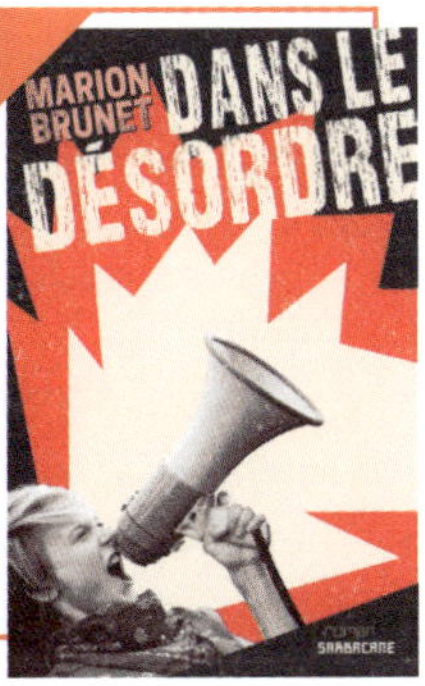

Une composition de couverture classique (parmi d'autres) est : auteur ou autrice et titre en haut à gauche, visuel au milieu, éditeur en bas à droite. Dans ce type de composition, on choisit avec soin l'élément visuel central sur lequel le regard va accrocher : par exemple, le mégaphone de la révolte pour *Dans le désordre* (Marion Brunet, Sarbacane, 2016).

Pour nous renseigner sur le « genre » du livre, le visuel doit être en adéquation avec la culture de ce genre. Une couverture de space-opera – comme *Phobos* (Victor Dixen, Collection R, 2015-2017) – répondra à d'autres codes qu'une couverture d'essai féministe – comme *Ceci est mon corps* (collectif, Rageot, 2020) ; de même, une couverture de roman de fantasy a d'autres codes qu'une de thriller et, pour entrer dans des démarcations plus fines, une couverture de roman de fantasy *pour les enfants* (*Starfell*, de Dominique Valente, Casterman, 2020), par exemple, répondra à d'autres codes que le même genre *pour les ados* (*La Passe-Miroir*, de Christelle Dabos, Gallimard Jeunesse, 2013). On sait tout cela instinctivement. Dans la majorité des cas, on pourrait même retirer les titres des couvertures, on saurait quand même de quel genre de livre il s'agit. Ça veut dire que la couverture fait bien son travail.

Ça ne signifie pas encore qu'elle est « réussie ». Car pour être un succès, le visuel de couverture doit non seulement renseigner sur le genre de l'ouvrage, mais aussi rencontrer son public (c'est-à-dire plaire au lectorat visé, le toucher).

C'est d'autant plus important pour un public aussi exigeant à cet égard que le public jeunesse, qui s'attache énormément aux visuels de couverture et choisit beaucoup en fonction d'eux.

Mais… plaire au public ?! On aurait aussitôt envie de répondre : on ne peut pas plaire à tout le monde, ma bonne dame, chacun fait c'qu'y veut, terminé bonsoir.

C'est vrai, c'est impossible. Mais puisqu'on cherche à toucher un public précis, et pas l'ensemble des gens qui vont entrer dans la librairie, en définissant bien ce public, on peut plaire à (presque) tout le monde.

Par exemple, *Ma réputation* (Gaël Aymon, Actes Sud Junior, 2013), *Les petites reines* (Clémentine Beauvais, Sarbacane, 2015) et *#Scandale* (Sarah Ockler, Nathan, 2015) évoquent sensiblement les mêmes thèmes et sont écrits pour un public que l'on peut définir peu ou prou de la même façon : ado, à partir de 14 ans environ, plutôt féminin, sensible aux thématiques des réseaux sociaux et du harcèlement.

Pour autant, ils n'attireront pas les mêmes lecteurs et lectrices, car leurs visuels de couverture évoquent des univers, des styles d'auteur ou d'autrice, des tons narratifs et des traitements des thèmes sociaux assez différents.

Et les lecteurs et lectrices répondant à la définition faite plus haut (ado, à partir de 14 ans, plutôt féminin, sensible aux thématiques des réseaux sociaux et du harcèlement) savent très bien, grâce au visuel, lequel des trois livres leur correspond le mieux. C'est parce que la maison d'édition, aidée de l'auteur·rice (parfois) et de son ou sa directeur·rice artistique (souvent), a bien défini son public. Elle l'a bien *ciblé*.

Un visuel de couverture est réussi quand :

1) il informe sur le genre de l'ouvrage ;
2) il trouve son public ;
3) il plait (globalement) au public qu'il vise.

D'ailleurs, quand une couverture fonctionne particulièrement bien, elle peut devenir un « classique » de son genre, comme on le voit avec *#Scandale* et *La liste* (Siobhan Vivian, Nathan, 2013).

Pour finir, et comme l'illustre d'ailleurs déjà l'exemple ci-contre, il me semble important de souligner qu'une couverture de livre est pertinente en fonction des codes de son genre, certes, mais donc aussi… de son époque ! Car les codes de chaque genre, les modes esthétiques et les goûts du public, ce cornichon qui grandit trop vite (alias, les ados), évoluent constamment. C'est pour ça qu'il est si difficile pour les acteurs et actrices du milieu (éditeurs et éditrices, graphistes, commerciales et commerciaux en premier lieu) de réussir leur pari à tous les coups. Et surtout, s'ils et elles le réussissent… ils et elles ne sont bien sûr pas à l'abri d'être complètement has-been sous cinq ans. Dure vie.

FOCUS

RÉSEAUX SOCIAUX LITTÉRAIRES : LA PRESCRIPTION A DE L'AVENIR

Pour comprendre la blogosphère et les réseaux sociaux littéraires, il faut passer entre les lignes et échanger. C'est ce que nous avons fait, le temps d'une discussion de deux heures entre trois créateur·rices de contenu sur Internet – Arthur (@ladoaccroauxlivres), Audrey (@lesouffledesmots) et Sophie (@sophielitca). La lecture des ados a été encensée, la littérature qui leur est consacrée explorée et la frontière entre influence, conseil et prescription questionnée.

Sophie Lit, c'est un peu la grande sœur rigolote qu'on rêve d'avoir pour prof. Curieuse et créative, elle a commencé par ouvrir un site il y a dix ans – sophielit.ca – devenu incontournable dans le paysage littéraire canadien et francophone, avant de diversifier son activité à destination des professionnel·les (formations, conseils, ateliers...) et de s'exprimer sur la plupart des réseaux sociaux.

Audrey, c'est la cadette hyperactive qui adore discuter des choses qu'elle aime. D'abord blogueuse, elle a créé *Le Souffle des Mots* en 2013, puis une chaine YouTube éponyme qui a finalement pris l'ascendant puisqu'elle y comptabilise aujourd'hui plus de 70 000 abonné·es. Le rire communicatif et l'éternel enthousiasme qui sont sa marque de fabrique la font également connaitre sur Bookstagram (mot désignant la communauté littéraire d'Instagram).

Arthur, c'est le petit dernier, l'ado accro aux livres qui voulait lui aussi des ami·es avec qui parler bouquins et a créé son compte il y a trois ans. À quinze ans, il présente ses lectures à plus de 2 000 abonné·es, chronique des romans dans le journal et la radio de son lycée et est prêt à assurer la relève !

INFLUENCEUR·SE, LECTEUR·RICE **OU PROFESSIONNEL·LE ?**

Audrey : Le mot « influenceuse » ne m'a jamais posé de problèmes : il a une connotation négative, ce qui le rend peu apprécié. Mais pour moi, il permet de tout englober. Cela dit, mon blog n'a pas autant fonctionné que ma chaine Booktube ; c'est grâce à elle que j'ai décollé et que mon compte Instagram fonctionne aussi bien aujourd'hui, donc c'est peut-être « booktubeuse » qui me définit le mieux, parce que c'est pour cette activité que je suis connue.

Sophie : C'est vrai que j'ai moi aussi beaucoup de casquettes différentes... Souvent, on me présente comme « spécialiste de la littérature jeunesse », ce que je réfute. C'est vrai que je lis beaucoup, en quantité même ! Mes Cartes de métro littéraires m'ont par ailleurs fait connaitre, en donnant l'impression que j'ai une vue d'ensemble de la production et que je connais tout... Mais je préfère me définir comme une « courroie de transmission ». J'ai la chance de me promener en Belgique, en France, au Canada et de voir dans plein de cours différents ce qu'on fait avec la littérature, avec les ados et comment on leur donne envie de lire... C'est davantage cet aspect de mon métier qui me définit, même si ce n'est pas ce qui apparait le plus sur les réseaux sociaux.

Arthur : J'ai commencé sur Bookstagram pour trouver d'autres lecteurs et lectrices qui, comme moi, adorent lire et transmettre leur passion. Au fur et à mesure, c'est devenu plus professionnel, entre autres parce que je reçois des livres que je dois chroniquer, mais mon but reste de partager ma passion, de rencontrer d'autres personnes avec qui en discuter ou faire des lectures communes ! Je ne cherche en fait pas à inciter les gens à lire certains romans, mais plutôt à parler avec les autres de ceux que j'ai lus. Aujourd'hui, même ma professeure de français et ma documentaliste suivent mes conseils et me proposent des projets ! J'écris donc des chroniques pour la radio et le journal de mon lycée.

INTERNET : UN ESPACE POUR **PARLER DE LIVRES ENTRE ADOS**

Sophie : Ce que je trouve beau, maintenant, c'est justement que ces communautés-là sont très présentes sur Internet. Des ados qui s'intéressent au livre, j'en vois plein ! Ils sont sur Bookstagram, sur Booktube... ça se parle, ça crée et toute la richesse de cette tendance est là. Avant, on avait l'impression qu'aimer lire n'était pas « cool » alors que maintenant, on se rend compte que ça peut être bien vu et on trouve de la reconnaissance sur Internet. Audrey, que j'ai vue débuter et progresser, a même été mon exemple pendant

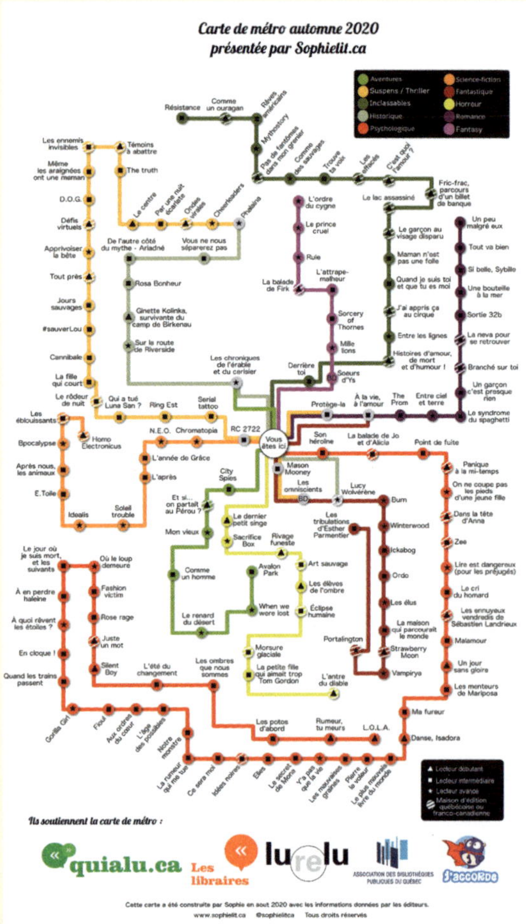

longtemps ! Quand j'allais dans les écoles, je leur montrais ses vidéos en leur disant : « Regardez, c'est fou ! Cette fille-là va au Salon du Livre et de la Presse Jeunesse de Montreuil et des hordes de lecteurs et lectrices veulent la rencontrer ! Elle parle de livres et elle dit qu'elle aime lire. » Je trouvais ça extraordinaire et c'est un bon modèle à montrer aux ados. Ça ouvre des portes.

Arthur : C'est vrai que dans mon lycée, il y a beaucoup de lecteurs et lectrices et on voit énormément d'ados dans les salons. On ne s'en rend pas compte, mais il y en a en fait beaucoup qui aiment lire !

Audrey : Il y a aussi plein d'ados qui ne le disent pas. Au lycée, j'avais vraiment l'impression que personne autour de moi ne lisait, juste quelques ami·es, sans être grand·es lecteur·rices. Mais j'ai découvert bien plus tard que des personnes de mon lycée, qui avaient été mes ami·es, me suivent sur Instagram alors que je n'ai jamais parlé de livres avec eux à l'époque !

Sophie : Pour moi, c'est un espace où on peut parler de notre amour de la lecture alors qu'en classe nous n'avons pas tout le temps cet espace. Mon travail de fond avec les professeur·es, c'est de leur dire d'ouvrir cette porte. Il faut que nous leur parlions de livres, mais il faut aussi que nous laissions les ados parler de livres entre eux.

Audrey : Contrairement à Arthur, c'était totalement différent quand j'étais au lycée ! YouTube était beaucoup moins développé et il était hors de question que les autres sachent que j'avais une chaine. J'en faisais des cauchemars ! Je n'avais pas honte de lire, j'avais même souvent un livre sur moi, mais j'avais peur que les autres me jugent, me harcèlent ou se moquent.

DÉBUTS PASSIONNÉS, PRESQUE HASARDEUX

Arthur : J'ai commencé il y a presque trois ans, sur Facebook, avec de courtes chroniques. J'avais alors treize ans. Ensuite, j'ai commencé à mettre en scène mes lectures dans des photos parce que je trouvais ça beaucoup plus beau et je me suis rendu compte que ça intéressait plus de personnes que quand je postais mes chroniques accompagnées d'une simple couverture. J'ai justement découvert Instagram à ce moment-là. J'y ai pris de plus en plus plaisir en voyant que mes abonné·es venaient me parler de leurs lectures pour sympathiser avec moi. Je n'avais pas beaucoup d'ami·es au collège donc j'avais envie de parler de livres avec d'autres personnes. En trois ans, j'ai déjà beaucoup changé. Je ne savais pas très bien communiquer à l'époque, et quand je regarde les stories que je faisais il y a deux ans, je me trouve ridicule ! On finit par avoir un certain recul sur soi, en fait. Avant, j'étais plus scolaire. Maintenant, je me sens plus libre.

Audrey : De mon côté, j'ai suivi un chemin qui ressemble à celui d'Arthur parce que je n'avais pas beaucoup de personnes dans mon entourage avec qui parler de livres, jusqu'à ce que je m'inscrive sur le forum du magazine *Julie*. J'y ai rencontré mon amie Sophia, qui m'a donné envie d'aller au Salon du livre de Paris en 2013. C'est aussi elle qui m'a poussée à me lancer. J'ai donc comme elle créé un blog en 2013. La même année, j'ai commencé à recevoir des livres de la part des maisons d'édition et j'ai créé ma chaine YouTube, mais sans montrer mon visage ! En 2014, j'ai expliqué à mes parents que ce que je faisais comptait pour moi : cela faisait un an que j'avais mon blog et une chaine et je voulais leur autorisation pour pouvoir montrer mon visage. Je pense que j'incarnais typiquement ce que les lectrices recherchaient, c'est-à-dire une ado de 16 ans qui lit du young adult, et beaucoup de jeunes de mon âge se sont mis·es à me suivre.

Sophie : J'ai l'impression d'être sur un chemin un peu parallèle aux vôtres... J'ai toujours lu énormément, mais plutôt des classiques. Quand j'ai débuté comme professeure, je ne comprenais pas pourquoi mes élèves n'aimaient pas les lire ! Je me suis donc intéressée aux livres qu'eux aimaient lire. Ils et elles m'ont prêté des livres et pour en garder une sorte de mémoire virtuelle, j'ai créé mon site. Ça fait dix ans, maintenant, et à l'époque, personne ne faisait ça au Québec ! C'est pourquoi mon site est très rapidement sorti du cercle de mon école : j'ai bientôt eu une tribune à la radio de Radio-Canada pour parler de littérature jeunesse et me suis mise à toucher les prescripteur·rices. Aujourd'hui, je me rends quand même compte que j'ai moins de visites sur le site, j'ai donc développé mon compte Instagram, sans pour autant y verser mes critiques – il y a plus de deux mille livres sur mon site ! Je ne suis pas super à l'aise avec le rapport à l'image de ce réseau, mais je me suis mise à faire des vidéos pour les écoles. Je les rencontre une première fois en vrai, pour qu'ils et elles me connaissent déjà, et mes conseils sont d'autant plus pertinents en vidéo : il y a un lien qui s'est créé.

Audrey : Les ados ont en fait besoin de voir qu'ils et elles ont quelque chose en commun avec la personne pour lui faire confiance. Personnellement, quand j'anime des ateliers vidéo avec des jeunes de onze ou douze ans, je commence par leur demander ce qu'ils regardent sur Youtube. On parle de McFly et Carlito, de Squeezie et je finis par leur dire : « Est-ce que vous savez qu'il y a aussi des gens qui parlent de livres sur YouTube ? »

DES NOUVEAUX·ELLES **PRESCRIPTEUR·RICES** ?

Sophie : Je me sens vraiment prescriptrice quand j'écris une chronique dans la revue *Les Libraires* au Québec, où je présente de vrais coups de cœur. Par contre, quand je vais dans une classe, je débarque avec deux cents livres et ce sont les ados qui vont me dire lesquels les intéressent. Peu importe s'il y en a que j'ai trouvés vraiment nuls. Je vais leur dire les raisons pour lesquelles je n'ai pas aimé certains titres, mais jamais en les critiquant violemment. Je redeviens une lectrice comme elles et eux et je leur partage mes lectures.

Arthur : Moi, je me sens plus lecteur que prescripteur. Cela change un peu quand je chronique des livres que je n'ai pas aimés, parce que je vais alors conseiller ces livres à des personnes en fonction de leurs goûts : ce n'est pas parce qu'un roman ne m'a pas plu que la personne en face de moi ne va pas l'aimer non plus.

Audrey : Pour ma part, je crois que je reste majoritairement une lectrice dans le sens où je parle de tout ce que je lis. Tout le temps. Je fais des sélections thématiques à l'occasion de certaines vidéos, mais c'est tout. Je pense aussi que c'est ce qui plait à ma communauté. Par ailleurs, je me suis rendu compte que plein de jeunes qui me suivaient s'entendaient parfois dire par un·e professeur·e de français : « Ne lis pas ces livres-là parce que ça n'est pas de la vraie littérature. » Quand on m'en parle, je réponds maintenant : « Du moment que tu aimes lire, c'est le principal. » On voit qu'il y a plein d'ados à qui on n'a jamais montré qu'il y a une littérature pour elles et eux et à qui on a directement proposé des livres difficiles.

Arthur : J'ai toujours eu la chance d'avoir des professeur·es de français qui nous conseillaient à la fois des romans contemporains et des classiques. Même si on a plus envie de lire les romans contemporains, quand on voit que notre professeur·e a parfois des goûts qui nous correspondent, ça donne envie de se plonger dans les autres. Ils et elles donnent envie de lire et c'est l'essentiel.

Sophie : Il y a beaucoup de professeur·es qui n'aiment pas lire ! Je pense que ça devrait être interdit, parce que c'est là que s'incarne l'amour de la langue et des mots ! Internet aide justement à contrer cela. Par exemple, l'été 2020 au Québec, j'ai vu une grande communauté de professeur·es s'échanger des idées lectures sur Instagram ! Je trouvais cela chouette à observer parce que je me disais qu'ils allaient ensuite pouvoir en parler avec leurs élèves. C'est là que la magie se crée, c'est là qu'il faut laisser un espace.

LIRE DE LA **LITTÉRATURE ADO**

Audrey : Je me demande moi-même pourquoi à vingt-trois ans, je lis encore des livres dans lesquels les personnages ont seize ou dix-sept ans, parce qu'on me le demande, souvent avec dédain... Finalement, si je défends cette littérature, c'est parce que je ne me considère pas vraiment comme une adulte. Un personnage qui a vingt ans me ressemble encore : il ou elle se pose des questions sur l'avenir. Je pense que ce que j'aime dans cette littérature, c'est aussi son public. C'est touchant de conseiller des livres à des jeunes pour leur donner l'amour de la lecture. Je veux leur montrer qu'il existe des livres pour eux et elles. C'est important, d'autant plus qu'on trouve en littérature ado de plus en plus de sujets importants. En grandissant, j'ai compris qu'il fallait chercher et promouvoir des titres qui traitent des sujets de société. On a parfois du mal à comprendre que tout un pan de notre public ne connait pas ces causes et ces problématiques-là et il faut leur en parler.

Sophie : J'ai tendance à dire quand je présente la littérature ado à des professeur·es que ce sont des livres qui accrochent le lecteur ou la lectrice en cinquante pages, voire vingt-cinq. La littérature pour adultes prend trop souvent pour acquis le fait que le lecteur ou la lectrice va s'accrocher et prend le temps d'installer l'ambiance même si cela doit prendre cent pages. En littérature ado, on cadre tout de suite l'intrigue pour que tu aies envie de continuer. Pour moi, c'est une des définitions de la littérature ado, avec la vivacité des personnages et cette vie qu'il y a à l'intérieur des romans.

Arthur : La littérature ado est une littérature à laquelle je peux m'identifier. Même si c'est un roman d'imaginaire ou de fantasy, j'arrive à m'identifier aux personnages et à l'univers, dès le début. C'est un roman que je lis vite, dans lequel l'univers n'est pas trop complexe, mais quand même assez pour pouvoir entrer dedans. Et ce sont souvent des romans avec des personnages jeunes, investis dans des relations familiales ou sociales – il y à très peu de figures solitaires, selon moi.

05 .03 UN TERRITOIRE DE CRÉATIVITÉ ET D'INNOVATION ?

Face à une si grande concurrence de pratiques culturelles et de loisirs, les éditeurs font preuve d'imagination et redoublent d'inventivité pour capter les nouvelles générations. Les années 2000, avec l'arrivée de *Harry Potter* qui a métamorphosé le monde de l'édition d'un coup de baguette magique (lire focus page 21) et la croissance démesurée du digital, ont amené les maisons d'édition à repenser la façon dont elles communiquaient. Prenons Gallimard Jeunesse, éditeur français de J. K. Rowling : les deux collections de littérature ado qui dessinent l'histoire de cette maison ont existé différemment dans le paysage de la prescription. Alors que la collection « Page Blanche » se tournait principalement vers les prescripteur·rices, la collection « Scripto » est arrivée sur le marché avec une communication résolument tournée vers les ados, choix d'autant plus judicieux qu'elle publiait à ses origines des textes crus et difficiles que certains prescripteur·rices auraient pu écarter. Assez tôt dans son histoire, la collection s'affiche sur Facebook et compte en 2011 près de 30 000 fans[1]. Du fait de l'appétence particulière de cette nouvelle génération pour le digital et parce que la littérature ado, alors émergente, peine à trouver sa place dans les médias traditionnels, l'édition a rapidement cherché à s'emparer de ces moyens de communication numériques et à inventer de nouvelles choses.

CONQUÉRIR LES **TERRES ADOLESCENTES**

En effet, les maisons d'édition ont dans un premier temps cherché à investir d'autres loisirs prisés par les ados. La collection « Exprim' », par exemple, dès ses débuts en 2006, est la première à publier avec chacun de ses romans une playlist. Les ados peuvent ainsi prolonger leur découverte de l'auteur·rice en s'immisçant dans son univers musical. Cette pratique, bien qu'aujourd'hui assez courante, témoignait alors d'un réel intérêt de l'éditeur pour les pratiques de ses lecteur·rices. Ce n'est pas la seule innovation due à la collection « Exprim' » : conscient du pouvoir du bouche-à-oreille très fort à cet âge-là, Tibo Bérard , le directeur de collection, a lancé en 2009 un club d'ambassadeurs et d'ambassadrices. Ce club ne comptait que six membres, mais leur investissement était total : à travers des articles de blog et en recommandant les romans « Exprim' » à des ami·es, chacun·e diffusait sa passion pour la maison. (Une passion décuplée par le sentiment gratifiant d'appartenir à une communauté privilégiée.)

1. M. Barthelemy, *La littérature pour ados : étude d'un phénomène éditorial à travers les collections « Page blanche » et « Scripto » chez Gallimard J.*, Mémoire soutenu en 2011, U. Stendhal Grenoble 3.

UN SOUCI **D'INTERACTIVITÉ**

Les maisons d'édition comprennent bientôt qu'elles peuvent recourir à la gamification de leur communication et même de leur travail éditorial, c'est-à-dire utiliser des techniques issues des jeux pour impliquer davantage les ados dans les histoires qu'elles publient et promeuvent. Bayard, par exemple, a très vite expérimenté cela avec la série *Cathy's Book* (Sean Stewart et Jordan Weisman, 2008-2010) qui propose un contenu enrichi. Le livre est vendu avec une pochette remplie d'objets et de papiers en rapport avec l'histoire : lettres, numéros de téléphone, pages de journal intime, bague... En plus d'incarner l'histoire en rendant l'ensemble réel et le personnage de Cathy proche du lecteur ou de la lectrice, ces éléments donnent des indices sur l'histoire et permettent au lecteur ou à la lectrice d'essayer, lui aussi, de résoudre l'enquête. Quelques numéros de téléphone disséminés dans l'ouvrage permettent également de joindre un personnage et d'écouter sa boite vocale. Ce genre d'initiatives ne s'est pas généralisé – c'est un dispositif coûteux en argent comme en temps, qui demande une énergie qu'il est difficile d'investir si on veut avoir le temps de porter, en tant qu'éditeur, le reste de son catalogue. Serait-ce également un échec commercial ? Un objet marketing dépourvu de qualités ? Difficile d'en estimer ici la rentabilité mais ce genre de contenu enrichi n'est pas unique : on peut également citer *Skeleton Creek*, toujours chez Bayard (Patrick Carman, 2009), dont l'histoire est aussi bien racontée par le texte que par des vidéos disponibles sur un site dédié. *U4* (Nathan, 2015), dans une moindre mesure, dispose de contenus exclusifs qu'on peut récupérer en scannant les couvertures avec l'application Nathan Live.

DES OUTILS DIGITAUX **SOUS-EXPLOITÉS ?**

Les éditions Nathan se sont très tôt intéressées au digital avec, dès 2004, des mini-sites dédiés à certaines séries comme *Les Orphelins Baudelaire*, (Lemony Snicket, 2002-2007). Quelques années plus tard, forts du succès de leur blog Lire en Live, elles lancent l'application Nathan Live qui permet en « flashant » la couverture d'un roman d'accéder à du contenu additionnel. Aujourd'hui encore, la maison démontre sa connaissance des ados et de leurs pratiques avec le lancement d'une collection de textes courts, accessibles et bons marchés (huit euros pour chaque roman) publiés sous trois formats différents : audio, numérique et papier (« Court toujours », 2020). Rappelons qu'en 2016 (selon une étude du CNL/Ipsos sur les jeunes et la lecture), 24% des lycéen·nes déclaraient avoir déjà lu au moins un livre numérique et environ 14% des ados disaient parfois écouter des livres audio. En rendant ainsi le lecteur ou la lectrice libre de poursuivre la même histoire sous le format qu'il veut, les éditions Nathan désacralisent l'objet livre pour montrer qu'une histoire se lit et s'écoute, se vit et s'enrichit. Ce concept, bien que novateur, se contente néanmoins de transformer le livre en expérience crossmédia, c'est-à-dire qui propose la même histoire sous différents formats. La littérature ado gagnerait sans doute à développer des offres transmédia (lire chapitre 200). Des auteur·rices et des éditeur·rices, dans les années 2010, ont parfois créé des profils Facebook pour leurs personnages, comme Rageot et Stéphane Daniel, autour du roman *Si par hasard c'était l'amour* (2010), ou Le Rouergue avec Maxime Mainard (*Comment (bien) rater ses vacances*, Anne Percin, 2010) et les personnages de Marine Carteron . Cette pratique, souvent une initiative de l'auteur.ice, lui permet de développer son personnage sous une forme digitale amusante.

● LA PUISSANCE INACESSIBLE **DE LA VIDÉO**

Forums, chats avec des personnages, QR codes menant vers du contenu additionnel, fiches pédagogiques pour les prescripteur·rices... Les initiatives pour faire vivre la littérature ado sur Internet sont timides mais nombreuses. Parmi elles, on note un attrait pour la vidéo. Les booktrailers existent depuis les années 2010, mais leur nombre était au départ restreint et leurs apparitions remarquées. Avec la démocratisation du matériel vidéo, ainsi que de nombreux outils de montage et d'effets spéciaux et le développement de YouTube, les booktrailers font aujourd'hui partie intégrante du paysage de l'édition ado. Leurs formats courts et leur potentiel viral en font un outil de promotion intéressant.

Néanmoins, ils sont aujourd'hui assez codifiés, avec des niveaux de production assez inégaux. Certaines courtes vidéos se contentent d'allier des séquences issues de banques d'images gratuites à quelques phrases pitchant le roman. D'autres initiatives ont fait preuve d'originalité. Pour la sortie du dernier tome de *Phobos* (Victor Dixen, 2015-2017), par exemple, Robert Laffont a confié à Nine Gorman, une booktubeuse déjà très suivie, la réalisation d'une série de vidéos sur des textes inédits de l'auteur, mettant en scène les personnages de la saga incarnés par différentes booktubeuses. Sarbacane, de son côté, a imaginé en 2020, dans une forme plus classique mais néanmoins efficace, un booktrailer pour la parution du nouveau roman de Clémentine Beauvais : *Âge tendre* (Sarbacane, 2020). Cette vidéo, comme un petit court-métrage, introduit l'histoire du roman avec une production léchée et attrayante.

RETOUR VERS **LE RÉEL**

L'événementiel a toujours animé le monde du livre, y compris celui de la littérature ado, et on assiste ces derniers temps à une inventivité croissante pour faire vivre la littérature ado en croisant les supports de communication. Certaines maisons d'édition mettent par exemple en place des opérations de communication fédératrices : les « chasses aux livres », par exemple, comme Rageot pour *Nos vies en l'air* , de Manon Fargetton (2020), qui met en scène deux ados à Paris. Pour accompagner la sortie du livre, ils ont organisé un jeu de piste dans Paris pour retrouver des exemplaires du roman dédicacé dans différents lieux emblématiques de l'histoire. Les indices, mis en scène par la maison et par Manon Fargetton, étaient postés au cours de la journée sur les réseaux sociaux. Bayard jeunesse a imaginé une opération de plus grande ampleur pour soutenir la parution du recueil de nouvelles d'*Eragon* (Christopher Paolini, 2019). Des Dragonniers se baladaient dans plusieurs grandes villes de France. Il fallait les retrouver, prendre une photo avec eux et tenter ainsi de gagner différents cadeaux mis en jeu à cette occasion. Une idée coûteuse et ambitieuse mais fédératrice : elle a rencontré un grand écho sur les réseaux sociaux. C'est une manière inattendue de faire vivre une histoire dans le monde réel.

PORTRAIT

MYRIAM TOUCHE

Cela fait six ans que Myriam travaille pour l'association du Prix des Incorruptibles, en charge des relations éditeurs et des comités de sélection ; six ans, mais on pourrait croire qu'elle y est depuis sa création, tant elle en parle avec ferveur.

En 2018, pour les 30 ans du Prix des Incorruptibles, plus de 500 000 enfants et ados ont voté pour leur livre préféré ! « Au fil des ans, une belle communauté s'est formée » déclare-t-elle, heureuse de l'engouement que suscite le Prix. « J'ai l'impression de faire quelque chose de concret et qui a du sens. Nous mettons tout en œuvre pour faire des enfants les lecteurs et lectrices de demain. » Myriam Touche lit chaque année des dizaines voire des centaines de romans ados. La Matilda de la littérature ado, c'est elle.

PRESCRIPTION ET **PARTAGE**

Comme beaucoup de professionnel·les de cette littérature, elle a pourtant d'abord lu des classiques, « parce qu'ils étaient imposés ou conseillés par des professeur·es, puis par goût ». En plus de la bibliothèque où elle se rendait souvent et du bibliobus – « un bus aménagé en bibliothèque qui stationnait à la sortie du collège plusieurs fois par mois, le bonheur ! » – Myriam Touche explorait chaque année avec grand enthousiasme le salon du livre de sa ville. « Ma soif de lecture s'est ainsi décuplée au fil du temps. »

Après le collège, un tournant s'opère en elle. « J'ai vraiment commencé à fréquenter les librairies vers la fin du lycée. » C'est aussi à ce moment-là qu'elle se met à à concevoir la lecture comme une ouverture vers les autres. « J'en parlais peu au collège, j'étais une adolescente assez secrète et réservée. Ensuite, j'ai commencé à partager mes lectures avec mes ami·es. »

Après une licence de lettres et un master de littérature jeunesse, elle est prise en stage chez Flammarion jeunesse, décroche un autre master II en « Édition multimédia et rédaction professionnelle », effectue un nouveau stage, chez Sarbacane, avant de travailler pour la revue *Page des libraires*. En 2014, elle intègre l'équipe des Incorruptibles.

Entre les présélections qu'elle est chargée d'établir avec les éditeurs et les comités de lecture qu'elle orchestre – composés d'enseignant·es, de professeur·es-documentalistes, de bibliothécaires, de libraires – la prescription est au cœur de son quotidien. Elle travaille également sur l'accompagnement éditorial du Prix avec ses collègues et coordonne depuis 2019 l'équipe de l'association. « La polyvalence et la transversalité sont de mise ! »

Affiche Fred L.

UN PRIX CITOYEN QUI PRIVILÉGIE **LE PLAISIR DE LA LECTURE**

« Peu de prix littéraires jeunesse sont décernés par des enfants et des adolescents » note Myriam Touche. « Ce sont pourtant les premiers lecteurs et premières lectrices visées par les auteurs et autrices ! » C'est en 1988 que le Prix des Incorruptibles voit le jour. Il a pour but d'amener les enfants à prendre plaisir à lire et de leur faire découvrir des livres vers lesquels ils et elles ne seraient pas allés d'eux-mêmes et d'elles-mêmes.

Si le Prix se concentrait au départ uniquement sur les CE2-CM1 et les CM2-6e, les niveaux se sont élargis. « Parce que l'action-lecture plaisait aux enseignant·es… mais également parce que les enfants grandissaient ! » L'association a donc, à peu près au même moment, ouvert le Prix aux niveaux supérieurs mais aussi à la petite enfance.

Elle touche ainsi quasiment tout le spectre de l'enfance, de la maternelle jusqu'au début du lycée. Une manière de diffuser l'amour de la lecture à tous les âges et de structurer une communauté autour des livres. « Le Prix des Incos est une aventure littéraire mais aussi citoyenne puisque nous incitons les professionnel·les à organiser le vote dans les conditions réelles d'une élection. »

UNE LITTÉRATURE **QUI BOUSCULE**

Myriam Touche a une vision aussi large que détaillée de la littérature ado. « Sur le niveau 5e-4e, la transition enfance-adolescence est encore bien présente » analyse-t-elle. « Ses thématiques sont l'amitié, l'aventure, l'imaginaire, la construction de l'identité. » Par contre, « le niveau 3e-Lycée met plus souvent en avant des romans réalistes, abordant des thématiques fortes, parfois même des scénarios catastrophes ! » Mais selon elle, « cette frontière est en train de s'étioler ».

L'autre différence qu'elle constate entre ces deux niveaux de l'adolescence est celle du nombre de votants. « En 2018, de 15 000 au collège, il passe à 7 000 pour le niveau 3e-Lycée », où les lectures imposées deviennent de plus en plus nombreuses. Alors qu'au lycée, ce sont plutôt des clubs de lecture qui votent, au collège, ce sont des classes entières qui sont impliquées ! Pour pallier cette érosion des votes, « nous essayons de faire entrer les ados dans la lecture par le jeu ». *Speed-booking*, mini-campagnes électorales, procès de personnages, animations Booktube… Les ressorts sont nombreux pour les mobiliser et leur montrer le livre sous un angle différent.

« La littérature ado est passionnante, d'une grande richesse et diversité » estime Myriam Touche, qui la fait vivre avec ses collègues par tous les moyens. « Elle est exigeante avec son lecteur ou sa lectrice car elle ne l'épargne en rien. La littérature ado est là pour emporter les ados, les faire rêver, rire, pleurer, les malmener, les déranger et les amener sur des terrains intimes ou inconnus, mais aussi pour les interroger et les faire réfléchir sur le monde qui les entoure. » Serait-ce alors la littérature parfaite pour une expérience citoyenne ?

« Depuis quelque temps, je sens que je suis de moins en moins une ado » confie Myriam Touche. « Mais je peux retrouver cet état quand je lis un roman ado sombre et torturé, comme *Nightwork* (V. Mondiot, Actes Sud Junior, 2017) ou *Le faire ou mourir* (Claire-Lise Marguier, Le Rouergue, 2011). » Grâce à son travail, elle a la possibilité « et la très grande chance » de lire énormément. « Cela fait aussi partie de mon métier de me tenir au courant et de garder un œil vigilant sur les productions des maisons d'édition. C'est très plaisant et épanouissant ! » Ses lectures, aujourd'hui, sont encore éclectiques, en témoigne son compte Instagram nourri aussi de littérature générale. Mais les livres qui la font vibrer chaque jour restent ceux pour ados. « Je lis de la littérature ado pour être bousculée et je pense qu'on devrait l'être à tout âge. »

NOUVELLE

LE GRAND DÉPART

Carina Rozenfeld

D'abord étudiante en urbanisme en géographie, puis journaliste et autrice de guides de voyage, Carina Rozenfeld bascule finalement dans des terres imaginaires et publie *Le Mystère Olphite*, en 2008 (L'Atalante). À partir de ce moment, elle ne s'arrête plus d'écrire pour les enfants et les adolescent·es puisqu'elle a publié plus de trente-cinq romans en douze ans ! Remarquée suite au succès de sa trilogie *La Quête des Livres-Monde* (L'Atalante, 2008-2012) elle ne se lasse pas d'explorer des univers qu'elle invente, variant mondes fantastiques et anticipations futuristes : réécriture du mythe du phénix avec *Les Cendres de l'oubli* (Robert Laffont, 2012-2013), planète peuplée de dragons dans *L'Héritier des Draconis* (Gulf Stream, 2017-2019) ou roman post-apocalyptique avec *Les Clefs de Babel*... rien n'arrête son imagination. Suivie par de nombreux lecteurs et lectrices fidèles, récompensée par près de quarante prix littéraires, c'est une autrice incontournable des littératures de l'imaginaire pour les adolescent·es.

Mon cœur battait tellement fort dans ma poitrine qu'il me semblait que mes côtes allaient se briser. J'entendais mon sang pulser sourdement contre mes tempes.

Je crois que toutes les personnes qui vivaient ou avaient vécu cette situation avaient dû éprouver cette peur intense, celle qui prend aux tripes et que rien n'apaise. Mais je devais reconnaitre qu'il y avait une forme d'excitation aussi, de curiosité, face à l'inconnu, face à l'aventure qui m'attendait. J'inspirai une grande goulée d'air tiède imprégnée d'un parfum piquant de désinfectant.

L'homme près de moi, un médecin, était vêtu d'une combinaison jaunâtre. Son visage à moitié caché par un masque laissait juste deviner des yeux bruns bienveillants. Il avait des gestes calmes, malgré l'urgence. Je le voyais rassembler, sur un plateau métallique, des poches pleines de liquides aux couleurs différentes. Les longues aiguilles posées à côté n'étaient pas rassurantes, mais je n'avais jamais eu peur des piqûres. Comme tout le monde, j'avais eu ma dose d'injections obligatoires pour survivre au fil des années et ce n'est pas celle-là qui allait m'effrayer.

Pour me changer les idées, j'observais les grandes photos qui tentaient d'apporter une touche de couleurs et d'humanité dans cette salle blanche où des centaines de personnes étaient passées avant moi. Des vagues s'écrasant sur les rochers, une chaine de montagnes aux neiges éternelles, un banc de dauphins dans une eau transparente, un champ de lavande... Des vestiges, des paysages que je ne verrai jamais. Que personne ne verrait plus jamais.

Je détournai le regard vers la porte par laquelle j'étais passée un peu plus tôt, et me demandai où étaient mes parents et mon frère. Peut-être allongés, comme moi, sur un de ces lits étroits d'hôpital, dans des chambres voisines. Je leur avais déjà dit au revoir, quand nous avions su que nous allions être séparés : nous avions pris le temps d'échanger quelques mots, de longs câlins, nous souhaitant bonne chance, nous donnant rendez-vous... quand ? où ?

Soudainement, l'alarme sonnant en continu depuis des jours s'arrêta, créant un silence inhabituel, pesant. La voix féminine qui donnait ses instructions avec calme se tut. Je me redressai.

— Pourquoi ça s'est arrêté ? demandai-je au docteur qui était en train de remplir une seringue d'un produit bleuté.

— Oh ne t'en fais pas, me rassura-t-il. Ça va repartir. Elle ne nous laisse tranquilles que quelques minutes.

Ses yeux, au-dessus de son masque, se plissèrent, me laissant entendre qu'il souriait.

Mais l'alarme restait muette. Est-ce que ça voulait dire que le départ était annulé ? Est-ce que j'allais devoir reprendre ma vie misérable dans le refuge ? Attendre une nouvelle opportunité de me libérer du noir, de la faim, de la soif, de l'ennui, de la peur de la maladie ?

Mais j'eus à peine le temps de penser cela que la voix et la stridulation reprirent de plus belle.

— Avis aux habitants des bunkers 92 à 111. Vous êtes attendus à la station de départ numéro 10 pour un décollage imminent. Veuillez ne prendre que le nécessaire avec vous. Si vous dépassez le poids maximum autorisé, vous serez interdits d'exode. Un dépistage de la Peste Rouge sera effectué systématiquement. Ne seront autorisées à quitter la Terre que les personnes saines. Les autres seront prises en charge par les autorités.

Le médecin leva son index comme pour montrer le plafond d'où semblait tomber l'alerte enregistrée :

— Tu vois, je te l'avais dit. Même si je finis par ne plus l'entendre, à force, je préférerais un peu de silence. Mais j'imagine que ça aussi, j'en aurai ma dose à un moment.

Je hochai la tête. Oui, lui aussi serait évacué bientôt et il n'entendrait plus rien. Plus de voix, plus de rire, plus un son, sauf ceux de ses rêves. C'est ce que je m'apprêtais à vivre, dans quelques instants. Mon cœur s'accéléra à nouveau en y repensant, la panique monta d'un cran et une légère nausée me saisit. Pourtant, vivre enfermée dans ce bunker était devenu insupportable.

Non c'était insupportable depuis le début, depuis le jour de la catastrophe, celui qui avait rendu la surface de la planète inhabitable. L'oxygène était devenu brûlant, irrespirable, sauf si on voulait se carboniser les poumons en quelques instants. Certains avaient choisi cette voie, incapables de voir les images de la Terre dévastée, réduite à une boule de cendres. Disparus les océans, évaporés dans l'atmosphère chargée en permanence d'une épaisse couche de nuages qui n'éclataient jamais. Calcinées les forêts, ces taches vertes, devenues noires comme la suie. Rasées les villes, pulvérisées à l'état de ruines. Les survivants étaient depuis parqués dans ces abris souterrains, en attendant le grand départ.

Les vaisseaux qui devaient nous propulser à travers l'espace, à la recherche d'un nouveau monde capable de nous accueillir étaient déjà en construction, en orbite autour de la planète, quand la catastrophe était arrivée. On savait qu'elle allait se produire. Les humeurs du soleil étaient devenues de plus en plus violentes, et on le surveillait de près, tout en construisant des bunkers, préparant des réserves de nourriture et d'eau, plantant des fermes souterraines éclairées aux piles atomiques avant que l'étoile qui nous maintenait en vie jusqu'ici ne s'éteigne et nous avec.

J'avais quatre ans quand ma famille et mon quartier avaient été évacués dans l'abri n° 111. Je ne me souvenais pas de mon existence d'avant. J'avais de vagues images d'un jardin, de mon école maternelle et de la première fois que j'étais allée au cinéma avec mes parents.

Tout le reste de ma courte existence, je l'avais passé enfermée dans une immense pièce de béton, séparée par de fines parois pour constituer des cases, afin d'offrir aux familles un semblant d'intimité. Mais nous entendions tout : les conversations, les disputes, les couples qui faisaient l'amour, les ronflements, les toux, les éternuements, les pleurs et les quelques rires de nos voisins. Nous partagions des repas insipides dans le réfectoire, nous avions droit à une douche par semaine. L'école se faisait dans un coin de l'abri, tous âges confondus, pour nous apprendre le minimum : lire, écrire, compter, les bases de la terraformation, de l'agriculture... tout ce qui nous serait utile ailleurs.

Et chaque jour, nous attendions l'ordre d'évacuation. Les premiers abris, du n°1 au n°91 étaient déjà partis, au fil des mois. Les premiers vaisseaux achevés étaient en route pour les étoiles, chacun vers une destination différente.

Les astrophysiciens qui étudiaient les exoplanètes n'avaient aucune assurance concernant l'habitabilité des mondes vers lesquels nous étions envoyés. Des observations lointaines, des calculs compliqués... c'étaient les seules sources d'informations qui décidaient du but de chaque parcelle d'humanité envoyée pour des siècles dans l'espace. Au bout du chemin, la plus grande incertitude.

Mon vaisseau m'attendait enfin. Cela faisait une dizaine de jours que j'étais sortie de mon bunker, pour la première fois depuis treize ans, pour me rendre à l'hôpital où j'avais subi une batterie de tests médicaux. J'étais en bonne santé générale. Aucune trace de Peste Rouge. Si j'en avais été porteuse, je n'aurais pas eu le droit de partir. Mon existence se serait achevée ici, et je me serais contentée de rêver de liberté pour les quelques mois qui me seraient restés à vivre dans d'horribles souffrances.

— Alors... Anna, commença le médecin en se tournant vers moi, ma fiche médicale à la main, me tirant de mes réflexions... Prête pour le grand départ ?

— Je crois, murmurai-je... Je ne suis pas sûre.

Non je ne l'étais pas. Malgré ma situation, les aléas du voyage étaient trop aléatoires pour que je sois complètement sereine. Pourtant, passer des années sous terre comme je l'avais fait, comme nous le faisions, ce n'était pas vivre. C'était survivre, c'était comme une petite mort, c'était attendre à chaque instant autre chose de différent, de mieux. Le médecin hocha la tête, son regard toujours rivé sur ma fiche. Il souleva une page et m'annonça :

— C'est normal, et tu as le droit d'avoir peur. La destination de votre vaisseau est le système solaire FL-299. Estimation de la durée du voyage : cent quinze ans.

Je faillis avaler de travers. Cent quinze ans. Je savais que ce serait long, mais cent quinze ans... Il dut voir mon visage se transformer à cette information car il s'empressa de me rassurer :

— Tu ne t'en rendras pas compte. Tu dormiras tout du long.

— Je sais, soufflai-je, mais c'est quand même impressionnant.

— Oh oui. Pour l'instant, c'est vous qui aurez à faire le voyage le plus long. Les autres vaisseaux en ont pour cent un à cent dix ans.

— On n'est plus à quinze ans près.

Il rit doucement, avant de brandir une longue seringue.

— Allez, courage.

Je tendis instinctivement mon avant-bras dans lequel il planta l'aiguille d'un geste sûr, certainement renouvelé des centaines de fois.

— Moi, je fais partie du prochain départ, et j'ai hâte, me confia-t-il.

J'aurais aimé être aussi positive que lui. La Terre avait été notre berceau, notre maison, notre refuge, mais nous n'y avions plus notre place à présent.

Quand il eut fini de m'injecter tout le liquide, il me fit signe de me lever et de le suivre. Il ouvrit une porte qui n'était pas celle par laquelle j'étais entrée. Elle débouchait sur une autre pièce, immense, dans laquelle se trouvaient des dizaines de coques oblongues, à la surface métallique, parcourues de câbles de couleurs différentes. Parmi elles, mon lit pour les cent quinze prochaines années. J'allais m'allonger dedans, être endormie. Puis ces cocons protecteurs seraient envoyés en orbite pour être embarqués à bord du vaisseau qui me transporterait moi, ma famille et tous les habitants des abris 92 à 111 jusqu'à notre planète de destination. Certaines coquilles étaient déjà fermées, protégeant leur précieuse cargaison. Des leds rouges et jaunes clignotaient, signalant certainement le bon fonctionnement des appareils qui maintenaient en vie les humains déjà plongés dans une hibernation artificielle.

Le médecin me montra d'un signe de la main un des habitacles. Je m'arrêtai devant, intimidée. Une sorte de matelas noir en tapissait le fond, des aiguilles pointées vers l'intérieur attendaient de se planter dans ma peau pour m'injecter ce qui me maintiendrait dans un état de sommeil tellement profond que mon organisme aurait à peine besoin d'oxygène et de nutriments.

Mon cœur battait la chamade. C'était ici que tout s'arrêtait. C'était ici que tout commençait.

Je savais que nous ne serions réanimés qu'en cas d'habitabilité certaine de la planète vers laquelle nous serions propulsés à toute allure. Autrement, nous serions condamnés à errer dans la galaxie où nous nous endormirions pour de bon, inconscients de notre propre mort.

— Vous pensez que je me réveillerai un jour ? demandai-je à cet homme qui serait la dernière personne que je verrai avant un long moment.

Il sembla réfléchir un moment à la meilleure réponse possible avant de dire avec douceur :

— Peut-être...

Je savais qu'il ne pouvait pas faire mieux. Et il avait raison. J'inspirai un grand coup. Puis avec son aide, je grimpai dans la coque. Le matelas était légèrement spongieux, tandis que je m'allongeai dessus, vêtue de la combinaison blanche que j'avais enfilée ce matin. Une eau chaude envahit l'habitacle, m'enveloppant, collant le tissu contre ma peau. Le médecin plaça un masque en plastique, relié à un gros tuyau, devant ma bouche. Il me sourit et murmura :

— Prête ?

J'hésitai avant de répondre, mais à présent que j'étais installée dans cette coque, que le moment était venu, je me rendais compte que je l'étais. Enfin.

— Prête, répondis-je avec assurance.

Il me sourit.

— Alors, bonne nuit, Anna.

J'entendis un *bip* résonner à mes oreilles. Mes paupières se firent lourdes, je luttai jusqu'au bout avant de les laisser recouvrir mes pupilles. La dernière vision que j'eus de la Terre, ce fut le visage masqué du docteur, le plafond blanc strié de néons à la lumière crue et le couvercle de mon cocon qui se refermait au-dessus de moi.

Puis ce fut le noir...

Notre coup de cœur

05.04 UNE EXPLORATION COLLECTIVE DE LA LITTÉRATURE ADO

En plus d'être un moment de transformation physique, l'adolescence est un âge où l'on change psychologiquement en acquérant maturité et autonomie. Dans nos sociétés occidentales, le passage à l'âge adulte s'exprime par certains moments charnières : les études supérieures et les premières fois, mais aussi la révolte contre l'autorité, notamment parentale. À l'adolescence, on n'est plus seulement membre d'une famille (car c'est le premier cercle social de la plupart des ados en France) mais aussi membre d'une société, voire de sociétés. On découvre en fait petit à petit que les nombreuses questions qui nous agitent n'existent pas qu'en nous et que les réponses peuvent venir d'ailleurs : d'autres communautés ou des livres.

Ce qui fait le succès de la littérature ado, c'est qu'elle est venue combler un manque vertigineux. Non seulement des livres s'adressent désormais aux adolescent·es avec un ton, des histoires, des sujets et des objets qui leurs parlent intimement, mais ils deviennent en plus un sujet de partage.

La démocratisation des outils numériques ces vingt dernières années a d'ailleurs permis un développement très important des communautés virtuelles. « Il est devenu infiniment plus facile de s'affranchir des préconisations de son environnement lorsqu'on peut chercher l'assise de pairs dénombrables en milliers, voire millions » confirme Laurent Bazin[1].

● DES GENRES MIS SOUS LE FEU DES PROJECTEURS

FAIRE L'IMPASSE SUR LA PRESCRIPTION ?

Internet a rapidement permis de sortir des lignes de la prescription traditionnelle – notamment la presse – pour entendre parler de genres délaissés : la fantasy et la romance par exemple ou, de manière générale, la littérature ado. Les éditeurs peuvent maintenant s'adresser à leurs lecteurs et lectrices sans intermédiaire. « Pendant très longtemps, le lecteur ou la lectrice était tout au bout de la chaine. Aujourd'hui on permet aux éditeur·rices de s'adresser directement à eux et inversement » observe ainsi Guillaume Teisseire[2], l'un des gérants du site *Babelio*.

Sonia de Leusse-Le Guillou dégage les données suivantes de l'étude de Louis Wiart, chercheur ayant enquêté sur les réseaux sociaux numériques littéraires : « si les communautés

1. L. Bazin, *La littérature Young Adult*, P. U. Blaise-Pascal, 2019.
2. « Écoutez : Guillaume Teisseire parle des réseaux sociaux du livre », *Booksquad*, 3 février 2019.

de lecteur·rices s'adressent à tous, elles sont en fait surtout composées d'adolescentes et d'étudiantes. (...) La couverture des livres, et, pour 46 % d'entre elles, les critiques en ligne, déterminent leurs choix de lectures, bien avant les conseils des libraires ou des médias – les littératures de l'imaginaire, les genres qu'elles affectionnent plus particulièrement, y figurant peu. »[3] Devenues plus proches de leurs lecteur·rices grâce à ces outils quasiment instantanés, les maisons d'édition ont alors développé une communication spécialement pensée pour les ados. L'évolution de Gallimard Jeunesse témoigne de cette volonté (lire « Prescription et émancipation », page 156).

Hachette Romans aussi, qui s'est au milieu des années 2000 fait une place de choix sur le marché avec la saga *Twilight* de Stephenie Meyer (Hachette Romans, 2005) et le lancement de sa collection « Black Moon », a compris qu'il fallait proposer de nouvelles choses pour capter l'attention des plus jeunes. Ainsi, sur leur site communautaire *Lecture-Academy* a rapidement mis en place un moteur de recherche conçu pour proposer aux lecteurs et aux lectrices des livres en fonction de leur humeur, fonctionnalité qui renvoie à une lecture empreinte d'affect (lire « Prescription et émancipation », page 156).

UNE LECTURE DÉBRIDÉE ET IDENTIFICATOIRE

L'essor des communautés de lecteur·rices en ligne s'explique aussi par le rapport qu'ont les ados avec le livre. « La constitution des réseaux individuels de lecture résulte d'une lente maturation » analyse la chercheuse Nicole Robine[4]. « L'adolescent·e lecteur·rice ou très faible lecteur·rice hérite de son passé scolaire et familial. (...) En même temps, il ou elle construit d'autres chemins de lecture que nous qualifierons de lecture débridée. » Cette lecture débridée, c'est la « lecture naïve » de Marie-Aude Murail : une lecture délestée d'enjeux scolaires ou intellectuels (« Prescription et émancipation », page 156).

Néanmoins, cette lecture plaisir, souvent mentionnée, caractérise-t-elle à elle seule l'approche de ces romans par les ados ? Le doute et le questionnement qui habitent la littérature ado ne disent-ils pas autre chose de leur rapport au livre ? Selon Sonia Deleusse, les ados ont « une lecture affective, identificatoire ou passionnée » . Au-delà d'en faire un loisir, ils et elles ont besoin de la lecture pour s'identifier aux personnages et trouver des réponses en eux.

3. S. de Leusse-Le Guillou, « Parler de livres sur Internet », site de l'Agence Régionale du Livre Provence-Alpes-Côte d'Azur.

4. N. Robine, « Les réseaux de lecture des adolescents », *Lecture Jeune*, décembre 2005.

Quelques dates clés des réseaux sociaux

1999 : Blogger, racheté par Google en **2003**
Début des années 2000 : naissance du Web 2.0 et émergence des newsletters
2002 : Skyblog.com, puis Skyrock.com en **2007**
2003 : Wordpress, éditeur de blogs et de sites
2004 : Facebook, qui arrive en France en **2008**
2005 : Youtube, racheté par Google en **2006**
2006 : Twitter
> 2007 : création de Babelio.com
2008 : Tumblr, à la croisée des blogs et des réseaux sociaux
> 2008 : création de Lecture-Academy
2010 : Internet devient le premier moyen pour les Américains de s'informer, avant la presse papier. La même année est créé Instagram.
> 2011 : Margaud Liseuse se lance sur YouTube
2012 : 50% des lieux culturels sont sur Facebook[5]
2012 : Tiktok, qui décolle en **2019**

5. B. Benita, *Lumière sur les réseaux sociaux*, Ministère de la Culture et de la Communication et Universcience, 2014.

UN BESOIN VISCÉRAL DE **FAIRE COMMUNAUTÉ**

Ce rapport très incarné à la lecture est particulièrement frappant car il se retrouve également dans la façon dont les ados s'identifient aux influenceur·ses. Ces réseaux illustrent en effet un besoin de faire groupe autour d'une passion, voire même d'une personnalité. « [L'influenceur·se] doit être authentique et livrer ses émotions » résume Sonia Deleusse[6]. Contrairement aux médias classiques qui ont une certaine légitimité, ces nouveaux prescripteur·rices plaisent parce qu'ils et elles se construisent une « crédibilité » : en exprimant leur personnalité et leur sincérité, ils et elles permettent à leurs abonné·es de s'identifier à eux et elles. Si l'on suit un·e influenceur·euse, c'est parce qu'on finit par lui faire confiance. Ils et elles représentent plus des pairs, des ami·es en puissance, que des « autorités » de conseil.
Les ados ont « un besoin quasi viscéral de rendre publiques [leurs] passions. (...) Entrer dans un univers romanesque signifie le partager » observe Laurent Bazin[7]. Il n'est d'ailleurs pas rare d'entendre un·e influenceur·euse raconter que son compte a été créé en premier lieu pour se trouver des ami·es à qui parler de livres. Cette observation est certainement corrélée à l'identité même de ces réseaux qui ont d'abord existé pour permettre des interactions sociales virtuelles. Leur forme a fini par évoluer vers quelque chose de plus professionnel, voire publicitaire, mais leur essence reste la même et influence les stratégies de marque : il faut créer de la proximité et de la confiance pour toucher sa cible.

COMMUNAUTÉS, MARQUES ET LITTÉRATURE ADO

FÉDÉRER PAR LA LECTURE

Ces différentes communautés virtuelles ont suscité l'intérêt des maisons d'édition avant même l'arrivée de YouTube et Instagram, alors que la mode était plutôt aux forums voire aux blogs personnels. Si certaines maisons ont utilisé Internet à ses débuts (lire « Un territoire de créativité et d'innovation », page 184), la fin des années 2000 et le début des années 2010 ont marqué un vrai tournant dans leur façon d'interagir avec les ados.
En 2008, Hachette lance son site *Lecture-Academy* qui, à l'image de réseaux sociaux comme *Babelio*, Booknode ou Livraddict, propose aux lecteurs et lectrices de s'inscrire pour partager leurs avis sur leurs lectures, participer à des jeux ou des débats, rencontrer d'autres passionné·es de livres, mais uniquement autour des parutions de Hachette. Si le pari peut sembler risqué, ils parviennent rapidement à fédérer une communauté forte autour de leurs ouvrages et comptabilisent près de 100 000 visites par mois en 2013[8] et autant de fans sur la page Facebook de Black Moon. En 2009, Gallimard Jeunesse crée son propre blog pour ados : *On Lit Plus Fort*. Par la suite, nombre de maisons

Quelques chiffres marquants sur les réseaux sociaux

5,15 milliards de mobinautes contre **4,57 milliards d'internautes** en 2019.
Blogs : en 2006, on compte déjà **57 millions de blogs dans le monde.** Aujourd'hui, plus de **2 millions** de blogs sont créés **chaque jour.**
Les réseaux sociaux comptabilisent aujourd'hui **2,7 milliards d'utilisateur·rices sur Facebook, plus de 2 milliards sur Youtube, 1,1 milliard sur Instagram et 800 millions sur Tiktok contre 500 en 2019.**

6. S. de Leusse-Le Guillou, *op. cit*.

7. L. Bazin, *op. cit*.

8.. C. Térouanne, propos recueillis par Sonia de Leusse-Le Guillou, *Lecture Jeune*, 2013.

d'édition ont imaginé leurs plateformes : Nathan (*Lire en Live*), Flammarion jeunesse (*Flam Like You* puis *Arrête de lire*), Pocket Jeunesse (*A blog ouvert*)... Blogs, sites communautaires ou simples réseaux sociaux, ces plateformes avaient le point commun de proposer un contenu divertissant pour promouvoir leurs publications et fédérer des lecteur·rices.

VERS UNE IMAGE DE **MARQUE ASSUMÉE**

La construction de l'identité de ces plateformes au fil des années est révélatrice de la façon dont a évolué la communication des maisons d'édition en littérature ado. On remarque notamment que « le nom de l'éditeur disparait au profit d'un terme qui a du sens pour une communauté », analyse Sonia de Leusse-Le Guillou[9]. En effet, quasiment tous les sites mentionnés contiennent les mots « lire » ou « livre ». « On a d'abord assisté à une mode, venue des États-Unis, où chaque éditeur voulait se créer un "club de lecture", pour lequel on cherchait un nom de communauté », observe Camille Morlaës, cheffe de produit aux éditions Casterman Jeunesse.

La mode a de fait été tellement forte au cœur des années 2010 que la concurrence entre les noms de ces plateformes et ceux des blogs qui se multipliaient (parfois plus suivis et puissants que ceux des maisons d'édition) a créé une surabondance. Avec la perte de vitesse des blogs et des forums au profit de l'explosion des réseaux sociaux, notamment Instagram, ces plateformes ont pour beaucoup été fermées par les éditeurs, comme *Livre attitude* pour Rageot, d'autres sont devenues les sites internet de leurs maisons respectives, comme *Lire en série* pour Michel Lafon ou certaines sont revenues à une information plus claire : *Flam Like You* a laissé place à *Arrête de lire* qui a elle-même laissé place aux réseaux sociaux Flammarion Jeunesse et Flammarion Jeunesse Romans. « Aujourd'hui, on cherche de plus en plus la transparence » confirme Camille Morlaës. « Il y a une question de référencement. En 2013, on se posait moins la question alors qu'elle est aujourd'hui essentielle » rappelle-t-elle aussi. « J'ai besoin que nos lecteur·rices se souviennent de notre maison d'édition en visitant un site marchand. J'ai besoin qu'un·e ado de 13 ans, quand il ou elle a acheté un de nos livres et veut en parler sur Instagram, puisse identifier la marque facilement. Il y a une immédiateté des réseaux sociaux qui demande un nom clair. »

De plus, avec l'omniprésence des marques sur les réseaux sociaux des ados, dont la communication tend maintenant vers l'horizontalité, il y a un attachement de plus en plus fort qui se crée. « Les lecteurs et lectrices qui fréquentent les réseaux jeunes adultes sont plus réceptifs à l'identité éditoriale (éditeur, collection) et aux signaux visuels qui s'incarnent directement dans l'objet-livre (illustrations) » ajoute d'ailleurs Louis Wiart à son étude[10]. « Tous ces éléments paraissent aller dans le sens d'une littérature jeunes adultes prise dans des logiques marketing qui imposent une marque éditoriale puissante et suscitent un attachement à des séries, à des univers et à des collections. » Est-ce également là que réside le succès de plateformes comme Instagram ? Image de marque, échanges horizontaux, identification et interactions coïncident sur cette plateforme entièrement visuelle.

9. S. de Leusse-Le Guillou, *op. cit.*

10. L. Wiart, « Réseaux de lecteurs en ligne : la lecture en partage », *Lecture Jeune*, automne 2016.

PORTRAIT

SONIA DE LEUSSE-LE GUILLOU

« On ne nait pas lecteur ou lectrice, on le devient. » C'est ce que défend Sonia de Leusse-Le Guillou dans son travail. Elle-même est devenue lectrice tôt, en témoigne son parcours scolaire et professionnel où les lettres n'étaient jamais loin. C'est pourtant bien plus tard qu'elle est devenue lectrice de littérature ado, en intégrant l'association Lecture Jeunesse qu'elle dirige aujourd'hui. Parmi ses missions, « trouver des livres pour chaque lecteur ou lectrice qui s'ignore. Nous cherchons à donner envie de lire et d'écrire à des jeunes. » L'association, en plein essor depuis quelques années, poursuivra bientôt sa mission jusqu'à l'échelle européenne. Une mission que Sonia de Leusse-Le Guillou incarne déjà très bien : discuter avec elle, c'est vouloir devenir lecteur·rice, quand bien même on le serait déjà.

UN PARCOURS HABITÉ **PAR LES TEXTES**

« Le seul moyen d'être éclairé·e, c'est d'être capable de lire et écrire. » Cette nécessité de vivre par les textes, Sonia de Leusse-Le Guillou l'a comprise tôt. Adolescente, elle lisait beaucoup de textes classiques ou contemporains. « Les auteur·rices des années 1950 – Beckett, Camus ou Ionesco – me plaisaient particulièrement. » Est-ce étonnant si l'on considère que ces auteurs « sont ceux des grands questionnements existentialistes »? Son appétence future pour la littérature ado semble d'autant plus évidente quand elle cite *Cent ans de solitude* de Gabriel Garcia Marquez : ce roman qui l'a marquée ado n'est pas sans rappeler la métaphore du labyrinthe, que John Green lui emprunte pour parler de choix et d'adolescence dans *Qui es-tu Alaska ?* (Gallimard, 2007).

« Au départ, je n'étais pas spécialiste de la littérature ado » reconnait Sonia de Leusse-Le Guillou, et de poursuivre : « par contre j'ai un parcours très littéraire. » Elle a même soutenu une thèse sur la littérature des années 1950 et la peinture avant de travailler dans la culture. Bientôt, elle rejoint l'association Lecture Jeunesse avec enthousiasme. « Ce qui m'intéressait, c'était l'idée de faire de la vulgarisation de recherche dans une revue pour parler de lecture et d'écriture. On en entend peu parler, alors qu'à mon sens, c'est la première voie d'accès à la culture » explique-t-elle avant d'ajouter : « la jouissance des textes, l'esthétisme de la littérature m'ont toujours portée car cela ouvre la porte des mondes. »

UN REGARD SUR LES ADOS **ATTENTIF ET BIENVEILLANT**

« L'écriture est la voie d'accès à tout : aux réseaux sociaux, à internet, à la culture » insiste Sonia de Leusse-Le Guillou. Sans doute est-ce pour ça qu'elle est au cœur des missions de Lecture Jeunesse. « Prévenir l'illettrisme, promouvoir lecture et numérique, prévenir le décrochage, quel qu'il soit » sont autant d'objectifs que formule l'association aujourd'hui. De manière générale, elle construit ses actions sur « trois piliers » : lecture, écriture et oralité.

« Nous voulons développer des projets pour les jeunes en fonction de leurs besoins » explique-t-elle « mais aussi donner tous les outils aux personnes qui les accompagnent sur le terrain pour les former et faire en sorte qu'ils travaillent ensemble. » Pour Sonia de Leusse-Le Guillou, s'en remettre aux personnes qui les côtoient reste le meilleur moyen d'interagir avec les ados. Ainsi, le comité de la revue *Lecture Jeune*, qui réunit des professionnels afin de poursuivre collectivement une analyse de la production ado, cherche à « sélectionner des livres qui sont susceptibles de répondre à leurs questionnements en fonction de leur niveau de lecture présumé. »

« Les bande dessinées et les mangas sont aussi des livres. Le numérique est une forme d'écriture » avance Sonia de Leusse-Le Guillou. Cet angle de vue ouvert et bienveillant lui permet de consolider, année après année, sa fine connaissance des ados : « on travaille sur des thématiques de société, on se demande ce qui se passe aujourd'hui dans la vie des jeunes et on théorise là-dessus ».

OUVRIR LA PORTE DU MONDE

« C'est en arrivant chez Lecture Jeunesse que je découvre la littérature ado » raconte-t-elle. Pour préparer ses premières formations, elle lit énormément. C'est une « immersion complète et totale » dans une littérature déjà très large, « un monde à part entière ! J'ai découvert avec plaisir un secteur riche de plumes et de créativité. »

Pourtant, même une lectrice et chercheuse comme elle a du mal à en définir les contours : « c'est un livre qui vient faire écho aux grandes questions liées à cet âge... et qu'on traine souvent tout le long de sa vie ! » Dans ses tentatives de définition, Sonia de Leusse-Le Guillou navigue de littérature ado à générale avec la même idée : « pour moi, n'importe quel livre doit ouvrir la porte du monde ».

« On lit moins aujourd'hui » confirme-t-elle. « L'attachement à cette pratique des jeunes lecteurs et lectrices reste par contre très fort. Cela prouve qu'elle comble beaucoup de besoins importants. » Il faut dire aussi qu'on diabolise souvent un certain type de lecture, dite « divertissante », présente en littérature ado avec nombre de *page turners* très célèbres. «Mais le divertissement peut être très sérieux ! *Hunger Games*, par exemple, explore justement cette thématique du divertissement. »

C'est l'une des caractéristiques qui peut distinguer cette littérature : habitée par une fougue propre à l'adolescence, « ce champ de tous les possibles pose sur le monde une simple question : Et si ? » Une interrogation pour « penser le monde autrement ».

C'est pour comprendre le monde des ados que Lecture Jeunesse a finalement créé, en 2017, L'Observatoire de la lecture des adolescents. « Créé sur recommandation du Ministère de la Culture, il concordait avec un projet dont on parlait déjà chez Lecture Jeunesse. Il regroupe et structure des activités préexistantes dans un seul ensemble. » Une question émerge de leurs recherches : « Adolescent·es aujourd'hui, adultes demain, les jeunes seraient-ils et elles mieux préparé·es à leur vie future de citoyen·nes en lisant plus ou mieux ? »[1] En attendant de voir la littérature et les ados interroger la société, écrivez et lisez, conseillerait Sonia de Leusse-Le Guillou. Ce sera toujours une porte de plus sur le monde.

1. « L'Observatoire de la lecture des adolescents : Les actions », sur le site de l'association Lecture Jeunesse.

05.04 TRANSCENDER LA LECTURE

Comme le montre l'étude du Centre National du Livre et d'Ipsos sur la lecture des jeunes[1], les ados pratiquent en moyenne neuf activités par semaine, d'Internet aux jeux vidéos, des échanges entre amis à la musique en passant par le sport et le cinéma. Si ces loisirs font parfois concurrence à la lecture, ils constituent aussi un ensemble de pratiques qui se complètent, dialoguent et se prolongent. Finalement, l'ado ne devient-il pas lecteur·rice en transcendant la lecture ? C'est-à-dire en se l'appropriant si bien qu'il ou elle dépasse cette seule pratique pour l'associer à d'autres et réinventer les univers qui lui sont familiers.

● LE SUCCÈS DES **ADAPTATIONS CINÉMATOGRAPHIQUES**

UN FILM SUR CINQ ADAPTÉ D'UN LIVRE

Aujourd'hui, la littérature est une source intarissable d'histoires pour le cinéma. Selon une étude de *Livres Hebdo* en 2018[2], un film sur cinq serait adapté d'un livre. Pour la chercheuse Hélène Laurichesse[3], l'abondance d'adaptations cinématographiques et l'existence de grosses franchises dans le domaine des fictions pour ados s'explique notamment par une simple dynamique commerciale. « Partant du constat que le secteur culturel correspond à un marché d'incertitude sur la qualité des biens, puisque les investisseurs et les acheteurs ne sont pas en mesure de la connaitre sans l'avoir préalablement testée, explique-t-elle, la notoriété vient pallier cette incertitude en se substituant au repère de qualité. » Ainsi, un·e lecteur·rice va plus volontiers se tourner en librairie vers des œuvres dont il ou elle a déjà entendu parler que vers un produit culturel inconnu. Les producteur·rices vont quant à eux choisir d'adapter des *best-sellers*, sûrs de remplir les salles de cinéma par le simple pouvoir du bouche-à-oreille. Et dans un même mouvement, l'éventuel succès du film va pousser les lecteur·rices à se procurer l'œuvre originale en librairie. La boucle est bouclée : le film, souvent plus populaire, multiplie d'ailleurs les ventes du livre original par cinq à quinze[4]!

UNE DYNAMIQUE **CROSS MÉDIA**

Inversement, nombre de films et de séries sont parfois novélisés par des éditeurs pour toucher des jeunes lecteur et lectrices désireuses de retrouver leur univers préféré. Lumen, par exemple, a acquis les droits de la série Netflix *Stranger Things*. Cela

1. Les jeunes et la lecture, étude du CNL confiée à IPSOS du 25 mai au 1er juin 2016.

2. V. Thomas, C. Lacour, « Cinéma: les adaptations en chiffres », *Livres Hebdo*, 4 mai 2018.

3. H. Laurichesse, « Au plus près du cinéma », *La Revue des Livres pour Enfants*, Juin 2016.

4. *Ibid.*

illustre une dynamique cross-média, qui consiste à transposer sur différents médias la même œuvre. Si cela permet de l'exploiter commercialement mais aussi narrativement en la nourrissant d'autres supports créatifs, cela n'enrichit pas tellement l'œuvre originale.

TRANSGRESSER PAR LA FANFICTION

LA FABRIQUE DES **JEUNES AUTEUR·RICES**

Étymologiquement, le terme « transcender » renvoyait au XIVe siècle à l'idée de transgression. Or l'un des premiers phénomènes que l'émergence d'Internet et des réseaux sociaux a permis est celui des fanfictions qui, d'une certaine manière, transgressent l'œuvre : de jeunes auteur·rices reprennent une histoire « en [la] passant à la moulinette de leur imaginaire »[5]. Romances entre des personnages qui n'avaient a priori rien à vivre ensemble dans l'œuvre, croisements d'univers, invention d'une suite sont autant de tendances qui existent dans les fanfictions.

La fanfiction vient d'un besoin de combler le manque, et nous invite à inventer dans les « failles de l'histoire, écrire dans les interstices » témoigne Julia Thévenot, primo-romancière (lire sa nouvelle page 94). « Cela nous apprend énormément : la gestion de l'incarnation des personnages, celle des détails signifiants, la place du style dans un décor si familier et mine de rien la fanfiction nous apprend également à... achever nos histoires. Car des lecteurs et lectrices attendent et réclament, c'est un rapport très direct, intense et généreux au lectorat que permet ce format. » *Harry Potter* a, parmi ses multiples conséquences, créé une véritable génération d'auteurs et autrices (lire focus page 21), il a plus largement invité les ados à créer. « C'était vraiment une émancipation » conclut Julia Thévenot.

ECRIRE, INTERAGIR, PUBLIER : **LA MÉTAMORPHOSE DU DIGITAL**

La tendance qui a émergé de la fanfiction, c'est plus largement l'écriture en ligne. Aujourd'hui, ce sont plus de 500 millions d'histoires dans le monde qui existent sur Wattpad, leader du marché. « Ces plateformes permettent – et c'est pour certaines le but assumé – de démocratiser l'écriture en permettant aux auteur·rices de rencontrer leur lectorat, d'échanger et de perfectionner leurs écrits comme dans un grand atelier connecté » résume Marieke Mille[6].

Ces auteurs et autrices sont par ailleurs devenues au fil des années une niche de talents très intéressante pour les maisons d'édition. Anna Todd, l'autrice du succès planétaire *After* (Hugo & Cie, 2015) a confié avoir passé plus de 8 heures par jour sur son téléphone au moment de l'écriture de sa série pour écrire et interagir avec sa communauté.

« La littérature doit être faite par tous, non par un » écrivait le poète Lautréamont. « Tels pourraient bien être le crédo et la ligne de conduite de jeunes générations pour qui la réécriture est une forme de réappropriation au nom d'une véritable culture de la co-fictionnalité » conclut Laurent Bazin[7].

5. L. Bazin, *La littérature Young Adult*, P. U. Blaise-Pascal, 2019.

6. M. Mille, « Les plateformes d'écriture en ligne », *Lecture Jeune*, septembre 2016.

7. L. Bazin, op. cit.

● TRANSMÉDIA : UN POTENTIEL NARRATIF À EXPLOITER

On observe aussi l'émergence de certains univers tentaculaires où les consommateur·rices peuvent naviguer de support en support pour compléter sa connaissance d'une histoire. « L'expérience est interactive lorsque le lecteur·rice/spectateur·rice est placé·e au centre du dispositif, lorsque c'est lui qui construit sa propre version de l'univers fictionnel, estime Claire Cornillon[8]. L'œuvre n'est alors plus seulement un point de départ pour d'autres créations. Elle devient un point de convergence reliant divers éléments préexistants. » Au contraire de l'approche cross-média qui se contente de transposer une histoire, le transmédia propose plutôt de construire une histoire comme un puzzle dont chaque pièce sera un média différent.

LE CAS **HARRY POTTER**

Harry Potter est particulièrement intéressant parce qu'il a d'abord existé sous la forme d'un univers cross-média. Les sept livres ont été adaptés en sept films, développés en produits dérivés et des jeux vidéos ont permis d'incarner le héros dans ses aventures. Petit à petit, c'est devenu une véritable franchise commerciale puis une marque – « Wizarding World ». Cependant, les adeptes du monde des sorciers peuvent désormais découvrir son pendant américain grâce aux films *Les Animaux Fantastiques* qui mettent en scène de nouveaux personnages et quelques-uns déjà présents dans *Harry Potter*. Ils et elles pourront bientôt explorer Poudlard et son histoire avec un jeu vidéo « à monde ouvert », *Hogwarts Legacy*, qui emmène les joueurs et joueuses cent ans avant le début de la saga. Certains livres comme *Les Contes de Beedle le Barde* brouillent la frontière entre réel et fiction car les personnages le lisent dans leurs aventures.

La pièce de théâtre *Harry Potter et l'enfant maudit* a par ailleurs fait couler de l'encre depuis sa sortie. Beaucoup de fans trouvent que cette pièce relève plus d'une fanfiction qu'une suite officielle de la saga. « Évidemment, l'absence de la narration emblématique de J. K. Rowling contribue à ce sentiment, écrivait *La Gazette du sorcier* en 2016[9], mais ce n'est pas tout. Il y a trois éléments que l'on retrouve dans la pièce et qui lui donnent un air de fanfiction plus que de canon : l'auto-référence, l'exploration d'univers alternatifs et le fan service » explique effectivement le webzine de fans français en pointant des incohérences quant à l'œuvre d'origine. Pourtant, la pièce a bien été « approuvée » par l'autrice.

Dès lors, les fanfictions qui existent par centaines de milliers sont-elles de simples extensions fantasmées de l'univers ou ont-elles autant leur place dans l'œuvre que les romans ? « Plusieurs versions du même univers coexistent sans que l'on puisse déterminer lequel est le vrai, car tous le sont, en fonction de critères différents. La conscience d'investir un monde fictionnel implique la possibilité de le manipuler à l'envi » conclut Claire Cornillon[10].

RACONTER UNE OU DES HISTOIRE(S) ?

L'exemple de la série norvégienne *SKAM* (ou son adaptation *SKAM France* chez nous en 2018)

8. C. Cornillon, propos recueillis par Anne Clerc, « Univers transmédias : quand le spectateur devient créateur », *Lecture Jeune*, Juin 2008.

9. Pantalaemon, « Pourquoi Harry Potter et l'Enfant Maudit ressemble à une fanfiction », *La Gazette du Sorcier*, 15 août 2016

10. C. Cornillon, propos recueillis par Anne Clerc, *op. cit.*.

montre cependant que d'autres choses sont possibles concernant le transmédia dans la culture. En effet, cette série pour ados présente une diffusion et une narration novatrices. Chaque épisode était divisé en plusieurs séquences situées temporellement (Lundi 12 h 49, Mercredi 10 h 23, etc.), chacune diffusée sur les réseaux sociaux à la date et l'heure où elle avait fictivement lieu. Chaque semaine, l'épisode diffusé à la télévision était une compilation de ces séquences. Cette diffusion chronologique très immersive a permis un investissement particulier des téléspectateurs dans la série. Mais la série est allée plus loin encore car chaque personnage avait un compte Instagram animé grâce à du contenu créé pendant le tournage. Ces photos et séquences vidéos ajoutaient de nouveaux points de vue à un événement déjà diffusé dans la série ou la complétaient avec de nouvelles scènes. Cela permettait aux ados d'interagir avec les personnages comme s'ils et elles étaient leurs amies.

UN PROCÉDÉ **AMBITIEUX**

La difficulté de cette narration, c'est bien qu'elle demande de bousculer les lignes. Certains exemples existent en France, notamment en BD, comme *Dofus*, un jeu en ligne développé en mangas (Tot et Ancestral Z, Ankama, 2005-2019), séries animées, romans, jeux de cartes et figurines ou *Été* (Thomas Cadène, Camille Duvelleroy, Joseph Safieddine et Erwann Surcouf, Delcourt, 2017), produit par Arte et Bigger Than Fiction, une agence spécialisée dans le transmédia. Mais les éditeurs semblent encore frileux sur ce sujet.

Ce sont des dispositifs qui demandent de travailler avec des industries nouvelles et qui exigent aussi des moyens importants. Peut-être que le monde de l'édition ressent aussi à cet endroit une certaine peur, celle de la forte concurrence d'activités qui pousse les ados à une « infidélité culturelle ». Mais n'est-ce pas, au contraire, le moyen d'accompagner la relation protéiforme que les jeunes entretiennent avec la culture aujourd'hui ? En comprenant la manière dont ils et elles consomment la culture, ne pouvons-nous pas réfléchir à une façon de leur raconter des histoires qui leur corresponde et leur parle intimement ?

NOUVELLE

DEUX MAINS DANS L'AUBE

Nathan Lévêque

Depuis toujours lecteur, Nathan a sauté très tôt (et à pieds joints !) dans le milieu de la littérature jeunesse et ado. Dès la fin du collège, il crée son blog *Le cahier de lecture de Nathan* et fait un stage à la librairie Gréfine, à La Rochelle. Une fois en IUT Métiers du livre, en même temps qu'il continue de bloguer et de développer sa chaine Booktube, il hésite entre l'édition et l'évènementiel pour finalement choisir la librairie. À la fin de ses études, il travaille pendant deux ans à la communication d'une chaine de librairies parisiennes indépendantes. Aujourd'hui chargé d'opérations webmarketing pour le site *Babelio*, il mène sur son temps libre de nombreux projets, d'une série de vidéos pour le site Ricochet à une chronique mensuelle avec son frère dans *Je Bouquine*. Quand il n'est pas dans son jardin à faire pousser des légumes, il laisse les mots lui éclore au bout des doigts et il écrit !

Il était une fois, dans un Royaume dont on a oublié le nom, un jeune Prince d'une beauté d'arc-en-ciel. On raconte que ses parents avaient eu tant de mal à avoir un enfant que sa naissance fut célébrée des semaines durant. On raconte qu'on le prénomma Soleil pour ses cheveux d'or et son sourire d'argent. À tout juste dix-sept ans, pas un jour ne passait sans qu'on entende le bruit feutré de ses pas rêveurs arpentant les rues du Royaume. Seulement, en tant que Prince, Soleil devait se marier. Le beau sourire qu'offrait le jeune homme, l'intelligence qui électrisait son regard et son enthousiasme farouche balayaient toute difficulté à trouver une prétendante : les cœurs de toutes les demoiselles fondaient autour de lui. Soleil voulait faire le bon choix. Il ne voulait pas trouver la personne qui ferait battre son cœur mais celle qui lui ferait rater un battement. Alors il cherchait.

*

— Soigne tes entrées, répétait sans cesse son Père pour le préparer à la vie de Roi.

Devant l'entrée de la salle de bal, Soleil essayait d'enfouir ses rêveries dans le col serré de son costume et de dompter une mèche qui rebiquait comme ses doutes. Un rai de lumière filtrait entre les portes. Il y avait des grelots de rires, des guirlandes de musique, des danses de discussion. Au son d'une voix qui clamait son nom, ridiculement long, il se fit un peu plus grand, tenta d'être imposant.

Il leva la tête.

Passa sa main dans ses cheveux.

Épousseta sa veste.

Se para d'un sourire incandescent.

Et les portes s'ouvrirent.

Quelques jours plus tôt, Soleil était parti rendre visite à Maxime, son ami d'enfance. Leurs parents entretenaient une alliance sincère et, petits, les deux garçons disparaissaient des heures entières pour jouer à être grands. Aujourd'hui, ils auraient préféré que le monde des grands ne soit encore qu'un jeu plutôt qu'une histoire de princes où il faut trouver une princesse.

La musique s'arrêta, les danses cessèrent, tout le monde se tut. Les regards se braquèrent sur lui. Soleil irradiait. Ses vêtements crème, aux finitions d'or, ses épaulettes lustrées, ses chaussures blanches, tout l'illuminait comme un matin d'été. Un seul instant, il oublia l'ultimatum lancé par ses parents et se délecta de leur fierté.

Cet instant suspendu éclata.

— Je ne suis pas prêt, Maxime, lui avait-il simplement dit.

Un étrange silence pesait entre eux.

Maxime était déjà promis à la Princesse d'un Royaume puissant, qui ferait un bon parti et certainement son bonheur. Sans doute ignorait-il comment le conseiller.

— La vérité, c'est que je n'y crois plus. Je n'aurais qu'à accepter ce que mes parents me proposeront : un bon parti, une épouse, un règne paisible.

Maxime, fiévreux, avait bondi sur ses pieds :

— Ne sois pas si résigné, je ne te reconnais plus !

Il avait planté son regard dans le sien.

— Mon Soleil, lui, se lèverait, sortirait son épée et se battrait pour sa liberté !

Cela lui avait rappelé leur jeux d'antan et Soleil avait esquissé un timide sourire.

— Si tout pouvait être aussi simple que notre enfance… Nous partirions à l'aube, chacun sur un grand cheval, les plus rapides du Royaume, et nous taillerions la route.

La musique reprit, la danse, les rires. Soleil descendit l'immense escalier et se glissa dans la foule. Il laissa les notes prendre possession de lui.

Il dansait. Cela seul comptait.

Les heures avaient passé. Les rires aussi. L'inquiétude avait grimpé comme une boule de suie dans la gorge de Soleil et les deux amis s'étaient dit au revoir avec une émotion qu'ils ne se connaissaient pas. Il y avait entre eux un avenir qui gonflait.

Soleil dansa. Il parla aussi, beaucoup. Il voulait connaitre chacune de ses cavalières. Il souriait, offrait de la joie et des rires. Et dissimulait ce sentiment tout au fond de lui. Cette lumière vacillante. Ce quelque chose un peu tordu.

Pense au Royaume. Pense aux parents. Pense au Royaume.

La soirée passa. Bientôt sonnèrent les douze coups de minuit.

Au premier coup, il sursauta.

Au deuxième coup, il s'arrêta de danser.

Au troisième coup, il prit un peu de hauteur sur l'escalier.

Au quatrième coup, il pensa. À toutes ces cavalières qu'il avait adorées. À celle qu'il fallait choisir.

Au cinquième coup, il embrassa du regard la salle dans son entier.

Au sixième coup, il prit conscience que cette écrasante foule attendait. Il prit conscience qu'il avait peur.

Au septième coup, il eut le vertige.

Au huitième coup, un sentiment d'une douloureuse intensité le saisit.

Au neuvième coup, il parvint à en comprendre le sens. Qui le submergea.

Au dixième coup, il comprit qu'il allait devoir faire ce que tout le monde attend d'un Roi puissant : se battre.

Au onzième coup, il ferma les yeux. Soleil pensa qu'il allait vivre. Vivre comme il l'entendait.

Au douzième coup, il s'évanouit et dégringola les escaliers.

*

Certains racontent que Soleil rêva beaucoup. De dragons, de combats, de duels, de princesses disparaissant dans un tourbillon de ténèbres. D'autres racontent que Soleil pleura en dormant.

Dans son sommeil, rêves et bribes d'éveil se mêlaient.

Le visage inquiet de ses parents penchés sur lui. Un trône immense, un Prince minuscule. Le sourire de Maxime à côté de son lit. Le noir. Une main qui essuyait ses larmes. Une valse infinie. Le feu. Deux bras qui le tenaient debout.

Puis Soleil s'éveilla. D'un coup. Ses grands yeux clairs illuminèrent les traits anxieux de sa mère. Elle lui caressait la joue comme un enfant.

— J'ai choisi, Mère, souffla-t-il.

La stupeur se lut sur son visage et Soleil retomba dans le sommeil.

Le Prince resta quelques jours alité. Le château semblait très affairé. Peut-être préparaient-ils déjà le mariage ? C'est dans cette effervescence que Maxime lui rendit visite. Il entra dans les appartements de Soleil avec un soulagement évident. Ils parlèrent beaucoup. Dans l'intimité de la chambre princière, Soleil se livra.

Il sentait comme un mouvement en lui. Quelque chose de recroquevillé se dépliait. Comme un drap qu'on sèche au soleil. Le Prince se dit qu'il avait grandi.

*

Lorsque le couple royal et leur fils pénétrèrent sur le balcon qui surplombait la grand place, quelques jours plus tard, la foule s'enflamma. On raconte que les cris, les acclamations, les applaudissements furent si forts que la plus haute tour du château oscilla. Soleil sentit un frisson lui courir de la tête aux pieds. Il était terrifié.

— Mon cher peuple.

On l'entendit à peine. Soleil sourit pour calmer la foule.

— Mon cher peuple, vous attendiez depuis longtemps cette annonce et je peux vous assurer que moi aussi. Avec espoir. Avec désir. Vous attendiez depuis longtemps que je trouve la personne qui partagera ma vie, mon cœur. Et notre Royaume. Je suis sincèrement désolé d'avoir fait sensation en m'évanouissant devant vous le soir du bal. Lorsqu'ont sonné les douze coups d'une nouvelle journée, j'ai compris une chose. Une chose que je dois vous révéler aujourd'hui.

On n'applaudissait même plus. On écoutait. On vibrait d'attendre.

— Mes amis, vous avez assez attendu.

Et dans une ambiance électrique, les portes du balcon s'ouvrirent en grand.

On raconte que le Royaume tout entier a retenu son souffle.

Soleil repensa à son malaise. Il se souvint du sentiment intense et douloureux qui l'avait étreint. Celui pour lequel il était prêt à se battre. Il revit son sommeil malade, ses rêves et ses hallucinations. Il se remémora la visite de Maxime.

Son cœur avait raté un battement.

Alors Soleil ouvrit grand les yeux.

Et Maxime s'exposa au grand jour sur le Balcon royal.

La stupeur qui s'étendit devant Soleil était au-delà de tout ce qu'il avait pu imaginer. Doucement, la foule s'agita. Un murmure grossit. Des rires aussi. Des cris. Le tremblement de Soleil s'accentua. Il voulait parler mais sa voix se repliait.

Maxime s'avança et lui prit la main.

— Et pourquoi pas deux Rois ? lanca-t-il à la foule, provocateur, tandis que leurs regards complices s'accrochaient.

Mais aucun d'eux ne finit son discours.

Leurs mains se lâchèrent quand les gardes les tirèrent fermement en arrière. Et tandis qu'il se faisait entrainer à l'intérieur du palais, Soleil se déplia et hurla :

— Est-il interdit d'aimer ?

Quand les lourdes portes se refermèrent violemment sur son regard déterminé, il hurlait encore. Il y avait au fond de ses yeux une flamme qu'on ne lui avait jamais connue.

*

On raconte beaucoup de choses sur cette journée et ce qu'elle déclencha.

On raconte d'abord que devant le visage grave, mais aimant, du Prince, des mains se levèrent dans la foule. Ces doigts emmêlés étaient ceux de couples d'hommes, ou de femmes. On raconte que lorsque les portes se fermèrent, il y eut une déchirure palpable dans le Royaume.

On raconte avec beaucoup de peur dans les yeux les émeutes qui suivirent. La rage qui se dégageait de la foule devant ce balcon vide.

On raconte avoir vu le château se couvrir d'inscriptions tracées dans la nuit. Des insultes, des messages de haine. Les mots de Soleil aussi — « Est-il interdit d'aimer ? ».

On raconte que l'alliance fut brisée avec le Royaume voisin.

On raconte qu'il n'y eut plus beaucoup de joie en ce château, ni même dans le Royaume.

Certains jurent avoir vu le Prince errer la nuit sur les remparts du château.

J'aimerais pouvoir écrire que la rumeur avait déformé les évènements. J'aimerais pouvoir vous dire que bientôt, sur le trône, on vit s'asseoir Soleil et Maxime, et j'aimerais ajouter : « Et ils vécurent heureux jusqu'à la fin des temps ».

Mais je ne le peux.

Il faudrait laisser le temps.

Sur la Place des Émeutes, il restait quelques braises.

On raconte qu'un matin, deux silhouettes se découpèrent dans l'aube. Elles grimpèrent sur deux grands chevaux, les plus rapides du Royaume, et taillèrent la route.

Au-dessus d'elles, il n'y avait pas deux épées brandies, il y avait, entre leurs chevaux qui galopaient tout près l'un de l'autre, deux mains liées.

Fin

CONCLUSION

CARTOGRAPHIER SES FRONTIÈRES

MANIFESTE D'UNE **LITTÉRATURE COMPLÈTE**

On le savait, avant le départ : en posant nos lampes torches à la fin du voyage, on aurait déjà envie de repartir à l'aventure. Les recherches denses et tumultueuses que nous avons faites nous l'ont prouvé : ce n'est pas parce que ce territoire est jeune (lire l'historique page 12) qu'on peut aisément en parcourir tous les champs et toutes les forêts sans difficultés... Il en reste, çà et là, à l'abri des regards parfois, qui n'attendent plus que quelqu'un s'y aventure.

Nous l'avons vu, au fil de ces chapitres : la littérature ado n'est pas un genre littéraire. Romans d'aventure ou réalistes, polars, romances et littératures de l'imaginaire : il y en a pour tous les goûts.

Alors qu'est-ce qui caractérise cette littérature que l'on pourra qualifier de complète ? Cette spécificité n'est pas une mince affaire à identifier et c'est aussi pour cela que ce guide existe : pour en chercher les frontières.

QUELLES **SPÉCIFICITÉS ?**

L'idée de questionnement habite la littérature ado, dont l'un des motifs récurrents est la quête initiatique. On le retrouve de manière évidente dans nombre de romans réalistes, dits « romans miroirs », mais aussi dans toutes les quêtes aventureuses, horrifiques, historiques ou fantastiques qui la composent. Lire est « une affirmation de soi » (lire page 36).

Rudine Sims Bishop, cependant, ouvre l'idée de « romans miroirs » et parle de « romans fenêtres ». Lire n'est pas seulement s'affirmer, c'est aussi se construire avec les autres et leur multiplicité.

DES FRONTIÈRES **FLOUES**

L'apparition durable, bien qu'ambiguë, d'une littérature young adult ou la publication de romans ados au format poche dans des collections « adultes » sont autant de signes de la porosité des frontières de la littérature ado. N'est-ce pas un signe de l'âge adolescent, aux limites de plus en plus larges, et incertaines ? Christine Baker (voir portrait page 28), nous répondrait que « la littérature ado est une métaphore de notre société. Les intensités de celle-ci reflètent notre monde ». Et si ces romans nous parlent de plus en plus tard, peut-être est-ce justement parce que le monde dans lequel nous vivons est si incertain qu'il nous pousse au questionnement ? Ces questions nous traverseront toute notre vie, mais la littérature ado a peut-être de spécifique la façon dont elle les aborde : avec intensité, espoir... et révolte.

La littérature ado a également fait tomber les frontières de sa prescription. Là où les éditeurs pratiquaient auparavant une communication verticale qui s'adressait aux ados par le biais de prescripteurs et prescriptrices bien identifiées, elle est désormais éclatée et complexe. La place prépondérante des ami·es ou d'Internet dans ce rôle-là traduit aussi le besoin des ados de s'émanciper.

CONQUÉRIR **DE NOUVEAUX TERRITOIRES**

La littérature ado se heurte aujourd'hui à de nombreuses problématiques : surproduction, essoufflement de certains genres et sujets, phénomènes de mode, manque de reconnaissance encore fort... Esquissons alors pour finir quelques idées de ce à quoi pourrait ressembler l'avenir de la littérature ado.

PLUS **ENGAGÉE ?**

« Dans dix ans, la littérature ado sera probablement encore plus engagée, encore plus intense, j'espère, et certainement plus nourrie d'auteurs et d'autrices pour lesquels c'est une vocation d'écrire pour les ados » estime la jeune bibliothécaire Ambre Belmont (lire portrait page 166). Et il est vrai que depuis *Harry Potter* (lire focus page 21), arrivent des auteurs et autrices de plus en plus jeunes et des talents qui ont grandi avec cette littérature. Ces jeunes plumes font partie de générations très engagées, voire militantes, à l'image de figures comme Greta Thunberg.
À l'automne 2020, les éditions Glénat ont d'ailleurs lancé un label de romans en partenariat avec le mouvement militant #OnEstPrêt, mettant en scène des jeunes s'éveillant aux problématiques écologiques, et défendant le « pouvoir des récits » : « il nous appartient de montrer ce vers quoi on peut aller, explique en vidéo la militante du mouvement Camille. On a de notre côté les raconteur·ses d'histoires ».

La littérature pour la jeunesse a aussi besoin de « romans fenêtres », écrivait-on plus haut. Or on remarque aujourd'hui un manque de diversité qui ne permet pas à une certaine part de son lectorat de s'y reconnaitre. Souhaitons que dans quelques années, la littérature ado sera plus représentative de la richesse de l'adolescence, de ses sensibilités et de ses trajectoires.

PLUS **RECONNUE ?**

La littérature ado est marginalisée, invisibilisée voire méprisée, alors que nombre d'adultes en lisent. Certaines initiatives comme le Prix Vendredi, pensé pour être le « Goncourt de la littérature ado », tentent de la légitimer et d'en promouvoir la grande qualité. Mais si l'on peut souhaiter plus de reconnaissance pour cette littérature, on peut aussi se réjouir de la liberté gagnée à être à la marge. La vitalité qui l'anime aujourd'hui ne vient-elle pas aussi de sa position presque subversive ? Souvent comparée à une nouvelle littérature populaire dans les entretiens que nous avons menés, elle propose des romans dans lesquels lecteurs et lectrices ados, jeunes adultes et adultes viennent puiser un peu d'intensité.

VERS **DE NOUVELLES FORMES ?**

La littérature ado, on l'a vu, est le lieu de tentatives de promotion de la lecture certes timides, mais aussi innovantes et créatives (lire page 184). Avec le développement de YouTube, l'avènement des séries dans la culture ado et la place de plus en plus importante des écrans et des réseaux sociaux dans nos vies, nul doute que la manière de raconter une histoire est amenée, elle aussi, à se métamorphoser.

« Ce n'est pas un hasard si c'est une littérature de l'espoir » explique Clémentine Beauvais (page 54), parce que c'est aussi ce qui définit la jeunesse. Alors puisque nous sommes partis en quête d'un grand peut-être avec *Qui es-tu Alaska ?*, retrouvons-le pour conclure. À la fin du roman, le professeur de théologie de Miles demande à ses élèves : « Voici donc la question avec laquelle je vous laisse : quelles sont vos raisons d'espérer ? ». De notre côté, la réponse est là, entre ces pages, contenue dans la littérature ado que nous arpentons depuis plus de dix ans.

POUR ALLER PLUS LOIN : **BIBLIOGRAPHIE SÉLECTIVE**

SUR LA LITTÉRATURE ADO

— BAZIN Laurent, *La littérature Young Adult*, Presses Universitaires Blaise Pascal, collection L'opportune, 2019, 64 p.

— DELBRASSINE Daniel, *Le roman pour adolescents aujourd'hui : écriture, thématiques et réception*, Co-édité par le SCEREN-CRDP de l'académie de Créteil et La Joie par les livres - Centre national du livre pour enfants, 2006, 444 p.

— DI MASCIO Tony, *Je cherche un livre pour un enfant, Le guide des livres pour les 8/16 ans*, 2011, 144 p.

— ROLLAND Annie, *Qui a peur de la littérature ado ?*, Thierry Magnier, 2008, 240 p.

— VAN DER LINDEN Sophie, *Tout sur la littérature jeunesse - De la petite enfance aux jeunes adultes*, Gallimard Jeunesse, Février 2021.

— VITALI Laura, *Le Guide de survie en territoire ado*, ActuSF, 2012, 173 p.

SUR LA LITTÉRATURE JEUNESSE

— CANI Isabelle, *Harry Potter ou l'anti-Peter Pan*, Fayard, 2007, 336 p.

— NIERES-CHEVREL Isabelle, *Introduction à la littérature de jeunesse*, Didier Jeunesse, 2009, 240 p.

— PRINCE Nathalie, *La littérature de jeunesse – Pour une théorie littéraire*, Armand Colin, 2015, 256 p.

ALLER PLUS LOIN

— Découvrez les parutions de l'association Lecture Jeunesse et leur collection LJ+, essais, études et enquêtes 100 % gratuits et numériques accessibles aux pros et au grand public.
www.lecturejeunesse.org/ljplus

— Découvrez le blog de Clémentine Beauvais : « Mais pourquoi tu fais pas de la vraie littérature ? », qui, entre actualités et billets d'humeur, publie des analyses sur la littérature jeunesse et ado de son point de vue d'autrice, de traductrice et d'enseignante-chercheuse à l'université de York (Angleterre) : *clementinebleue.blogspot.com*.

Y a-t-il des chercheur·ses en littérature ado ?

Deux questions à Sophie Van Der Linden, critique spécialiste de la littérature pour la jeunesse et romancière.

1. La littérature ado a longtemps été absente des champs d'étude légitimes, critiques évidemment mais surtout universitaires. Qu'est-ce qui fait selon vous que cela change ?

Est-ce que cela change vraiment ? Les approches, plutôt constantes de mon point de vue, restent quand même nettement insuffisantes, quand on compare ce domaine à d'autres, comme la bande dessinée, ou encore à d'autres pays, anglo-saxons évidemment. Ce qui me semble peut-être changer, c'est le crédit qu'on accorde à ce champ éditorial. Longtemps, on a considéré ce secteur prioritairement du point de vue de la lecture. C'est le fameux « pourvu qu'ils lisent ! » On s'est concentré·es sur les livres accroches, sur la tension narrative, les genres, les stratégies, tout ce qui semblait nécessaire pour parer à l'inévitable « décrochage » des jeunes. Aujourd'hui, il me semble qu'on est davantage prêts à parler d'écriture, de style et plus seulement d'auteur·rices mais aussi d'écrivain·es. C'est une évolution collective, qui rassemble auteur·rices, éditeur·rices et critiques.

2. Être chercheur•se ou spécialiste en littérature jeunesse ou ado, c'est être militant•e, aujourd'hui ?

Dans une tribune écrite en 2010 en défense au Salon du livre et de la presse de jeunesse de Montreuil, Christophe Honoré interrogeait « À quoi ressemble un spécialiste de la littérature jeunesse ? À personne. À quoi ressemble un·e amoureux·se de la littérature jeunesse ? À personne. » Le constat est cinglant mais tellement juste. S'intéresser à la littérature jeunesse, c'est forcément un combat : à l'université, dans les rédactions, il faut savoir imposer ce domaine, lui ménager des espaces, des moyens, une considération. Il y a d'ailleurs très peu de professionnel·les, en dehors des professeur·es et des journalistes. J'ai vu passer beaucoup de jeunes désireux·ses de s'investir dans ce domaine et qui ont du se résoudre à construire d'autres parcours professionnels faute de postes ou de moyens pour assurer une rémunération à une telle activité. Pour celles et ceux qui persistent, c'est souvent une activité bénévole, et militante en effet.

LA BOITE À OUTILS

Vous recherchez des conseils de lecture…
· Presse
· Blogs, Booktube, Bookstagram
· Prix Littéraires

Vous voulez rencontrer celles et ceux qui font la littérature ado
· Trois manifestations littéraires importantes
· D'autres salons à découvrir

Vous êtes auteur·rice…
· La Charte des auteur•rices et illustrateur•rices pour la jeunesse
· Aller plus loin
· Les maisons d'édition qui publient de la littérature ado

VOUS RECHERCHEZ DES CONSEILS DE LECTURE...

PRESSE

Même si la littérature ado se fait timide dans la presse, nous avons réuni quelques sources de presse qui en conseillent occasionnellement ou régulièrement. Vous trouverez pour chacun sa fréquence et, parfois, le nom du chroniqueur ou de la chroniqueuse de littérature ado.

PRESSE GÉNÉRALISTE

— Incontournable ! **Télérama :** hebdomadaire, Michel Abescat.
— **Elle :** hebdomadaire, Sandrine Mariette.
— **Le Figaro :** quotidien, Françoise Dargent.
— **Libération :** quotidien, Claire Devarrieux.
— **Lire Magazine Littéraire :** mensuel, Raphaële Botte.
— **Le Monde :** quotidien, Raphaële Botte.

PRESSE JEUNESSE

— Incontournable ! **Je bouquine (Bayard) :** le magazine mensuel culturel des ados
Lire aussi chez Bayard presse : **Okapi** (collège) et **Phosphore** (lycée), magazines d'actualité.
— **DONg ! (Actes Sud Junior) :** revue de reportages et de récits de vie pour les 10-15 ans.
— **GEO Ado (Milan) :** magazine mensuel d'ouverture sur le monde.
— **Le Monde des Ados (Fleurus) :** magazine d'actualité bimensuel pour les 10-15 ans.
— **Ramdam (Fleurus) :** mook pour ados bisannuel, à mi-chemin entre livre et magazine.
— **Virgule (Faton) :** magazine mensuel pour ados qui explore la langue française et la littérature.

PRESSE PROFESSIONNELLE

— Incontournable ! **Lecture Jeune :** revue pour les pros qui font lire les ados (dossier de vulgarisation de recherche et d'entretiens, critiques de livres ados).
— **Citrouille :** revue quadrimestrielle des Librairies Sorcières pour se repérer dans la littérature jeunesse à travers des dossiers, des rencontres et des coups de cœur.
— **Page des libraires :** revue bimestrielle réunissant les critiques dans tous les domaines – y compris la jeunesse – d'une communauté de mille deux cents libraires indépendants.
— **La Revue des livres pour enfants :** revue bimestrielle éditée par le Centre national de la littérature pour la jeunesse.

EN LIGNE

— Incontournable ! **Ricochet :** site de référence dédié à la littérature jeunesse francophone géré par l'Institut suisse Jeunesse et Médias (ISJM) et alimenté par des dizaines de professionnel·les.
www. ricochet-jeunes.org
— **Blog de Sophie Van der Linden :** critique spécialiste de littérature jeunesse.
www.svdl.fr

RADIO

— **La bibliothèque des ados (France Inter) :** hebdomadaire, Céline du Souich.
— **La Bouquinerie jeunesse (Radio Campus Paris) :** bimestrielle, Christelle Gombert-Vuklisevic.
— **Franceinfo junior livres :** hebdomadaire, Cécile Ribault-Caillol.

BLOGS, BOOKTUBE, BOOKSTAGRAM

Sélection non exhaustive d'influenceur·ses du livre qui parlent souvent de littérature ado. Ils et elles mettant en scène l'ensemble de leurs lectures, vous trouverez peut-être autant de littérature jeunesse que d'autres conseils lecture…

BOOKTUBE

—Incontournable ! **Le Souffle des Mots**
youtube.com/user/lesouffledesmots
— Incontournable ! **Bulledop**
youtube.com/c/Bulledopjournal
— **Alex bouquine en prada**
youtube.com/channel/UCd-o9g6esVomtPx1OyHey-g
— **Bim bam books**
youtube.com/channel/UCdLSNX3J3pXMyF9ZtW_bGNA
— **La Bouquinade**
youtube.com/c/Labouquinade/videos
— **Margaud Liseuse**
youtube.com/c/MargaudLiseuse
— **Mx Cordélia**
youtube.com/user/cordeliaaime
— **Myriam — Un jour, un livre**
youtube.com/user/MissMymooReads
— **Nine Gorman**
youtube.com/c/LesLecturesdeNiNe
— **Opalyne**
youtube.com/user/Opalyne
— **Pikiti bouquine**
youtube.com/channel/UC8Ob_7t2CjMZxnP_7HjGdBw

BLOGS

— Incontournable ! **La Mare aux mots**
www.lamareauxmots.com
— Incontournable ! **Sophie Lit**
www.sophielit.ca
— **Au milieu des livres**
aumilieudeslivres.wordpress.com
— **Bob et Jean-Michel**
www.bobetjeanmichel.com
— **La Booktillaise**
labooktillaise.wordpress.com
— **Cook in book**
cookinbook641933859.wordpress.com
— **Délivrer des Livres**
www.delivrer-des-livres.fr
— **Delphreads**
delphreads.wordpress.com
— **L'oiseau Lit**
loiseaulit.wordpress.com
— **Les Lectures du Monstre**
www.leslecturesdumonstre.com
— **Lirado**
www.lirado.fr

BOOKSTAGRAM

— **@auxgrandsmotslespetitslivres,** Judith
— **@biblio.feel,** Lydiane
— **@book_ouioui,** Ouidad
— **@chuut.je.lis,** Claire
— **@danstapage,** Lucie
— **@ladoaccroauxlivres,** Arthur
— **@lama_libraire,** Valentine
— **@lunabookaddict,** Audrey
— **@marque_pages,** Pauline
— **@solivresse,** Solène
— **@sparkyjordy,** Jordan
— **@val.et.ses.livres,** Valeria

Vous recherchez des conseils personnalisés ?

N'hésitez pas à aller fureter dans la bibliothèque de votre ville ou à vous adresser aux librairies indépendantes les plus proches de chez vous. Vous conseiller, c'est leur métier !

> Retrouvez une liste non exhaustive de librairies spécialisées jeunesse sur www.librairies-sorcieres.fr/les-librairies/

PRIX LITTÉRAIRES

Le paysage des prix littéraires francophones se divise en deux typologies : les prix « professionnels » choisis et remis par des prescripteur·rices et les prix « de lecteurs et lectrices » généralement choisis par les prescripteur·rices puis remis par des lecteur·rices.

PRIX PROFESSIONNELS

— Incontournable ! **Prix Vendredi** : créé en 2017 par le Syndicat National de l'édition avec l'ambition d'en faire le « Goncourt de la littérature ado », il remet chaque année un prix et deux mentions.

— **Prix Cendres :** créé en 2020 par des auteur·rices de littérature jeunesse confirmé·es, qui ont toutes et tous connu Axl Cendres, en partenariat avec la librairie Récréalivres du Mans.

— **Prix Chronos de la littérature :** créé par la Fondation Nationale de Gérontologie en 1996, ce prix veut favoriser les relations entre enfants et personnes âgées et remet chaque années six prix parmi lesquels 4e/3e et Lycée.

— **Prix Libr'anous :** créé en 2015 et remis par plus de trois cents libraires francophones, il récompense parmi ses sept catégories un roman ado.

— **Grand Prix SGDL du roman Jeunesse :** créé en 2017 et doté de 4 000 euros, il récompense un ouvrage de fiction dans la catégorie jeunesse.

— **Prix Sorcières :** créé en 1986 par l'Association des librairies spécialisées pour la jeunesse (ASLJ) et par l'Association des bibliothécaires de France (ABF), il remet chaque année six prix dont « Carrément passionnant, Maxi » (roman ado).

— **Prix La Voix des Blogs :** créé en 2013, il est remis par des blogueur·ses et influenceur·ses de littérature jeunesse et doté grâce à une campagne de financement participatif annuelle.

PRIX DE LECTEUR·RICES

— Incontournable ! **Prix des Incorruptibles :** créé en 1988, il est remis par des enfants de la maternelle au lycée avec deux catégories ados : 5e/4e et 3e/Lycée. (Portrait de Myriam Touche page188.)

— Incontournable ! **Pépites :** créées en 2011, les Pépites du Salon du Livre et de la Presse Jeunesse de Montreuil (SLPJ) sont choisies dans quatre catégories par des jurys d'enfants. Une « Pépite d'Or » est remise par un jury de profesionnel·les.

— **Prix Ados de la ville de Rennes :** créé en 1994, il est remis par un jury d'ados d'Ille-et-Vilaine.

— **Prix Babelio :** créés en 2019, les prix *Babelio*, qui comprennent une catégorie jeunesse et une catégorie jeunes adultes, sont décernés parmi les livres les plus populaires de l'année.

— **Prix Chimère :** créés en 2010 par la Librairie l'ange bleu, deux prix sont remis chaque année à des romans d'imaginaire ados choisis par un jury de jeunes de 11 à 18 ans.

— **Prix Farniente :** créé en Belgique en 2000, il est remis par des jeunes lecteurs et lectrices à un roman 13+ et un roman 15+.

— **Prix Livrentête :** créé en 2000 par l'Union Nationale Culture et Bibliothèques Pour Tous avec le soutien du Ministère des Sports, de la Jeunesse, de l'Education populaire et de la Vie associative, il est remis par vingt mille jeunes dans huit catégories dont « Romans ados ».

— **Prix Les Mordus du Polar :** créé en 2004, il est coordonné par la Bilipo, en partenariat avec les bibliothèques jeunesse de la ville de Paris, et remis par un jury de lecteur·rices de 11 à 14 ans.

— **Prix RTS Littérature Ados :** créé en 2006, il est remis par des ados qui se réunissent dans les différents cantons de la Suisse romande.

— **Prix T'aimes Lire :** créé en 2015 par la librairie M'Lire de Laval, qui se charge de la sélection, il est remis par les ados du département de la Mayenne. (Portrait de Simon Roguet page160.)

PRIX DE SALONS DU LIVRE

Découvrez aussi quelques prix remis à l'occasion de salons du livre (Imaginales, Grand Prix de l'Imaginaire, Prix 12/17 de la Foire du livre de Brive, etc.) page suivante.

VOUS VOULEZ RENCONTRER CELLES ET CEUX QUI FONT LA LITTÉRATURE ADO

TROIS MANIFESTATIONS IMPORTANTES

— **Salon du Livre et de la Presse Jeunesse en Seine-Saint-Denis (fin novembre-début décembre, Montreuil) :** il s'agit du plus grand événement européen, ouvert au public, dédié à l'édition jeunesse. Créé en 1984, la plupart des grandes et petites maisons d'éditions internationales y exposent aujourd'hui leur production éditoriale. Il accueille chaque année près de 180 000 visiteurs pendant six jours.

— **Partir en Livre (juillet, partout en France) :** souhaitée par le ministère de la Culture, cette grande fête du livre pour la jeunesse, gratuite, sort chaque été le livre de ses lieux habituels pour aller à la rencontre des jeunes et leur transmettre le plaisir de lire partout en France.

— **Le Salon du Livre Ado de Suresnes (mi-novembre) :** ce jeune salon créé en 2015 a une taille encore modeste mais il s'agit du premier salon du livre français entièrement consacré à la littérature ado. Accueillant successivement scolaires, professionnel·les et grand public, il propose des rencontres, des ateliers, des animations et remet chaque année un prix ado.

D'AUTRES SALONS À DÉCOUVRIR

Découvrez quelques salons spécialisés jeunesse ou des salons généralistes dont l'importance permet de mettre en place une programmation fournie en littérature ado. Une liste non exhaustive pour littéralement vous lancer sur ses chemins !

AUVERGNE-RHÔNE-ALPES

— Incontournable ! **Fête du Livre de Jeunesse de Saint-Paul-Trois-Châteaux (fin janvier) :** remet le Prix Sésame, choisi par des collégien·nes de quatrième.

— **Fête du livre de Bron (février) :** généraliste.

— Incontournable ! **Fête du Livre Jeunesse de Villeurbanne (fin mars-début avril)**

— **Cafés littéraires de Montélimar (début octobre) :** généraliste.

— **Fête du livre de Saint-Etienne (mi-octobre) :** généraliste.

BOURGOGNE-FRANCHE-COMTÉ

— **Salon du livre jeunesse de Chalon-sur-Saône (mi-mai)**

— **Fête du livre jeunesse de Palente (fin mai-début juin, Besançon)**

BRETAGNE

— **Étonnants-Voyageurs (début juin, Saint-Malo) :** le Grand Prix de l'Imaginaire, qui inclut les catégories « roman jeunesse francophone » et « étranger », est remis lors de ce festival.

— **Salon du livre jeunesse du pays de Lorient (novembre)**

— **Salon du livre de Jeunesse de Fougères (mi-novembre)**

CENTRE-VAL DE LOIRE

— **Salon du Livre pour enfants et adolescents de Beaugency (fin mars-début avril)**

— **Quinzaine du livre jeunesse (octobre, Indre-et-Loire)**

GRAND EST

— RAMDAM, Festival du Livre et de la Jeunesse (fin mars-début avril, Wittenheim)

— Foire du Livre de Saint-Louis (mi-avril) : généraliste.

— Imaginales (mai, Épinal) : spécialisé en littératures de l'imaginaire, remet les Prix Imaginales des Collégien·nes et des Lycéen·nes.

— Salon Régional du Livre pour la Jeunesse à Troyes (mi-octobre)

— Salon du Livre de Colmar (fin novembre) : salon généraliste.

HAUTS-DE-FRANCE

— Les Hallienales (début octobre, Hallennes-lez-Haubourdin) : spécialisé en littératures de l'imaginaire, remet chaque année un prix récompensant notamment des romans ados.

ÎLE-DE-FRANCE

— **Incontournable ! Livre Paris (mars 2020, Paris) :** généraliste, programme notamment une scène jeunesse et une scène young adult.

NORMANDIE

— Festival du Livre de Jeunesse et de Bande Dessinée de Cherbourg (mi-mai)

— Époque, Salon des Livres de Caen (mi-mai)

— Festival de Rouen du Livre de Jeunesse (début décembre)

NOUVELLE-AQUITAINE

— Escale du Livre (fin mars-début avril, Bordeaux) : généraliste.

— Salon du livre jeunesse Le Bouscat (avril)

— Lire à Limoges (mi-mai) : généraliste.

— Lire en poche (début Octobre, Gradignan) : généraliste.

— Foire du livre de Brive (mi-novembre) : généraliste, remet les Prix 12/17 dans deux catégories : collège et lycée.

OCCITANIE

— Festival Littérature Jeunesse Occitanie (janvier, Toulouse) : remet un Prix des Ados dont le jury est composé de jeunes de 14 à 16 ans.

— Les Éclats de Lire (fin mai, Le Vigan)

PAYS DE LA LOIRE

— Le Printemps du Livre de Montaigu (mi-avril)

— Livr'à Vannes (début septembre) : remet un prix ado (12-20 ans).

— Les Utopiales (fin octobre, Nantes) : spécialisé en littérature de l'imaginaire, remet le Prix Utopiales jeunesse 13-16 ans.

PROVENCE-ALPES-CÔTE D'AZUR

— Fête du livre jeunesse de Manosque (mi-mai)

— Grains de sel, le festival du livre et de la parole d'enfant (mi-novembre, Aubagne)

OUTRE-MER

— Lire en Polynésie (mi-novembre, Polynésie française) : remet les prix Paille-en-queue dans deux catégories ados : cinquième-quatrième et troisième-seconde.

— Salon du Livre de Jeunesse de l'Océan Indien (fin novembre, Saint Leu, La Réunion)

FRANCOPHONIE

— Foire du livre de Bruxelles (février, Belgique)

— Les livres sur les quais (début septembre, Morges, Suisse)

— Salon du livre de Genève (fin octobre-début novembre, Suisse)

— Salon du livre de Montréal (novembre, Montréal, Canada)

VOUS ÊTES AUTEUR·RICE

Voici réunies quelques ressources pour s'informer, se faire accompagner dans ses démarches de toutes sortes ou s'engager.

LA CHARTE DES AUTEUR·RICES ET ILLUSTRATEUR·RICES POUR LA JEUNESSE

La Charte est une association de défense des droits des auteur·rices et illustrateur·rices jeunesse qui existe depuis près de quarante ans et est aujourd'hui incontournable dans le paysage de la littérature jeunesse. « Forte de ses 1400 adhérent·es, elle fait entendre sa voix auprès des institutions publiques sous la forme de prises de positions claires, de recommandations tarifaires ou encore d'actions "coup de poing". Le premier rôle de la Charte est de veiller à la défense des droits et du statut des auteur·rices. »

Rendez-vous sur www.la-charte.fr

ALLER PLUS LOIN

Voici quelques organismes pour trouver des réponses d'ordre pratique, des ressources ou des aides financières à destination des auteur·rices.

LE RÉGIME SOCIAL DES AUTEUR·RICES

— **L'Urssaf** gère désormais les cotisations sociales, hormis la retraite complémentaire. **www.artistes-auteurs.urssaf.fr**

— **La Sécurité sociale des artistes auteurs** regroupe l'Agessa et la Maison des artistes et donne de multiples informations sur le statut. **www.secu-artistes-auteurs.fr**

— **Pour accéder à différentes ressources**, y compris un très bon outil de simulation de ses revenus, nous vous conseillons le site de l'autrice F. Hinckel. **www.florencehinckel.com/metier/boite-a-outils-pour-les-auteurs-et-autrices/**

LES AIDES AUX AUTEUR·RICES

— **Le Centre National du Livre**, établissement public administratif du ministère de la Culture depuis 1946, soutient les auteur·rices et les traducteur·rices par l'attribution de bourses d'écriture et de résidence.

— **Les agences régionales** proposent également des aides financières aux auteur·rices ou des résidences d'écrivain·es.

S'INFORMER ET S'ENGAGER

— **La Ligue des Auteur·rices Professionnel·les :** rassemblement d'un collectif d'auteur·rices et d'une fédération d'organisations qui se liguent pour sauvegarder le métier.

— **La Maison des écrivains et de la littérature (Mel) :** une association pour fédérer les écrivain·es et les représenter, les défendre et, à travers elles et eux, promouvoir la littérature.

— **La Société des Gens de Lettres :** institution privée reconnue d'utilité publique pour la promotion du droit d'auteur·rice et la défense des intérêts des auteur·rices. Elle met à disposition de nombreuses ressources, parmi lesquelles des listes d'aides régionales et nationales ou de résidences d'artistes.

LES MAISONS D'ÉDITION QUI PUBLIENT DE LA LITTÉRATURE ADO

Voici une liste la plus exhaustive possible des maisons d'édition francophones publiant de la littérature ado dans une ou plusieurs collections.

— 404 Éditions (France)
www.lisez.com/404-editions/
— ABC Melody (France)
www.abcmelody.com
— Actes Sud Junior (France)
www.actes-sud-junior.fr
— Albin Michel Jeunesse (France)
www.albin-michel.fr/jeunesse
— Aleph Éditions (France)
www.aleph-editions.com
— Alice Jeunesse (Belgique)
www.alice-editions.be
— Amaterra (France)
www.amaterra.fr
— Au diable Vauvert (France)
www.audiable.com
— Auzou (France)
www.auzou.fr
— Balivernes Éditions (France)
www.balivernes.com
— Bayard Jeunesse (France)
www.bayard-editions.com/jeunesse
— Béliveau Éditeur (Canada)
www.beliveauediteur.com
— Bouton d'or Acadie (Canada)
www.boutondoracadie.com
— Calicot (France)
www.lecalicot.fr
— Castelmore (France)
www.castelmore.fr
— Casterman jeunesse (France)
www.casterman.com/Jeunesse
— Éditions du Chat noir (France)
www.editionsduchatnoir.fr
— Éditions Courtes et longues (France)
www.cleditions.com
— Éditions David (Canada)
www.editionsdavid.com
— Didier Jeunesse (France)
www.didier-jeunesse.com
— Dominique et compagnie, Héritage Jeunesse (Canada)
www.dominiqueetcompagnie.com
— Éditions de La Bagnole (Canada)
www.leseditionsdelabagnole.com
— Éditions de Mortagne (Canada)
www.editionsdemortagne.com
— Éditions Druide (Canada)
www.editionsdruide.com
— Éditions du Jasmin (France)
www.editions-du-jasmin.com
— Éditions du Pourquoi Pas ? (France)
www.editionsdupourquoipas.com
— Éditions du Rocher (France)
www.editionsdurocher.fr
— Éditions du Rouergue (France)
www.lerouergue.com
— Flammarion Jeunesse (France)
www.flammarion-jeunesse.fr
— Fleurus (France)
www.fleuruseditions.com
— Gallimard Jeunesse (France)
www.gallimard-jeunesse.fr
— Glénat (France)
www.glenat.com
— Grasset Jeunesse (France)
www.grasset.fr/grasset_jeunesse
— Gulf Stream (France)
www.gulfstream.fr
— Hachette Romans (France)
www.hachette.fr/editeur/hachette-romans
— Hélium (France)
www.helium-editions.fr
— Hugo Romans (France)
www.hugoetcie.fr
— Hurtubise (Canada)
www.editionshurtubise.com
— Kennes (Belgique)
www.kenneseditions.com

— L'École des loisirs (France)
www.ecoledesloisirs.fr
— La Belle Colère (France)
www.anne-carriere.fr
— La Courte échelle (Canada)
www.groupecourteechelle.com/la-courte-echelle
— La Joie de lire (Suisse)
www.lajoiedelire.ch
— La Martinière Jeunesse (France)
www.lamartinierejeunesse.fr
— La Plume et le parchemin (France)
www.laplumeetleparchemin.com
— Le Muscadier (France)
www.muscadier.fr
— Les Malins (Canada)
www.lesmalins.ca
— Les Petites moustaches (France)
www.lespetitesmoustaches.com
— Lumen (France)
www.facebook.com/lumeneditions
— Luzerne rousse (Canada)
www.luzernerousse.com
— Magnard Jeunesse (France)
www.jeunesse.magnard.fr
— Michel Lafon (France)
www.michel-lafon.fr
— Éditions Michel Quintin (Canada)
www.editionsmichelquintin.ca
— Milan (France)
www.editionsmilan.com
— Nathan Jeunesse (France)
www.nathan.fr/jeunesse
— Océan Édition (France / La Réunion)
www.ocean-editions.fr
— Éditions Orphie (France / La Réunion)
www.editions-orphie.com
— Pocket Jeunesse (PKJ) (France)
www.lisez.com/pocket-jeunesse/18
— Québec Amérique (Canada)
www.quebec-amerique.com
— Rageot (France)
www.rageot.fr
— Robert Laffont (France)
www.lisez.com/robert-laffont/2
— Samir Éditeur (Liban)
www.samirediteur.com
— Sarbacane (France)
www.editions-sarbacane.com
— Scrinéo (France)
www.scrineo.fr
— Seuil Jeunesse (France)
www.seuiljeunesse.com
— Slalom (France)
www.lisez.com/slalom/12
— Soulières Editeur (Canada)
www.soulieresediteur.com
— Syros (France)
www.syros.fr
— Talents Hauts (France)
www.talentshauts.fr
— Thierry Magnier (France)
www.editions-thierry-magnier.com
— Utopique (France)
www.utopique.fr
— Zailées (Canada)
www.zailees.com

REMERCIEMENTS

Dès le début, on a imaginé ce livre comme une aventure joyeuse et collective. Au fil des mois, elle est devenue bruyante et grouillante de monde. Ce chapitre final est pour toutes les personnes qui habitent les lignes du guide et que toutes les pages de la littérature ado ne suffiraient à remercier.

En premier lieu, nous souhaitions adresser **un enthousiaste *hug* à celles qui, les premières, ont entendu parler du livre :** Clémentine Beauvais, mais aussi Angela et Sarah des éditions La cabane bleue (qu'on vous encourage à découvrir !). Aucune d'elles n'a été assez lucide pour nous dire : « vous allez peu dormir les gars, vous êtes sûrs ? », toutes trois ont eu la folie de nous pousser en avant en nous donnant mille conseils avisés... Comme tou·tes nos ami·es un peu dingues qui nous ont suivis les yeux fermés (Julia, tu peux rouvrir les yeux maintenant).

De manière générale, **merci à toutes les personnes qui nous ont accompagnés dans la création d'entreprise** et notamment Alexandre, Manon et Suella – à qui on doit une bière ! –, Joanna et Jérémie, Sandrine Bouvier-Ravon mais aussi tous·tes les professionnel·les qui ont répondu à nos brassées de questions.

La campagne KissKissBankBank du guide a ébloui notre confinement au printemps 2020 et vos 760 noms sur les pages suivantes ne diront pas toute la gratitude qu'on éprouve à votre égard. Vous avez été les premiers et les premières à partir en quête d'un grand peut-être, et qu'importe où mènera cette aventure, on se souviendra que c'est grâce à vous. Le succès de cette campagne de financement a été rendu possible par les multiples personnes qui ont parlé du livre pendant et même après : Michel Abescat, Audrey, Emilie, Christelle dans *Lecture Jeune* et *La Revue des Livres pour Enfants*, Simon (notre Sorcier en chef de la littérature ado !), Damien et *Ricochet*, l'équipe de *Je Bouquine*, Hermine, les influenceur·ses qui ont relayé le projet ou participé au Tag du Grand Peut-Être, les lecteur·rices qui ont partagé des centaines et des centaines de fois le KissKissBankBank sur les réseaux sociaux. Cette liste ne serait pas complète sans *Babelio* : les collègues de Nathan ont soutenu *En quête d'un grand peut-être* dès le début. Merci à Guillaume pour son écoute et sa disponibilité à toute épreuve mais aussi Nicolas, Pierre, Vassil, Pierre, Octavia, Charlotte et Anaelle qui ne s'attendaient sans doute pas à entendre autant de fois les mots « littérature ado » dans la bouche d'un collègue...

Merci aussi aux premier·ères libraires qui ont cru en nous et commandé le guide alors qu'il n'était encore qu'à l'état de projet : Sarah, Stéphanie et Jérôme, Maud, Simon, Valérie, Aline mais aussi Béatrice, Mélanie, Julien, Annabelle ou encore Marie qui esquissent déjà son avenir en librairie... Merci aussi à celles et ceux qui nous ont aiguillés sur ces questions : Simon (encore lui !), Gwendal, Madeline, Jade, Maud, Michael, Florent, Lucille, Delphine.

Merci à toutes celles et ceux qui ont répondu présent·es quand on a demandé de l'aide. Vos mains tendues nous ont portés : Alex et Audrey, Anaïs M., Camille M., Claudine D., Florent M., Killian P., Manon H., Marion G., Orianne P., Pauline et la Galerie Robillard, Théo U., Victor D., Xavier V.

Merci à toi, qu'on a peut-être oublié entre deux lignes et qui a pourtant apporté ta pierre à l'édifice.

Merci à nos ancien·nes profs, qui continuent à nous suivre : Corinne Abensour, Vincent Chabault, Céline Guillot, Bertrand Legendre, Catherine Laulhère, Claire Marché, Alban Pichon, Corinne de Thoury.

Un merci au-delà de tous grands peut-être à celles et ceux qui ont construit ce guide avec nous. Notre talentueuse équipe graphique : Claire, Delphine et Reutte. Anne-Pauline, Clémentine et Julia qui ont réécrit pour nous des articles. Les auteur·rices qui se sont lancé·es dans le grand vide du « peut-être » pour vous livrer dix textes inédits : merci Anne-Fleur, Anne-Laure, Carina, Clémentine, Flore, Julia, Marie, Stéphane, Thomas et Timothée pour votre confiance qui nous honore. Les nombreux·ses professionnel·les qui ont accepté de nous prêter du temps et un peu de leur vie pour enrichir le guide : Ambre, Arthur, Audrey, Cécile, Céline, Christelle, Christine, Claire, Coline, Cordélia, Delphine, Elodie-Aude, Lucie, Lydiane, Marie-Aude, Martin, Michel, Myriam, Simon, Sonia, Sylvie, Véronique. Merci aux cent professionnel·les qui ont répondu présent·es à notre appel et ont accepté de choisir, dans la richesse de la littérature ado, quelques incontournables.

Enfin, si Harry Potter a eu son Armée de Dumbledore, nous avons eu une armée de correcteurs et correctrices ! Un merci gigantesque à Aylin, Carla, Chloé, Justine, mais aussi à Amaranta, Ariane, Arthur, Camille, Christelle, Florent, Iris, Jolène, Julia H., Lydiane, Nicolas, Romain, Théo, et notre maman, bien sûr !

Un merci qui vient du fond du cœur à tous·tes les ami·es qui nous ont épaulés et ont supporté nos multiples messages d'excitation et de panique, ces derniers mois.

Un merci tendre et sincère, aussi, à Florent et Romain (et Macha !), qui ont suivi le projet au plus près, de ses plus grandes angoisses à ses plus puissantes joies. Promis, on va dormir un peu maintenant.

Merci, bien sûr, à nos parents qui nous ont encouragé les premiers dans nos passions folles, et emmené en 2008 au Salon du livre de Montreuil. Et merci, Hugo, grand-frère adoré, d'avoir supporté de ne jamais trouver de courrier pour toi mais toujours des romans ados pour nous, quand tu ouvrais la boite aux lettres en rentrant du lycée. Si tu veux, on te postera celui-ci !

Merci à tous les auteurs et autrices qui nous ont permis, à l'adolescence, de nous questionner et de nous révolter, de nous émouvoir et de nous faire rire, de nous emporter et de nous troubler, de nous chercher intimement, de nous construire solidement. Il a fallu en choisir dix, il a fallu en citer un certain nombre, mais celles et ceux qui ont habité notre adolescence sont trop nombreux·ses pour êtres toutes et tous cité·es.
Merci pour ces doutes et cette intensité.

Merci, enfin, à vous, lecteurs et lectrices. Maintenant, ce livre est à vous. Merci de croire en cette littérature.

● MERCI À NOS CONTRIBUTEUR·RICES **KISS KISS BANK BANK**

Michel Abescat • Gilles Abier • Abel Ahlonsou • Juliette Aït Tadrart-Veniger • Melina Albin • Pauline Alessandra • Cécilia Alexandre • Tess Alexandre • Bogdan Alexandru Rotaru • Marie Alhinho • Muriel Alonso • Anaelle Alvarez Novoa • Axel Amélie Adji • Mylene Ancel • Benoit André •Jacques Andrieu • Fabienne Anfray • Véronique Anger • Marie Anquetil • Constance Arhanchiague • Justine Armando • Patricia Arminot Kerherne • Philippe Arnaud • Louise Arnaud • Nathan Arsac • Chloé Artaud • Christine Artufel • Sarah Asset • Christel Astié • Fanny Aubert • Mathilde Aubert • Lauriane Aubry • Claire-Emeline Auduc • Laurane Authier • Anne-Charlotte Autret • Doriane Auvray • Milady Avé • Angèle Averlant • Sylvain Avizou • Alice Avrillier • Lucie Azt • Mélina Baggins • Léonore Bailhache • Eve Ballorain • Eléonore Banville • Lise Baranger • Lucile Baratelli • Juliana Barazer • Lucie Barbé • Clémence Bard • Nathan Baron • Rachel Basque • Amrita Bassez • Erminie Baudry • Pauline Bayet • Nathalie Baylac • Jeanne Beauchamp • Matthias Beaufils-Marquet • Clémentine Beauvais • Amélie Becker • Lison Bedu • Julie Bellule • Ambre Belmont • Allan Belzon • Cassandra Berek • Marianne Bergé Lefranc • Melina Berguig • Chloé Berthelon • Tess Bertrand • Martine Bézagu • Theo Biet • Marie Billet • Rachel Binet • Suzon Blanchard • Delphine Blin • Jean-Philippe Blondel • Clem Blq • Marion Bocahut • Romane Bocahut • Justine Bodart • Sophie Bompard • Claire Bondu-L'Hommelet • Pauline Bonnard • Fanny Bonnel • Régis Bonnessée • Magalie Bossuyt • Raphaele Botte • Lina Bouali • Kevane Bouchart • Milena Bouchu • Céline Bouju • Judith Boukella • Alix Boulanger • Charlotte Bourdon-Larcher • Stéphanie Bourreau • Blandine Bourrez • Béatrice Boutin • Isabelle Bouvier • Eloïse Bozio • Anne-Laure Braxmeyer • Alice Brière-Haquet • Tiphaine BrightEyed • Nathalie Brisac • Evaa Brodard • Chloé Brossard • Lou Brugère • Olivier Bruneau • Lola Brunet • Maylis Brustis • Émilie Buu • Carla Bvr • Alice Camara • C. Camman • Agathe Camus • Anaïs Cantaloube • Audrey Carbonneaux Le Perdriel • Marichal Carine • Antonio Carmona • Séverine Carpentier • Loïs Carré • Pauline Cartellier • Séverin Cassan • Sébastien Cassereau • Liliane et Michel Cassereau • Magda Casta • Laura Castagnoli • Athénaïs Castanet • Amaranta Castanet • Elodie Cayssials • Sarah Cerbonne • Florence Cha • Camille Chabeau • Dominique Chamalin • Sarah Champion • Elodie Chan • Cassandra Charles • Marie Charlotte Clouet d'Orval • Orianne Charpentier • Léa Charron • Pauline Charruyer • Anaïs Chastin • Robin Chataignier • Samantha Chauderon • Marion Chauvigné • Chloé Chauvin • France Chauvin • Anne-Claire Chevalier • Mélina Chometton • Christine Selaries • Angéline Ci • Sélène CJ • Pauline Clément • Florine Clergeot • Nicole Clouzot • Marie Codina • Florie Colarelli • Cyrielle Collin • Sandy Colster • Violaine Combe • Mélaine Contassot • Coline Conte • Etan Conway-Burreddu • Océane Copin • Pascal Coqueron • Clémentine Coquio-Lebresne • Louise Cottin • Victoria Couraud • Elise Courtois • Laurence Couvrat • Apolline Crapez • Emilie Crépet • Johan Cretté • Sylvie Criscuolo • Julie Cruypelinck • Valérie Cunin • Camille D • Pauline Dadolle • Myriam Dahman • Sophie Dalla Valle • Xavier D'Almeida • Inès Daoudi • Cécile Dargent • Sophie Darrigol • Anne Dauvergne • Marie de Barbrn • Emma de Biourge • Le Monde de Mirontaine • Marjorie de Rooy • Corinne De Thoury • Lucie De Waele • Marine Debove • Céline Degive • Kathleen Deheul • Camille Dejonghe • Florie Delacroix • Gwendoline Delafoy • Tiffany Delahaye • Emmanuelle Deloie • Valérie Delsalle • Claude Demoucron • Colombine Depaire • Flora Descamps • Anaïs Deschamps • Cécile Desnos • Marjorie Desreboulles • Axelle Desvaux • Amélie Deurveiller • Léna Dev • Marie Devaud • Claudine Devey • Manon Diot • Valentine Dioudonnat • Anais Dlmtt • Elora Dmn • Camille Doctrinal • Lara Donas • Marie Donnay Moreno • Julie Dozinel • Marine Droulez • Amélie Drozdz • Anaïs Dtl • Marie Dublineau • Aurélia Dubois • Lisa Dubreucq • Estelle Dubuis Teyssier • Marine Duchatel • Mélanie Ducournau • Patrick Ducrocq • Sophie Ducrot-Coste • Rhéa Dufresne • Jessica Dumas • Manon Dumas-Morès • Marie Dupayage • Elodie Dupont • Anaëlle Duprey • Véronique Durand • Claire Duthil • Marilyne Duval • Viviane Duviau • Mel Dvs • Melo Dy • Louise Eggers • Laure Élie • Hambre Ellie • Pauline Escolano • Marine Estève • Camille Etedali • Anahita Ettehadi • Gaëlle Farre • Annabelle Fati • Jonathan Fayat • Sébastien Féranec • Mathias Fernique • Michèle Ferrié • Anaïs Feutry • Isabelle Fèvre • Pascale Feydeau • Emma Flayac • Joël Fleuranceau • Pauline Florenville • Perdita Formentelli • Mathilde Forrest • Clémentine Fouqué • Coraline Fouquet • Louise Fourreau • Clement Francois • Pauline Françoret • Marie Friche • Raphaële Frier • Marion Froment • Fabienne Fustec • Jade G • Andrea Gabayet • Cécile Gaborieau • Marie Gaillard • Claude-France Gaillard • Alicia Gallet • Marion Galmiche • Astrid Galot • Léa Gandon • Maïlys Garcia • Anaïs Garçon • Adèle Garnier • Jade Garrigues • Héliéna Gasnier • Clémence Gaspard • Fanny Gauze • Cécile Gaydon • Julie Gazoni • Perrine Gérard • Dominique Gerbelot • Magali Gibeau • Laurent Giraud • Marie-Lise Giraudo • Juliette Giraudo • Chloé Giret • Marie-Espérance Giron • Pimprenelle Gloub • Caroline Gonzalez • Héloïse Goudeau • Manon Gouin • Angèle Goujon • Chrysostome Gourio • Matthieu Goussot • Margaux Grellety • Paola Grieco • Juliette Grillère • Tom Grillot • Marion Grody • Anaïs Gros • Angélique Groslier • Eva Grynszpan • Charlotte Guéna • David Guérin • Margaux Guernier • Amélie Guibert • Marie-Caroline Guiberteau • Anaïs Guichard • Julie Guicheteau • Floria Guiheneuf • Florence Guille • Julie Guillemant • Camille Guilliou • Céline Guillot-Daniau • Rozenn Guivarc'h • Sophir Hacquin • Chloé Hamadache • Julia Hannes • Justine Haré • Karen Harroch • Céleste Havez • Sara Hays-Pluchon • Nicolas Hecht • Maxime Héliès • Hermine Hémon • Anne-Sophie Henry • Suzanne Hermouet • Corentin Hervé • Anne-Laure Heusse • Charlotte Heyner • Léa Hivert • Marie-Laure et Fred Hoffmann • Charles Hubentz • Sophie Humbert • Camille Ibos • Anaïs Invernizzi • Florence Ipiu • Aurélie Jacqueline • Alison Jacquet-Robert • Clémence Jacquin • Laurence Jacquis • Catherine Jami • Floriane Janicot • Alexandra Jansem • Sandra Janvier • Camile Jaquinod • Jérôme et Stéphanie Jault • Dominique Job • Mélissa Job • Emeline Joffre • Julie Jolivet • Celia Joseph • Victoire Jouyet • Jacqueline Jugele • Cécile Julla • Eva Kabelis • Agathe Kalfala • Laura

Kasprzak • Kimberley Kemtchuaing-Dupressoir • Lenaïg Kermorgant • Octavia Killian • Anaïs Kimpe • Pauline Knaepen • Noëmie Kormann • Lucie Kosmala • Pierre Krause • Jessica Kuster • Coralie L • Marine Labaisse • Valérie Lacombe • Pierre Lacombe • Alma Lacombe La Malice • Sylvie Lafargue • Laetitia Lajoinie • Juliette Lalès • Marco Lamberti • Chris Lamiaud • Gigi et Claude Lamiaud • Veronique Lamiaud • Charlotte Lamiral • Marine Landemaine • Arthur Landurien • Claude Lanot • Maguelone Lapeyre • Pauline Larski • Maud Laumonnier • Monique Laxalt • Vincent Le Bretton • Lisa Le Goff • Sam Le Pape • Chantal Le Pellec • Pauline Le Tourneur • Caroline Le Touze • Romain Lebailly • Raphaelle Lebarbier • Agnès Leblanc Pujol • David Leblond • Camille Lebon • Mélanie Lecamus • Laurence Lecerf • Julie Leclerc • Chantal Leclercq • Loeiza Leduc • Philippine Lefas • Ariane Lefauconnier • Julie Lefebvre • Pierre Lefrand • Emilie Legal • Bertrand Legendre • Cécile Léger • Hannele Legras • Louise Legris • Maxim Lelievre • Mathilde Lemaire • Yannick Lemoine-Maulny • Camille Lemoing • Valentine Lenglet • Marine Lenoir • Justine Lenoir • Aline Lepla • Delphine Leroy • Emmanuelle Leroyer • Angela Lery • Jenna Lescalier • Lucie Lesourd • Alexis Cassereau et Justine Leugé Maillet • Alain et Nathalie Lévêque • Hervé Lévêque • Pascal Lévêque • Michelle Lévêque • Didier Lévêque • Anne-Sophie Lévêque • Juliette Lévêque • Hugo Levk • Floriane Leygues • Julie Lhommedé • Héloïse Ligny • Marianne Linget • Thomas Lion • Azi Lis • Mathilde Littéraire • Cilvre Lng • Misuni Lodge • Clémentine Loosli • Manon Lopez • Morgane Louis • Sophie Lubineau • Guénaëlle Lumalé • Pauline M. • Desi Mac Lau • Juliette Magro • Pascale Mahé • Justine Maia • Eric Maillet • Joséphine Majchrzak • Marie Manand • Mathilde Manceau • Anais Maole • Jeanne Marais • Manon Marcel • Claire Marché • Pascale Maret • Emma Margouty • Nawel Marhabi • Chloé Marot • Marion, Pierre, Nathan et Elina Martin • Anissia Martin • Olivia Marty • Maxime Massole • Corinne Mathez • Michael Mathieu • Eric Maupaix • Adèle Mauplot • Christophe Mauri • Mélanie McGilloway • Claire Menahem • Delphine Menez • Janine et Francis Merieau • Delphine Mérieau • Marie Mersch • Manon Meyer • Valentine Meyer • Aylin Meyerhof • Sophie Michaud • Morgane Michel • Hélène Michenaud • Marieke Mille • Kirane Milleliri • Nathalie Minne • Pauline Modet • Hélène Moisan • Florent Mombazet • Joanna Mombazet, Liam et Jérémie Petit • Rémy Mombazet • Giuseppina et Gérard Mombazet • Nelly Momboisse • Aline Monnard • Adèle Monod • Pascale Monrolin • Emilie Morin-Claudon • Camille Morlaës • Marine Morscheidt • Nicole Mosconi • Manon Mouillot • Amélie Muller • Ambre Nadaud • Sophie Nanteuil • Chloé Ncls • Aurélie Nedey-Mogenet • Marion Neuray • Louise Nicolas • Caroline Nicolas • Claudine et René Nicoleau • Isabelle Nicoleau • Aurore Nierenberger • Jade Nieri • Pauline Noa Cinnamon • Marie Nobella • Juliette Noé • Nath Noisette • Coraline Nouel • Océane Nouvion • David Nowinsky • Camille Olivas • Marie Olive • Clara Olivier • Iris Oriol • Agnès Oriol • Roxane Ortega • Lizz Ouille • Pierre Outers • Isaelle Ouvrard • Valentine P • Auréliie Paaquelet • Bertille Pacquement • Louise Pagès • Camille Pailleret • Marine Parize • Vanessa Pasqualini • Lina Pasquet • Nadia Patour • Alice Paul • Jean Paulmier • Elvira Peignier • Alexandre Pellerin • Eugénie Pellissier • Lise Peltier • Alison Penglaou • Frederique Perceval-Viret • Juliette Perche • Clémence Perdrisot • Charlie Périon • Bérengère Peronnet • Marine Perret-Gentil • Marie-Claude Perrot • Margaux Perrotel • Maria Petersen • Chimène Peucelle • Alice Peuvot • Ariane Phytilis • Betty Piccioli • Gwendolyne Pierre • Carolane Pierre • Elise Pignard • Léa Pilar • Clémentine Pillon • Jérémie Pinguet • Sandrine Piriou • Anaïssa Pissi • Cécilia Pitat • Fanny Pizzichemi • Cécile Plaige • Aline Plateaux-Lefevre • Clémence Pocheron • Lucie Pommet • Lucie Ponticelli • Orianne Popille • Aline Pornel • Emma Porteau • Audrey Poulat • Julie Pourriot • Laurence Poutier • Alexandra Prada • Valentine Pradier Joullié • Florence Prat • Jéremy Preux • Laura Prieur • Lorinda Prignot • Lorena Prince • Lu Prost • Camille Prost • Juliette Prouvost • Killian Provost • Alicia Prudhom • Bertrand Puard • Corinne Puydarrieux-Lévêque • Catherine Puygrenier • Elora Quendez • Adeline Quéru • Valentine Quignon • Emeline Quillateau • Caroline Rabin • Caterina Ramonda • Geoffrey Rateau • Prunelle Raymond • Florence Rémazeilles • Pauline Reminiac • Allison Respaud-Bouny • Valentine Reyes • Margaux Reymondon • Heloise Reynaud du Boisbaudry • Fanny Riand • Elisabeth Richard • Stéphanie Richard • Léa Riche • Valentine Richet • Léa Ricot-Sonkui • Pauline Rivalin • Jordan Rizzotti • Victoire Rnld • Pierre-Michel Robert • Margaux Robin • Camille Rochette • Gabrielle Rodelet • Nicolas Rodot • Christelle Rogues • Simon Roguet • Alexandre Rosado • Julie Rosticci • Jean-Louis Roubira • Cécile Roumiguière • Mary Routhier • Nathalie Roux • Jolène Rubio • Coleen Ruby • Amélie Rullion • Pascale Rullion • Laetitia Rusticoni • Alicia Ryckbosch • Kristell Sabatier • Enora Saby • Sarah Safran • Amélie Saint Jalm • Marie-Hélène Salin • Sylviane et Michel Salinier • Audrey Salles • Muriel Salles • Eric Sanvoisin • éditions Sarbacane • Manon Sautreau • Églantine Sauvage • Amrita Sawmy • Ileana Scharager • Zoé Schmitt • Kevin Schroder • Aurore Sciacca • Mathilde Scotto • Thomas Scotto • Jeanne Seignol • Nuit Sej • Marianne Selli • Eric Senabre • Arthur Sendron-Tocqueville • Marion Serres • Anna Shaw • Laura Sias • Benjamin Sibellas • Guillaume Sicart • Chloé Sigety • Carine Simão Pires • Aurélie Sinoir • Florence Sire • Adeline Sloven • Yves Sok • Aurélie Soubiran • Justine Soula • Aanthia Soulcié • Stel Spagn • Eleni Spagnol • Solène Spiguelaire • Lucas Staerck • Marion Stanchieri • Marion Stephan • Lydiane Stn • Benjamin Strickler • Anne, Jean-Michel et Armelle Supervie • Delphine Taraud • Hélène Tarja • Manon Tassin • Guillaume Teisseire • Cécile Térouanne • Marion Terraz • Mathias Tessier • Juliette Theureau • Françoise Thevenau • Julia Thévenot • Cassandre Thomas • Kandice Thomas • Manon Thore • Arnaud Tiercelin • Antonia Torinesi • Damien Tornincasa • Camille Torres • Lauranne Toth • Coralie Tourenne • Emma Tournois • Audrey Tribot • Alice Trolet • Nicolas Trost • Galadrielle Troussard • Julie Trovaslet • Marie Turbé • Diane Turillon • Lizzie TwoFace • Sophie et Fred Uhart • Pauline Uhart • Théo Uhart • Marielle Ups • Aloïse Uséo • Maitena V • Eléonore Vainqueur • Yolaine Valdati • Stéphanie Van Waeyenberge • Sylvie Vanzulli • Morgane Vauthier • Justine Vauzelle • Lola Vendries • Céline Vergne-Bartniczak • Elise Verrier • Maroussia Verron • Emma Viain-Lalouette • Soélie Vidal • Séverine Vidal • Marie Vieren • Éléonore Viguier-Pic • Nathalie Villain • Sabine Villette • Marinette Volpini • Pauline Wabant • Céline Walder • Juliette Welsch • Aurore Willemet • Nathalie Wyss • Cathy Ytak • Sarah Zin • Aurore Zorros

POUDLARD
GWENDALAVIR
LA CITACIELLE